W0359071

KNAUR

Über die Autorin:
Yvonne Jarré (Jahrgang 1967) ist eine Hamburger Autorin, die bereits Romane unter verschiedenen Pseudonymen veröffentlicht hat. So oft wie möglich reist sie mit ihrem Mann und ihren beiden Kindern nach Paris, um dort von einer eigenen Wohnung zu träumen. Eine Immobilienanzeige sowie ihr Faible für schwere amerikanische Motorräder haben sie zu diesem Roman inspiriert.

Yvonne Jarré

Ein kleines Stück Paris

Roman

KNAUR

Besuchen Sie uns im Internet:
www.knaur.de

FSC
www.fsc.org
MIX
Papier aus verantwortungsvollen Quellen
FSC® C083411

Originalausgabe September 2016

Ein Imprint der Verlagsgruppe
Droemer Knaur GmbH & Co. KG, München
Redaktion: Dr. Gisela Menza

Umschlaggestaltung: bürosüd°, München
Umschlagabbildung: Angela Franke / Plainpicture
Satz: Daniela Schulz, Puchheim
Druck und Bindung: CPI books GmbH, Leck
ISBN 978-3-426-51858-8

2 4 5 3 1

Für
Jens-Michael

»Um das Herz und den Verstand eines anderen Menschen zu verstehen, schaue nicht darauf, was er erreicht hat, sondern wonach er sich sehnt.«

Khalil Gibran

Prolog

Das Begräbnis von Georges Cordonnier war ebenso voller Widersprüche wie sein Leben. Auf einen Stock gestützt, musste der alte Abbé seine Trauerrede vor Rührung unterbrechen. Ein bis zum Kinn tätowierter Biker mit zahllosen Aufnähern auf seiner Lederweste las ein Gedicht von Marcel Proust. Eine junge, stark geschminkte Frau, die bekanntermaßen dem horizontalen Gewerbe nachging, sang mit glockenreiner Stimme das »Ave Maria« von Schubert. Und dann das Wetter. Den ganzen Vormittag hatte es in Strömen geregnet, ein wahrer Wolkenbruch. Doch genau in dem Moment, in dem die Urne mit der Asche von Georges Cordonnier in ihr Fach gestellt wurde, riss der Himmel auf, die Sonne kam hervor, und ein Regenbogen erschien über dem Friedhof Père Lachaise, wie man ihn selten zu Gesicht bekommt.

Die Rechtsanwältin Valérie Decaux stand mit ihrem Lebensgefährten und Kanzleipartner Gerard Pellier abseits. Sie betrachtete die Trauergemeinde, die alle Facetten von Georges' vielfarbigem Leben präsentierten: Die Biker, mit denen er gemeinsam gefahren war. Eine Handvoll Frauen aus dem Bordell, das seine Frau Martine geleitet hatte. Die Künstler des Cercle des Arts, den er gegründet hatte. Die Mitglieder der Philosophischen Fakultät. Ein paar Soziologen, mit denen er zusammengearbeitet hatte. Zwei Schriftsteller, deren Namen Valérie nicht einfielen, obwohl sie ihre Bücher kannte. Musiker und Straßenkünstler. Laden- und Restaurantbesitzer aus dem Viertel. Die Bewohner des Hauses in der Rue Saint Vincent, in dem Georges über vierzig Jahre gewohnt hatte. Jungs und Mädchen aus dem Kindergarten, in den er regelmäßig zum Vorlesen gegangen war. Und abseits von den anderen, mit gesenktem Kopf, die Hände in den Taschen ihres langen Mantels, stand Danielle Dubois, Martines Tochter. Nur von seiner Familie aus Deutschland war niemand erschienen.

»Die ganze Brut taugt nichts«, hörte Valérie ihn sagen. »Abgesehen von Svenja. Bei dem Mädchen muss der Herrgott ein Einsehen gehabt haben.«

Der alte Abbé rezitierte Psalm 23, segnete die Urne, und dann ging es richtig los. Die Kinder ließen Luftballons aufsteigen, die Trauergäste streuten Konfetti und entkorkten Weinflaschen. Jemand drehte einen Ghettoblaster auf, und zu AC/DCs »T. N. T.« begann ein Großteil der Anwesenden zu tanzen.

Trotz des traurigen Anlasses musste Valérie lächeln.

»Verbrennt mich, füllt die Asche in eine Vase, stellt sie weg, und dann tanzt auf meinem Grab.« Das waren seine Worte gewesen.

Dem alten Georges war sein Wunsch erfüllt worden. Ihm hätte die Beerdigung gefallen.

Valérie überlegte, zu Danielle Dubois hinüberzugehen und ein paar Worte mit ihr zu wechseln, als sie einen Mann entdeckte. Es war ein junger Mann, ausgesprochen gut gekleidet, mit schimmerndem blonden Haar, der nicht zur Trauergesellschaft gehörte. Er trat auf Danielle zu und sprach mit ihr, bis sie davonging.

»Aasgeier!«, zischte Valérie. »Hat der Kerl keinen Anstand? Kann er nicht einmal hier auf dem Friedhof …«

Gerard legte ihr eine Hand auf den Arm. »Soll ich mit ihm reden?«

»Nein, lass nur. Ich bin gerade in Stimmung.«

Sie ging über Kies und Gras auf den Mann zu, der lässig – eine Hand in der Hosentasche, in der anderen einen in gelbes Papier gewickelten Blumenstrauß – an einem mannsgroßen steinernen Engel lehnte.

»Bonjour, Madame Decaux!«, begrüßte er sie freundlich, als wären sie die besten Freunde.

»Fabeau, was wollen Sie hier?«

»Ich möchte einem Toten die letzte Ehre erweisen.« Ein Lächeln ließ seine schneeweißen Zähne aufblitzen.

»Oder sichergehen, dass Georges wirklich beerdigt wird. Wollen Sie einen Blick in die Urne werfen?«

Fabeau lachte. »Ich mag Ihren Humor, Madame.«

»Ganz gleich, was Sie anstellen, Ihre Firma wird das Haus nicht in die Klauen bekommen. Teilen Sie das Ihrem Chef mit.«

»Was macht Sie so sicher, Madame Decaux? Monsieur Cordonnier wird gerade begraben. Das Haus gehört jetzt Madame Dubois ohne Einschränkung. Und sie ist gewillt, es zu verkaufen.«

»Sie irren, Monsieur Fabeau, es gehört eben nicht ausschließlich Madame Dubois. Sie haben Monsieur Cordonniers Wohnung vergessen.«

Er zuckte mit den Schultern und lachte. »Eine reine Formalität. Der Alte hatte keine andere Familie als Martine und Danielle Dubois. Folglich gehört ihr die Wohnung ebenfalls.«

»Irrtum. Georges Cordonnier hat Familie in Deutschland …«

»… die das Erbe vor etlichen Jahren ausgeschlagen hat.« Er lächelte überheblich. »Ich habe die entsprechenden Urkunden gesehen.«

»Davon können Sie selbstverständlich nichts wissen. Monsieur Cordonnier hat einen Erben für seine Wohnung eingesetzt. Es handelt sich um seine Nichte.«

Valérie genoss die offensichtliche Bestürzung ihres Gegenübers. Aber Yves Fabeau war ein knallharter Geschäftsmann. Er erholte sich schnell von seiner Überraschung.

»Ein Erbe.« Er zuckte gleichgültig mit den Schultern. »Das bedeutet ein paar tausend Euro mehr, die meine Firma für die Realisierung des Projekts zur Verfügung stellen muss. Das ist kein Hindernis. Oder glauben Sie allen Ernstes, Sie könnten jemanden davon überzeugen, diese Wohnung zu behalten?«

Bastard! »Zum Glück war Monsieur Cordonnier ein klar denkender Mensch, der wusste, was er tat«, entgegnete Valérie höflich. Dabei wünschte sie sich nichts sehnlicher als jenen Speer in die Hand, mit dem der Engel hinter Yves Fabeau ein dreiköpfiges Ungeheuer niederstreckte. »Für Ihre Freude ist es also noch ein wenig zu früh, Fabeau.«

»Mit Ihnen zu sprechen ist mir die größte Freude.«

»Fabeau, Sie sind …«

»Charmant? Gut aussehend?« Er trat näher und griff nach ihrer Hand.

»Arrogant und unverschämt!« Im letzten Moment konnte sie sich beherrschen, ihm eine Ohrfeige zu verpassen.

»Wissen Sie eigentlich, wie schön Sie sind, wenn Sie sich aufregen? Sie sind eine bezaubernde Frau, Madame. Und Sie haben Ihren Glauben an das Gute im Menschen noch nicht verloren. Wenn wir gerade keine Gegner wären, ich würde Sie auf der Stelle zum Essen einladen.«

Wenn ich es vorher vergiften kann, bin ich einverstanden, dachte sie. »Verschwinden Sie!«

Yves Fabeau lachte auf. »Ich sehe, dass meine Chancen derzeit nicht zum Besten stehen. Aber ich gebe nicht auf. Tun Sie mir den Gefallen, die Blumen auf das Grab zu legen? Auf Wiedersehen!«

Er drückte ihr den Strauß in die Hand und sprang leichtfüßig davon, als wäre er auf einem Tennisplatz. Kochend vor Wut stopfte sie die Blumen in einen Mülleimer, der nur ein paar Meter entfernt stand. Der alte Georges würde keine Freude daran haben, davon war sie überzeugt. Schließlich hatte er über Jahre hinweg mit Martine gegen die Immobilienhaie von La Maison gekämpft.

Ihre Wut verrauchte allmählich. Gleichzeitig breitete sich ein flaues Gefühl in ihrem Magen aus, als sie sich auf den Rückweg machte. Yves Fabeau hatte den Nagel auf den Kopf getroffen. Wie sollte sie die Erbin davon überzeugen, die Wohnung nicht zu verkaufen? Das ganze Haus war ein Relikt, ein Überbleibsel. Häuser wie dieses gab es nur noch wenige in Paris, die meisten waren mittlerweile renoviert, restauriert und zu modernen Wohnungen oder luxuriösen Lofts umgebaut worden. Mit solchen Immobilien ließen sich Millionen verdienen. Geld, das in diesem Haus niemand besaß. Sie sah zu den Trauergästen hinüber, von denen einige immer noch tanzten. Jetzt allerdings Tango.

Sie stellte sich wieder neben Gerard.

»Was wollte Fabeau?«, fragte er sie flüsternd.

Sie winkte ab und biss die Zähne zusammen.

Gerard legte ihr einen Arm um die Schultern. »Der alte Georges wusste immer, was er tat«, sagte er.

Valérie war skeptisch. Noch hatte sie keinen Kontakt zu der Erbin aufgenommen. Svenja Lorentz. Sie lebte in Hamburg, Deutschland, und wenn sie Georges richtig verstanden hatte, waren sich die beiden nur ein einziges Mal begegnet – vor dreißig Jahren. Valérie seufzte. Die Bewohner des Hauses konnten nur hoffen, dass diese Frau die Erwartungen ihres Onkels wirklich erfüllen konnte.

Dienstag, 24. Juni

1

Frau Lorentz?« Der Hausmeister klopfte gegen die Tür der Abstellkammer, dann rüttelte er an dem Knauf. »Machen Sie auf!«

Svenja konnte nicht. Sie hockte in der Ecke auf dem Boden zwischen Eimer und Wischmop und heulte. Es roch nach Bohnerwachs, Schmierseife und Zellstoff. Aber das war in Ordnung. Alles war besser als die Welt da draußen.

Nie wieder würde sie hinausgehen. Keine Eltern mehr, die ihr die schwachen schulischen Leistungen ihrer Kinder in die Schuhe schieben wollten. Kein Direktor, der ihr empfahl, die Eltern ernster zu nehmen und sich mehr anzustrengen. Keine Kinder, die sie mit Klorollen bewarfen, anstatt zu basteln. Keine Besorgungen mehr für die eigenen Eltern »mal eben schnell«, weil sie ja nichts zu tun hatte – im Gegensatz zu ihrer ständig beschäftigten Schwester. Keine Vorwürfe mehr. Keine To-do-Listen, die eher länger als kürzer wurden. Keine Verantwortung, kein schlechtes Gewissen. Sollte sich die Welt doch selbst retten. Diese Abstellkammer war jetzt ihr Zuhause. Für immer.

Der Hausmeister schlug wieder gegen die Tür.

»Frau Lorentz, seien Sie vernünftig! Sonst müssen wir die Tür aufbrechen!«

Sie hörte Schritte vor der Tür und leise Stimmen.

»Svenja? Komm raus, das ist doch keine Lösung!« Es war Frauke, Kollegin und Freundin. »Was auch immer los ist, ich bin sicher, es findet sich ein Weg! Aber schließ auf!«

Was auch immer los ist? Gute Frage, Frauke! Svenja lehnte den Kopf gegen ein Regal, in dem große Flaschen WC-Reiniger und Flüssigseife standen. Tränen liefen über ihre Wangen.

Heute früh war noch alles in Ordnung gewesen. Hatte sie wenigstens gedacht. Gut, Mama hatte wieder einmal angerufen, während sie noch unter der Dusche gestanden hatte. Sie sollte Geschirr abholen, das ihre Eltern nach ihrem Umzug nicht mehr brauchen würden. Dann hatte ihre Nachbarin Frau Paulsen im Treppenhaus gestanden. In Bademantel und Hausschuhen. Sie hatte lange auf sie einreden müssen, bis sie die alte Dame dazu bewogen hatte, wieder in ihre Wohnung zurückzukehren. Ihr Auto war nicht angesprungen, und am Fahrkartenautomaten war sie so oft zurückgedrängt worden, dass sie schließlich die U-Bahn verpasst hatte. Sie war zu spät in der Schule angekommen, um wie ursprünglich geplant noch eine Zeichnung für den Sachkundeunterricht an die Tafel zu malen. Stattdessen hatte sie dann den Kunstunterricht vorgezogen. Der Plan war, Ferngläser zu basteln. Doch nach zehn Minuten standen ein paar völlig überdrehte Kinder auf ihren Stühlen, bewarfen sich gegenseitig mit den Klorollen und schließlich auch Svenja, als sie schlichtend eingreifen wollte. Und dann war in der großen Pause dieser Kerl aufgetaucht, ein Schrank mit Glatze, der sie dafür verantwortlich machte, dass sein Sohn im letzten Diktat zwanzig Fehler hatte.

Andere wären nicht ans Telefon gegangen und hätten die demente Nachbarin dem Pflegedienst überlassen, der jeden Morgen kam. Sie hätten am Fahrkartenautomaten zurückgedrängelt, den Unterricht durchgezogen, die störenden Schüler vor die Tür oder zum Direktor geschickt und die Gelegenheit beim Schopf gepackt, dem erbosten Vater seine Verantwortung für die Schulbildung seiner Kinder zu erklären.

Sie hätten mit den Schultern gezuckt, auf den Tisch gehauen, vielleicht sogar gelacht und dann einfach weitergemacht. Aber so war sie nicht. Man kann die Welt ändern, wenn man nur will. Das war ihr Motto. Doch offenbar reichte ihr Wille nicht mehr aus. Sie war kraftlos, am Ende, wie ausgeknockt. Ihr Körper fühlte sich an, als hätte sie keine Knochen mehr. Nichts, was sie noch auf den Beinen hielt. Und in ihr war Dunkelheit. Verzweiflung. Kälte. Und Müdigkeit, unendliche Müdigkeit. Am liebsten wäre sie hier und jetzt eingeschlafen, auf dem Boden der Abstellkammer.

»Svenja? Geht es dir gut? Sag doch bitte etwas, ich mache mir Sorgen!« Frauke klopfte an die Tür. Es klang deutlich sanfter als das Hämmern des Hausmeisters. »Bitte, Svenja!«

Das Zauberwort. Wer konnte dem widerstehen?

Natürlich hatte sie kein Taschentuch in ihrer Jeans. Klar, wie konnte es auch anders sein. Also griff sie sich einen der Lappen, wischte sich mit dem kratzigen Stoff über das Gesicht und putzte sich die Nase. Irgendwie schaffte sie es, sich aufzurichten, die zwei Schritte zur Tür zu gehen und aufzuschließen.

Die Klinke wurde ihr fast aus der Hand gerissen, und vor ihr standen bestimmt ein Dutzend Leute, die sie anstarrten – der Hausmeister, der Direktor, die Schulsekretärin, ein paar Kollegen. Und Frauke.

Die Freundin nahm sie in die Arme und drückte sie ganz fest. »Du hast uns einen ganz schönen Schrecken eingejagt«, sagte sie leise.

»Sollen wir einen Krankenwagen rufen, Frau Lorentz?«

Svenja gelang es, den Kopf zu schütteln. »Nein, nicht …« Dann brach sie wieder in Tränen aus.

Der Direktor tätschelte ihr unbeholfen die Schulter. »Gehen Sie nach Hause. Frau Klumpert ruft Ihnen ein Taxi.«

»Fahr zuerst zu deinem Hausarzt, damit er dich krankschreibt, wenigstens bis Ende der Woche«, sagte Frauke und strich ihr durch das Haar, als wäre sie zwölf. Oder nicht voll zurechnungsfähig. Aber Svenja war zu müde, um sich dagegen zu wehren. Irgendwie brachte sie ein Nicken zustande.

Nach Hause. Ins Bett. Schlafen.

Frauke und der Direktor führten sie in das Sekretariat.

»Eine Woche?«, hörte sie eine der Kolleginnen flüstern. »Das glaube ich nicht. Wenn du mich fragst, ist das ein waschechtes Burn-out. Das wird eine lange Pause. Stellen wir uns schon mal auf Vertretungsstunden in der 2b ein.«

Svenja wurde auf einen Stuhl gesetzt. Sie hörte die Sekretärin mit einem Taxiunternehmen telefonieren. Frauke verschwand und kam kurz darauf mit Svenjas Jacke und Tasche wieder.

Burn-out. Es war das erste Mal, dass sie dieses Wort mit sich selbst in Verbindung brachte.

Mittwoch, 25. Juni

2

Vor den halb geschlossenen Jalousien tanzten die Schatten der alten Buche, die im Vorgarten stand. Svenja beobachtete sie. Draußen schien die Sonne, es war warm. Sie strich sich über die Beine und war überrascht, als sie den luftigen Stoff ihres knöchellangen Sommerrocks spürte. Sie trug auch Flipflops. Irgendwie war es ihr gelungen, sich dem Wetter angemessen anzuziehen, obwohl in ihr die nächste Eiszeit ausgebrochen war.

»Frau Lorentz?« Die Stimme ihrer Ärztin holte sie von irgendwo zurück. »Ich empfehle Ihnen dringend eine Psychotherapie.«

Svenja schüttelte den Kopf. »Das ist wirklich nicht nötig. Ich bin …«

»Frau Lorentz, Sie leiden unter einem Burn-out. Ihre Kopfschmerzen, die Müdigkeit, die Antriebslosigkeit, Ihr Zusammenbruch in der Schule, das sind typische Symptome.«

»Ich muss mich nur ein paar Tage ausruhen, dann komme ich schon wieder auf die Füße.«

Die Ärztin nickte. »Natürlich würden Sie das. Aber es würde nicht anhalten. Jedenfalls nicht lange.«

»Bald sind Ferien!«

»Ja. Und danach?« Die Ärztin schüttelte den Kopf. »Glauben Sie mir, ich habe Erfahrung mit Burn-out-Patienten. Es sind meistens sehr ehrgeizige, engagierte Menschen. Und tatsächlich bessert ein Urlaub die Symptome. Aber auf Dauer kann man dieser Erkrankung nur beikommen, wenn man Strategien erlernt, um mit den eigenen Ressourcen besser hauszuhalten. Wissen Sie, ich finde es immer wieder erstaunlich. Burn-out-Patienten engagieren sich zum Beispiel für den Umweltschutz, setzen sich für eine Schonung der natürlichen Ressourcen ein, aber mit den eigenen Kräften gehen sie um, als wären diese unendlich. Das sind sie aber nicht. Man muss seine Quellen auffüllen, wenn sie nicht versiegen sollen. Dazu gehört es, sich Beschäftigungen zu suchen oder wiederzuentdecken, die entspannen und guttun. Für den einen mag das Fallschirmspringen sein, der andere entdeckt die Freude an der Musik und tritt in einen Chor ein. Vor allem ist es für Burn-out-Patienten wichtig, die eigenen Interessen wieder wahrzunehmen. Das kann man lernen.«

Svenja schüttelte den Kopf und seufzte. Konnte man sie nicht einfach in Ruhe lassen? Nachher wollte ihre Mutter kommen, um ihr »im Haushalt zu helfen«. Wenn sie daran dachte, fühlte sie sich wie in einer Schraubzwinge.

»Ich sehe, überzeugt sind Sie immer noch nicht, Frau Lorentz. Aber wir haben Zeit. Gehen Sie nach Hause, und denken Sie in Ruhe darüber nach. Zwingen werde ich Sie selbstverständlich zu gar nichts, das wäre kontraproduktiv. Aber ich hoffe, dass Sie sich bis dahin an den Gedanken gewöhnt haben. Ich jedenfalls würde Ihnen die Psychotherapie dringend empfehlen.« Die Ärztin stand auf und reichte Svenja die Hand. »Lassen Sie sich Zeit. Eine Therapie ist eine Chance und keine Schande.«

Svenja nickte und stand ebenfalls auf, auch wenn es sie mehr Anstrengung und Überwindung kostete als ein Langstreckenlauf. Sie durfte den Betrieb nicht aufhalten – im Wartezimmer saßen noch andere Patienten.

»Soll ich die Tabletten weiternehmen?«

»Ja. Sie haben ja erst gestern damit begonnen. Es dauert ein paar Tage, bis der Wirkspiegel erreicht ist. Auf Wiedersehen, Frau Lorentz. Lassen Sie sich für morgen einen Termin geben, dann haben wir mehr Zeit.«

Svenja schloss die Haustür auf und trat in den Hausflur. Ihre Glieder waren schwer wie Blei. Ob sie es bis zu ihrer Wohnung in den zweiten Stock schaffen würde?

Keine Frage. Du musst.

Wenigstens war ihre Hausärztin gleichzeitig Psychotherapeutin, und die Praxis lag gleich um die Ecke. Sie wäre nicht in der Lage gewesen, kreuz und quer durch Hamburg zu fahren und einen weiteren Arzt aufzusuchen. Auch wenn sie sich noch nicht vorstellen konnte, diese Therapie zu beginnen. Noch mehr Termine.

Sie stand auf der zweiten Stufe, als ihr der Briefkasten einfiel. Sie hatte ihn nicht geleert, schon gestern nicht.

Ist das nicht egal, Svenja?

Und wenn da wichtige Post drin ist?

Was soll schon wichtig sein?

Man weiß nie …

Ihr schlechtes Gewissen ließ sich weder abstellen noch überreden. Schließlich siegte es. Sie stieg die Stufen hinunter und schleppte sich zu den Metallkästen, die wie große übereinandergeklebte Streichholzschachteln an der Treppenhauswand hingen. Tatsächlich war ihrer so gut gefüllt, dass ein Teil der Post ihr beim Öffnen entgegenfiel und sich auf dem Boden verteilte.

Warum?

Den Tränen nahe, bückte sie sich, sammelte Briefe und Prospekte ein und war erleichtert, als sie es endlich geschafft hatte. Einen Augenblick hatte die Vorstellung, sich einfach auf die Treppe zu setzen, den Kopf gegen die Wand zu lehnen und dort zu bleiben, etwas Verlockendes.

Die Nachbarn …

Sie zwang sich die Treppe hoch, langsam, als wäre sie fünfzig Jahre älter als dreiunddreißig. Als sie endlich in ihrer Wohnung war, sank sie auf das Sofa. Den Stapel Post und den Zettel mit dem Termin bei ihrer Ärztin ließ sie achtlos auf den Couchtisch fallen, auf dem noch von gestern die Wasserflasche, ein Glas und ein Teller voller Krümel standen. Sie hatte es nicht geschafft, das Geschirr wegzuräumen.

Svenja saß da und starrte durch die Terrassentür auf ihren kleinen Balkon. Sie dachte an nichts. Sie fühlte nichts. Interessen? Frau Dr. Hirschberger hatte von Interessen gesprochen, von »Beschäftigungen, die guttun«, Musik, Fallschirmspringen. Woran hatte sie Freude? Sie konnte sich an nichts erinnern. Da waren nur Schwere und Müdigkeit und Dunkelheit. Und in ganz weiter Ferne ein schlechtes Gewissen, weil sie nicht stark genug für das bisschen Leben war. Andere schafften es doch auch und waren deutlich belasteter als sie, hatten einen Sechzigstundenjob, Kinder, pflegebedürftige Angehörige, waren selbständig. Aber sie taugte offenbar nichts.

Burn-out. Da glühte nichts, es gab keine Funken mehr. Alles war nur noch Asche, fade, kalte graue Asche. Sie hätte niemals geglaubt, dass es sich so anfühlte. Nie.

Irgendwann streckte sie schließlich die Hand aus und nahm den Stapel Post auf ihren Schoß. Langsam blätterte sie darin. Das Papier schien Tonnen zu wiegen, und es interessierte sie überhaupt nicht. Werbeprospekte. Ein Brief von einem Möbelhaus, in dem sie noch nie eingekauft hatte. Ein Brief von den Wasserwerken.

Ganz unten lag ein brauner Umschlag mit einer französischen Briefmarke darauf.

Svenja betrachtete ihn – Frankreich. Wer schrieb ihr aus Frankreich?

Sie öffnete den Brief mühsam mit dem Zeigefinger und nahm ein Schreiben heraus, das den Briefkopf einer Société mit Pariser Adresse trug – Decaux et Pellier. Ihre Französischkenntnisse waren eingerostet, aber sie nahm an, dass es sich um eine Anwaltskanzlei handelte. Zum Glück brauchte sie nicht lange herumzurätseln, was die französischen Anwälte von ihr wollten. Das Schreiben war auf Deutsch. Darin wurde sie darüber informiert, dass ihr Onkel Georges Cordonnier im Alter von siebenundsechzig Jahren überraschend verstorben war und dass er sie zur Alleinerbin in seinem Testament eingesetzt hatte.

Svenja blinzelte. Das musste ein Scherz sein! Wieder las sie den höflichen und in nicht ganz perfektem Deutsch gehaltenen Brief. Noch einmal. Georges Cordonnier. Sie kannte niemanden, der so hieß. Ihre Onkel lebten alle hier in Hamburg und erfreuten sich guter Gesundheit, ohne Ausnahme. Wer sollte das also sein?

Das war bestimmt der Versuch, sie zu irgendeinem dunklen Geschäft zu überreden. Am besten war es, den Brief zu zerreißen und in den Müll zu werfen.

Und dennoch – Paris. Allein dieses Wort erzeugte Bilder – Leben, Wärme, Musik. Als hätte jemand in ihr ein kleines Feuer entfacht.

Freitag, 27. Juni

3

Svenja stand in der Schlange vor dem Schalter von Air France und suchte in ihrer Handtasche nach dem Ausdruck des Flugtickets.

»Bist du sicher, dass du fliegen willst?«, fragte ihre Mutter zum zwanzigsten Mal. »Wird dir das nicht zu viel?«

Ihr Vater stand daneben. Er sagte zwar nichts, aber sein besorgter Blick verriet ihr, dass er zustimmte.

»Mama, ich habe mit der Ärztin gesprochen. Sie sagt, dass alles, was mir guttut, richtig ist.«

»Hast du denn auch deine Tabletten eingesteckt?«

»Ja, habe ich.«

»Und woher willst du wissen, dass es nicht doch die Masche von Kriminellen ist? Dieser Brief von den Anwälten. Du kennst die Leute doch gar nicht! Wenn sie dich nun ausrauben …«

»Mama, ich habe mit der Anwältin telefoniert. Sie war sehr nett.«

»Was sagt denn Lutz dazu? Hast du ihn gefragt?« Lutz war ihr Schwager und zufällig Rechtsanwalt. Er arbeitete zwar in einer Bank, und Svenja war sich nicht sicher, ob er sich überhaupt mit Erbrecht auskannte, aber das war ihrer Mutter natürlich egal. Anwalt ist Anwalt. Als ob man zum Gynäkologen gehen würde, wenn man sich den Arm röntgen lassen will.

»Ja, Lutz hatte keine Bedenken.«

Ihre Mutter schüttelte unwillig den Kopf. »Wozu tust du dir das an? Ich habe dir doch von Georg erzählt. Ein Taugenichts war er, ein komplett Verrückter. Wenn er dir wirklich etwas hinterlassen hat, dann im besten Fall einen Haufen schmutziger Wäsche.«

»Das werde ich sehen«, entgegnete Svenja und reichte der Dame am Schalter ihr Ticket und ihren Personalausweis. »Jedenfalls freue ich mich auf Paris.«

Einen Augenblick schwieg ihre Mutter, dann fragte sie: »Was ist mit dem Grillen? Bianka hat uns alle am Samstag zum Grillen eingeladen.«

»Das wird dann wohl für mich ausfallen müssen«, antwortete Svenja ungewohnt heftig.

Sie nahm ihren Ausweis und ihre Bordkarte entgegen und lächelte die Frau hinter dem Schalter an.

»Guten Flug!«, sagte diese und zwinkerte ihr zu, als könnte sie nachempfinden, wie wichtig es für Svenja war, hier wegzukommen.

»Aber bist du wirklich sicher, dass es dir nicht zu viel ist?«, begann die Argumentationskette wieder von vorne. Nein, korrigierte Svenja sich, keine Kette, sondern ein Ring, ohne Ende, ohne Anfang.

Sie kamen an die Sicherheitsschleuse. Hier würde sie sich verabschieden müssen.

»Danke fürs Herbringen, Mama und Papa!«, sagte sie und umarmte ihre Eltern.

Ihr Vater drückte ihr den kleinen Handkoffer in die Hand.

»Svenja, Kind, wenn …« Ihr Vater legte ihrer Mutter eine Hand auf den Arm. Die beiden tauschten einen Blick, und ihre Mutter seufzte. »Ruf bitte an, wenn du angekommen bist. Wir machen uns doch Sorgen.«

Natürlich machten sie sich Sorgen. Die letzten Tage seit

ihrem Zusammenbruch hatte ihre Mutter sie gepflegt und gehätschelt wie ein Neugeborenes. Sie hatte für sie gekocht, ihre Wohnung aufgeräumt, die Fenster geputzt, Wäsche gewaschen und Tee aufgebrüht. Sie meinten es gut, alle beide.

»Es geht mir gut, Mama«, sagte Svenja. »Und ich rufe an. Versprochen.«

Sie wandte sich um, stellte Koffer und Handtasche auf das Band zur Durchleuchtung und legte ihre Jacke und ihren Gürtel in die Schale.

Das Sicherheitspersonal scannte sie mit dem Metalldetektor ab, und schon war sie durch die Schleuse hindurch. Sie nahm ihre Sachen an sich und winkte ihren Eltern zu.

Sie hatte nicht gelogen, es ging ihr wirklich gut. Sie fühlte sich zwar müde und erschöpft, aber der Gedanke, Paris zu sehen, belebte sie, als wäre sie in einen Brunnen gestiegen, dessen klares kühles Wasser Müdigkeit und Staub von ihr abgewaschen hatte.

Sie freute sich. So einfach war das.

4

Svenja sah aus dem Fenster und genoss den Ausblick. Das Flugzeug hatte gerade seine endgültige Flughöhe erreicht, nirgendwo war eine Wolke zu sehen. Gleißendes Sonnenlicht spiegelte sich auf einem Fluss, der sich kilometertief unter ihr schlängelte. Es musste sich um den Rhein handeln, aber so genau wusste sie das nicht. Von hier oben war er jedenfalls wunderschön. Im Flugzeug war es ruhig, einige der Passagiere unterhielten sich leise, die meisten waren in ihre Tablets, Netbooks und Smartphones vertieft oder lasen Zeitung. So auch ihr Sitznachbar, und Svenja konnte ihren Gedanken ungestört freien Lauf lassen.

Seit sie mit der Kanzlei Decaux et Pellier in Paris telefoniert und den Termin für diesen Freitag vereinbart hatte, dachte sie oft an ihren Onkel.

Hinter Georges Cordonnier verbarg sich offenbar Georg Schuster, der ältere Bruder ihrer Mutter. Er war Ende der Sechzigerjahre zum Studium nach Frankreich gegangen und dort geblieben. Ihre Frage, warum sie nie von diesem Onkel gehört habe, war in erster Linie mit einem Schulterzucken beantwortet worden. »Er war ein Nichtsnutz und Trunkenbold«, hatte ihre Mutter erklärt. »Das letzte Mal haben wir ihn bei der Feier zu Opas Sechzigstem gesehen. Du warst gerade drei Jahre alt. Er hat mit dir getobt und dich in die Luft geworfen. Du hast geschrien, doch er hat nicht aufgehört. Dann hat er dich auch noch auf seine Höllenmaschine gesetzt.

Ein Kleinkind auf einem Motorrad! Stell dir das vor! Ich bin richtig böse geworden, da hat er es wohl endlich begriffen. Jedenfalls hat er dich danach in Ruhe gelassen. Natürlich war wieder Alkohol im Spiel, und wer weiß, was er sonst noch genommen hat. Dann hat er mich und Tante Marion beleidigt und sich fast mit Onkel Werner geprügelt. Opa musste dazwischengehen und ihn aus dem Lokal werfen.«

Erstaunt hatte sie davon gehört. Sie selbst verband keine Erinnerungen mit ihm. Dafür war sie wahrscheinlich bei ihrer ersten und einzigen Begegnung zu klein gewesen. Es existierte nicht einmal ein Foto davon. Bei dem Gruppenfoto, das im Lauf der Feier gemacht worden war, war Onkel Georg schon nicht mehr dabei gewesen.

Leider. Sonst hätte sie möglicherweise eine Ahnung gehabt, weshalb er ausgerechnet sie zu seiner Erbin ernannt hatte. War die Erbschaft eine Entschädigung für den Schrecken, als er sie in die Luft geworfen hatte? Oder war es eine Geste der Versöhnung mit seiner Familie in Hamburg? Ihre Mutter schien eher an einen letzten Racheakt zu glauben. Wenn sie recht behielt und Onkel Georg ihr tatsächlich nichts als Schulden hinterlassen hatte, konnte sie das Erbe ablehnen. Das hatte Lutz ihr versichert. Also welches Risiko ging sie ein? Keines. Dafür hatte sie ein Wochenende in Paris vor sich.

Svenja fühlte sich wie als Kind kurz vor der Bescherung am Heiligen Abend. Es war das Prickeln dieser spannenden Stunden, in denen noch nicht klar war, was sie von ihrem Wunschzettel unterm Tannenbaum vorfinden würde. Und welche Wünsche erfüllt worden waren, obwohl sie nicht gewagt hatte, sie zu äußern. Was auch immer sie erben würde, eins hatte ihr Onkel mit seinem Testament bereits erreicht: Sie lebte wieder!

»Darf ich Ihnen etwas anbieten?«

Eine freundliche Flugbegleiterin beugte sich zu ihr vor und riss sie aus ihren Gedanken.

»Ein Wasser, bitte.«

Die Stewardess schenkte das Wasser in einen Plastikbecher, stellte ihn vor Svenja auf die Ablage und wandte sich ihrem Nachbarn zu.

Nachdenklich betrachtete Svenja die Kohlensäurebläschen, die vom Boden des Bechers aufstiegen und an der Oberfläche zerplatzten. Plötzlich bekam sie ein schlechtes Gewissen. Sie hatte geerbt, allerdings hatte die Sache einen Haken. Sie war eine Erbin, weil Georges Cordonnier, immerhin ihr Onkel, gestorben war. Und sie saß hier und freute sich. War sie herzlos? Egoistisch? Eine Erbschleicherin? Und was war mit den Angehörigen ihres Onkels? Hatte er eine Frau, Kinder oder gar Enkel, die einen berechtigten Anspruch auf seinen Nachlass erheben würden?

Vor ihren Augen entstand das Bild einer schwarz gekleideten, tief verschleierten, von einem halben Dutzend Kindern umringten Frau, die laut weinten, wehklagten und sie für das ihnen entgangene Erbe verfluchten. Ein Schauer lief ihr über den Rücken. Sie schüttelte sich und griff nach dem Plastikbecher.

Es wird schon seine Richtigkeit haben, dachte sie und hob ihren Becher. Schade, dass ich dich nicht mehr kennenlernen kann. Auf dich, Onkel Georg. Möge es dir da, wo du jetzt bist, gut ergehen.

Keine zwei Stunden später stieg Svenja vor ihrem Hotel aus dem Taxi. Der Moloch Paris traf sie mit einem Keulenschlag, und mühsam schnappte sie nach Luft.

Autos hielten mit quietschenden Bremsen an einer Ampel, ein Sportwagenfahrer ließ ungeduldig seinen Motor aufheulen, ein Transporter hatte einen defekten Auspuff, und der Fahrer eines Linienbusses hupte, weil direkt vor dem Bus eine Gruppe Schwarzafrikaner die Straßenseite wechselte. Die Luft war so dick und schwer, dass man sie in Gläser hätte füllen können. Es stank nach Abgasen, Müll, Hundekot, Urin und verschüttetem Alkohol. Im Rinnstein sammelten sich Zigarettenschachteln, Papiertüten, Brotreste, Salatblätter, Zwiebelringe und halb gegessene Hamburger. Und überall waren Menschen. Es wimmelte wie in einem Ameisenhaufen. Männer und Frauen in schicker modischer Kleidung, ihre Handys am Ohr, hetzten an ihr vorbei. Tief verschleierte muslimische Frauen schleppten Plastiktüten voller Brot und Gemüse nach Hause. Arabische Männer mit Kaftanen und weißen Mützen schlenderten in feiertäglicher Gelassenheit dahin, unterhielten sich und ließen ihre Gebetsketten durch die Finger wandern. Der Trubel um sie herum schien sie nicht zu stören. Nicht einmal, als eine Gruppe Schulkinder unter fröhlichem Gelächter an ihnen vorbeizog, unterbrachen sie ihre Gespräche. Zwei alte Männer in schmutziger, zerrissener Kleidung fielen Svenja auf. Der eine stocherte in einer Mülltonne herum, der andere sammelte eine Zigarettenkippe aus dem Rinnstein. Ein junges, ungepflegt aussehendes Pärchen wankte mit glasigen, von irgendeiner Droge umnebelten Augen an ihr vorüber, während ein anderes Paar eng umschlungen und strahlend vor Glück über den Gehsteig schwebte. Vielleicht waren es Flitterwöchner oder Frischverliebte. Dies hier waren nicht die Parks und Gärten, die wunderschönen gepflegten alten Häuser, die prächtigen Plätze mit ihren Brunnen, die noblen Geschäfte und Restaurants, die Seine, die in Reiseführern und Zeitungsberichten erwähnt wurden. Und dennoch, die Ahnung davon lag gewissermaßen in der Luft.

Paris!

»Sind Sie bald fertig, Madame? Ich habe nicht den ganzen Tag Zeit.«

Erst jetzt fiel Svenja auf, dass der Taxifahrer seit einer Weile vor ihr stand und ungeduldig auf seinen Lohn wartete. Ihr wurde heiß, und hastig zückte sie ihr Portemonnaie.

»Wie viel?«

Hatte der Mann wirklich sechzig Euro gesagt? Sechzig Euro für die wenigen Kilometer vom Flughafen bis hierher? Angestrengt versuchte sie, die zwischen einer halb gerauchten selbstgedrehten Zigarette und gelben Zähnen genuschelte Zahl zu rekapitulieren und zu übersetzen. Es war hoffnungslos. In der Schule war Französisch eines ihrer Lieblingsfächer gewesen, aber das war eine Ewigkeit her. Mittlerweile war sie kaum noch in der Lage, fehlerfrei bis zwanzig zu zählen. Vorsichtshalber reichte sie dem Mann einen Fünfzigeuroschein.

Seine Stirn umwölkte sich, und er wedelte unmissverständlich mit der Hand. Offenbar reichte es nicht. Svenja musste noch fünfzehn Euro darauflegen, bis er endlich zufrieden war. Er riss ihr das Geld aus der Hand, schüttelte den Kopf und stieg in seinen Wagen, wobei sie noch etwas von »Boches« auffing, was gewiss nicht als freundlicher Abschiedsgruß gemeint war. Sie atmete tief durch und nahm sich vor, diese kleine Episode rasch zu vergessen. Niemand hatte behauptet, dass Paris ein billiges Pflaster war oder dass sich die Taxifahrer hier durch ihre besondere Freundlichkeit auszeichneten.

Ein roter Teppich führte vom Eingang des Hotels die Marmorstufen zur Rezeption empor. Es wirkte edel, trotz der eingetretenen Kaugummis, Brandflecken und ausfransenden Ränder.

Der Portier war ein junger Mann, der ein wenig Deutsch sprach. Er winkte einem Pagen, der Svenjas Koffer nahm und sie durch die engen, verwinkelten Gänge des Hotels zum Fahrstuhl führte.

Ihr Zimmer lag im fünften Stockwerk des Hauses und war kaum größer als das Doppelbett, das darin stand.

Svenja bedankte sich bei dem Pagen mit einem Trinkgeld. Dann schloss sie die Tür und zwängte sich am Bett vorbei zum Fenster. Es ging zu einem Hinterhof. Außer den umliegenden Fenstern und Dächern sah sie nur noch ein rechteckiges Stück des blassblauen Himmels – keine Seine, keine Notre-Dame, kein Sacré-Cœur, nicht einmal die Spitze des Eiffelturms. Dennoch hatte dieses Panorama etwas Faszinierendes. Sie schob die geblümten Vorhänge und Gardinen zurück und öffnete die beiden Flügel. Kühle, überraschend klare Luft strich sanft über ihre Wangen. Die Zinkdächer mit ihren zahllosen Schornsteinen in den unterschiedlichsten Größen und Formen schimmerten im Licht der Sonne wie flüssiges Silber. Flugzeuge hatten Kondensstreifen am Himmel hinterlassen. Irgendwo dudelte ein Chanson von Edith Piaf. Und tief unter ihr im Hof klapperte der Deckel einer Mülltonne.

Svenja atmete genussvoll ein. Noch vor wenigen Tagen hatte sie den Weg von ihrer Wohnung zum Briefkasten kaum geschafft. Und jetzt? Sie kniff sich in den Arm, um es glauben zu können. Nein, es war kein Traum. Sie war in Paris!

5

Gedämpftes Licht, Frauen in eng anliegenden Kleidern, Männer in gut sitzenden Anzügen. Sie blickten erwartungsvoll zur Bühne. Er stand dort, allein, angestrahlt von einem einzigen Spot. Der Anzug war ungewohnt, die Fliege spannte um seinen Hals. Die Hand, mit der er die Trophäe umklammerte, schwitzte. Die Zuschauer – seine Familie und Prominenz aus dem Musik- und Film-Business – erwarteten jetzt eine Rede von ihm. Aber was sollte er sagen?

Danke, natürlich. Dank an die Jury, die ihn zum besten Sänger und Songwriter in Frankreich gekürt hatte. Dank an die Fans, die dies erst möglich gemacht hatten. Dank an …

Er bekam kein Wort heraus. Verlegen lächelte er das Mikrofon vor ihm an. Dann hatte er eine Idee, wie er sich bedanken konnte. Er begann zu singen.

Seine Stimme füllte den Saal, niemand wandte den Blick ab. Und schließlich sah er sogar Tränen auf den Gesichtern glänzen. Allmählich setzten die Instrumente ein – Gitarre, Schlagzeug, Klavier, Saxofon. Er hatte die Musiker nicht einmal auf die Bühne kommen hören. Als der Song zu Ende war, erhob sich das Publikum und klatschte. Er verneigte sich, wieder und wieder. So könnte das bis ans Ende seiner Tage weitergehen. Das Publikum verlangte eine Zugabe. Er warf dem Moderator der Veranstaltung einen Blick zu, und dann begann er wieder zu singen.

Das gleißende Licht der Scheinwerfer schwächte sich ab,

die Musik veränderte sich. Töne des Klaviers glichen klapperndem Geschirr, das Schlagzeug begann zu fauchen wie eine Kaffeemaschine, und das Saxofon wurde zu einer Frauenstimme, die ein altes Chanson von Jacques Brel summte: »Ne me quitte pas«. Langsam und träge drang in Marcs Bewusstsein, dass er nur träumte. Eine Weile wehrte er sich noch dagegen, Bühne, Musik und diese Trophäe in seiner Hand hinter sich zu lassen, doch der verführerische Duft von frischen Croissants und Kaffee lockte ihn in die Realität. Eigentlich war er viel zu müde zum Aufstehen, viel zu träge zum Essen. Es war mal wieder spät geworden. Um genau zu sein, war die Sonne schon wieder aufgegangen, als er mit Claudine endlich in ihrer Wohnung angekommen war. Das Bett war weich und warm. Der Tag konnte ruhig noch eine Weile mit seinem Beginn warten. Und mit ein bisschen Glück kehrte sogar der Traum zurück. Bester Songwriter Frankreichs – das fühlte sich gut an, richtig gut.

Leise Schritte näherten sich.

»Frühstück, Chéri!«, flüsterte eine Stimme in sein Ohr. Fingerspitzen strichen ihm über den Nacken und erzeugten wohlige Schauer auf seiner Haut. Vielleicht gab es doch einen Grund, aufzustehen.

Marc schlug die Augen auf, streckte seine Glieder und drehte sich träge auf den Rücken. Claudine saß auf der Bettkante neben ihm und lächelte.

»Guten Morgen, Marc«, sagte sie mit der wohlklingenden samtenen Stimme eines virtuos gespielten Saxofons.

»Guten Morgen!«

Er hätte stundenlang einfach nur daliegen und Claudine ansehen mögen. Er konnte sich nicht sattsehen an dem roten Haar, das in wilden Locken ihr Gesicht umrahmte. Kennengelernt hatten sie sich in dem Club, in dem er gelegentlich auftrat. An jenem Abend hatte ihm das Glück gestrahlt wie ein Bühnenscheinwerfer. Erst war das Publikum bei seinem Auftritt so mitgegangen, dass die Leute ihn nicht mehr von der Bühne lassen wollten. Dann hatte Jacques Tyron, der einflussreiche Musikproduzent, ihn angesprochen und zu einem Gespräch in seinem Büro eingeladen. Und schließlich war da noch Claudine gewesen. Sie war ihm schon von der Bühne aus aufgefallen. Ganz vorne hatte sie zu seinen Songs getanzt in ihrer verdammt gut sitzenden Jeans und dem grünen Top, dessen Farbe ihr Haar in Brand zu stecken schien – ein Wesen aus einem Traumland. Die Freude über Tyrons Interesse war noch nicht einmal in seinem Hirn angekommen, als sie ihn angesprochen und ihm zu diesem Erfolg gratuliert hatte. Er hatte sein Glück kaum fassen können. Wie auf Wolken war er mit ihr zuerst an den Tresen und später in eine kleine, ruhige Bar nur zwei Häuser weiter geschwebt. Dabei hatte er immer wieder Tyrons Visitenkarte hervorgeholt, nur um sicherzugehen, dass sie noch da war.

Mit Claudine hatte er das große Los gezogen. Sie war Schauspielerin. Um sich zwischen den Engagements über Wasser zu halten, arbeitete sie vier Tage die Woche in einer kleinen Parfümerie. Sie hatten denselben Musikgeschmack, hatten beide unregelmäßige Arbeitszeiten, ein unsicheres Einkommen und große Pläne. Außerdem glaubte sie an sein Talent. Und an seinen Erfolg. Irgendwann, eines Tages.

»Werde endlich erwachsen, Marc«, hatte Valérie gesagt, nachdem er ihr vor ein paar Tagen Claudine vorgestellt hatte. »Gestern blond, heute rothaarig, morgen schwarz. Eines Tages wird sie dich für eine schäbige Rolle in einer drittklassigen Serie im Stich lassen. Wart's ab!«

Aber Valérie war seine Schwester, die mit Argusaugen darüber wachte, welche Frau sich ihrem »kleinen« Bruder näherte. Das hatte sie schon während der Schulzeit getan, und damit konnte sie bis heute nicht aufhören, obwohl er die dreißig mittlerweile hinter sich gelassen hatte. Und sie kannte Claudine nicht. Sie war nicht nur wunderschön, sie war atemberaubend, sie war die Frau seiner Träume. Was tat es da zur Sache, dass Locken und Haarfarbe den geschickten Händen eines Friseurs zu verdanken waren? Und war es nicht egal, dass ihre schauspielerischen Erfolge bisher aus zwei Werbespots und einer Statistenrolle in einer Nachmittagsserie bestanden – wie Valérie immer wieder betonte? Ihre Zeit würde kommen. Eines Tages würde ein erfolgreicher Regisseur Claudines Potenzial erkennen. Und Valérie würde staunen.

Valérie … Marc runzelte die Stirn. Da war doch etwas mit Valérie? Sie hatte ihn um etwas gebeten. Aber was? Er wusste nur noch, dass es wichtig war.

»Woran denkst du?«, fragte Claudine und strich ihm mit ihrem Zeigefinger sanft seine Stirn glatt.

»Ich denke an meine Schwester«, antwortete er wahrheitsgemäß.

Claudine lachte ihr klangvolles, hollywoodreifes Lachen. »Die Gedanken an deine Schwester scheinen dich nicht glücklich zu machen«, sagte sie.

»Nein, es ist etwas anderes. Ich glaube, sie wollte etwas von mir. Aber ich habe vergessen, was es war.« Er rieb sich die Augen. »Welchen Tag haben wir heute?«

»Es ist Freitag, Chéri.« Claudine schmiegte sich an ihn. »Seit zwei Wochen sind wir zusammen. Ich habe frei. Wir haben Zeit, viel Zeit zum Feiern.«

Marc fuhr hoch. Plötzlich erinnerte er sich wieder.

»Wie spät ist es?«

»Kurz vor halb zwei.«

»Merde.« Er sprang aus dem Bett und suchte hastig seine Kleidung zusammen.

»Was ist denn los?«

»Mir ist gerade eingefallen, dass Valérie mich heute in meiner Wohnung treffen wollte. Ich soll um halb drei dort sein.«

Claudine verschränkte die Arme. »Und du springst, wenn deine Schwester pfeift? So kenne ich dich gar nicht.«

»Nein, ich … Wo sind meine Schuhe?«

»Vermutlich unterm Bett.«

Marc ließ sich auf die Knie fallen und angelte die Schuhe unterm Bett hervor.

»Nein, Claudine, es geht um eine Frau, eine Deutsche, glaube ich, die sich die Nachbarwohnung ansehen wird.«

»Eine Frau?«

Der drohende Ton in Claudines Stimme ließ ihn aufhorchen. Da war sie wieder, diese unterschwellige Eifersucht, die er bereits ein paarmal bemerkt hatte.

»Es ist nicht so, wie du denkst.«

»So, was denke ich denn?«

Streit lag in der Luft. Marc biss die Zähne zusammen und zählte stumm bis zehn. Er hatte keine Lust, sich wegen einer geplanten Wohnungsbesichtigung mit Claudine zu streiten.

»Es ist eine ziemlich komplizierte Angelegenheit, und ich habe zu wenig Zeit, um dir jetzt alles zu erklären. Vertrau mir einfach.«

Er setzte sich neben sie auf die Bettkante, fuhr mit der Hand durch ihre roten Locken und küßte sie. Claudine schien besänftigt. Sie erwiderte seinen Kuss und schmiegte sich an ihn. Er begann diesen Termin zu verfluchen.

»Kannst du nicht doch ein bisschen länger bleiben? Wenigstens eine halbe Stunde?«

Die Vorstellung war verlockend, aber …

»Du kennst meine Schwester nicht. Wenn ich sie warten lasse, wird sie wütend. Ich kann mich dann wenigstens vier Wochen nicht mehr bei ihr blicken lassen.«

Claudine zog sich mit beleidigtem Gesicht zurück. Marc seufzte.

»Und was ist mit deinem Frühstück?«

»Ich nehme ein Croissant mit und esse es auf dem Weg.« Er stand auf, nahm scine Jeansjacke und hängte sie sich über die Schulter. »Wir sehen uns spätestens heute Abend. Ich ruf dich an, wenn die Sache vorbei ist. Vielleicht können wir heute abend in den Club gehen und ein bisschen feiern? Ein Blues-Sänger aus Spanien tritt heute auf.«

Er hatte schon fast die Wohnung verlassen, als Claudine ihn wieder zurückrief.

»Deine Gitarre!«

Fluchend drehte er um, nahm den Gitarrenkoffer und rannte die Treppe hinunter. Zum Glück musste er nur drei Metro-Stationen fahren, bis er zu Hause war. Wenn er sich beeilte, würde ihm sogar noch Zeit zum Duschen bleiben.

6

Fünf Minuten vor der verabredeten Zeit war Svenja am Ziel. Die Kanzlei Decaux et Pellier befand sich in einem typischen Pariser Haus mit blassgelbem Putz und dunkelgrünen Fensterläden. Die Namen der Anwälte standen auf einem zerkratzten, aber blank polierten Messingschild.

Svenja trat zögernd auf den Eingang zu. Sie war nervös und versuchte sich zu beruhigen. Es dauerte, bis sie endlich den Mut hatte, auf den abgenutzten Knopf zu drücken. Mit schweißnassen Händen wartete sie auf den Summer.

Das Treppenhaus war alt, aber sauber. Es roch nach Zigaretten, französischer Küche und Bohnerwachs. Dieser Geruch erinnerte sie sofort an die Abstellkammer in der Schule, wie sie dort im Dunkeln und völlig verzweifelt auf dem Boden gehockt hatte. War das wirklich erst ein paar Tage her?

Langsam stieg sie die ausgetretenen Stufen zum zweiten Stock hinauf. An einer hohen Tür mit Einsätzen aus buntem Glas blieb sie stehen. Ihr Finger zitterte, als sie auf die Klingel drückte. Die Tür sprang auf, und mit heftig klopfendem Herzen betrat sie die Kanzlei.

In dem langen, hellen Flur saßen ein magerer schwarzhaariger Mann und eine blasse, verschleierte Frau mit einem Baby auf dem Schoß. Svenja murmelte ein »Bonjour«, doch die beiden schienen sie kaum zu bemerken. Sie unterhielten sich in einer Sprache, von der Svenja glaubte, dass es Arabisch war. Drei dunkelhaarige Jungen spielten auf einem schäbigen

Teppich mit Autos. Es roch durchdringend nach Zigaretten, Knoblauch, starkem Kaffee und billigem Parfum.

Am Ende des Flurs befand sich ein Tresen, hinter dem eine junge Frau an einem Computer saß. Ihre Ohren waren mit silbernen Steckern und Ringen übersät, ein nietenbesetztes Lederband umschloss eng ihren Hals. Am auffälligsten aber war ihre Frisur. An beiden Schläfen ausrasiert, richtete sich über dem Scheitel ein Kamm aus schwarz-weiß gefärbten Spitzen auf.

Svenja zögerte. Eigentlich hatte sie sich die Sekretärin von Anwälten anders vorgestellt. Und einen Augenblick zweifelte sie, dass sie die richtige Tür erwischt hatte.

Die junge Frau sah auf. »Bonjour, Madame. Haben Sie einen Termin?«

Svenja nickte. »Bonjour. Mein Name ist Svenja Lorentz«, sagte sie auf Französisch und freute sich, dass ihr der Satz trotz ihrer Nervosität recht flüssig über die Lippen kam. Allmählich schien sie sich wieder an die Sprache zu gewöhnen, die sie einst so geliebt hatte. »Ich habe um zwei Uhr einen Termin bei Madame Decaux.«

Die Sekretärin warf einen kurzen Blick auf einen Terminplan und nickte. »Ich sage Bescheid, dass Sie da sind«, erwiderte sie und deutete auf die Stühle im Wartebereich. »Setzen Sie sich, es kann noch etwas dauern.«

Svenja setzte sich auf einen Stuhl, in den im Lauf der Jahre mit Hilfe von Schlüsseln, Feuerzeugen oder Taschenmessern Verzierungen aller Art hineingeritzt worden waren. Die Sekretärin verschwand in einem der angrenzenden Räume.

Eine andere Tür öffnete sich, ein dunkelhaariger Mann mit Brille trat einen Schritt auf den Flur hinaus, nickte Svenja kurz zu und rief dann das arabische Ehepaar zu sich. Die vier Kinder nahmen sie mit, und im Flur wurde es still. Es vergingen fünfzehn Minuten, ohne dass sich jemand um Svenja kümmerte. Lustlos blätterte sie in einer der alten Zeitschriften, die auf dem Tisch lagen. Die Minuten schlichen dahin. Endlich öffnete sich wieder eine Tür. Das Parkett knarrte, und laute Stimmen erfüllten den Flur. Eine zierliche Frau unterhielt sich mit einer hochgewachsenen Schwarzafrikanerin in einem farbenfrohen knöchellangen Gewand. Die beiden verabschiedeten sich, und während die Afrikanerin die Kanzlei verließ, trat die andere Frau zu Svenja.

»Madame Lorentz?«, fragte sie mit einer tiefen, etwas rauen Stimme. Den Namen sprach sie französisch aus.

»Ja, das bin ich«, antwortete Svenja und stand auf.

»Wir haben miteinander telefoniert.« Die Frau sprach Deutsch mit einem starken, wohlklingenden französischen Akzent. »Ich bin Valérie Decaux.« Sie streckte Svenja lächelnd ihre kleine, kräftige Hand entgegen.

Neugierig betrachtete Svenja Madame Decaux. Ihr ungeschminktes Gesicht wurde von schulterlangen dunklen Haaren umrahmt. Für eine Anwältin war sie erstaunlich nachlässig gekleidet. Ihre dunkelblauen Pumps wirkten eher bequem als schick. Auf ihrem schlichten cremefarbenen Rock prangten zwei alte hellbraune Flecken, und ihre weiße Bluse war zerknittert. Sie machte den Eindruck einer Frau, die entweder keine Zeit oder kein Interesse hatte, sich um derart profane Dinge wie ihre Garderobe zu kümmern.

»Kommen Sie bitte in mein Zimmer. Es tut mir leid, dass Sie so lange warten mussten.« Valérie öffnete die Tür ihres Büros. Es war ein kleiner, heller, mit Regalen vollgestellter Raum, aus denen die Akten und Bücher förmlich herausquollen. Auch hier roch es nach Zigaretten, Kaffee und Knoblauch. Allerdings lag über allem ein zarter Rosenduft und verlieh der eigenartigen Mischung eine weibliche Note. »Bitte setzen Sie sich.« Sie deutete auf zwei alte, mit Leder gepolsterte Stühle. »Darf ich Ihnen etwas anbieten? Einen Kaffee vielleicht?«

Svenja nickte. Valérie rief der Sekretärin etwas zu und nahm hinter dem wuchtigen Schreibtisch Platz. Für einen Moment verschwand sie hinter den Stapeln von Akten, Büchern und Tageszeitungen aus Svenjas Blickfeld.

»Zuerst möchte ich Ihnen mein Beileid aussprechen, Madame Lorentz. Ihr Onkel war …«

Die Tür öffnete sich. Die Sekretärin erschien mit einem Tablett mit zwei halb vollen Bechern, einer Zuckerdose und einem Tetrapak Milch. Mit dem Ellbogen schob sie einen der Stapel zur Seite, stellte das Tablett ab und verschwand wieder.

»Das ist freundlich von Ihnen, aber ich kannte meinen Onkel nicht.«

»Oh, wirklich? Das ist aber schade«, entgegnete Valérie und schob Svenja einen Becher hin. »Zucker? Milch?« Sie nahm sich selbst den anderen Becher, schaufelte drei Löffel Zucker hinein, goss reichlich Milch dazu und lehnte sich auf ihrem Stuhl zurück. »Georges war ein unglaublich vielseitiger Mensch, humorvoll, gebildet, immer hilfsbereit, aber auch stur, unbequem. Er konnte brüllen wie ein Löwe und ebenso kämpfen, wenn es sich lohnte. Eine beeindruckende Persönlichkeit.«

Das klang aber ganz anders als das, was ihre Mutter ihr erzählt hatte. Nachdenklich nahm Svenja den Becher in die Hand.

»Sie haben meinen Onkel offenbar näher gekannt, Madame Decaux?« Svenja nippte vorsichtig und verschluckte sich beinahe. Die ätzende Flüssigkeit, die kochend heiß ihre Kehle hinunterrann, trieb ihr augenblicklich den Schweiß auf die Stirn. Großzügig bediente sie sich an Milch und Zucker. »Er war ein Bruder meiner Mutter. Aber meine Familie hat schon vor vielen Jahren den Kontakt zu ihm verloren. Umso größer war die Überraschung, als Ihr Brief in der Post war. Können Sie mir etwas über meinen Onkel erzählen? Wie ist er gestorben? War er krank, oder musste er leiden?«

Valérie schüttelte den Kopf. »Nein. Er kam nach Hause, stieg von seinem Motorrad und fiel um. Es war ein Herzinfarkt. Er war sofort tot.« Sie lächelte traurig. »Wenigstens ist er so gestorben, wie er es sich gewünscht hat, schnell und bei seinem Motorrad.«

Svenja rührte in ihrem Becher herum. Machte es das jetzt leichter für sie?

»Meine Mutter erzählte mir, dass sie und meine Tante und mein Onkel vor ein paar Jahren wegen einer Verzichtserklärung für das Erbe angeschrieben wurden …«

»Ja, das war vor fünfzehn Jahren, als Georges die Wohnung gekauft hat. Mein Kanzleivorgänger hat sich damals um diese Angelegenheit gekümmert.«

»Aber wenn er doch ganz offensichtlich die Familie enterben wollte, warum hat er dann jetzt ausgerechnet mich in seinem Testament bedacht?«

»Das kann ich Ihnen leider nicht sagen.« Valérie nahm einen Schluck von ihrem Kaffee. »Er hat unsere Kanzlei eigentlich selten in eigener Angelegenheit aufgesucht. Meist hat er Leute begleitet, die juristischen Rat brauchten. Das Testament hat er nach Madame Martines Tod vor vier Jahren aufgesetzt. ›Für alle Fälle‹, hat er damals gesagt.« Sie hob die Hände. »Ich weiß nur, dass er ein Mensch war, dem die Hunde schwanzwedelnd entgegenliefen, bei dem niemand umsonst an die Tür klopfte und der Gott und die Welt kannte. Ich mochte ihn.« Bedauernd schüttelte sie den Kopf. »Wollen wir jetzt zur Testamentseröffnung schreiten? Sie sind doch bestimmt gespannt, was Sie geerbt haben.«

»Ja«, antwortete Svenja, und ihre Hände wurden feucht, als die Anwältin einen braunen Umschlag unter einem Stapel Akten hervorzog und ihn einen Augenblick lang nachdenklich betrachtete.

»Ihr Onkel hat sein Testament im Beisein von mir und meinem Kollegen Monsieur Pellier in diesem Zimmer verfasst, es in den Umschlag getan und ihn eigenhändig versiegelt. Seither ist es nicht angerührt worden. Möchten Sie es vielleicht selber öffnen?«

Svenja nickte und nahm den Umschlag und einen Brieföffner entgegen. Einen Moment betrachtete sie ihren Namen, der auf der Vorderseite stand, geschrieben in einer schwer leserlichen Schrift. Ihr Mund wurde trocken. Jetzt war es so weit. Sie holte tief Luft, dann schlitzte sie den Umschlag auf und schüttete den Inhalt auf ihren Schoß – ein zusammengefalteter Briefbogen mit dem Kopf der Kanzlei Decaux et Pellier sowie ein Schlüsselbund mit fünf blanken Schlüsseln und einem Plastikanhänger vom Eiffelturm. Und zwei Fotos. Auf dem ersten Foto war ein typischer Pariser Altbau aus dem 19. Jahrhundert. Oberhalb einer großen dunkelroten Markise mit der Aufschrift »Sans Regrets«, die den Großteil der Schaufenster des in ihrem Schatten liegenden Geschäfts verbarg, waren die stuckverzierte Fassade, die niedrigen schmiedeeisernen Geländer und die Fensterläden vor den schmalen Flügelfenstern zu sehen. Ein Holztor versperrte die Durchfahrt, und links daneben schien noch ein Geschäft zu sein, denn auf dem Foto waren noch die letzten zwei Buchstaben einer Leuchtschrift zu erkennen, ein »v« und ein »e«. Dann betrachtete Svenja das andere Foto. Es zeigte einen Mann auf einem Motorrad sitzend, der ein etwa dreijähriges Mädchen auf dem Arm hielt. Beide lächelten in die Kamera. Der unbekannte Mann trug ein dunkles T-Shirt mit dem Logo der Rolling Stones, hatte einen dichten Vollbart und lange Haare. Seine Arme waren tätowiert. Und das Mädchen war sie. Sie in einem sommerlichen geblümten Festtagskleidchen. Entweder hatte ihre Mutter eine falsche Erinnerung, oder sie hatte geschwindelt, denn sie schien sich vor ihrem Onkel nicht zu fürchten. Im Gegenteil, das kleine Mädchen auf dem Foto sah aus, als würde es sich auf dem Arm des Mannes pudelwohl fühlen.

»Das ist mein Onkel?« Erstaunt zeigte sie Madame Decaux das Foto.

»Ja, das ist er. Er sieht auf dem Foto jünger aus, als ich ihn gekannt habe, aber im Wesentlichen hat er sich nicht verändert.«

»Das muss auf der Feier zum sechzigsten Geburtstag meines Großvaters gewesen sein. Ich erinnere mich, dass ich zu diesem Anlass das Kleid bekommen habe«, sagte Svenja mehr zu sich selbst als zu der Anwältin. Weshalb dachte sie jetzt an Gänseblümchen? Eine ganze Wiese voller Gänseblümchen. »Das ist bestimmt dreißig Jahre her.« Eine einzige Begegnung vor dreißig Jahren. Und doch hatte Georges Cordonnier das Foto aufbewahrt, über drei Jahrzehnte hinweg. Er musste sie gemocht haben. Sie nahm den Briefbogen und faltete ihn mit zitternden Händen auseinander. Er war auf Französisch geschrieben, aber selbst auf Deutsch wäre es ihr schwergefallen, die Schrift zu entziffern. »Ich kann das leider nicht lesen«, sagte sie und reichte den Briefbogen über den Schreibtisch.

Valérie nickte verständnisvoll und las laut vor, zuerst auf Französisch, dann übersetzte sie. Als sie fertig war, ließ sie das Blatt sinken und sah Svenja an.

»Das ist alles. Haben Sie noch Fragen?«

In Gedanken ging Svenja noch einmal den Wortlaut des Testaments durch.

»Ich, Georges Cordonnier, erkläre hiermit im Vollbesitz meiner geistigen Kräfte, dass ich meine gesamte Habe, bestehend aus der in meinem Besitz befindlichen Wohnung an unten stehender Adresse mitsamt den Möbeln, meinem Bike und meinem Wagen, der Tochter meiner Schwester Ursula Lorentz, Frau Svenja Lorentz, hinterlasse. Der Schlüssel zur Wohnung liegt diesem Testament bei.«

Das war alles, kurz und einfach. Svenjas Herz klopfte schneller. Es war also wahr, sie hatte eine Wohnung in Paris geerbt!

»Diese Form eines handschriftlichen Testaments ist in Frankreich eigentlich nicht mehr üblich«, erklärte Valérie. »Aber Ihr Onkel bestand darauf. Obwohl wir ihn auf die Anfechtbarkeit eines solchen Dokuments hingewiesen haben.«

Svenjas Freude schlug wieder in Nervosität um.

»Gibt es denn Hinterbliebene, die einen berechtigten Anspruch auf das Erbe erheben könnten?«

Valérie schüttelte den Kopf. »Nein. Theoretisch hätte Danielle Dubois, die Tochter von Georges' Ehefrau Martine, Ansprüche an einem Teilerbe stellen können, wenn Sie nicht wären. Das Erbrecht in Frankreich ist ein bisschen anders als in Deutschland, hier wird immer die leibliche Familie geschützt. Georges hatte selbst keine Kinder. Seine Brüder und Schwestern haben auf das Erbe verzichtet. Sie sind seine Nichte. Das ist eindeutig und unanfechtbar.«

Svenja atmete auf. Für einen Augenblick hatte sie befürchtet, dass sich der Traum von der Wohnung in Paris in Luft auflöste, noch ehe er richtig begonnen hatte. Es war unfassbar. Ihr gehörte eine Wohnung in dieser Stadt!

»Wann möchten Sie die Wohnung besichtigen, Madame Lorentz?«

»Ich bleibe bis Sonntagvormittag in Paris und habe keine

besonderen Pläne. Ich kann mich also ganz nach Ihnen richten.«

Valérie warf einen kurzen Blick auf ihre Armbanduhr. »Die Wohnung liegt hier in der Nähe, und ich habe gerade Zeit. Wenn es Ihnen recht ist, können wir jetzt gleich hingehen.«

»Ja, das wäre schön.«

Sie stand auf und konnte es kaum erwarten, die Wohnung zu sehen. *Ihre* Wohnung.

7

Das Haus, in dem sich die Wohnung befand, lag in einer schmalen Seitenstraße, einen Block von der Kanzlei entfernt. Im Vergleich zur belebten Hauptstraße mit ihren Bistros, Boutiquen, Schuhgeschäften, Telefonläden und der nahen Metro-Station wirkte sie verschlafen, wie ein Relikt aus einer anderen Zeit.

Während Valérie auf dem Weg dorthin noch einen wichtigen Anruf erledigte, versuchte Svenja vergeblich, sich von allen Erwartungen und Vorstellungen zu lösen. Unablässig gingen ihr Bilder aus französischen Filmen durch den Kopf: Bilder von poliertem Parkett und stuckverzierten, vier Meter hohen Decken. Bilder von einer Aussicht auf einen belebten Platz, wo tagsüber die Tische der Bistros stehen und bis weit nach Mitternacht Straßenkünstler mit leuchtenden Fackeln jonglieren, zu Grammofonmusik tanzen oder Chansons von Jacques Brel zum Besten geben. Bilder von einem lauschigen Innenhof, in dem man im Schatten blühender Kastanien den Kindern der Nachbarn beim Spielen zusehen kann.

Das Haus, vor dem Valérie Decaux schließlich stehen blieb, sah aus wie auf dem Foto. Allerdings hatte die Realität ein paar Schönheitsfehler. Die Markise war hochgekurbelt. Die Schaufenster waren von innen mit vergilbten Zeitungen zugeklebt, in einer Schlagzeile wurde das Ausscheiden der französischen Nationalmannschaft in der Vorrunde der Fußball-WM 2010 in Südafrika kritisiert. Oberhalb der Markise begannen die niedrigen Eisengitter vor den Fenstern zu rosten, von den Fensterläden blätterte die grüne Farbe ab, an einigen Stellen bröckelte der Putz von den Mauern. Das Tor war mit Plakaten beklebt und mit Graffiti beschmiert, die Leuchtschrift daneben war entfernt worden. Die Löcher, die die Befestigungsschrauben hinterlassen hatten, waren nicht zugespachtelt worden und erinnerten an Einschusslöcher, die Fenster des Geschäfts waren mit Sperrholzplatten zugenagelt. Früher mochten vornehme Leute in dem Haus gewohnt und gearbeitet haben, Leute, die sich ganze Scharen von Bediensteten hatten leisten können. Diese Zeiten waren vorbei. Niemanden schien der Zustand des Hauses noch zu interessieren. Als Svenja die Fassade emporblickte, hatte sie den Eindruck, dass die Wohnungen seit Langem leer standen.

»Madame?«

Svenja zuckte erschrocken zusammen. Sie hatte den Mann nicht kommen sehen, der jetzt so dicht vor ihr stand, dass sie sein Aftershave riechen konnte. Ein Duft, der teuer roch, sie allerdings unangenehm an schimmlige Grünpflanzen erinnerte. Der Mann überschwemmte sie mit einem Schwall französischer Worte.

Sie schüttelte den Kopf. »Es tut mir leid, ich verstehe …«

»Oh, verzeihen Sie!«, rief er in nahezu akzentfreiem Englisch. »Wie ungeschickt von mir. Ich wusste nicht, dass Sie keine Französin sind. Mein Name ist Fabeau, Madame, Yves Fabeau.« Er streckte seine Hand aus. Zögernd ergriff Svenja sie. Der Mann kam ihr bekannt vor. Das volle blonde Haar, die leuchtend blauen Augen, das dezent sonnengebräunte Gesicht, das Lächeln, das eine Reihe makelloser weißer Zähne entblößte. Irgendwo hatte sie diesen Mann schon einmal gesehen. Im Flugzeug? Im Hotel? Auf der Straße? Oder in einem Traum? Am ehesten das. Der Mann wirkte zu glatt und zu schön, um ins wahre Leben zu gehören.

»Kennen wir uns?«, fragte Svenja, während sie ihre visuellen Erinnerungen absuchte.

»Nein, ich glaube nicht. Ich ...«

Plötzlich sah sie ihn vor sich, aber nicht im betont leger sitzenden blauen Anzug, in dem er ihr gerade gegenüberstand, sondern in sportlicher Kleidung auf einer weißen Segelyacht vor einem azurblauen Himmel. Der Wind blies ihm das blonde Haar aus dem Gesicht, und die Gischt spritzte an ihm hoch. Dabei sah sie weder die Yacht die Wellen kreuzen, noch hörte sie das Flattern der Segel. Das Bild kam ihr vor wie eine eingefrorene Erinnerung, ein Schnappschuss. Und dann fiel es ihr ein.

»Doch! *Ich* kenne Sie. Das heißt, ich habe Sie schon einmal gesehen. Es war eine Werbekampagne für einen Herrenduft.« Sie hatte diese Werbung erst vorhin in einer der alten Zeitschriften gesehen, die sie in der Kanzlei durchgeblättert hatte. Irgendwie hatte dieses Foto es geschafft, in ihrem Gedächtnis haften zu bleiben.

Das braune Gesicht des jungen Mannes färbte sich eine Spur dunkler, sein Lächeln wirkte verlegen.

»Ich gebe zu, ich habe ein paar Jahre als Model gearbeitet, unter anderem für einen namhaften Parfumhersteller. Aber«, er schien seine Fassung zurückgewonnen zu haben, »jetzt arbeite ich für die Maklerfirma La Maison. Wie Sie vielleicht wissen, sind wir die größte Immobilienfirma in Paris mit über zwei Millionen Kunden weltweit.« Er reichte ihr eine Visitenkarte, die sie reflexartig entgegennahm. »Madame, mein aufrichtiges Beileid zu Ihrem Verlust. Sie standen dem Verstorbenen wohl sehr nahe?«

»Georges Cordonnier war mein Onkel«, antwortete Svenja.

Dieser Mann verwirrte sie. Was machte sie so nervös? Sein blendendes Aussehen? »Um ehrlich zu sein, habe ich seit dreißig Jahren nichts …«

Valérie räusperte sich, und Svenja brach ab.

»Madame«, er drückte ihre Hand und hielt sie fest, »ich kenne leider Ihren Namen noch nicht.«

»Lorentz. Svenja Lorentz.«

»Madame Lorentz, der Tod eines Verwandten ist eine traurige Angelegenheit. Darum mag der Augenblick jetzt nicht passend sein, aber …«

»Das erste Mal, dass ich Ihnen zustimmen muss!«, unterbrach ihn Valérie. Svenja hatte den Eindruck, dass die Anwältin keineswegs erfreut war, den Makler hier zu sehen. Aber sein Auftauchen schien sie auch nicht zu überraschen. »Was wollen Sie hier, Fabeau?«

»Ich möchte Madame einen interessanten Vorschlag unterbreiten und …«

»Können Sie nicht wenigstens warten, bis wir die Wohnung besichtigt haben? Müssen Sie meine Klientin jetzt schon belästigen?«

Yves Fabeau bedachte sie mit einem kühlen Blick und wandte sich wieder an Svenja.

»Madame, verzeihen Sie meine Aufdringlichkeit. Natürlich sollen Sie in aller Ruhe die Wohnung besichtigen. Ich habe sie zwar noch nicht mit eigenen Augen gesehen, aber wie ich hörte, soll sie wirklich entzückend sein, die reinste Puppenstube! Und seit die Wohnungen hier über eigene Bäder verfügen …«

»Fabeau!«

»Oh, das war doch gerade im letzten oder vorletzten Jahr …« Er blätterte hastig ein paar Seiten auf seinem Klemmbrett um und biss sich auf die Lippe. »Ach nein, Verzeihung, da habe ich mich geirrt. Das war ein anderes Objekt hier in der Nähe.« Er räusperte sich, und Valérie atmete geräuschvoll ein. »Der optische Zustand des Gebäudes sollte Sie nicht beunruhigen, Madame. Die Substanz ist solide. Die wenigen Mängel – Regenrinnen, Dach, Fenster und noch ein paar andere Kleinigkeiten – lassen sich rasch beheben. La Maison arbeitet mit einer Reihe vertrauenswürdiger Handwerksfirmen zusammen, die ausgezeichnete Arbeit zu einem guten Preis anbieten.«

Svenja schluckte, ihre Finger fühlten sich kalt und taub an. Plötzlich hatte sie eine andere Filmszene vor Augen: Audrey Tautou, die in dem Film *Zusammen ist man weniger allein* in einer kleinen, düsteren, unbeheizten Dachkammer ohne Bad und Toilette hauste.

»Was meinen Sie damit, dass ein Bad eingebaut wurde – oder auch nicht? Hat die Wohnung meines Onkels etwa kein Bad?«

»Machen Sie sich darüber keine Gedanken, Madame Lorentz«, sagte Fabeau und legte ihr beschwichtigend eine Hand auf den Arm. »Solche Kleinigkeiten lassen sich jederzeit im Nachhinein installieren. Platz ist selbst in der kleinsten Hütte, nicht wahr?« Er lachte über seinen Scherz. Aber Svenja war nicht nach Lachen zumute.

»Fabeau, Sie gehen entschieden zu weit! Verschwinden Sie.«

»Madame«, fuhr er fort und ignorierte die Anwältin, »so sehr ich Ihren Verlust bedaure, so sehr gratuliere ich Ihnen zu dieser Wohnung. Ein Objekt wie dieses, so unverfälscht, authentisch, ursprünglich, ist heutzutage eine Rarität in Paris. Wenn Sie Fragen haben oder Ihnen eher der Sinn nach einem Verkauf der Wohnung steht …« Er tippte auf die Karte. »Denken Sie bitte an uns. Kurzer Anruf genügt.«

Sein Händedruck war kräftig. Dann lief er in sportlichen Sätzen über die Straße. Svenja sah ihm verwirrt nach, während Valérie ihm einen Schwall Beschimpfungen hinterherschickte, von dem sie kaum etwas verstand.

»Wer war das, Madame Decaux? Woher wusste er, dass wir hier sind?«

Valérie deutete mit dem Kopf auf die andere Straßenseite. »Er hat dort drüben auf uns gewartet. Er kennt mich.«

»Und woher wusste er, dass wir kommen? Woher kennt er die Wohnung? Woher wusste er überhaupt, dass ich die Wohnung meines Onkels geerbt habe?«

»Die Todesanzeigen, meine Liebe. Er hat die Todesanzeige Ihres Onkels gelesen und gewusst, dass die Wohnung frei geworden ist. Und ich bin sicher, er hat außerdem noch eine andere Quelle. Der Rest ist eine Frage der Geduld.«

Svenja verzog das Gesicht. »Das ist ja widerlich.«

Valérie seufzte. »In der Tat. Ich könnte Ihnen Geschichten über La Maison und die Mitarbeiter dieser Firma erzählen, da würden sich Ihnen die Haare sträuben. Aber das gehört nicht hierher.« Ihr Lächeln wirkte gezwungen. »Wollen wir jetzt die Wohnung besichtigen? Ich hoffe, Fabeau hat Ihnen nicht die Vorfreude genommen.«

»Nein, keineswegs.« Svenja sah zu, wie die Anwältin das Tor mit einem Schlüssel öffnete, der groß und klobig, wie er war, aus einem anderen Zeitalter zu stammen schien. Die Erfindung der codierten Schlösser, die sie auf ihrem Weg zur Kanzlei überall gesehen hatte, schien an diesem Haus spurlos vorübergegangen zu sein. Die Visitenkarte des Maklers brannte wie ein glühendes Eisen in ihrer Hand. Sein Auftritt hatte einen unangenehmen Nachgeschmack hinterlassen. Ihr war bewusst geworden, dass sie mit allem rechnen musste. Plötzlich traten die Schäden am Gebäude noch deutlicher hervor. Was hatte dieser Fabeau alles erwähnt? Die Regenrinnen, die Dächer, die Fenster. Dass die Fassade dringend saniert werden musste, konnte sie selbst sehen. Wer würde die Kosten der Instandsetzung zu tragen haben? Sie allein? Die Eigentümergemeinschaft? Wer waren die anderen Eigentümer? Und warum hatten die nicht schon längst etwas unternommen, um das Haus vor dem drohenden Verfall zu bewahren? Sie nahm sich vor, Valérie Decaux zu fragen, aber später, nach der Besichtigung.

8

»Sie kommen! Sie kommen! Madame Valérie und die Deutsche kommen!«

Die Rufe hallten durch das Treppenhaus. Türen wurden aufgerissen, und alle flatterten wie aufgescheuchte Hühner durch die Etagen. Das Wasser in der Dusche ein Stockwerk tiefer wurde abgestellt. Hastige Schritte erklangen und aufgeregte Stimmen – Monsieur Belinins sonorer, vom Husten unterbrochener Bass, die immer ein wenig ängstlich klingende Madame al Fahdi, zwei ihrer Kinder, die lachend durch das Treppenhaus tobten, die hohe, durchdringende Stimme von Claire Poulette. Sogar ihr Sohn François, der selten die Wohnung verließ und eigentlich nie den Mund aufmachte, äußerte seine Befürchtungen über den bevorstehenden Besuch. Dann wurden die Türen ebenso hastig zugeschlagen, wie sie Sekunden zuvor aufgerissen worden waren. Es wurde still im Haus, stiller als zuvor. Alle schienen den Atem anzuhalten und zu lauschen. Juliette saß auf dem alten, wackeligen Stuhl am Fenster und lächelte versonnen. Natürlich hatte auch sie gehört, was Danielle bei ihrem letzten Besuch gesagt hatte – dass die Deutsche die Wohnung so schnell wie möglich verkaufen würde. Trotzdem verstand sie die Aufregung der anderen nicht. Sie waren so rührend in ihrer Besorgnis. Sie waren wie Kinder, denen man in einer Gewitternacht eine Geschichte vom schwarzen Mann erzählt hatte.

»Nicht wahr, Pirol, sie machen sich alle unnötig Sorgen?«

Pirol hüpfte von einer Seite seines Käfigs auf die andere und plusterte sein goldgelbes Gefieder auf.

Juliette lachte. »Ja, genau, Pirol, so plustern sie sich auf. Als ob das alles so wichtig wäre. Sie kannten doch Monsieur Georges. Oder etwa nicht?« Sie steckte ihren Zeigefinger in den Käfig und streichelte den Kanarienvogel. »Wir beide kannten Monsieur, nicht wahr, Pirol? Wir kannten ihn gut. Er hat uns beschützt. Und deshalb machen wir uns keine Sorgen, ganz gleich, was Danielle erzählt. Die Arme!«

Sie neigte den Kopf zur Seite und begann eine Melodie zu summen. Eine Weile saß sie mit geschlossenen Augen da, die Hände um das Ende ihres silberweißen, geflochtenen Zopfes verschränkt. Schließlich erhob sie sich und ging mit wiegenden Schritten zu dem Instrument in der Mitte ihres Wohnzimmers. Sie nahm auf dem Schemel Platz, liebkoste das helle, glänzende Holz, bevor sie eine Taste anschlug, zart und scheu. Erst als der Ton verklungen war, schlug sie die nächste an. Juliette spielte zuerst die Tonleiter. Das tat sie immer, um ihre Finger zu lockern, die allmählich steif wurden. Der Arzt nannte es Arthrose, aber sie wusste es besser. Es war keine Arthrose. Es war das Alter.

Sie spielte die Tonleiter hinauf und hinunter, erst langsam, jeden einzelnen Klang auskostend, genießend, dann immer schneller, bis die Töne zu einem Gefüge verschmolzen und eine Leiter wurden, an der die Engel auf- und absteigen konnten, so wie es im Buch Genesis stand. Es dauerte nicht lange, bis einer der Engel sie bei der Hand nahm. Leicht wie eine Feder glitt sie die Leiter hinauf, ihre Umgebung verschwamm vor ihren Augen. Je höher sie stieg, umso mehr schälte sich aus den einzelnen Tönen eine Melodie heraus, eine wunderbare, göttliche Musik, die sich wie heilender Balsam auf ihre schmerzenden Hände legte. Und als sie die letzte Stufe erklomm und gemeinsam mit dem Engel den Himmel erreicht hatte, begann Pirol mit seiner glockenklaren Stimme zu singen.

9

Svenja und Valérie traten in eine schmale, dunkle Durchfahrt, passierten eine Tür, die offenbar zu den Wohnungen im vorderen Teil des Hauses führte, und gelangten in einen kleinen, mit gewöhnlichen Gehwegplatten ausgelegten Innenhof. Auch hier ließ sich der schlechte Zustand des Hauses nicht verbergen, obwohl jemand in rührender Weise bemüht zu sein schien, alles ordentlich zu halten. Die Mülltonnen standen aufgereiht an einer Hauswand, der Hof war gefegt, die großen Fenster der Eckwohnung im Parterre, in der vor vielen Jahrzehnten der Concierge oder Chauffeur des Hauses gewohnt haben mochte, waren geputzt. Die schlimmsten Risse in der Fassade waren notdürftig mit weißer Farbe überstrichen worden. Und hinter einigen der verrosteten Fenstergitter standen Blumentöpfe mit blühenden Geranien und Begonien. Direkt gegenüber der Durchfahrt befanden sich zwei weitere Tore aus dunkelgrün gestrichenem Holz. Svenja vermutete, dass es sich um die Garagen handelte. In einer der beiden schien jemand zu arbeiten. Die Torflügel waren angelehnt, und aus dem Inneren erklang Radiomusik.

»André! Monsieur André!« Valérie klopfte gegen das Holz.

Die Musik wurde abgestellt, schlurfende Schritte näherten sich, und unter protestierendem Knarren öffnete sich das Tor. Heraus trat ein etwa siebzigjähriger Mann. Er war groß und schlaksig mit einem deutlichen Bauchansatz, hatte graue, kurz geschnittene Haare, die an eine Drahtbürste erinnerten, und einen Stoppelbart. Seine alte, von Hosenträgern notdürftig am Platz gehaltene Hose war so schmutzig, dass ihre ursprüngliche Farbe kaum noch zu erkennen war, und das Unterhemd war voller Flecken.

Hinter ihm in der Garage stand ein Auto. Svenja hatte keine Ahnung, um welches Fabrikat es sich handelte, aber die lange cremefarbene Motorhaube, das glänzende Chrom von Stoßstange und Kühler und die runden Scheinwerfer erinnerten sie an alte französische Filme. Vermutlich war der Wagen mindestens fünfzig Jahre alt, vielleicht sogar noch älter.

»Bonjour!«, nuschelte der Mann, während er auf einem Zahnstocher kaute. Mit einer Bewegung, die an einen trotzigen kleinen Jungen erinnerte, schob er einen Hosenträger zurück auf die Schulter. »Was gibt's?«

»Bonjour, Monsieur André!«, begrüßte ihn Valérie. Ihre Stimme klang fröhlich, aber Svenja hatte das Gefühl, dass sie nervös war. »Madame, darf ich Ihnen Monsieur André vorstellen? Er ist der Hausmeister. André, das ist Madame Lorentz.«

Die Hände des Hausmeisters blieben in den ausgebeulten Taschen seiner Hose stecken, und der Blick, den er Svenja zuwarf, war so unfreundlich, dass sie nicht einmal den Versuch wagte, ihm ihre Hand zu reichen.

»Bonjour, Monsieur André«, sagte sie. Ihre Stimme bebte vor Anspannung, während sie nach den richtigen französischen Wörtern suchte, um Konversation zu treiben. »Sie haben da ein schönes Auto in der Garage. Wie alt ist es?«

»Alt.« Er gab dem Torflügel mit der Hacke einen Tritt, und donnernd schlug er zu. Dabei starrte er Svenja finster an, als hätte sie gedroht, den Wagen zu konfiszieren.

Valérie räusperte sich. »André, wir würden uns gern die Wohnung von Monsieur Georges ansehen.« Sie lächelte, doch ihre Freundlichkeit fand keine Erwiderung.

»Wenn Sie wollen«, entgegnete er. »Aber ohne mich. Hab viel zu tun. Sie kennen sich ja gut aus. Werden sich wohl kaum verlaufen.«

»Danke, André.« Sie nickte ihm zu, doch er sah es nicht mehr. Er schlurfte wieder in die Garage zu dem Oldtimer zurück. Das erneute Zuschlagen des Tors hallte durch den kleinen Innenhof. Valérie seufzte. »Machen Sie sich keine Sorgen über die unfreundliche Begrüßung, Madame. André wirkt auf den ersten Blick wie ein ruppiger, mürrischer Mensch. Wenn man ihn jedoch genauer kennt, stellt man fest, dass er ein Herz aus Gold hat. Er kümmert sich hier um alles. Er ist der gute Geist dieses Hauses.«

Svenja sagte nichts. Ihr war nicht entgangen, dass sich im ersten Stock eine Gardine bewegt und weiter oben leise ein Fenster geöffnet hatte und wieder geschlossen worden war. Sie spürte die Blicke. Sie wurde beobachtet, taxiert, bewertet. Und sie begann sich wie ein ungebetener Gast zu fühlen, ein Störenfried, ein Eindringling.

Sie traten durch eine klapprige Tür in einen engen Hausflur. Eine breite, mit einem roten Teppich ausgelegte Wendeltreppe führte nach oben. Das wuchtige gedrechselte Geländer aus dunklem Holz hätte jedem herrschaftlichen Anwesen alle Ehre gemacht. Nur spärlich fiel das Licht durch die schmierigen Fenster im Treppenhaus, die offenbar seit Jahren nicht mehr geputzt worden waren. Valérie wollte das Licht anschalten und musste feststellen, dass die Glühbirne kaputt war.

Der gute Geist kommt seinen Aufgaben wohl nur nach Lust und Laune nach, dachte Svenja und stieg hinter der Anwältin die ausgetretenen Stufen empor. Vielleicht war Monsieur André deshalb so unfreundlich. Vielleicht fürchtete er, dass ein neuer Eigentümer auf saubere Fenster und funktionierende Treppenhausbeleuchtung bestehen würde.

Sie hatten das zweite Stockwerk erreicht, als ihnen von oben schnelle Schritte entgegenkamen. Kurz darauf hörten sie über sich ein Klopfen.

»Louise!«, rief eine Männerstimme. »Mach auf!«

Das Klopfen wurde lauter. Im vierten Stock angekommen, sahen sie einen jungen Mann in verwaschener Jeans und T-Shirt, der gegen die mittlere der drei Türen klopfte.

Welch ein Kontrastprogramm!, schoss es Svenja durch den Kopf. Eben im Innenhof der alte, griesgrämige, schmerbäuchige Hausmeister, und jetzt …

»Louise, ich weiß, dass du mich sehr gut hören kannst! Mach endlich auf!« Er hämmerte gegen die Tür.

»Marc! Was ist los?« Valérie ging auf ihn zu, umarmte ihn und küsste ihn auf beide Wangen.

Der junge Mann verdrehte die Augen und fuhr sich durch das Haar, das in feuchten Locken in alle Richtungen von seinem Kopf abstand.

»Ich war in der Dusche und habe mein Handtuch vergessen. Und jetzt rückt Louise es nicht mehr heraus!« Er schlug mit der flachen Hand gegen das Holz. Trotzdem hatte er keinen Erfolg, die Tür blieb geschlossen. Schließlich zuckte er resigniert mit den Schultern. »Egal. Irgendwann bekomme ich es zurück.«

Valérie trat einen Schritt beiseite, sodass Svenja dem jungen Mann direkt gegenüberstand. »Madame, das ist mein Bruder Marc. Er war der Nachbar Ihres Onkels.«

Wenn er Onkel Georgs Nachbar war, wird er auch mein Nachbar sein …

»Bonjour.«

Die Art, wie er ihr die Hand reichte, erinnerte Svenja unwillkürlich an ihre Schüler, und sie nahm sie dankbar an. Da war endlich etwas Vertrautes. Und nach dem mürrischen

Hausmeister und den verstohlenen Blicken hinter geschlossenen Gardinen war ihr jede Art von Freundlichkeit willkommen.

»Wollt ihr jetzt die Wohnung besichtigen?«

»Ja.« Valérie runzelte die Stirn. »Darum sind wir hier.«

»Ich komme mit.« Marc schlug noch einmal gegen die Tür. »Häng das Handtuch über das Geländer, Louise!«

Marc und seine Schwester stiegen die Treppe hinauf, Svenja folgte langsam. Zu den Schritten vor ihr gesellte sich der reine, zarte Klang eines Cembalos. Anfangs war es nur eine Tonleiter, schnell und virtuos gespielt, die sich allmählich zu einer wunderschönen Melodie öffnete, als sie gerade das nächste Stockwerk erreicht hatten. Wie verzaubert blieb Svenja stehen, lehnte sich an das Geländer und lauschte der Musik.

»Wer ist das?«, fragte sie.

»Das ist Juliette la Folle«, antwortete Marc.

»Sie spielt wunderbar«, sagte Svenja. »Ist Madame la Folle Musikerin?«

Marc begann zu lachen.

»Nein. Und bitte nennen Sie sie nicht so«, antwortete Valérie leise. »Es ist ein Spitzname, den ihr mein unseliger Bruder gegeben hat. Folle bedeutet im Französischen so viel wie …«

»Verrückt oder besessen. Ich erinnere mich wieder.«

Svenja wäre am liebsten vor Scham im Boden versunken. Und sie erhaschte gerade noch den Blick auf eine Frau mit langen, feuchten Haaren, die über das Geländer vom dritten Stockwerk zu ihr hochstarrte. Doch sie war so schnell wieder verschwunden, dass Svenja an eine Täuschung geglaubt hätte, wenn nicht das hellblaue Handtuch gewesen wäre, das jetzt über dem Geländer hing.

Plötzlich wurde sie hellhörig. Valérie Decaux und ihr

Bruder unterhielten sich, und ihr Name war gefallen. Sie spitzte die Ohren, doch die beiden sprachen so leise und schnell, dass es ihr unmöglich war, die Unterhaltung zu verstehen. Über die Schulter warf Marc ihr einen Blick zu, und aus irgendeinem Grund fühlte sie sich ertappt. Hatte sie etwas falsch gemacht? Vielleicht hatte der Makler deshalb vom Verkauf der Wohnung gesprochen. Vielleicht wusste er von der unfreundlichen Atmosphäre im Haus.

Endlich waren sie im obersten Stockwerk angekommen. Hier war es fast vollständig dunkel. Es gab kein Fenster.

»Die Lampe ist immer noch kaputt«, sagte Marc, als seine Schwester erfolglos den Lichtschalter betätigte. Ihn schien diese Tatsache weder zu wundern noch zu stören.

»Da wären wir also«, sagte Valérie mit einer Stimme, als wollte sie gute Laune verbreiten, und hielt den Schlüsselbund mit dem Eiffelturm-Anhänger hoch. »Der große Moment ist gekommen. Möchten Sie die Tür öffnen, Madame?«

Svenja nickte, ihr Mund wurde trocken vor Aufregung. Ihre Hände zitterten, und unwillkürlich schloss sie die Augen. Sie hörte das Knacken des Schlosses, als sie den Schlüssel umdrehte, das Klicken, als sie den Knauf drehte, das leise Quietschen, mit dem sich die Tür öffnete.

»Voilà! Madame Lorentz, Ihre Wohnung.« Valéries Stimme klang leise, fast ehrfürchtig. Sie nahm Svenja bei den Schultern und schob sie sanft über die Schwelle.

Svenjas Herz klopfte. Der Geruch von kaltem, abgestandenem Rauch und von Wäsche, die vor einigen Wochen frisch gewaschen worden war, stieg ihr in die Nase. Hatte ihre Mutter recht? War Onkel Georg nichts weiter als ein Landstreicher? Aber wie kam ein Landstreicher zu einer Eigentumswohnung in Paris? Langsam öffnete sie die Augen.

Sie stand in einem Zimmer. Es war nicht groß – ein Bett, ein

Schrank, ein Tisch, zwei Stühle, ein Sessel. Alles war alt und abgenutzt und hatte eher die Qualität von Trödel als von Antiquitäten. Durch ein großes Fenster schien die Sonne in den Raum, in den breiten Strahlen tanzte Staub. Svenja schluckte.

»Das ist die Wohnung Ihres Onkels«, sagte Valérie, und es klang, als müsste sie sich entschuldigen. »Ich weiß nicht, ob ich es vorhin in der Kanzlei erwähnt habe. Es handelt sich um ein Einzimmerapartment mit Waschgelegenheit. Hier in Paris nennen wir solche Wohnungen *studette.*«

Svenja schüttelte den Kopf.

Valérie schob sich an ihr vorbei in die kleine Wohnung, verschwand hinter der geöffneten Tür und zog einen Vorhang zur Seite. »Hier ist die Waschgelegenheit.«

Svenja spähte um die Ecke und sah eine primitive Waschecke, wie sie sie noch aus den Krankenzimmern eines alten Krankenhauses kannte, in dem sie vor vielen Jahren ein Schulpraktikum gemacht hatte – ein schlichtes Eckwaschbecken mit zwei Wasserhähnen, einem Schild aus regenwolkengrauen Kacheln und einem Spiegel darüber, das mit Hilfe eines gestreiften Duschvorhangs vom restlichen Raum abgetrennt wurde.

»Und wo ist das Bad?«

»Die Toilette ist ein Stockwerk tiefer, die Dusche befindet sich in der dritten Etage«, erklärte Marc. »Die Tür, gegen die ich vorhin geklopft habe. Sie erinnern sich?«

Svenja sah Marc forschend an. Eigentlich hatte sie erwartet, dass es wieder ein Witz war – wie mit Juliette la Folle. Aber er machte eher den Eindruck, als wäre es selbstverständlich, dass man zum Duschen ins Treppenhaus gehen musste.

»Wie groß ist die Studette?« Sie beschrieb mit dem Finger einen Kreis.

»Ich glaube, es sind etwa acht Quadratmeter«, antwortete

Valérie. »Um es Ihnen genau zu sagen, müsste ich erst in die Unterlagen schauen.«

»Acht Quadratmeter.«

»Bei dem hohen Anteil an Altbausubstanz in Paris sind solche Studettes gar nicht so selten. Und glauben Sie mir, nicht immer gibt es eine Waschgelegenheit in der Wohnung. Ihr Onkel hat hier fast vierzig Jahre lang gewohnt. Und er war gewiss kein unglücklicher Mensch.«

Es klang, als müsste sie sich vor ihr rechtfertigen. Aber wofür?

»Sie haben eine großzügige Wohnung mit mehreren Zimmern, stuckverzierten Decken und Parkettboden erwartet, nicht wahr? Eine jener Wohnungen, wie sie in den Frauen- und Architekturmagazinen gezeigt werden? Die Realität aber hat in Paris ein anderes Gesicht. Denken Sie daran, ganz gleich, wie klein sie ist, diese Wohnung gehört Ihnen. Das war der ausdrückliche Wunsch Ihres Onkels.« Sie drückte Svenjas Arm. »Wir lassen Sie jetzt allein, Madame, damit Sie sich alles ansehen können. Ich bin nebenan in der Wohnung meines Bruders. Falls Sie mich brauchen oder wenn Sie gehen wollen, klopfen Sie.«

Valérie und Marc gingen. Die Tür fiel hinter ihnen ins Schloss, dann schlug auch die andere Tür zu. Kurz darauf hörte sie Stimmen aus der Nachbarwohnung, leise und gedämpft. Im Treppenhaus schepperte es, als hätte jemand einen Blecheimer fallen lassen. Immer noch konnte sie das Cembalo hören, eine Musik aus einer anderen, fernen, reineren Welt. Svenja blinzelte. Alles wirkte irreal – das in die Jahre gekommene Haus mit seinen seltsamen Bewohnern, der beinahe überirdische, altmodische Klang des Cembalos, diese winzige Wohnung.

Auf Zehenspitzen ging sie durch den Raum, der die Anwesenheit eines Menschen atmete. Links neben der Tür stand ein Kleiderständer. Eine Motorradjacke und ein hellbraunes Cordjackett hingen dort ordentlich auf Bügeln. Gleich daneben befand sich der Kühlschrank mit der Kochgelegenheit, darüber ein Regal mit Gläsern, Geschirr und ein paar Dosen, die den Etiketten nach zu urteilen Salz, Kaffee und Zucker enthielten. Ein kleiner Tisch mit zwei Stühlen, ein weiteres Regal, vollgestopft mit Büchern, Zeitschriften, CDs und einer kleinen Hi-Fi-Anlage. Vor dem Fenster ein Ohrensessel mit einem altmodischen geblümten Samtbezug. Rechts daneben ein schmales Bett mit einem Wandregal und ein Kleiderschrank, auf dem sich bis zur Decke Kartons stapelten. Zuletzt die Waschecke. Das war alles. Für schmückende Accessoires gab es keinen Platz, wenn man von ein paar gerahmten Fotos absah, die zwischen Büchern, Geschirr und Dosen auf den Regalen verteilt waren.

Wer war Georg Schuster, der sich später in Georges Cordonnier umbenannt hatte? Anspruchsvoll war er jedenfalls nicht gewesen, wenn er mit acht Quadratmetern ausgekommen war. Svenja nahm ein paar CDs aus dem Regal und betrachtete die Hüllen. Rainbow, Deep Purple, AC/DC, Tango Argentina. Sie stellte sie zurück. Wovon hatte Georges gelebt?

Und was sollte sie mit diesen acht Quadratmetern anfangen? Vermieten? Verkaufen?

Svenja zog die Visitenkarte des Maklers aus der Tasche und betrachtete sie nachdenklich. Kein Wunder, dass Valérie Decaux wütend über sein Erscheinen gewesen war. Er hatte, in schöne Worte gekleidet, die Wahrheit gesagt. »Puppenstube« hatte er die Wohnung genannt.

Sie hörte Flattern und Gurren. Direkt vor dem Fenster hatte sich ein Taubenpärchen niedergelassen. Die Krallen der

Vögel kratzten auf dem Blech, auf das gegenüberliegende Dach schien die Sonne, und einer der zahlreichen schmalen Schornsteine warf einen Schatten, der wie ein Zeigefinger auf sie zu deuten schien.

Sollte sie die Wohnung selbst nutzen? Sie war kaum kleiner als ihr Hotelzimmer. Aber billiger. Immer verfügbar.

Svenja trat ans Fenster. Die beiden Tauben flatterten davon.

Acht Quadratmeter. Das war zwar nur ein kleines Stück Paris, aber es gehörte ihr. Sollte sie …

Es klopfte an der Tür.

»Ja?«

Valérie steckte den Kopf herein. »Ist alles in Ordnung?«, erkundigte sie sich. »Ich habe gleich noch einen Termin und muss jetzt los.«

»Ja. Es ist nur …«

»Sie müssen in diesem Augenblick keine Entscheidung treffen«, sagte Valérie schnell. »Lassen Sie sich Zeit, das Für und Wider zu überlegen.«

»Das werde ich.«

»Möchten Sie noch ein bisschen länger hierbleiben?«

»Nein.« Svenja schüttelte den Kopf. »Ich denke, ich werde auch gehen. Gesehen habe ich ja wohl alles.«

»Was haben Sie jetzt vor, Madame Lorentz?«

Svenja zuckte mit den Schultern. »Mein Flug geht erst am Sonntag. Ich denke, ich werde die Tage in Paris nutzen. Ein bisschen an der Seine bummeln, einkaufen, vielleicht besuche ich den Louvre.«

»Kann ich Sie irgendwohin mitnehmen?«

»Nein danke. Ich habe meinen Stadtplan. Die Metro-Station ist nicht weit entfernt, und die Seine werde ich schon finden.« Svenja lächelte. »Vielen Dank für Ihre Hilfe.«

»Madame, es freut mich, Sie kennengelernt zu haben. Ich

wünsche Ihnen noch einen angenehmen Aufenthalt in Paris. Und wenn Sie Fragen haben, rufen Sie mich an.«

»Das werde ich«, sagte Svenja und drückte die Hand der Anwältin. »Au revoir.«

Den Weg zur Metro-Station zu finden war eine Kleinigkeit im Vergleich zu der Herausforderung, vor die der Ticketautomat Svenja stellte. Und so war es fast sechs Uhr, als sie endlich in die Metro stieg. Obwohl die Züge im Zweiminutentakt fuhren, waren sie zum Bersten voll – Feierabendverkehr in einer Großstadt. Zu den zahlreichen Touristen gesellten sich die Pariser, die nach einem langen Arbeitstag nach Hause wollten. Svenja stand eingepfercht zwischen einem Mann in einem eleganten Anzug, der es fertigbrachte, trotz der Enge seine Tageszeitung zu lesen, einer mit Tüten bepackten Farbigen, die aus Platzgründen einen Teil ihrer Einkäufe auf dem Kopf balancierte, und einer jungen Frau, die genauso müde und abgekämpft aussah wie das kleine Mädchen, das auf ihrem Arm schlief. An jeder Station kam die Menschenmenge in Bewegung und wurde neu gemischt. Es war wie beim Luftholen. Die Türen des Waggons öffneten sich, die Metro atmete die Hälfte der Fahrgäste aus, um mit dem Einatmen die gleiche Menge oder noch mehr einzusaugen. Und mitten in dem wirbelnden Luftstrom dieses gigantischen Pariser Bronchialsystems klammerte sich Svenja an eine der Griffschlaufen, um nicht an der falschen Haltestelle versehentlich mit hinausgeschleudert zu werden. Erst als sie den Bahnhof Pont Neuf erreichten, ließ sie ihren sicheren Halt los, um sich von den anderen aussteigenden Fahrgästen mitreißen zu lassen. Und da sie nicht wusste, welchen Ausgang sie nehmen musste, um an das Ufer der Seine zu gelangen, trieb sie mit der Menschenmenge wie auf einer Woge, die sie aus den Tiefen der Pariser Unterwelt an die Erdoberfläche emporspülte. Es war ungewohnt und dabei so bequem, sich von der Masse lenken und bestimmen zu lassen, ohne nachdenken oder eigene Entscheidungen treffen zu müssen. Und als sie letztlich unter freiem Himmel stand, stellte sie erstaunt fest, dass sie dort angekommen war, wo sie hinwollte. Vielleicht gab es dafür eine wissenschaftliche Erklärung, ihr kam es vor wie ein Wunder.

Svenja blieb einen Augenblick stehen, um jedes Detail der vor ihr liegenden Szenerie aufzunehmen: das Funkeln der letzten Sonnenstrahlen auf dem träge dahinfließenden Wasser der Seine; die Metallwagen und Marktstände der Bouquinisten, die sich dicht an dicht am Ufer entlangreihten; die Pont Neuf, die sich über den Fluss wölbte und auf der sich nach Fotomotiven jagende Touristen drängten; das Panorama der Île de la Cité dahinter; die jungen Leute, die den Park zu Füßen der Brücke bevölkerten; einen Straßenkünstler, der dem Verkehrslärm zum Trotz »Moon River« auf einem Saxofon spielte. Es war ein wunderschöner warmer Abend. Das Licht, die Linien, das Leben. Svenja machte ein paar Fotos mit ihrem Handy. Und fühlte sich plötzlich einsam. Mit wem sollte sie ihre Eindrücke teilen? Mit ihren Eltern? Bianka? Frauke? Oder ihren Schülern? Nein, davon musste man seinem Partner erzählen, jemandem, den man liebte. Aber da gab es niemanden.

Natürlich hatte es Jungs und Männer gegeben. Da war der blonde Lars in der achten Klasse, von dem sie ihren ersten Kuss bekommen hatte. Danach kam Paul. Das war in der Oberstufe. Ein hochintelligenter Bursche, den man heute als Nerd bezeichnen würde. Diesmal war sie es gewesen, die einen Schlussstrich gezogen hatte. Sie hatte es nicht ertragen, mit ihm nur vor dem Computer zu hocken. Das hatte sie ihm gesagt, so ehrlich und zartfühlend wie möglich. Trotzdem träumte sie gelegentlich von Paul, sah ihn als Obdachlosen unter einer Brücke liegen oder im Suff seinen Wagen gegen einen Baum fahren. Sie wachte dann schweißgebadet auf und fragte sich, ob sie ein Trauma bei ihm gesetzt hatte. Im Studium hatte sie eine kurze Affäre mit Sascha, die eigentlich nur der Vollständigkeit halber erwähnenswert war. Und dann hatte sie Tim kennengelernt. Drei Semester über ihr, blond, groß, sportlich. Optisch ein Traummann und außerdem klug, humorvoll, hilfsbereit. Sie konnten über alles miteinander reden, und zwischen ihnen bestand ein tiefes Vertrauen. Vier Jahre waren sie zusammen. Sie hatte heimlich begonnen, sich ihre Zukunft vorzustellen – ein kleines Haus, zwei oder drei Kinder, vielleicht ein Hund –, als Tim sich entschloss, als Lehrer an die Deutsche Schule in Pretoria zu gehen. Diese räumliche Distanz hatte ihre Beziehung nicht überstanden. Sie schrieben sich regelmäßig Mails, und wenn Tim in Deutschland war, trafen sie sich, gingen essen oder ins Kino. Sie konnten immer noch über alles reden, vertrauten einander, aber es war nicht mehr als Freundschaft. Das Prickeln war weg. Und trotzdem tat es weh, jedes Mal. Seitdem war sie allein.

Svenja schlenderte die Stände der Bouquinisten entlang und staunte über das breit gefächerte Angebot. Es reichte von kitschigen Postkarten, billigen Postern und Groschenromanen über Schallplatten, antiquarische Taschenbücher und Bildbände bis hin zu goldgeprägten Lederfolianten, die in verschlossenen Vitrinen aufbewahrt wurden. Sie stöberte hier und dort und fand einen großformatigen Kunstbildband mit Schwarz-Weiß-Fotos aus dem Paris der Fünfzigerjahre, den sie für zwanzig Euro kaufte. Dann schlenderte sie zurück zur Pont Neuf. Eigentlich hatte sie die Sainte-Chapelle besichtigen wollen, doch die war um diese Uhrzeit bereits geschlossen. Vielleicht nächstes Mal, dachte sie.

Wenn sie die Wohnung behielte, würde sie in Zukunft öfter Zeit in Paris verbringen – Wochenenden, Schulferien, Feiertage. Eine reizvolle Vorstellung.

Würde es ihr gelingen, die heruntergekommenen acht Quadratmeter in eine gemütliche Ferienwohnung zu verwandeln? Da lag eine Menge Arbeit vor ihr. Möglicherweise eine lohnende Aufgabe.

Sie stellte sich vor, wie sie sich mit Frauke oder einer anderen Kollegin über die Urlaubspläne unterhielt.

Wohin fährst du in den Ferien?, würde Frauke fragen.

Ich? Nach Paris. In meine Wohnung.

Das klang nicht schlecht.

Während sie sich auf den Weg zur nächstgelegenen Metro-Station machte, um zum Hotel zurückzufahren, lächelte sie.

10

Valérie stand am offenen Fenster und sah in den Hinterhof hinaus. Eine kühle Brise wehte ihr das Haar aus dem Gesicht und trug die Geräusche der nahen Hauptstraße ins Schlafzimmer hinein. Dies war nicht die beste Gegend. Andere Kollegen, die sie täglich im Palais de Justice traf, wohnten mit Blick auf den Bois de Boulogne, besaßen ein Haus am Stadtrand oder eine Wohnung in einem der vornehmen Stadtteile auf der anderen Seite der Seine. Kollegen, die in einer angesehenen Sozietät wohlhabende Geschäftsleute, Bankiers oder Firmen vertraten. Aber sie war nicht neidisch. Sie liebte dieses Viertel mit seinen arabischen Gemüsehändlern, den asiatischen Garküchen, den heruntergekommenen Waschsalons, Telefonläden und Billigboutiquen. Sie hatte das Gefühl, dass hier Paris die Stadt der Menschen war und keine Showbühne, auf der nur derjenige mit der teuersten Garderobe und den passenden Accessoires bestehen konnte.

Es war kurz nach halb zwölf. Im Badezimmer rauschte das Wasser. Nur wenige Fenster waren dunkel, hinter vielen brannte noch Licht. Am Freitagabend konnte man es sich leisten, später ins Bett zu gehen – mit Freunden zusammenzusitzen und zu essen, auszugehen oder sich eine der Freitagabendshows im Fernsehen anzuschauen, über die man am Montag auf der Baustelle, im Geschäft oder im Büro lästern konnte. Sie und Gerard hatten in einem kleinen chinesischen Restaurant zu Abend gegessen. Aber sie waren früher als sonst nach Hause gekommen. Valérie war an diesem Abend nicht in der richtigen Stimmung. Dieser Tag gehörte nicht zu ihren besten. Neben juristischen Rückschlägen und den üblichen Haken und Ösen des Alltags machte ihr vor allem die Sorge um das Haus zu schaffen, nach dem La Maison gierig seine Klauen ausstreckte. Ob sie Madame Lorentz ein Angebot gemacht hatten? Und wie viel würden sie ihr für die acht Quadratmeter bieten? Vierzigtausend Euro? Mehr? Diese Firma konnte es sich leisten, die zahlten noch größere Summen mit einem kalten Lächeln aus der Portokasse. Wer würde es ihr verdenken, wenn Madame Lorentz solch ein verlockendes Angebot annahm?

La Maison würde die Wohnung bekommen, die jetzigen Mieter inklusive Marc vor die Tür setzen, das Haus entkernen, ihm seine Eingeweide entreißen – modernisieren, wie sie es nannten – und die Luxuslofts zu astronomischen Preisen an Pariser verkaufen, für die der Verlust eines Smartphones lediglich einen ärgerlichen Zeitfaktor darstellte. So war es in den vergangenen Jahren etlichen Häusern im Viertel ergangen. Und so verwerflich solch ein Verhalten einem denkenden und fühlenden Menschen erscheinen mochte, das Gesetz war auf der Seite von La Maison. Leider.

Valérie seufzte und stellte sich die Frage, ob es nicht besser war, aufs Land zu ziehen und Schafe zu züchten. Sie liebte ihren Beruf. Um nichts auf der Welt hätte sie mit jemandem tauschen mögen. Ein Haus, ein neuer großer Wagen, Kleidung und Parfum aus teuren Boutiquen bedeuteten ihr nichts. Sie wohnte lieber in einer erschwinglichen altmodischen Mietwohnung in der Nähe einer Hauptstraße, als mit Bankiers und Geschäftsleuten in noblen Restaurants zu speisen. Mit der Tatsache, dass Recht nicht mit Gerechtigkeit gleichzusetzen war, hatte sie sich im Lauf der Jahre abgefunden. Sie hatte gelernt, mit Geduld, Beharrlichkeit, Optimismus und Kreativität auf Umwegen zum Ziel zu kommen. Die Welt ließ sich ändern, wenn auch nur in winzig kleinen Schritten. Doch manchmal ließ sich selbst mit Tricks nichts mehr geradebiegen, und sie stand der Ungerechtigkeit hilflos gegenüber. Diese Machtlosigkeit machte sie wütend. Sie war den ganzen Tag mit diesem heißen Knoten im Bauch herumgelaufen, hatte Zeitungspapier und Zigarettenschachteln zerknüllt und in ihre Fingerknöchel gebissen, bis die Vorsuppe im Restaurant den Knoten mit ihrer Wärme besänftigt und aufgelöst hatte. Der Wut aber folgte stets die Müdigkeit. Eine Müdigkeit, die tiefer Verzweiflung gleichkam und die sie jedes Mal an ein ruhiges, bescheidenes Leben auf dem Land denken ließ.

Valérie fröstelte. Die Toilettenspülung ging, kurz danach kam Gerard ins Schlafzimmer. Er legte seine Arme um sie. Sie schloss die Augen und schmiegte ihren Rücken an seine Brust.

»Du bist ganz kalt«, sagte er leise und rieb ihre Schultern. In der Fensterscheibe spiegelte sich sein Gesicht über ihrem.

»Gerard, ich möchte einen Bauernhof haben. Irgendwo in den Bergen. Ein paar Schafe und Ziegen, vielleicht eine Kuh, natürlich ein Pferd. Und Hühner.«

»War es heute so schlimm?«, fragte er und küsste ihr sanft das Haar.

Valérie seufzte. »Der Vormittag war ja schon furchtbar, wie du weißt. Aber der Nachmittag … Vermutlich sollte ich zufrieden sein. Es hätte bestimmt schlimmer kommen können. Es begann damit, dass Fabeau uns vor dem Haus aufgelauert hat. Er hat die Gelegenheit genutzt, das Haus und die Wohnung schlechtzureden und Madame Lorentz ein Verkaufsangebot zu machen, noch bevor wir die Besichtigung begonnen haben.«

Gerard knirschte mit den Zähnen. »Das Wild ist noch nicht verendet, da ziehen bereits die Aasgeier ihre Kreise.«

»Ja. Aber das war noch nicht alles. André Thibault hatte ausgerechnet heute einen seiner schlechten Tage. Wahrscheinlich gefällt es ihm nicht, dass er den Wagen rausrücken muss. Ich glaube, er sieht ihn als sein Eigentum an. Da werde ich noch mal mit ihm reden müssen. Jedenfalls stand er vor Madame Lorentz mit den Händen in den Hosentaschen, kaute die ganze Zeit auf seinem Zahnstocher herum und bekam die Zähne nicht auseinander. Am liebsten hätte ich ihm seinen Zahnstocher in die Nase gesteckt.«

»Und die anderen?«

Valérie schüttelte den Kopf. »Von denen hat sich keiner blicken lassen. Hinter den Gardinen haben sie gestanden und heimlich zu uns hinuntergesehen. Unglücklicherweise hat Madame Lorentz das bemerkt. Ist das etwa die Art, eine neue Eigentümerin willkommen zu heißen? Und das Licht im Treppenhaus funktionierte auch wieder nicht.«

Gerard lächelte.

»Ja, du hast gut lachen, du warst nicht dabei. Ich wäre am liebsten im Boden versunken.«

»Was hast du stattdessen getan?«

»Ich habe Monsieur Andrés Vorzüge geschildert, sein goldenes Herz, seine geschickten Hände, die Freundlichkeit der Hausgemeinschaft gelobt und hervorgehoben. Und gelächelt. Immer gelächelt, während wir uns durch das dunkle Treppenhaus nach oben getastet haben. Ich kam mir vor wie eine billige Schmierenkomödiantin.«

Gerard legte sein Kinn auf ihren Kopf, ihre Blicke trafen sich im Spiegelbild in der Fensterscheibe.

»Du tust mir aufrichtig leid.«

»Dann trafen wir Marc im Treppenhaus. Er hat sich wenigstens halbwegs vernünftig benommen, auch wenn er ruhig charmanter hätte sein können. Aber nun gut, irgendwann kamen wir oben an. Ich war so nervös, dass mir die Hände zitterten. Madame Lorentz war deutlich verängstigt. Wahrscheinlich hatte sie den Eindruck, in einem Haus voller Psychopathen gelandet zu sein. Und dann öffnete ich die Tür. Sie trat ein und sah sich um. Ich habe sie dann eine Weile allein gelassen, damit sie sich alles in Ruhe ansehen konnte. Und dann …«

»Was hat sie gesagt?«

»Sie wird darüber nachdenken.«

Er lächelte. »Du hast doch nicht erwartet, dass sie in Freudentränen ausbricht, oder? Wenn sie es sich überlegen will, ist es gut. Dann besteht die Hoffnung, dass sie die Wohnung behält.«

Valérie schnaubte. »Wie denn. La Maison wird tief in die Tasche greifen, um an die Wohnung zu kommen. Bei diesem Projekt können sie schließlich Millionen verdienen. Und die anderen Hausbewohner verhalten sich, als wäre der Krieg immer noch nicht vorbei. Was würdest du denn an Madame Lorentz' Stelle machen?« Sie kaute auf ihrer Lippe. »Ob ich noch einmal mit Danielle Dubois reden soll? Vielleicht lässt sie sich doch noch davon überzeugen, das Haus nicht zu verkaufen.« Sie hob den Kopf. »Ja, das mache ich.«

»Dann hätten wir jetzt also wieder einen Schlachtplan«, sagte Gerard und drehte sie zu sich um. »Und was ist jetzt mit dem Bauernhof?«

Valérie gab ihm einen Kuss.

»Schafe und Ziegen stinken. Und ich weiß nicht, ob ich große Lust habe, um sechs Uhr aufzustehen und Kühe zu melken.«

Sonntag, 29. Juni

11

Als Svenja am Hamburger Flughafen den Sicherheitsbereich verließ, warteten bereits ihre Eltern auf sie. Ihre Mutter hob die Hand und winkte ihr zu. Svenja ging zu ihnen und umarmte sie.

»Na, Kind, wie war es?«

»Schön, ich …«

»Du siehst müde aus. Hast du dich auch nicht überanstrengt?« Ursula stieß ihrem Mann den Ellbogen in die Rippen. »Nun nimm ihr doch das Gepäck ab, Fred. Und? Erzähl. Wie war das Wetter?«

»Sommerlich. Es …«

»Wir müssen uns beeilen, wir haben nur einen Kurzzeitparkplatz bekommen.« Ihre Mutter hakte sich bei ihr ein. »Bianka lässt dich herzlich grüßen. Wir waren ja gestern bei ihr.«

Svenja lächelte, nickte und ließ ihre Mutter erzählen – von Timo, Leon und Paul, den Kindern ihrer Schwester, und dem hervorragenden Kartoffelsalat, den Bianka gemacht hatte, dass Bianka und Lutz die Terrasse gefliest hatten und dass sie in den Ferien endlich das Bad renovieren wollten. Erst als sie beim Auto ankamen, ließ der Redeschwall ihrer Mutter nach. Svenja setzte sich auf die Rückbank, und sie fuhren los.

»Und? Du erzählst ja gar nichts, Kind!« Ihre Mutter drehte sich um und sah sie prüfend an. »Was hat dir denn Georg hinterlassen?«

»Eine Wohnung«, sagte Svenja und sah aus dem Seitenfenster. An ihr vorbei flitzten gepflegte Einfamilienhäuser mit schmucken Vorgärten, doch sie nahm sie kaum wahr. Stattdessen hatte sie das alte, in die Jahre gekommene Haus mit den schmiedeeisernen Gittern und den grünen Fensterläden vor Augen.

»Eine Wohnung? Wie kommt denn der alte Gammler zu einer Wohnung in Paris?« Ihre Mutter klang ehrlich verblüfft. Sie stieß ihren Vater an, als könnte er ihr diese Frage beantworten. Doch der zuckte nur mit den Schultern, warf einen Blick in den Rückspiegel und bog nach links ab. »Ist es eine schöne Wohnung? Und wie groß ist sie? Bestimmt ist sie völlig verkommen.«

»Nein. Es ist ein Altbau, da würde ich natürlich ein bisschen renovieren müssen. Aber sonst ... Der einzige Nachteil ist, dass Toilette und Dusche eine Etage tiefer sind. Doch ...«

»Was?« Ihre Mutter drehte sich um und starrte sie an.

Svenja lachte. »Na ja, auf acht Quadratmetern lässt sich beim besten Willen kein Bad unterbringen.«

»Auf acht ... Was meinst du damit?«

»Die Wohnung. Meine *studette,* wie man diese winzigen Wohnungen in Paris nennt. Die ganze Wohnung ist acht Quadratmeter groß.«

Einen Moment war es still im Wagen, nur das Klicken des Blinkers und das Summen der Klimaanlage waren zu hören. Ihre Eltern warfen sich einen Blick zu.

»Du willst die Wohnung doch nicht etwa behalten?«

»Eigentlich ...«

»Svenja.« Ihre Mutter klang nachsichtig. »Das ist doch nur ein Klotz am Bein.«

»Ich habe mir überlegt, ob ich sie als Ferienwohnung nutzen könnte.«

»In Paris? Du bist verrückt. Was willst du denn in Paris? Wenn du dort mal Ferien machen willst, kannst du dir ein Zimmer im Hotel mieten. Das ist doch viel praktischer. Und wer soll sich in der Zwischenzeit um die Wohnung kümmern? Hör mal, Kind, du kommst doch hier kaum zurecht. Das hat ja dein Zusammenbruch gerade gezeigt. Und dann willst du dir noch eine Wohnung im Ausland ans Bein binden?« Ihre Mutter schüttelte energisch den Kopf. »Ich an deiner Stelle würde die Wohnung verkaufen. Und wenn du wirklich eine Ferienwohnung haben möchtest, kauf dir doch an der Ostsee eine. Da bist du von Hamburg aus in einer Dreiviertelstunde.« Wieder schüttelte sie den Kopf und schnaubte. »Acht Quadratmeter, das sieht Georg ähnlich. Wundert mich, dass er ihr nicht seinen Platz unter der Brücke hinterlassen hat. Schon früher hat der Kerl nur Ärger gemacht. Und nicht einmal nach dem Tod hört er damit auf. Aber habe ich es nicht gleich gesagt? Lass es sein, Svenja, damit handelst du dir nur Ärger ein. Lass dich am besten von Lutz beraten. Der kann dir bestimmt jemanden nennen, der die Wohnung für dich verkaufen wird.«

Der Wagen hielt vor Svenjas Haus. Ihre Eltern stiegen aus und brachten sie zu ihrer Wohnung, als hätte sie das Gepäck von mehreren Wochen zu schleppen.

»Also, wenn du meinen Rat haben willst, verkauf die Bruchbude. Damit wirst du glücklicher«, sagte ihre Mutter und gab ihr einen Kuss auf die Stirn. »Bianka fragte übrigens, ob du morgen Nachmittag die drei Jungs nimmst. Du bist doch jetzt krankgeschrieben.«

»Ich kann noch nichts versprechen. Ich muss erst neue Termine mit der Ärztin vereinbaren.«

Ihre Mutter nickte. »Gut, ich sage Bianka, dass du sie anrufen wirst.« Sie strich ihr durch das Haar. »Und geh mal wieder zum Friseur, Kind.«

Svenja winkte ihren Eltern vom Küchenfenster nach und war froh, als die Rücklichter des Wagens am Ende der Straße verschwunden waren. Kraftlos sank sie auf einen der Küchenstühle und sah aus dem Fenster. Es war noch nicht spät am Abend, auf der kleinen Rasenfläche vor dem Haus spielten Kinder. Was war nur los? Das ganze Wochenende hatte sie sich lebendig gefühlt, keine Spur von Traurigkeit oder Erschöpfung. Alles war hell und licht gewesen. Sogar auf dem Flughafen hier in Hamburg. Und dann …

Sollte sie die Wohnung wirklich verkaufen?

Sie holte die Visitenkarte des Maklers aus ihrer Handtasche und betrachtete das edle Papier und das schlichte, elegante Design. Verkaufen. Man würde ihr bestimmt einen guten Preis bieten. Vielleicht konnte sie sich dafür tatsächlich eine Wohnung an der Ostsee kaufen. Dann konnte sie jedes Wochenende und die Ferien dort verbringen. Und in den Ferien konnten ihre Neffen kommen. Oder ihre Eltern.

Wer sollte auch sonst kommen? Ihre Freundinnen, natürlich. Aber hatte sie viele? Kontakte, ja. Da gab es einen Haufen Kolleginnen und Kollegen in der Schule, mit denen sie sich gelegentlich traf, essen ging, ins Theater oder ins Kino. Den alljährlichen Ausflug mit dem ganzen Kollegium. Dieses Jahr waren sie in einem Vergnügungspark gewesen. Aber wen würde sie als Freund oder Freundin bezeichnen außer Frauke? Und wie war es mit einem Mann? Jemandem, den sie liebte? Frau Dr. Hirschberger hatte sie gefragt, ob sie »in einer Beziehung« lebe. Und ob sie aus freien Stücken allein sei.

Svenja lachte bitter. Freiwillig allein? Nein, ganz bestimmt nicht. Aber was blieb ihr übrig, nachdem sie und Tim sich getrennt hatten? Sie war berufstätig. Wie viele unverheiratete Männer konnte man als Grundschullehrerin kennenlernen? Im Kollegium gab es nur einen – Horst Griebel, neunundfünfzig Jahre alt. Vielleicht hätte sie in einem Sportverein, im Chor oder beim Tanzen die Chance auf neue Bekanntschaften gehabt, doch sie war weder sportlich noch musikalisch. Früher hatte sie gern gezeichnet und fotografiert, aber selbst dafür hatte sie keine Zeit mehr. Wenn sie nicht damit beschäftigt war, sich auf den Unterricht vorzubereiten oder nach Fördermöglichkeiten für besondere Schüler zu suchen, sich mit Jugendämtern und Eltern auseinanderzusetzen, kümmerte sie sich um ihre Neffen, ihre Eltern, Tanten und Onkel. Und dann gab es noch den Haushalt, der sich nicht von selbst erledigte. Wo blieb da noch Platz, einen Mann kennenzulernen?

Svenja sah sich alt und grau allein am Küchentisch sitzen und erschauerte. Das war nicht das Lebensmodell, das ihr vorschwebte. Sie wollte nicht allein bleiben bis ans Ende ihrer Tage, nicht im Regal verstauben wie eine uralte Packung Cornflakes, die irgendwann so fade war, dass man sie nur noch wegwerfen konnte.

Wer war sie? Was machte sie aus? Welche Eigenschaften, welche Eigenarten? Sie dachte lange nach, doch ihr fiel nichts ein. Wie aber sollten andere – egal, ob Männer oder Frauen – sie als Persönlichkeit wahrnehmen können, sie schätzen, wenn sie selbst nicht wusste, wer sie war? Letztlich fühlte sie sich wie ein indifferentes, farbloses Etwas, das je nach Situation Form und Farbe der Umgebung annahm, um zu helfen und Lücken zu füllen. Niemand, um den man sich bemühte, um dessen Zuneigung und Aufmerksamkeit man kämpfte.

Etwas muss sich ändern. Und zwar schnell, bevor es zu spät ist!

Draußen war es dunkel geworden. Sie hatte nicht bemerkt, wie lange sie bereits auf dem Küchenstuhl saß, äußerlich regungslos, innerlich aufgewühlt.

Etwas ändern. Aber was?

Plötzlich stand sie wieder am Fenster der winzigen Wohnung in Paris, sah die Dächer mit ihren Schornsteinen, hörte die Tauben gurren. Das Sonnenlicht, das durch das alte Fensterglas fiel, malte Strahlen in die staubige Luft. Und zauberte ihr ein Lächeln auf das Gesicht.

Sie spürte Wärme. Sie atmete tief ein. Ihr Herz schlug ruhig und gleichmäßig. Und sie hörte Valérie Decaux und ihren Bruder ihren Namen sagen – »Madame Lorentz«. Französisch ausgesprochen klang es am Ende fast wie Chance.

Diese Wohnung war ein Geschenk, eine Gabe, die zum richtigen Zeitpunkt gekommen war, die Chance auf eine Veränderung.

Ihr Blick fiel auf die Visitenkarte, die noch als helles Rechteck auf dem Küchentisch sichtbar war.

Verkaufen? Nein, nein, nein!

Sie würde sich nicht erneut die Fesseln anlegen und in die Dunkelheit hinabziehen lassen. Sie musste diese Wohnung renovieren, sich dort einen Rückzugsort, ein Refugium schaffen. Sonst würde sie auf Dauer ersticken, eingehen, verkümmern. Was hatte die Ärztin zu ihr gesagt? »Man muss seine Quellen auffüllen, wenn sie nicht versiegen sollen.« In Paris würde ihr das möglicherweise gelingen. Es war zumindest ein Schritt in diese Richtung.

Svenja zerriss die Visitenkarte in kleine Stücke. Dann ging sie durch die dunkle Wohnung zu ihrem Schreibtisch, schaltete ihren Computer an und buchte einen Flug.

Dienstag, 1. Juli

12

Zwei Tage später saß Svenja wieder in einem Flugzeug. Dabei hatte sich alles gegen sie verschworen. Das verspätete Taxi, der Verkehr auf den überfüllten und baustellengebeutelten Straßen, die Warteschlangen am Flughafen. Sogar das Wetter schien sie in Hamburg halten zu wollen. Wegen eines Gewitters mit Starkregen und Hagel war der Start der Maschine verschoben worden. Die Passagiere saßen auf ihren Sitzen und warteten mehr oder weniger geduldig, die Flugbegleiter verteilten Zeitschriften und Müsliriegel zur Ablenkung und Aufmunterung.

War diese Verkettung widriger Umstände ein Zeichen? Sollte sie nicht fliegen? Noch konnte sie sich anders entscheiden, aussteigen. Möglicherweise war es eine dieser Vorahnungen, von denen manchmal berichtet wird: »Plötzlich hatte ich das Gefühl, dass ich nicht fliegen soll. Ich bin ausgestiegen, und ein paar Stunden später hörte ich, dass die Maschine abgestürzt ist.« Ein Gotteswink. Sollte sie das ernst nehmen?

Bianka und ihren Eltern hatte sie nichts von dem Flug erzählt, sonst hätten sie auf sie eingeredet, bis sie sich anders entschieden hätte. Sie wollte sie erst anrufen, wenn sie in Paris gelandet und in ihrer Wohnung angekommen war.

Ihre Wohnung. Bei dem Gedanken an die kleine Kammer musste Svenja lächeln.

»Meine Damen und Herren, ich darf Ihnen mitteilen, dass der Tower uns soeben die Starterlaubnis erteilt hat. Wir bitten

Sie, sich anzuschnallen und die Rückenlehnen aufrecht zu stellen.«

Das Flugzeug rollte auf die Startbahn, und die Flugbegleiter begannen mit den Sicherheitsbelehrungen.

Svenja sah aus dem Fenster. Die Motoren fingen an zu dröhnen, die Maschine beschleunigte und hob schließlich ab. Die Sportflugzeuge am Rande des Flugplatzes, die Häuser mit ihren Gärten, die feucht glänzenden Straßen und Autos verschwanden bald im Nebel aus Regen und Wolkenfetzen. Dichtes, undurchdringliches Grau umgab sie von allen Seiten. Und wäre nicht der Druck auf ihren Ohren gewesen, gegen den sie anschluckte, Svenja hätte nicht einmal sagen können, dass die Maschine überhaupt flog.

Zehn Uhr. Sie dachte an ihre Kollegen, die Schüler, die jetzt an einer Matheaufgabe saßen und sehnsüchtig auf die große Pause warteten, die in zehn Minuten beginnen würde. Sie hatte sie im Stich gelassen. Alle. Sogar ihre Ärztin, die ihr die Termine für eine Psychotherapie freigehalten hatte. Aber Frau Dr. Hirschberger hatte auch gesagt: »Alles, was Ihnen guttut, ist erlaubt.« Und nächsten Mittwoch war der letzte Schultag vor den Sommerferien.

In diesem Augenblick durchbrach das Flugzeug die Wolkendecke, und Svenja schloss geblendet die Augen. Bis zum Horizont breitete sich eine weiße, im Sonnenlicht glitzernde Schneelandschaft aus, und für einen kurzen Moment bildete sie sich ein, dass der Pilot in den dichten Wolken die Orientierung verloren hatte und sie sich jetzt über der Antarktis befanden.

Während sich das Flugzeug im gleißenden Sonnenschein Kilometer um Kilometer Paris näherte, begann Svenja Pläne zu schmieden. Zuerst musste sie Onkel Georgs Sachen aussortieren, die Möbel ausrangieren, dann renovieren, streichen und neue Möbel besorgen. Darauf freute sie sich besonders – Stoffe und Farben auswählen, sich überlegen, wo welches Möbelstück hinpasste. Und zur Entspannung konnte sie den Louvre, Notre-Dame oder eine der zahllosen anderen Sehenswürdigkeiten besichtigen, shoppen gehen, in einem kleinen Bistro essen, an der Seine entlangbummeln. Es gab zahllose Möglichkeiten.

Svenja lehnte den Kopf gegen die Innenverschalung. Unter ihr war Schönheit. Das Flugzeug warf einen Schatten auf die Wolkendecke, die jetzt von feinen Rissen durchbrochen war. Es sah aus wie dicht nebeneinandertreibende Eisschollen. Fehlten nur noch die Eisbären.

13

Madame Dubois kommt gleich«, sagte die Sekretärin. »Nehmen Sie bitte einen Moment Platz.«

Valérie setzte sich in einen der beiden Ledersessel im Empfangsbereich. Der Blick aus dem bodenhohen Fenster war traumhaft. Sie konnte die Tuilerien sehen, dahinter blitzte die Seine. Danielle Dubois aufzusuchen war eine spontane Idee gewesen. Ihr Gerichtstermin war verschoben worden, weil der zuständige Richter einen Hexenschuss hatte. Deshalb hatte sie Zeit, mehr als eine Stunde sogar, bevor sie Svenja Lorentz wie versprochen vom Flughafen abholen sollte. Und zufälligerweise lag das Büro der erfolgreichen Literaturagentin Danielle Dubois auf dem Weg. Na ja, wenigstens beinahe, der Umweg war jedenfalls keine Rede wert. Warum also sollte sie nicht die Gelegenheit beim Schopfe packen und mit Danielle reden? Vielleicht stand ihr Entschluss, das Haus zu verkaufen, doch noch nicht fest.

Das vornehme Knarzen des Parketts ließ Valérie aufschauen.

»Bonjour, Madame!« Danielle Dubois kam auf sie zu, eine schlanke Gestalt in einer weich fallenden weiten Hose und einem sommerlichen Pulli, der aussah, als wäre er in einer der Nobelboutiquen in der Rue du Faubourg Saint-Honoré gekauft worden. Danielle lächelte nicht und reichte ihr auch nicht die Hand. »Was kann ich für Sie tun?«

»Kann ich Sie einen Moment sprechen?«

»Natürlich.« Danielle wandte sich an ihre Sekretärin. »Monsieur Laroché hat in fünf Minuten einen Termin. Geben Sie mir bitte Bescheid, sobald er da ist.«

Die Sekretärin nickte lächelnd, und Valérie war sich bewusst, eben auf höfliche, aber bestimmte Art in die Schranken gewiesen worden zu sein.

Sie folgte Danielle in ein Büro, wie sie es selbst gern gehabt hätte – groß, luftig, aufgeräumt. Die Mitte des Raums dominierte ein Schreibtisch aus Wurzelholz. Auf einem passenden Teetisch standen eine japanische Eisenkanne, eine Teeschale und ein winziger Teller mit köstlich aussehenden Macarons, wie man sie in den vornehmen Konditoreien in der Rue du Faubourg Saint-Honoré kaufen konnte. Danielle setzte sich auf ihren Schreibtischstuhl und deutete knapp auf einen der beiden Stühle vor ihr.

»Was gibt es?«, fragte sie und blätterte dabei in einem Stapel Papiere.

Valérie hob das Kinn. So leicht würde sie sich nicht einschüchtern lassen.

»Auf dem Friedhof habe ich Sie verpasst, und so hatte ich noch keine Gelegenheit, Ihnen mein aufrichtiges Beileid auszusprechen«, sagte sie. »Ihr Verlust tut mir leid.«

Danielle sah auf. Sie wirkte überrascht.

»Sehr freundlich von Ihnen, aber Georges war nicht mein Vater. Also …«

»Dennoch stand er Ihnen nahe. Sie …«

»Madame Decaux«, Danielle schob die Papiere zur Seite und stützte ihre Ellbogen auf den Schreibtisch, »Georges war siebenundsechzig Jahre alt. Er hat geraucht, Alkohol getrunken, gekifft, und er ist Motorrad gefahren. Gelegentlich alles gleichzeitig. Sein Tod war eine logische Konsequenz seines Lebenswandels, weder unerwartet noch verfrüht. Obendrein musste er nicht leiden. Das weiß ich, das wissen Sie. Warum also sind Sie wirklich hier?«

Valérie war einen Augenblick sprachlos. »Ich wollte nur ...«

»Ist es, weil ich das Haus verkaufen will? Wollen Sie mich überreden, es nicht zu tun? Monsieur Fabeau sagte mir, ich müsse damit rechnen.«

»Nun, ich ...«

Danielle lächelte kühl. »Hören Sie, Madame, ich weiß, dass Ihr Bruder in dem Haus wohnt, aber sowohl er als auch alle anderen Bewohner werden angemessene Wohnungen finden. Alles, was ihnen fehlt, ist der gute Wille.«

»Madame Dubois, das kann nicht Ihr Ernst sein! Ihre Mutter hat diese Leute aufgenommen, weil sie keine andere Bleibe gefunden haben. Weil sie alle Schicksale ...«

Danielle schüttelte den Kopf und klemmte sich eine graumelierte Strähne hinter das Ohr.

»Es gibt viele Menschen, die ein hartes Schicksal haben, Madame Decaux, und dennoch sind sie lebensfähig. Das, was die Leute in diesem Haus treiben, kann man nicht einmal guten Gewissens wohnen nennen. Ich bitte Sie. Es gibt in den meisten Wohnungen kein Bad. Würden Sie zum Duschen auf die Etage gehen wollen?« Sie verzog angewidert das Gesicht. »La Maison wird sich darum kümmern, dass das ganze Haus von Grund auf saniert wird.«

»Das werden sie bestimmt«, entgegnete Valérie bitter. »Danach wird sich aber keiner der jetzigen Bewohner noch die Miete leisten können.«

»Und? Ist das etwa meine Schuld?«

»Aber Sie ...«

Es klopfte, die Tür öffnete sich, und die Sekretärin schaute herein.

»Madame Dubois, Monsieur Laroché ist da.«

»Danke. Wir sind fertig.« Danielle stand auf. »Ich weiß nicht, was Sie sich von diesem Besuch versprochen haben, aber mein Entschluss steht fest. Ich werde das Haus verkaufen. Geraldine, begleiten Sie bitte Madame Decaux nach draußen.«

Während Valérie der Sekretärin folgte, hallten Danielles Worte in ihr nach. Ja, was hatte sie sich von diesem Besuch versprochen? Das würde ich auch gern wissen!

Im Flur kam sie an einem nachlässig gekleideten Mann vorbei, wahrscheinlich einer dieser erfolgreichen Bestsellerautoren, die Danielle Dubois in ihrer Literaturagentur vertrat. Valérie stapfte an ihm vorbei und konnte sich gerade noch bremsen, die Tür hinter sich zuzuknallen. Erst in ihrem Auto ließ sie ihrer Wut freien Lauf.

»Miststück!«, schrie sie gegen die Windschutzscheibe und schlug mit der flachen Hand auf das Lenkrad. »Dämliches, arrogantes, aufgeblasenes, eingebildetes Miststück!«

14

Am Flughafen Paris-Charles-de-Gaulle hätte Valérie Decaux auf Svenja warten sollen, aber sosehr sie sich anstrengte, die zierliche Anwältin war nirgendwo zu sehen. Zehn Minuten lang blieb sie unschlüssig in der Ankunftshalle stehen und blickte sich nach allen Seiten um. Um sie herum umarmten und küssten sich die Leute zur Begrüßung oder marschierten zielstrebig mit ihrem Gepäck zum Taxistand. Ob die Anwältin am falschen Flughafen auf sie wartete? Oder hatte man sie vergessen? Svenja rief in der Kanzlei an. Die Sekretärin versicherte glaubhaft in einer Mischung aus Englisch und Französisch, dass ihre Chefin zum Flughafen hatte fahren wollen, gleich im Anschluss an den Gerichtstermin um zehn Uhr. Trotzdem tauchte Valérie Decaux nicht auf, und sie ging auch nicht an ihr Handy. Svenja sprach eine kurze Nachricht auf die Mailbox und wartete.

Ein unangenehmes Gefühl breitete sich vom Magen ausgehend in ihr aus. Sie fühlte sich überflüssig, vergessen, unsichtbar. Dieses Gefühl kannte sie allzu gut. Unschöne Erinnerungen an eine Verabredung mit einer Mitschülerin tauchten auf. Zwei Stunden hatte sie auf die »Freundin« vergeblich gewartet und am nächsten Tag erfahren, dass das andere Mädchen ihre Verabredung schlicht vergessen hatte. Damals war es Corinna gewesen und jetzt Valérie Decaux. Svenja schluckte. Es war typisch, dass ihr das passierte. Man musste sich eben nicht um sie bemühen. Deshalb bist du jetzt hier!

Allerdings war der Flughafen so groß und unübersichtlich, dass man einander aus den Augen verlieren konnte. In einem Anflug von Hoffnung nahm sie ihre Koffer, ging zur Information und ließ Valérie Decaux ausrufen. Nichts geschah.

Eine halbe Stunde später gab Svenja das Warten auf. Sie dankte der Dame an der Information mit einem Kopfnicken und begab sich mit ihren beiden Koffern zum Eingang. Sofort fuhr ein Taxi aus seiner Warteposition und hielt direkt neben ihr. Ein junger, orientalisch aussehender Mann stieg aus und streckte die Hand nach Svenjas Koffern aus, als hinter seinem Wagen ein rostroter 2 CV mit quietschenden Reifen zum Stehen kam.

Der Taxifahrer ließ das Gepäck stehen und ging mit beiden Händen gestikulierend auf die Frau zu, die aus dem Auto sprang. Es war Valérie Decaux.

Die Erleichterung fühlte sich wunderbar an – leicht und warm und wohlig.

»Nein, Madame, hier können Sie nicht parken! Sie müssen wegfahren!«

»Nur ganz kurz. Bonjour, Madame Lorentz! Wie gut, dass ich Sie eben gesehen habe, sonst hätten wir uns doch noch verpasst.«

Valérie begrüßte sie mit einem flüchtigen Kuss auf die Wangen und griff nach dem größeren der beiden Koffer.

»Halt, Madame, das ist mein Fahrgast und …«

»Irrtum, die Dame fährt mit mir.«

»Nein. Ich stehe hier seit über einer Stunde und werde nicht …«

Es folgte ein Wortgefecht, dem Svenja nicht folgen konnte und das nach kurzer Zeit Valérie für sich entschied. Wütend gab sich der Taxifahrer geschlagen und nahm dem nächsten wartenden Passagier die Koffer ab, während Valérie sichtlich zufrieden Svenjas Gepäck auf dem Rücksitz ihres Wagens verstaute.

»Steigen Sie ein!«

Während Valérie sich auf den Fahrersitz schwang, öffnete Svenja die Beifahrertür. Sie quietschte erbärmlich und hing nur noch in einer Angel. Dass sie sich überhaupt öffnen ließ, grenzte an ein Wunder.

»Seien Sie ruhig grob!«, sagte Valérie, als Svenja sich beim Schließen der Autotür vergeblich abmühte. »Meine Brüder liegen mir seit Jahren in den Ohren, den Wagen endlich verschrotten zu lassen. Aber er trägt mich immer noch tapfer durch Paris, und der Motor ist nicht kaputt zu kriegen.« Sie legte den zweiten Gang ein und fuhr los. Der Motor gab ein asthmatisches Husten von sich, und Valérie fädelte sich in den Verkehr ein. »Es tut mir leid, dass Sie warten mussten. Ein Gespräch hat länger gedauert als geplant. Und mein Handy ist nicht in meiner Handtasche. In der Kanzlei ist es auch nicht. Entweder habe ich es verloren, oder es liegt mutterseelenallein zu Hause auf meinem Nachttisch. Na, ich habe Sie ja gefunden. Wie lange wollen Sie in Paris bleiben?«

»Das kommt darauf an, wie lange ich brauche. Ich muss zuerst Georges' Sachen durchsehen und ausmisten, dann renovieren und neu einrichten. Aber ich kann mir die ganzen Sommerferien über Zeit lassen. Über sechs Wochen. Das müsste eigentlich reichen. So groß ist die Wohnung ja nicht.«

Valérie warf ihr einen kurzen Blick zu. »Sie haben sich also entschlossen, die Wohnung zu behalten?«

»Wenn nichts dazwischenkommt.« Ja, ich will, fügte Svenja in Gedanken hinzu. Sie musste schmunzeln. Das klang wie ein Eheversprechen.

»Das wollen wir doch hoffen«, murmelte Valérie.

Es folgten eine Reihe komplizierter Überholmanöver, und

das Gespräch verstummte. Svenja sah aus dem Fenster. Sie fuhren an Fabrik- und Lagerhallen vorbei. In der Ferne sah sie ein großes Stadion. Und eintönige Wohnblocks, für die man die Architekten zur Rechenschaft ziehen müsste. Aber der Himmel über Paris war blau, und durch die Seitenfenster strömte warme Luft in den Wagen.

Je mehr sie sich dem Zentrum der Stadt näherten, umso dichter wurde der Verkehr und umso langsamer fuhren sie. Schließlich ging es nur noch im Schritttempo voran. Svenja merkte, dass Valérie Decaux zunehmend nervös auf ihre Armbanduhr schaute.

»Haben Sie noch einen Termin?«

»Ja, ich muss in einer halben Stunde im Gericht sein. Eine Sache, die schon einmal vertagt wurde, weil mein Klient zu spät erschienen ist. Die zuständige Richterin ist nicht gerade für ihre Geduld bekannt.«

»Wenn Sie es eilig haben, können Sie mich gern an der nächsten Metro-Station absetzen. Ich finde mich schon zurecht.«

Valérie schüttelte entschieden den Kopf. »Kommt gar nicht in Frage. Nein, ich habe noch Zeit. Mit ein bisschen Glück schaffe ich es, Sie bei der Wohnung Ihres Onkels abzusetzen und rechtzeitig im Gericht zu sein.«

15

Claire Poulette faltete ein frisches Bettlaken auseinander, klemmte es unter die Matratze, zog es von der anderen Seite straff und steckte die überhängenden Zipfel fest. Danach lag das Laken faltenlos auf dem Bett, so wie es sich gehörte. Sie nahm die Federbetten vom Fensterbrett, wo sie zum Lüften lagen. Dabei fiel ihr Blick auf die geschlossene Garage schräg gegenüber. Monsieur André war ausgeflogen. Als gäbe es nichts im Haus zu tun. Zum Beispiel hätte er endlich die hohen Fenster im Treppenhaus putzen oder die kaputten Glühbirnen ersetzen können. Sie hatte ihm schon oft genug gesagt, dass sie das nicht machen konnte. Die hohe Leiter war viel zu schwer für ihren kaputten Rücken, und außerdem war sie nicht schwindelfrei. Doch geschehen war bisher nichts. Und das ausgerechnet jetzt, wo die Deutsche erwartet wurde. Aber was sollte man auch von einem Mann erwarten?

Claire schüttelte die Bettdecken und Kopfkissen auf und strich sie glatt. Dann drapierte sie die mit Monogramm bestickten Zierkissen am Kopfende. Nachdem sie die Geranien von vertrockneten Blättern und verwelkten Blüten befreit und gegossen hatte, stellte sie die Blumentöpfe wieder auf das äußere Fensterbrett und schloss das Fenster. Sie wischte mit einem Lappen über die Nachttische, bevor sie sich der Frisierkommode widmete. Diesen Teil der Arbeit sparte sie sich immer bis zum Schluss auf. Sie liebte die altmodische kleine Kommode aus dunklem, mit Schnitzereien verziertem Holz mit ihrem ovalen Spiegel, den zierlichen geschwungenen Beinen und den kleinen Schubladen. Jedes Mal, wenn sie die Frisierkommode betrachtete, fühlte sie sich in eine andere Zeit versetzt. Eine Zeit, als die Frauen federgeschmückte Haarreifen in ihren Kurzhaarfrisuren und plissierte knielange Kleider trugen und ihre Zigaretten mit langen, eleganten Spitzen rauchten. Claire zupfte das Spitzendeckchen zurecht, rückte Cremetiegel, Puder und Quaste gerade und legte die Bürste zurück an ihren Platz. Und jedes Mal fragte sie sich, ob sie wohl aus echtem Silber gefertigt war. Zum Schluss drückte sie ein paarmal auf den Gummiball des altmodischen Zerstäubers. Sachte senkte sich eine Wolke Parfum auf die Betten und erfüllte das Zimmer mit einem zarten Rosenduft. Claire hatte das in einem Film gesehen, und diese kleine Geste hatte einen tiefen Eindruck bei ihr hinterlassen. Sie betrachtete zufrieden ihr Werk und verließ das Schlafzimmer.

»Ich bin fertig, Madame«, rief sie, ging den schmalen dunklen Flur entlang und trat in das kleine Wohnzimmer. Es roch nach Möbelpolitur, Bohnerwachs, Lavendel, alten Büchern und dem Rosenparfum von Madame Rosier. Wie so oft saß die alte Dame in ihrem Sessel vor dem Fenster, ein Fotoalbum auf den Knien. Eine zierliche Frau mit fast durchscheinendem Teint, die Claire stets an eine dieser zerbrechlichen kleinen Tierfiguren aus Glas erinnerte, die sie so gern gehabt hatte. »Wenn es Ihnen recht ist, gehe ich jetzt, Madame.«

Madame Rosier blickte von den alten vergilbten Fotos auf. Es schien, als hätte sie Schwierigkeiten, in die Realität zurückzufinden, sich zu erinnern, wo sie sich befand und wer die Frau war, die mit ihr sprach. Claire bekam Angst. Madame Rosier war weit über achtzig Jahre alt. Auch wenn sie sich von Gelenkbeschwerden abgesehen einer erstaunlichen Gesundheit erfreute, war jederzeit mit einem Schlag- oder

Herzanfall zu rechnen. So war es Monsieur Georges ergangen. Am Nachmittag, sie war gerade vom Einkaufen gekommen, hatte sie ihn noch mit seinem Motorrad wegfahren sehen. Sie hatten ein paar Worte gewechselt, und nichts hatte auf eine Krankheit hingedeutet. Und doch war er am selben Abend von seinem Motorrad gestiegen, umgefallen und nicht wieder aufgestanden.

Als Claire schon glaubte, es sei jetzt auch bei Madame Rosier so weit, kehrte das Leben in die blauen Augen der alten Dame zurück.

»Natürlich, Claire, gehen Sie nur. Ich bringe Sie zur Tür. Ephraim kommt bestimmt auch gleich.« Madame Rosier nahm ihre Brille ab, klappte das Album zu und legte beides mit der ihr eigenen Sorgfalt auf den kleinen Tisch, der neben dem Sessel stand. Langsam erhob sie sich unter Ächzen und Stöhnen.

»Warten Sie, Madame, ich helfe Ihnen.« Claire eilte zu dem Sessel, reichte Madame Rosier einen Arm und half ihr beim Aufstehen. Mühsam setzte die alte Dame einen Fuß vor den anderen. Erst nach ein paar Schritten ging es besser. »Das Bad und die Küche sind geputzt, Madame. Ich habe auch den Herd und den Kühlschrank sauber gemacht. Wenn ich am Freitag komme, putze ich die Fenster. Die Wäsche ist leider noch nicht trocken. Ich bringe sie Ihnen morgen vorbei, wenn es Ihnen recht ist. Und den braunen Anzug von Monsieur nehme ich mit, dann kann ich ihn frisch aufbügeln.«

»Wunderbar, Claire, vielen Dank.« Sie waren mittlerweile bei der Haustür angekommen. Madame Rosier entnahm einer altmodischen Geldbörse einen Zehneuroschein und drückte ihn Claire in die Hand.

»Nicht doch, Madame, das sollen Sie nicht. Ihr Sohn überweist mir doch jeden Monat …«

»Ich weiß. Aber ich weiß auch, dass Sie mehr für uns tun, als er mit Ihnen vereinbart hat. Und als Witwe haben Sie es nicht leicht. Wir sind Ihnen so dankbar, Claire. Ephraim und ich wüssten gar nicht, was wir ohne Sie machen sollten.«

»Vielen Dank, Madame«, erwiderte Claire, lächelte und steckte das Geld in ihre Kitteltasche.

»Ich wünsche Ihnen noch einen schönen Tag. Gönnen Sie sich jetzt auch ein bisschen Ruhe?«

»Ich wollte zuerst noch in der Wohnung von Monsieur Georges nach dem Rechten sehen. Ich habe zwar schon geputzt, das Bett bezogen und gelüftet, aber heute soll die Deutsche kommen, und ich will sicher sein, dass ich nichts übersehen habe. Man weiß ja, wie pingelig diese Deutschen sind. Und ich möchte mir nichts nachsagen lassen.«

»Ist es heute schon so weit?« Madame Rosier machte ein besorgtes Gesicht.

»Ja, Marc hat es mir erzählt. Er weiß es von seiner Schwester. Ich möchte nicht, dass die Deutsche mir Nachlässigkeit oder Schlamperei vorwerfen kann. Monsieur Georges war stets mit meiner Arbeit zufrieden, aber wer weiß, was die Deutsche für eine ist. Madame al Fahdi wird ihre Kinder ruhig halten, das hat sie mir versichert. Aber die Fenster im Treppenhaus sind nicht geputzt. Dabei wissen wir doch alle …«

Madame Rosier legte ihr eine Hand auf den Arm. »Claire, nicht …«

Claire wischte sich die Tränen weg. »Ich weiß, was Madame Dubois gesagt hat. Die Deutsche wird die Studette verkaufen. Aber vielleicht steht das noch nicht fest? Vielleicht kann man sie umstimmen, wenn … wenn wir es ihr hier ein bisschen schön machen und …« Sie schluchzte kurz auf. »Sie haben Ihre Kinder, Madame, zu denen Sie gehen können, wenn das

Haus verkauft wird. Aber François und ich? Wo sollen wir denn hin? Wir wohnen nun schon so lange hier, wir beide. Bald dreißig Jahre sind es jetzt. Ich weiß, wie hoch die Mieten üblicherweise in Paris und selbst in den Vororten sind. Das können wir nicht zahlen, Madame. Wenn wir diese Wohnung verlieren, sitzen wir auf der Straße!«

»So etwas dürfen Sie nicht denken, Claire«, unterbrach sie Madame Rosier. »Daran sollte keiner von uns denken.«

»Es kam so plötzlich!« Claire holte ein Taschentuch heraus und schneuzte sich. »Wenn Monsieur Georges gewusst hätte, dass sein Ende bevorsteht, hätte er für uns alle gesorgt. Ja, das hätte er, da bin ich ganz sicher. Aber so?«

»Vielleicht hat er gesorgt, Claire, vielleicht hat er es getan. Wir müssen Vertrauen haben.«

»Wir werden sehen. Au revoir, Madame, bis morgen.« Claire legte sich den Anzug über den Arm, nahm ihren Putzeimer und den Wischmop und stieg die Treppe hinauf. Ja, vielleicht hatte Madame Rosier recht. Vielleicht brauchte sie sich keine Sorgen zu machen. Vielleicht sollte sie dem alten Monsieur Georges vertrauen. Aber Vertrauen zu haben war so schwer. Monsieur Georges war eben auch nur ein Mann.

16

»Da wären wir!« Valérie hielt mit quietschenden Reifen am Kantstein.

Dann klappte sie das Handschuhfach auf, holte ein längliches Kuvert heraus und reichte es Svenja.

»Was ist das?«

»Ein Brief Ihres Onkels. Er ist an Sie gerichtet. Sie sollten ihn bekommen, wenn Sie sich entscheiden, die Wohnung zu behalten.«

»Wissen Sie, was in dem Brief steht?«

»Nein. Er ist nur für Sie bestimmt.«

Sorgfältig steckte Svenja den Brief in ihre Tasche. Valérie stieg aus. Während sie Svenjas Gepäck auf den Gehweg stellte, warf sie einen kurzen Blick auf ihre Armbanduhr.

»Kommen Sie zurecht, oder soll ich Sie nach oben begleiten?«

Svenja schüttelte den Kopf. »Nicht nötig, Madame Decaux. Ein bisschen kenne ich mich im Haus aus, und Sie haben es eilig.«

»In der Tat! Wenn ich mich beeile, schaffe ich es, pünktlich im Gericht zu sein.« Sie reichte ihr die Hand. »Viel Erfolg. Wenn Sie Fragen haben oder etwas brauchen, rufen Sie mich an. Jederzeit.«

»Danke, Madame Decaux.«

»Ich heiße Valérie.«

»Und ich bin Svenja.«

Sie drückte Svenjas Hand, setzte sich in ihren Wagen, wendete und fuhr hupend davon.

Svenja blickte dem verbeulten und verrosteten 2 CV mit Wehmut nach, bis sie ihn weder sehen noch hören konnte. Dann nahm sie ihre beiden Koffer und trat zu dem Tor, auf dem Plakate für ein Konzert warben, das bereits im Mai stattgefunden hatte.

Das Schaufenster des kleinen Ladens daneben war staubig, vor der mit Brettern vernagelten Tür lag ein Stapel Werbeprospekte. Sie schaute an der Fassade empor. Die Farbe blätterte überall ab, an einigen Stellen bröckelte der Putz von der Mauer, an den Fensterläden fehlten Lamellen, die Fenster waren blind vor Schmutz. Doch sie konnte die ehemalige Schönheit und Eleganz des Hauses erahnen, zu einer Zeit, als hier noch Lieferanten vorgefahren waren, Dienstmädchen die Fenster und die Messingbeschläge der Fensterläden geputzt und üppige Geranien und prächtige Bougainvilleen in Kübeln von den niedrigen Fenstergittern herabgehangen hatten. Über dem Haus hing die Melancholie einer in die Jahre gekommenen Diva, die von der Welt vergessen in ihrem Boudoir den Erinnerungen an die Tage ihres Ruhms nachhing. Wenn ich das Geld hätte, würde ich das Haus wieder zum Leben erwecken, dachte sie.

Das Dröhnen schwerer Motorräder näherte sich, und Svenja drehte sich um. Es waren drei schwarze Ungetüme. Die Männer trugen schwarze Jacken mit Abzeichen und Sonnenbrillen. Sie fuhren langsam an ihr vorbei, sodass sie den Totenkopf und den Schriftzug der Wizards of Doom, einem auch in Deutschland berüchtigten Rockerclub, deutlich erkennen konnte. Täuschte sie sich, oder starrten die Fahrer sie an? Dann gaben die drei wie auf ein geheimes Zeichen hin Gas und donnerten in einer Wolke aus Staub und Abgasen die Straße hinunter. Vielleicht war es nur ein Zufall. Hoffentlich.

Svenja schluckte und steckte den großen, altmodischen Schlüssel in das zerkratzte Schloss. Nichts geschah. Sie musste ruckeln, drücken und zerren, bevor sich der Schlüssel endlich bewegte. Selbst dann ließ er sich nur widerwillig drehen. Als das Tor sich schließlich mit einem lauten Schnappen öffnete, quietschte es in den Angeln, als wollte es gegen ihre Anwesenheit protestieren.

Mit einem Gefühl der Beklemmung ging sie durch die dunkle Toreinfahrt zum Innenhof. Einer ihrer Koffer polterte hinter ihr her. Schon bei ihrem ersten Besuch hatte sie das Haus und seine Bewohner abweisend erlebt, aber da war sie in Begleitung gewesen, und es hatte Anzeichen menschlichen Lebens gegeben. Jetzt war alles still. Der Riegel der Garage war vorgelegt und mit einem riesigen Vorhängeschloss gegen feindliches Eindringen gesichert. Nicht einmal Fliegen umsummten die Mülltonnen.

Svenja straffte die Schultern, packte die Griffe ihrer Koffer und durchquerte den Innenhof. Das Geräusch der Kofferrollen auf den Gehwegplatten hallte von den Hauswänden wider. Jetzt wissen alle, dass ich da bin, dachte sie und beobachtete die Fenster.

Nichts. Nicht einmal ein Schatten oder eine angedeutete Bewegung hinter den Gardinen. Sie stieß die Tür auf, betrat das dunkle Treppenhaus und machte sich auf den Weg nach oben. Der alte, verschlissene Teppich dämpfte das Geräusch ihrer Schritte, doch das Holz der Treppe knarrte widerwillig unter ihr und der Last der Koffer, die von Stufe zu Stufe schwerer wurden. Im dritten Stockwerk machte sie eine Verschnaufpause. Die sperrigen Koffer die steile, gewundene Treppe hinaufzuschleifen war anstrengend – obwohl sie beim Packen die Waschsalons in der Hauptstraße berücksichtigt hatte. Sie blickte über das Treppengeländer nach oben. Es schien sich endlos emporzuschrauben. Wie viele Stockwerke hatte das Haus? Vier? Fünf? Beim letzten Mal hatte sie nicht darauf geachtet. Allerdings hatten die Klänge eines Cembalos sie verzaubert. Jetzt umfing sie unheimliches Schweigen. Kein Klappern von Töpfen, kein Telefonklingeln, keine Schritte oder Stimmen, nicht einmal ein Radio oder Fernseher waren zu hören.

Schweißgebadet blieb sie endlich im Dachgeschoss stehen und versuchte sich daran zu erinnern, welche der Türen zur Wohnung ihres Onkels führte. Schließlich entschied sie sich für die, die ihr direkt gegenüberlag. Ein schmaler Lichtstrahl fiel in den dunklen Flur, die Tür war angelehnt. Sie zögerte kurz. Hatte sie sich geirrt? Nein, das war die Wohnung ihres Onkels. Sachte stieß sie die Tür auf. Ja, sie hatte recht, hier war sie richtig. Da waren Kleiderständer, Kühlschrank, Bett, Sessel ... Alles war, wie sie es in Erinnerung hatte. Nur die Frau, die sich am Fenster zu schaffen machte, gehörte nicht hierher. Svenja klopfte an die offene Tür, trat ein und stieß mit dem Fuß gegen einen kleinen Holzkoffer, der hinter dem Kleiderständer hervorragte. Der Koffer fiel mit lautem Gepolter um, die Frau fuhr herum und stieß einen spitzen Schrei aus.

Etwa fünfzig bis sechzig Jahre alt, geblümter Hausfrauenkittel, offene Holzpantoletten, einen Putzlappen in den Händen, sorgfältig frisierte Haare, ungeschminktes Gesicht mit vor Entsetzen weit aufgerissenen Augen – Svenja hatte ihr Urteil rasch gefällt. Die Frau kam bestimmt nicht, um die Habseligkeiten ihres Onkels zu stehlen. So sah keine Diebin aus, viel eher eine Putzfrau.

»Entschuldigen Sie, ich wollte Sie nicht erschrecken«, sagte Svenja, richtete den Holzkoffer auf und ging mit ausgestreckter Hand auf die verschreckte Fremde zu. »Ich bin Svenja

Lorentz. Monsieur Georges war mein Onkel. Und wer sind Sie?«

»Claire Poulette, Madame«, erwiderte die Frau mit einer Stimme, die man kaum als schön bezeichnen konnte, die aber mit Sicherheit deutlich durch das ganze Treppenhaus zu hören war. Sie ergriff Svenjas Hand und deutete tatsächlich einen Knicks an. »Ich habe Monsieurs Sachen in Ordnung gehalten. Madame Decaux hat uns erzählt, dass Sie heute kommen, und da dachte ich, dass ich lüften sollte, weil doch die Wohnung schon ein paar Wochen leer steht und Monsieur Georges Zigaretten und diese schrecklichen Zigarillos geraucht hat. Ich weiß nicht, was Sie denken, ich finde, eine Dame und der Geruch von Tabak passen nicht zusammen. Außerdem habe ich noch einmal Staub gewischt und das Bett frisch bezogen. Ich hatte zwar das Bettzeug schon ausgewaschen, aber ich dachte mir, dass Sie vielleicht doch lieber anderes Bettzeug hätten als das, in dem Monsieur Georges seine letzte Nacht hier auf Erden verbracht hat. Ich wollte eigentlich noch Blumen besorgen, als kleinen Willkommensgruß, verstehen Sie?«

»Es ist wirklich sehr nett von Ihnen, sich so viel Mühe zu machen«, sagte Svenja rasch in einer Atempause. »Vielen Dank, Madame Pupette.«

»Poulette, Madame, Poulette ist mein Name. Aber nennen Sie mich ruhig Claire.«

»Sie haben alles sehr schön hergerichtet, Madame Poulette«, sagte Svenja und ging zum Fenster. Ihr war die Situation unangenehm, nicht nur, weil sie den Namen falsch verstanden hatte. Ob die Frau wohl ein Trinkgeld erwartete?

»Oh, Madame, das Fenster klemmt. Es lässt sich schwer öffnen.« Sie stemmte eine Hand gegen den Fensterrahmen. »Hier müssen Sie drücken und gleichzeitig an dem Griff ziehen. Aber nicht zu stark, sonst reißen Sie ihn heraus. So, sehen Sie? Und dann können Sie ihn drehen und das Fenster öffnen.«

Svenja schüttelte den Kopf.

»Ja, ich weiß«, fuhr Claire fort. »Ich habe Monsieur André auch schon oft gesagt, dass das Fenster repariert werden muss. Er ist unser Hausmeister, wissen Sie? Aber er will davon nichts hören.«

»Ich werde ihn fragen, ob er das Fenster reparieren kann. Wo wohnt Monsieur André?«

»Unten, in der Portierswohnung. Er lebt allein und ...«

»Gut, dann werde ich ihn wohl am besten gleich aufsuchen. Die Lampe im Treppenhaus ist kaputt.«

»Oh, Madame, da werden Sie kein Glück haben! Dienstags trifft sich Monsieur André um drei am Place des Vosges mit Freunden zum Boule. Er kommt erst gegen acht Uhr zurück. Immer, außer wenn ein Weihnachtstag auf einen Dienstag fällt.«

»Wann habe ich denn wohl eine Chance, Monsieur anzutreffen?«

»Vormittags, so gegen zehn Uhr ist eine gute Zeit«, erwiderte Claire. »Er hat dann gefrühstückt und ist noch nicht in der Garage. Wenn Monsieur André nämlich bei seinem Wagen ist, hört und sieht er nichts anderes mehr. Sie glauben nicht, wie oft ich ihn schon vergeblich darum gebeten habe, die Fenster zu putzen oder im Treppenhaus die Glühbirnen zu wechseln. Es nützt nichts. Ich weiß auch nicht, weshalb Madame ihn hier hat wohnen lassen. In meinen Augen ist er nichts weiter als ein Faulpelz. Kannten Sie Madame?«

Svenja wusste nicht, wer gemeint war, und schüttelte den Kopf.

»Madame war eine wirklich feine Frau. Eine richtige Dame,

wenn Sie verstehen, was ich meine. Mir ist egal, was andere über sie sagen. Ich habe sie schließlich gekannt. Sie war … Aber wo sind meine Manieren! Madame würde mich jetzt bestimmt zurechtweisen. Ich langweile Sie mit meinem Gerede, dabei haben Sie die weite Reise hinter sich und möchten sich ausruhen. Ich werde gehen und Sie allein lassen.«

»Danke für Ihre Mühe«, erwiderte Svenja, kramte einen Zehneuroschein aus ihrem Portemonnaie hervor und reichte ihn Claire Poulette.

»Nein, das sollen Sie nicht. Wirklich«, sagte sie, steckte den Schein jedoch mit einem breiten Lächeln in ihre Kitteltasche. »Wenn Sie mich brauchen, klingeln Sie bei mir, oder klopfen Sie mit einem Stock auf den Boden. Ich wohne direkt unter Ihnen.«

Svenja schloss die Tür und lauschte eine Weile Claire Poulettes davonklappernden Absätzen hinterher. Sie hörte, wie sich ein Stockwerk tiefer eine Tür öffnete, zufiel und das Geräusch der Holzpantoletten verschluckte. Sie rieb sich die Stirn und genoss die Stille. Die schrille Stimme der Frau hatte sie ausgelaugt und erschöpft, der Flug, die Warterei und die Menschenmassen am Flughafen steckten ihr in den Knochen. Das Bett mit seiner orangefarbenen Bettwäsche lockte. Doch zuerst wollte sie den Brief lesen.

Sie schob ihre Koffer zur Seite, damit sie neben dem Kleiderständer stehen blieben, und ließ sich in den Sessel sinken. Das weiche, durchgesessene Polster nahm sie liebevoll in seine Arme. Es roch nach kaltem Rauch und einem herben Rasierwasser. Und sie sah Gänseblümchen vor sich, Hunderte, Tausende von Gänseblümchen. Sie selbst saß mitten zwischen ihnen. Warum musste sie jetzt an Gänseblümchen denken?

Auf dem Briefumschlag stand »für Svenja«, sonst nichts. Sie schlitzte ihn mit dem Finger auf und nahm den Brief heraus.

»Meine liebe Svenja!

Vermutlich kannst Du Dich nicht mehr an mich erinnern. Du warst noch klein, als ich Dich gesehen habe. Es war auf der Feier zum sechzigsten Geburtstag deines Großvaters. Ich weiß bis heute nicht, wie ich – der Verstoßene, das schwarze Schaf der Familie – zu der Ehre einer Einladung gekommen bin. Natürlich wollte ich mir das große Fest nicht entgehen lassen. Und so reiste ich mit Martine nach Hamburg. Wie ich erwartet hatte, begegnete man uns mit der unserer Familie eigenen Mischung aus Misstrauen, Ablehnung, Enttäuschung und zur Schau getragener Duldsamkeit. Ich wollte mich schon wieder auf den Heimweg machen, doch dann sah ich Dich, ein kleines fröhliches Mädchen in einem geblümten Kleid auf einer Sommerwiese, die kleinen Hände voller frisch gepflückter Gänseblümchen und ein Lächeln auf dem Gesicht, als ob sich der Himmel öffnet und ein Stück vom Paradies offenbart. Wir beide hatten viel Spaß an diesem Nachmittag, und ich erinnere mich noch, dass Du geweint hast, als ich später gehen musste.

In all den Jahren, die seither verstrichen sind, habe ich oft an Dich gedacht. Gern hätte ich Dich aufwachsen sehen. Glücklicherweise hat mich mein guter Freund Paul – Du kennst ihn vielleicht als ›Onkel Paul‹, seine Eltern waren die Nachbarn Deiner Großeltern – auf dem Laufenden gehalten. So konnte ich aus der Ferne verfolgen, wie Du herangewachsen bist. Und ich weiß, dass Du Dich entschieden hast, Lehrerin zu werden. Oder wurde die Entscheidung für Dich getroffen? Bei unserer Familie ist das nicht sicher, die Methoden, die Mitglieder in das gültige Familienschema einzufügen, sind subtil. Aber ich weiß, dass Du etwas Besonderes bist. Daran können sie nichts ändern.

Deshalb habe ich mich entschieden, Dir meinen ganzen Besitz zu hinterlassen. Es ist nicht viel. Die Wohnung, mein

Bike, der Wagen, meine Möbel sowie die paar Habseligkeiten und Erinnerungsstücke, die sich im Lauf der Jahre angesammelt haben. Es gehört alles Dir, und Du kannst damit tun und lassen, was Du willst. Es sind nur leblose Gegenstände, die zu meinem Leben gehören. Du hast Dein eigenes.

Gibt es noch etwas zu sagen? Die Dinge sind kompliziert, und es würde den Rahmen dieses Briefes sprengen, wenn ich versuchte, Dir alles zu erklären. Sollten Fragen oder Probleme auftauchen, wende Dich an Valérie Decaux oder Gerard Pellier. Die beiden werden Dir gern helfen.

Jetzt, wo ich den Brief fast beendet habe, sehe ich Dich wieder in Deinem geblümten Kleid vor mir, wie Du Martine und mir ein paar Gänseblümchen gibst. Dieser Glanz in Deinen Augen, Deine Begeisterung für mein Bike. Du hast die Kraft einer Löwin in Dir. Und egal, was sie Dir in all den Jahren eingeredet haben – Du musst Dein Leben leben, und niemand sonst.

In Liebe,
Dein Onkel Georges«

Svenja ließ den Brief in den Schoß sinken und sah aus dem Fenster. Die Schornsteine auf dem gegenüberliegenden Dach warfen Schatten, ein winziger sonnenlichtreflektierender Punkt am Himmel zog einen weißen Kondensstreifen hinter sich her.

»Du musst dein Leben leben, und niemand sonst.« Einen besseren Zeitpunkt für diesen Satz hätte es nicht geben können.

Sie schloss die Augen, atmete den Tabak- und Rasierwassergeruch des Polsters ein und sah sich auf der Wiese sitzen. Sie fühlte sich wohl.

Erinnerungen. Es waren lang verschüttete Erinnerungen, das wusste sie jetzt.

Erschrocken fuhr Svenja hoch. Unglaublich, sie war eingeschlafen! Sie blinzelte und rieb sich die Augen. Vor dem Fenster gurrten Tauben. Und irgendwo klingelte ihr Handy. Aber wo war es? Wo war sie? Während sie mühsam die Puzzleteile ihrer Erinnerungen zusammensetzte, klingelte ihr Handy weiter. Stimmt, sie war in Paris, in ihrer Wohnung.

Wieder das Handy. Das Ding gab nicht auf. Svenja begann hektisch zu suchen und stieß sich dabei den kleinen Zeh an dem Holzkoffer. Warum immer der kleine?, dachte sie, biss die Zähne zusammen und tastete ihre Jacke nach dem Handy ab. Endlich entdeckte sie es in der linken Tasche. Sie riss es heraus, fuhr mit dem Daumen über das Display und hielt es an ihr Ohr.

»Hallo?«

»Svenja, Kind?« Es war ihre Mutter. »Wo bist du denn? Ich habe schon ein paarmal bei dir angerufen, aber du bist nicht ans Telefon gegangen. Ist alles in Ordnung? Geht es dir gut? Ich habe mir Sorgen gemacht! Bist du beim Arzt? Kannst du nicht sprechen? Du klingst so komisch.«

»Doch, doch, ich kann sprechen.« Svenja wischte sich eine Träne aus dem Augenwinkel und warf dem kleinen Holzkoffer einen wütenden Blick zu. »Ich habe mir nur gerade den Zeh gestoßen.«

»Ach so. Papa und ich wollten gleich vorbeikommen.«

»Das geht nicht, Mama. Ich bin in Paris.«

»Ich habe dir gefüllte Paprika …« Kurze Pause. »Du bist wo?«

»In Paris. Ich bin heute früh nach Paris geflogen.«

»Davon hast du gar nichts erzählt.« Der Vorwurf war nicht zu überhören.

»Weil ich nicht wollte, dass ihr es mir ausredet.«

»Das hätten wir bestimmt getan.« Svenja konnte förmlich

sehen, wie ihre Mutter den Kopf schüttelte. »Wieso tust du dir das an? Der anstrengende Flug. Die Arbeit in Georgs Bude. Du bist krank! Du brauchst Ruhe!«

»Mama, ich habe es mit der Ärztin besprochen. Sie sagte, ich soll tun, was mir guttut. Und das hier tut mir gut. Diese Stadt ist wunderbar und …«

»Ach, alte Wäsche zu sortieren macht dich offenbar glücklich. Aber als ich dich darum gebeten habe, mir bei unserer Wäsche zu helfen, hattest du zu viel zu tun.«

»Da steckten wir mitten in den Zeugniskonferenzen. Ich hatte wirklich keine Zeit.«

»Na, ich will dir keine Vorwürfe machen. Hattest du einen schönen Flug?«

»Ja, danke.«

»Und wie ist das Wetter?«

»Die Sonne scheint, es ist warm. Ich bin gerade dabei, meine Sachen auszupacken, und danach werde ich einkaufen gehen.«

»Schaffst du das denn alles?«

»Mama! Natürlich komme ich zurecht. Ich bin dreiunddreißig. Ich weiß, wie man einkauft, und ich kann sogar kochen.«

»So meinte ich das doch nicht. Aber du bist ganz allein in dieser großen Stadt!«

»Hamburg ist auch nicht gerade ein Dorf.«

»Svenja, du weißt, was ich meine. Man hört so viel! Und dann musst du noch in der verlausten Bude dieses Vagabunden hausen.«

»Eigentlich ist alles sehr sauber.« Svenja konnte sich gerade noch davon abhalten, mit dem Zeigefinger über das Fensterkreuz zu fahren. »Eine Nachbarin hat hier geputzt. Sogar das Bett ist frisch bezogen.«

»Ach, und woher hat sie den Wohnungsschlüssel?«

Punkt für dich, Mama, dachte Svenja. Das gilt es mit Claire Poulette zu klären.

»Und wie willst du sicher sein, dass du nicht in der Nacht überfallen und ausgeraubt wirst?«

»Glaube mir, hier gibt es nichts, was diese Mühe lohnen würde.«

»Man kann nie wissen. Weshalb hätte der Alte sonst so einen Wind um seine Wohnung gemacht? Erst müssen wir auf das Erbe verzichten, und dann setzt er dich in seinem Testament ein. Zuzutrauen wäre es ihm.« Ihre Mutter seufzte. »Ich weiß, du bist erwachsen. Aber du bist immer noch krank.«

»Es geht mir deutlich besser.«

»Na, wenn du meinst. Aber …«

»Du, Mama, es tut mir leid, wenn ich dich jetzt abwürge, aber ich muss mich allmählich sputen, wenn ich frisches Brot haben möchte. Die Bäcker machen hier um vier Uhr zu. Ich melde mich. Tschüs, Mama!«

»Tschüs, Svenja. Und was …«

Svenja unterbrach die Verbindung, das Leuchten auf dem Display erlosch. Genau wie Claire Poulette es ihr vorhin gezeigt hatte, öffnete sie das Fenster. Erschrocken flatterten die Tauben auf und flogen in den blassblauen Himmel davon. Warme Luft wehte ihr ins Gesicht. Sie roch nach Staub, nach Metall und geschmortem Fleisch. Irgendwo sang ein Kanarienvogel.

Svenja stützte sich auf der breiten Fensterbank ab. Dächer, Häuserwände, Schornsteine. Eile war nicht nötig. Sie war in Paris! Vermutlich hatten die Supermärkte bis zweiundzwanzig Uhr geöffnet. Außerdem gab es genügend Restaurants, Brasserien, Imbisse und Garküchen, in denen sie essen konnte. Und morgen früh konnte sie zu einem Bäcker gehen oder einfach in einem Bistro frühstücken. Was sollte sie jetzt mit ihrer Zeit anfangen? Für ihren Aufenthalt hatte sie sich ein Konzept zurechtgelegt – vormittags in der Wohnung arbeiten, den Nachmittag genießen. Jetzt war Nachmittag. Sollte sie einen Spaziergang an die Seine machen? Oder lieber einen Streifzug durch das Quartier unternehmen? Sie kannte die Gegend nicht, wusste nicht, wo es Geschäfte, Bistros und Restaurants gab. Und es war nicht weit. »Überanstrengen Sie sich nicht«, hatte Frau Dr. Hirschberger gesagt. »Legen Sie genügend Pausen ein.« Den Rat wollte sie beherzigen. Zuerst nehme ich mir aber diesen vermaledeiten Holzkoffer vor.

Der Kasten war für seine Größe erstaunlich schwer. Sie legte ihn auf das Bett und betrachtete eine Weile den großen Harley-Davidson-Aufkleber auf der Vorderseite. Dann öffnete sie die Schnappverschlüsse und klappte den Deckel auf. Zum Vorschein kamen schwarze Kugeln aus Metall, abgestoßen und zerkratzt, die zwischen selbst zurechtgeschnittenen Schaumstoffstreifen lagen. Ein Boule-Set. So, wie es aussah, hatte Georges es oft benutzt.

Ein Boule-Spieler warst du also auch, dachte sie, nahm eine der Kugeln in die Hand und spürte das kalte Metall und die leichten Unebenheiten, die jahrelanges Rollen über winzige Steine in das Material geschliffen hatte. Behutsam legte sie die Kugel an ihren Platz und schloss den Deckel.

Eine Weile blieb sie auf dem Bett sitzen und sah aus dem Fenster. Sie dachte daran, dass sie jedes Mal, wenn sie diesen Koffer sehen und ihn in die Hand nehmen würde, an Onkel Georges denken würde. Dann fiel ihr ein, dass sie gar kein Boule spielte, dass sie vermutlich den Kasten nur in die Hand nehmen würde, um ihn zur Seite zu stellen, wenn sie staubsaugen oder den Boden wischen wollte.

Vielleicht sollte ich mit dem Spielen anfangen? Sie musste

über sich selbst lachen. Der Gedanke, zum Boule zu gehen, nur weil ihr Onkel einen Koffer mit Kugeln hatte, war verrückt. Sie würde den Kasten verkaufen oder verschenken.

»Du musst dein Leben leben, und niemand sonst.« Er hatte recht, der Onkel Georges. Und heute war ein guter Zeitpunkt, damit anzufangen.

Wenig später verließ sie das Haus. Etwas unschlüssig blieb sie vor dem Tor stehen. Schräg gegenüber vor dem arabischen Lebensmittelgeschäft saßen zwei ältere Männer auf Klappstühlen unter der Markise, tranken Tee aus winzigen Gläsern und unterhielten sich. Nach links ging es zur Hauptstraße, von dort war sie bisher gekommen. Also wandte sie sich nach rechts, um Neuland zu entdecken.

Sie kam an einem Waschsalon vorbei, dessen große orangefarbene Waschmaschinen sofort ins Auge stachen, dann an einem Bäcker. Er hatte tatsächlich seit halb vier geschlossen, öffnete aber bereits um sechs Uhr morgens. Dort besorge ich mir mein Frühstück, dachte sie und sog genussvoll den Duft von Croissants und Baguette ein, der trotz der leeren Auslagen und Regale durch die Tür drang.

Eine Toreinfahrt, verschlossen von einem schmiedeeisernen Tor, das sich nur mit der Eingabe eines Codes oder einer Schlüsselkarte öffnen ließ. Das dazugehörige Gerät hing an der Mauer daneben. Dahinter sah sie einen Innenhof, in dem eine Wäscheleine gespannt war. Eine Yasemins-Änderungsschneiderei auf der anderen Straßenseite, ein weiteres Tor. Ein Hauseingang. Rechts davon ein Blumenladen, schmal wie ein Hemd. Im Schaufenster standen Zinkeimer mit verschiedenfarbigen Rosen, Nelken und Dahlien. Eine ältere Frau mit einem kleinen weißen Hund an der Leine kam gerade aus dem Geschäft, einen in rosa Papier eingewickelten Blumenstrauß im Arm. Ihr starkes Make-up und ihre auffällige Kleidung wären vor einigen Jahrzehnten mondän und elegant gewesen. Auf knallroten und für ihr Alter viel zu hohen Pumps trippelte sie vor Svenja her, während der Hund, beide Hinterbeine gleichzeitig bewegend, mit der Nase am Boden an der schmutzigen Hauswand entlanglief. Ein Mann mit einer Einkaufstüte kam ihnen entgegen. Er hinkte ein bisschen, und als er an ihnen vorbeikam, lächelte er melancholisch. Der Hund schien endlich gefunden zu haben, wonach er gesucht hatte, blieb stehen und hob mühsam ein Bein. Die Frau hielt ebenfalls an, wartete geduldig und beobachtete das gelbe Rinnsal, das sich über die Hauswand und den Gehweg ergoss. Svenja beschleunigte kurz ihre Schritte und ließ die beiden hinter sich. Ein Bistro mit einer schmalen Reihe von Tischen und Stühlen auf dem Trottoir zog ihren Blick auf sich. Auf der ausgeblichenen blau-weißen Markise prangte in verschnörkelten roten Buchstaben der Name »Chez Gustave«.

Sie schlenderte durch einen kleinen Park, ein breiter Grünstreifen im Mittelpunkt einer Kreuzung, mit ein paar Bänken und einem Spielplatz. Die Bänke waren besetzt. Ein älterer Herr las Zeitung, auf einer anderen lag ein Mann in schmutzigen Hosen lang ausgestreckt, aus der Papiertüte neben ihm schaute der Hals einer Flasche hervor. Zwei Frauen unterhielten sich, während ihre Kinder sich auf der Rutsche vergnügten. Spatzen hüpften über den Sandweg und pickten den behäbigen Tauben die Keks- und Brotkrümel vor dem Schnabel weg. Svenja umrundete diese Oase der Beschaulichkeit.

Auf ihrem Rückweg kam sie erneut an dem Bistro vorbei und entschloss sich, dort einzukehren. Sie wählte einen der Tische, die auf dem Bürgersteig standen. Der Ober lächelte freundlich, als er ihr die Karte reichte. Der Herr am Nebentisch nickte ihr zu, faltete seine Zeitung zusammen und begann ein Gespräch über die falschen Vorhersagen der Meteorologen. Svenja lächelte und nickte höflich. Es war erst kurz nach fünf – zu spät für Kaffee und Gebäck, zu früh für ein Abendessen. Sie wollte gerade ihren ganzen Mut zusammennehmen und ihren Tischnachbarn um eine Empfehlung bitten, als sie angesprochen wurde.

»Bonjour, Madame!« Direkt vor ihr, so nahe, dass sie den Ärmel seiner Jeansjacke hätte berühren können, stand Marc Decaux. Einen Augenblick dachte sie, dass er mit einer Frau sprach, die hinter ihr saß, und drehte sich um. Aber da saßen nur Männer.

»Bonjour«, erwiderte sie, ihre Wangen brannten.

Marc schob sich mit einem Lächeln die Sonnenbrille in das dunkle Haar und stellte seinen Gitarrenkoffer neben sich ab. »Darf ich mich zu Ihnen setzen?«

Svenja blinzelte. Hatte er das wirklich gerade gesagt?

»Ja. Natürlich. Aber sicher. Gern«, stammelte sie und rückte ihren Stuhl ein Stück zur Seite, damit noch Platz für den Gitarrenkoffer war. Am Nebentisch erklangen ein hörbar resignierter Seufzer und das Rascheln von Zeitungspapier.

Marc ließ sich auf den Stuhl fallen und deutete auf die Speisekarte. »Vergessen Sie die französischen Gerichte, die sind bedingt genießbar. Aber die Falafel, das Lamm und die tunesischen Süßspeisen sind exzellent. Und nach einem vergleichbaren Couscous müssen Sie in Paris lange suchen. Vielleicht sogar in ganz Frankreich. Der Wirt ist Tunesier. Sie müssen ihn kennenlernen. Mustafa!« Marc rief den Namen in die Tiefe des Bistros hinein und winkte. »Komm mal her!«

Ein Mann Anfang fünfzig mit einem deutlichen Bauchansatz und silbernen Fäden im pechschwarzen Haar kam zu ihnen an den Tisch.

»Marc, mein Freund! Wie geht es dir?« Er grinste über das

ganze breite Gesicht, als er ihm auf die Schulter klopfte. »Hast du meine Küche schlechtgemacht?«

»Was denkst du von mir? Ich wollte dir Madame Lorentz vorstellen.«

Mustafa nickte ihr mit freundlicher Gleichgültigkeit zu. Vermutlich war sie nicht die erste Frau, mit der Marc den Tunesier bekannt machte. Aber was soll's? Sie fühlte sich geschmeichelt. Es war fast, als säße sie hier mit einem Freund.

»Was kann ich euch beiden bringen?«

»Madame Lorentz ist die Nichte von Georges.«

Mustafa starrte Svenja an, erst ungläubig, dann erstaunt. Und Svenja war nicht wenig überrascht, als er ihre Hand ergriff.

»Mein aufrichtiges Beileid, Madame. Wir waren alle untröstlich, dass Georges uns verlassen hat. Noch dazu so unerwartet. Wie schlimm muss es dann erst für seine Familie sein?«

»Danke.«

»Er und Madame Martine haben sehr oft bei mir gegessen. Auch nach Madames Tod kam Georges regelmäßig zu mir. Er war ein Mann, wie man ihn unter Hunderten nur ein einziges Mal findet. Manchmal stehe ich an der Bar und meine sein Motorrad zu hören. Dann schaue ich auf und stelle fest, dass es nur eine Täuschung war. Ich hätte nie geglaubt, dass ich diese Höllenmaschine mal vermissen würde.« Er schwieg einen Moment, in dem Svenja nicht wusste, was sie sagen sollte. Dann lächelte er plötzlich und rieb sich die Hände. »Möchten Sie etwas essen, Madame?« Svenja nickte. »Gut. Lassen Sie sich überraschen.« Und noch bevor sie einen Wunsch äußern konnte, war Mustafa verschwunden.

Zuerst brachte er eine Flasche Rotwein und zwei Gläser. Als er das nächste Mal wiederkam, trug er zwei Teller und eine Terrine aus glasiertem Ton, aus der es köstlich duftete.

»Couscous à la Georges«, sagte Mustafa und legte ihr und Marc sorgfältig etwas von dem safrangelben Gericht auf den Teller. »Bon appétit!« Mit einer angedeuteten Verbeugung entfernte er sich.

Svenja sah Marc fragend an.

»Couscous à la Georges.« Er deutete auf ihren Teller. »Probieren Sie. Ich wette mit Ihnen, dass Sie selten Besseres gegessen haben.«

Und Svenja probierte. Marc hatte nicht übertrieben. Das Couscous war eine Offenbarung.

»Was ist da drin? Ein paar Gewürze kann ich herausschmecken – Ingwer, Kardamom, Nelken, Knoblauch. Aber das allein kann es nicht sein. Worin liegt das Geheimnis?«

Er zuckte mit den Schultern. »Ehrlich, ich weiß es nicht. Es hat übrigens keinen Sinn, Mustafa nach dem Rezept zu fragen, er wird es nicht rausrücken. Das ist – oder besser, war – eine Sache zwischen ihm und Ihrem Onkel.«

Svenja hob überrascht die Augenbrauen. »Was hat denn mein Onkel damit zu tun?«

»Weshalb heißt es wohl Couscous à la Georges?«

»Hat mein Onkel hier als Koch gearbeitet?«

Marc lachte und schüttelte den Kopf, während er mit einem Stück Fladenbrot die letzten Reste von seinem Teller wischte. »Nein. Wenn er hier gekocht hat, dann nur zum Spaß und für Freunde.« Er steckte das Brot in den Mund. »Viel scheinen Sie nicht über Georges zu wissen.«

»Da haben Sie recht. Im Grunde weiß ich nur, was meine Mutter und meine Tanten erzählt haben. Ich selbst habe ihn ein einziges Mal gesehen. Das war auf einer Familienfeier, und ich war knappe drei Jahre alt. Also kann man nicht gerade von einer tiefen, innigen Beziehung sprechen.« Auch Svenja hatte ihr Essen beendet. Mustafa hatte eine Kerze auf ihrem Tisch angezündet. In ihrem Schein funkelte der Wein in einem warmen Granatrot. »Ich frage mich schon die ganze Zeit, ob es einen Grund gibt, weshalb er ausgerechnet mich zur Erbin ernannt hat, oder ob ihm lediglich kein besserer Erbe eingefallen ist.«

»Das glaube ich nicht«, erwiderte Marc und sah sie an. »Ich glaube viel eher, dass er sich gut überlegt hat, wem er seine Wohnung anvertraut.«

Svenja war froh, dass sie sich an ihrem Glas festhalten konnte. Es lenkte sie ab vom Blick in diese dunklen Augen.

Marc stützte den Kopf auf und ließ den Wein in seinem Glas kreisen.

»Georges war ein beeindruckender Mensch. Er hat mir imponiert.«

Nun sei nicht so blöd! Rede mit ihm!

Und was soll ich sagen?

Herrgott, dumme Gans! Lass dir etwas einfallen!

»Was arbeiten Sie denn?«, fragte sie Marc und hätte sich im nächsten Moment am liebsten geohrfeigt, weil diese Frage so banal und abgedroschen klang. Aber spontan und schlagfertig war sie noch nie gewesen.

»Ich bin Musiker.« Er deutete auf den Gitarrenkoffer. »Ich komponiere und texte selbst. Ich habe auch schon eine CD aufgenommen. Aber …« Er zuckte mit den Schultern. »Das Geschäft ist hart. Bis zu meinem Durchbruch trete ich in kleinen Clubs und bei Events auf oder singe auf der Straße.«

Svenja war sofort davon überzeugt, dass er eine wunderbare Stimme hatte – tief, vielleicht ein bisschen rau.

»Welche Musikrichtung?«

»Blues und Rock.« Marc lächelte. »Wenn Sie möchten, kommen Sie doch mal vorbei und hören Sie es sich an. Donnerstags spiele ich meist an der Rue Barbes, bei schlechtem

Wetter in der Metro. Oder Sie besuchen mal den Club, wenn ich dort auftrete.«

»Gern.«

Das Chez Gustave füllte sich merklich mit Gästen. Passanten mit Einkaufstüten bepackt hasteten an den Tischen vorbei und ihren Wohnungen entgegen. Die Blumenhändlerin schloss die Tür ihres Geschäfts ab und ging davon. Die Glocken einer nahen Kirche erklangen. Paris läutete den Abend ein.

»Schon sieben Uhr?« Marc schüttelte ungläubig den Kopf. »Ich habe nicht bemerkt, wie rasch die Zeit vergangen ist. Wäre es Ihnen recht, wenn ich um die Rechnung bitte?«

»Ja, aber ich zahle«, sagte Svenja sofort. »Immerhin sind wir jetzt Nachbarn, und wenn ich erst mit der Renovierung beginne, kann es laut werden. Außerdem werde ich Sie wohl in den kommenden Tagen noch oft mit Fragen belästigen müssen. Ich kenne mich ja hier überhaupt nicht aus.«

»Jederzeit.« Marc winkte einem Kellner. »Die Rechnung, bitte.«

Der Kellner verschwand, und wenig später trat Mustafa an ihren Tisch.

»Ich habe gehört, ihr wollt zahlen?« Er schüttelte den Kopf. »Kommt nicht in Frage, ihr seid eingeladen.«

»Aber …«

»Keine Widerrede! Der alte Georges würde mir als Geist erscheinen und mich mit seiner Höllenmaschine umfahren.« Mustafa lächelte und ergriff erneut Svenjas Hand. »Ihr Onkel, Madame, war ein guter Freund. Es ist mir eine Ehre, Sie kennengelernt zu haben.«

Svenja bedankte sich überrascht. Aber sie freute sich für Georges. Offensichtlich war er nicht der einsame, verwahrloste Trunkenbold gewesen, als den ihn ihre Mutter beschrieben hatte. Er hatte sein Leben genossen, Freunde gehabt,

Spuren im Leben anderer hinterlassen wie das Couscous à la Georges. Das war schön.

Sie erhoben sich, sammelten ihre Sachen zusammen und traten die zwei Schritte auf den Gehweg hinaus. Hinter ihnen wurde der Tisch abgeräumt, abgewischt, und ein Paar nahm von ihren Plätzen Besitz. Marc schien es nicht eilig zu haben, nach Hause zu kommen, und Svenja ebenso wenig. Sie genoss die Leichtigkeit und Unbeschwertheit des Augenblicks. Sie sprachen über dies und das, Belanglosigkeiten, lachten, wichen entgegenkommenden Passanten aus und standen viel zu schnell erst vor dem altmodischen Tor und dann im Innenhof. Licht brannte in einigen Fenstern, eines stand offen, die Gardinen bewegten sich im leichten Abendwind. Svenja hörte Stimmen, irgendwo dudelte ein Radio, ein Kanarienvogel sang. Auf der Straße fuhr ein Motorrad vorbei.

Sie legte den Kopf in den Nacken und sah die Fassade empor. Dort oben, direkt unter dem Dach, konnte sie das Fenster ihrer Wohnung sehen. Ihr Stück Paris.

Jemand sollte mich kneifen. Am besten jetzt.

Im fünften Stockwerk angekommen, schlossen sie beide gleichzeitig ihre Wohnungstüren auf.

»Ich wünsche Ihnen noch einen schönen Abend«, sagte Svenja.

»Ihnen ebenso, Madame«, erwiderte Marc. »Wir sehen uns bestimmt morgen.«

»Ja, bestimmt«, entgegnete Svenja und ließ sich von seinem Lächeln über die Schwelle in ihre Wohnung tragen.

Trotz ihrer Müdigkeit konnte Svenja nicht schlafen. Sie lag auf der Seite, mit dem Rücken zur Wand, und betrachtete die Silhouetten der Möbelstücke – den klobigen Ohrensessel, die Regale, den Tisch, Stühle, Kleiderständer. Das Bett war nicht unbequem, die Steppdecke weder zu dick noch zu dünn oder zu schwer. Aber es war nicht ihr Bett.

Immer wieder musste sie daran denken, dass noch vor gar nicht langer Zeit Onkel Georges hier gelegen hatte. Ob er gut geschlafen hatte? Ob er beim Aufstehen geahnt hatte, dass es sein letzter Tag sein würde? War er an diesem Tag glücklich gewesen? Hatte er gelacht?

Irgendwo knisterte es leise – vielleicht waren es die Dielen, vielleicht das Holz der Möbel. Im Treppenhaus waren Schritte zu hören und eine Tür, wenig später rauschte das Wasser in den Leitungen.

Der schwache Geruch von Nikotin und Rasierwasser drang vom Ohrensessel zu ihr. Sie streckte die Hand aus und berührte den samtartigen, verschlissenen Stoff. Wahrscheinlich hatte er oft in diesem Sessel gesessen, gelesen, den Tauben zugesehen, Musik gehört.

Aus einer plötzlichen Eingebung heraus stand Svenja auf und ging die wenigen Schritte zum Regal. Direkt neben der Musikanlage lag das Handy ihres Onkels, ein preiswertes, nicht aktuelles Modell mit Tasten. Sie nahm es in die Hand. Das Display leuchtete auf, der Akku war noch nicht vollständig leer. Ob Onkel Georges seine Mailbox mit einem Nachrichtentext besprochen hatte? Sie tippte sich durch das Menü, stieß auf eine lange Liste mit gespeicherten Telefonnummern, stutzte, als sie die Nummer von Onkel Paul erkannte, erinnerte sich an den Brief und suchte weiter, bis sie es endlich gefunden hatte. Ihre Hand zitterte, als sie den Befehl bestätigte und das Handy ans Ohr hob. Und dann hörte sie es. Es war keine automatische Stimme, sondern eine tiefe, sonore Männerstimme, die um eine kurze Nachricht, Namen und Telefonnummer bat und einen baldigen Rückruf versprach.

Seine Stimme. Das war Onkel Georges. Und nicht nur das.

Es war eine warme, vertraute Stimme. Eine Gänseblümchen-, Tabak- und Rasierwasserstimme.

Svenja drückte erneut auf den Knopf und hörte sich die Ansage ein zweites Mal an. Und noch einmal.

Als sie sich fallen ließ, nahm der Ohrensessel sie auf, als hätte er Arme bekommen. Kräftige Arme mit Tätowierungen.

Mittwoch, 2. Juli

17

Die Riffs eines alten John-Lee-Hooker-Songs rissen Marc aus dem Schlaf. Er hatte keine Ahnung, wie spät es war. Aber es war früh. Viel zu früh, um aufzustehen oder ans Handy zu gehen. Der Anrufer würde das bestimmt schnell merken und aufgeben.

Doch das Handy klingelte weiter. Marc stöhnte und stülpte sich das Kissen über den Kopf. Wer es auch sein mochte, merkte der Typ nicht, dass er nicht erreichbar war? Sollte er doch später wieder anrufen. Warum nur hatte er vergessen, das dämliche Ding am Abend auszuschalten?

Tyron.

Marc war schlagartig wach. Heute war der Termin bei dem Musikproduzenten. Deshalb hatte er das Handy nicht ausgeschaltet. Hatte er versäumt, die Weckzeit einzustellen? Hatte er etwa verschlafen? Hektisch begann er unter dem Wäschehaufen neben seiner Matratze nach dem Handy zu suchen.

»Ja?«

»Marc, du weißt, ich würde dich um diese Uhrzeit nicht stören …«

Es war Valérie.

»Wie spät?«

»Halb acht.«

Erleichtert ließ er sich auf die Matratze fallen. Halb acht erst. Der Termin bei Tyron war um zwölf. Glück gehabt.

»Es ist wichtig. Hör zu. Hörst du mir zu?«

»Ja doch!« Er schrie fast. »Gib mir eine Minute, um wach zu werden!« Er hörte ihre Atemgeräusche und schloss die Augen.

»Darf ich jetzt?«

Marc nickte träge, bis ihm einfiel, dass sie ihn ja nicht sehen konnte. »Ja.«

»Svenja Lorentz, die Nichte vom alten Georges …«

»Sie ist hier.«

Es gab eine Pause.

»In deiner Wohnung?«

Er riss die Augen auf. »Was? Was denkst du von mir? Natürlich nicht! Ich meinte, sie ist hier in Paris. Nebenan. Ich habe sie gestern bei Mustafa getroffen. Wir haben zusammen etwas gegessen und ein bisschen gequatscht.«

»Was hältst du von ihr?«

Auf diese Frage war Marc nicht vorbereitet. Er rieb sich über sein müdes Gesicht, blinzelte und zuckte mit den Schultern. »Sie ist nett.«

»Nett?«

»Was willst du hören?«

»Nein, ist schon gut. Das ist doch schon mal ein Anfang.«

»Ein Anfang? Wovon? Was …«

»Marc, hör mir zu, du musst mir einen Gefallen tun. Das heißt, eigentlich tust du den Gefallen nicht mir, sondern dir und allen anderen Bewohnern des Hauses.« Marc konnte seine Schwester sehen, wie sie gerade auf und ab ging, das Handy am Ohr, und mit der freien Hand gestikulierte. »Bitte kümmere dich um sie.«

»Kümmern? Was soll das heißen? Soll ich ihr den Müll runtertragen?«

Valérie stöhnte auf. »Wenn du willst, kannst du dich ziemlich blöd anstellen. Sei einfach nett zu ihr. Lächle, wenn du sie siehst. Sei charmant, halte ihr die Tür auf, und trage ihre Einkäufe hoch. Unterhalte dich mit ihr, mach ihr Komplimente, flirte. Tu ganz einfach alles, was du sonst auch so gern machst.«

Marc schnappte nach Luft. »Ich soll mit ihr etwas anfangen? Hast du sie nicht mehr alle, Valérie? Was bin ich denn? Irgendein Gigolo oder was? Du tickst nicht ganz richtig.«

»Das mag sein. Aber möglicherweise liegt es daran, dass ich offensichtlich die Einzige bin, die eure Situation klar beurteilt. Danielle Dubois hat bereits dem Verkauf zugestimmt, der Notartermin ist wahrscheinlich bald. La Maison steht kurz davor, das Haus endgültig in die Klauen zu bekommen. Mit dieser Frau besteht noch eine letzte Chance. Wenn sie verkauft, haben diese Blutsauger gewonnen, und ihr sitzt alle auf der Straße. Auch du, mein liebes Brüderchen.« Valérie machte eine Atempause. »Du sollst lediglich nett sein. Den anderen Trotteln im Haus zum Trotz, die so unfreundlich sind, dass selbst ich das Weite suchen würde. Verstehst du?«

Ja, er verstand. Marc schüttelte den Kopf. »Du hast Claudine vergessen.«

»Herrgott noch mal, du sollst die Frau nicht auf deine Matratze zerren! Sei ein bisschen freundlicher als alle anderen, das genügt.«

»Und wieso ich?«

»Muss ich dir das wirklich erklären? Wen soll ich denn sonst fragen? André, diesen alten griesgrämigen Sturkopf? Die al Fahdis haben Angst, die reden mit niemandem, den sie nicht kennen. Madame Rosier kann ich das nicht zumuten. Juliette ist ein unsicherer Faktor. Wenn ihr die Farbe von Madame Lorentz' T-Shirt nicht gefällt, geht sie ihr womöglich an die Gurgel. Louise ist nur mit sich selbst beschäftigt. Claire bringt es fertig und erzählt in einem ihrer endlosen Redeströme, dass ich sie gebeten habe, sich um Madame Lorentz zu kümmern. Und ihr Sohn ist ein Totalausfall.«

»Du hast den alten Belinin vergessen. Er war eng mit Georges befreundet.«

»Monsieur Belinin ist sehr krank.« Sie machte eine Atempause. »Also wirst du das tun? Für dich? Für das Haus und seine Bewohner?« Er antwortete nicht. »Oder willst du lieber auf der Straße sitzen? Bei deinem Einkommen sehe ich schwarz für einen Mietvertrag, selbst in einem dieser schicken Wohnblocks in den Außenbezirken, wo die Selbstmordrate höher ist als im nationalen Durchschnitt. Ich werde dich jedenfalls nicht aufnehmen. Und deine Claudine …« Valérie lachte auf. »Ich schätze, die wird sich bedanken.«

»Na schön.«

»Sehr gut. Ich wusste, dass ich mich auf dich verlassen kann. Aber brich der Armen nicht das Herz, hörst du? Das hat sie nicht verdient. Ich muss jetzt ins Gericht. Salut!«

Marc schaltete das Handy aus, kramte in seiner Jackentasche nach den Zigaretten und zündete sich eine an. Er blies den Rauch in Richtung Decke und rieb sich die Stirn. Nachdenklich lauschte er den Geräuschen von nebenan – Wasserrauschen, Schritte, das Öffnen des Fensters. Vertraut und doch fremd. Die Schritte dort drüben waren leichter, kürzer, und der tiefe, sonore morgendliche Raucherhusten fehlte. Georges war tot. Auf der anderen Seite der Wand war jetzt Svenja.

Drüben fiel die Tür ins Schloss, und er hörte schnelle Schritte auf der Treppe.

Svenja. Ein ungewöhnlicher Name.

Er runzelte die Stirn. Warum hatte Valérie angerufen und ihn um so etwas gebeten? Warum? Svenja war nett. Und wenn sie lächelte, sah man, dass sie Georges' Nichte war. Er wäre ohnehin freundlich zu ihr gewesen. Jetzt aber, mit diesem »Auftrag«, konnte er das nicht mehr unbefangen sein. Jedes Mal würde er sich vorkommen wie ein Verräter.

Ganz abgesehen davon, dass er es hasste, wenn ihm andere vorschreiben wollten, was er tun sollte. Das machte ihn wütend und trotzig. Immer.

Marc seufzte. Warum konnte Valérie den Dingen nicht einfach ihren Lauf lassen? Wenigstens ein einziges Mal?

18

Bepackt mit Lebensmitteln und frischem Gebäck kam Svenja von ihrer Morgenrunde zurück. Als sie die Tür zum Treppenhaus aufstieß, hörte sie Stimmen – eine leise Frauenstimme und die tiefe, sonore Stimme eines alten Mannes, unterbrochen von einem rollenden Husten. Noch während sie die Treppe hochstieg, verstummte das Gespräch, und kaum hatte sie den ersten Stock erreicht, klappten über ihr zwei Wohnungstüren zu. Zufall? Oder wollte man eine Begegnung mit ihr vermeiden? Sie schleppte ihre Einkäufe hoch und beschloss, nicht darüber nachzudenken. Nicht an so einem schönen Morgen mit einer Tüte duftender ofenwarmer Croissants im Arm.

Während das Wasser auf der Herdplatte allmählich zu kochen begann, deckte sie voller Vorfreude den Tisch. Das würde ein Frühstück werden! Croissants, Frischkäse, Granatapfelgelee und echter marokkanischer Minztee aus dem arabischen Lebensmittelgeschäft gegenüber.

Mist, ich habe den Zucker vergessen! Sie trank zwar ihren Tee gewöhnlich ohne, aber zum »Thé à la menthe« gehörte Zucker ebenso wie die Minze. Hoffentlich hatte Onkel Georges noch einen Vorrat.

Sie angelte eine der Metalldosen aus dem Regal, auf der »sucre« geschrieben stand, und klappte den Deckel auf. Da war kein Zucker in der Dose. Mit spitzen Fingern zog sie eine Plastiktüte heraus und hielt sie hoch. Der Inhalt war bräunlich grün, irgendetwas Pflanzliches. Ein Kraut oder … Salbei?, dachte sie ohne Überzeugung, hielt die Tüte gegen das Licht und drehte sie hin und her.

Habe ich es dir nicht gesagt? Die Stimme in ihrem Kopf klang verdächtig nach ihrer Mutter.

Der Wasserkessel begann zu pfeifen. Mechanisch schaltete sie die Kochplatte aus und stellte den Kessel auf einen Untersetzer. Dann öffnete sie die Plastiktüte und schnupperte zaghaft. Der Geruch war leicht süßlich und irgendwie fremd. Salbei war es jedenfalls nicht. Aber was war es dann?

Kannst du dir das nicht denken?

Vorsichtig griff sie in die Tüte und rieb das Kraut zwischen den Fingerspitzen. Es fühlte sich klebrig an. Es war doch nicht etwa …

Drogen, natürlich! Was dachtest du denn? Ich habe dir gesagt, was dein feiner Onkel für einer ist. Aber du wolltest ja nicht hören. Nun sieh zu, wie du das Zeug wieder loswirst!

Svenja unterdrückte einen Schrei – nur Marc nicht aufmerksam machen! Die Tüte fiel zu Boden. Angewidert starrte sie sie an. Haschisch, Marihuana oder was auch immer es sein mochte. Sie kannte sich schließlich nicht aus mit diesen Dingen. Das Zeug musste jedenfalls weg hier. Raus.

Mit zwei Fingern warf sie die Tüte in den Mülleimer, die Dose hinterher und die anderen Dosen gleich dazu. Eine fiel ihr aus dem Regal entgegen, der Deckel klappte auf. Weißes Pulver stob ihr ins Gesicht, auf Mund, Nase und Augen. Sofort zuckten Worte durch ihr Gehirn – »Schnee«, »Koks«, »White Stuff«, Begriffe aus Kriminalromanen und Filmen. Erschrocken hielt sie die Luft an, um nichts davon einzuatmen.

Und wenn es nicht das ist, was du denkst? Eine Weile stand sie regungslos da, die offene Dose in der Hand. Sie schluckte und wünschte sich weit weg. Aber es nutzte nichts, sie brauchte Gewissheit. Wenigstens für sich.

Sie nahm ihren ganzen Mut zusammen und kostete vorsichtig das weiße Pulver von ihren Lippen. Es schmeckte nach Mehl. Weizenmehl. Ganz gewöhnliches Weizenmehl. Vor Erleichterung gaben ihre Knie nach, und sie griff nach der Stuhllehne. Gott sei Dank. Sie wischte sich das Mehl aus dem Gesicht.

Sollte sie die verdächtige Tüte und die Dosen nicht besser zur Polizei bringen? Sie schluckte. Ihr Mund wurde trocken, ihr war plötzlich schlecht. Natürlich, daran hatte sie nicht gedacht. Der Besitz von Drogen war strafbar. Sie musste das Zeug bei der Polizei abgeben, das war ihre Pflicht. Und dann? Sie würden sie ausfragen, möglicherweise auf der Wache behalten. Wie sollte sie beweisen, dass die Drogen nicht ihr gehörten? Onkel Georges verraten? Andererseits konnte sie die Tüte nicht einfach in den Müll werfen. Wenn spielende Kinder sie finden und davon probieren würden …

Sie kniete sich vor den Mülleimer und kramte die Tüte hervor. Erneut betrachtete sie den Inhalt. Seltsam sah es aus, ungewöhnlich, verdächtig. Aber das Kraut erinnerte sie auch an zu Teerosen gedrehten Grüntee. Wenigstens ein bisschen.

Und wenn es doch etwas ganz Harmloses ist? Dann lachen dich die Polizisten aus.

Haha! Was sollte es denn sonst sein?

Chinesische Heilkräuter oder …

Klar! Und dieses Jahr fällt Weihnachten in die Sommerferien.

Hatte ihre Mutter doch recht? War Onkel Georges nicht der zu Unrecht verstoßene Bruder, sondern ein Halunke und Krimineller, der Drogen konsumierte, sie sogar weiterverkaufte? Hatte er damit sein Geld verdient? War sie die Nichte eines Dealers und bewohnte jetzt das Hauptquartier eines Drogenrings?

Was sollte sie mit der Tüte machen? Doch wegwerfen?

Plötzlich sah sie, wie heruntergekommen die Wohnung war. Der Fensterrahmen verzogen, der Lack rissig und an zahlreichen Stellen abgeplatzt, die Rippen der Heizung angerostet. Der Wasserhahn war so stark verkalkt, dass sie ihn nicht vollständig zudrehen konnte und sich von Zeit zu Zeit ein Tropfen löste. Die alten, ramponierten Möbel taugten höchstens für den Sperrmüll. Und die Tapeten waren vergilbt von Alter, Nikotin und weiß Gott welchen Substanzen, die ihr Onkel hier geraucht hatte. Die Luft war abgestanden, stickig von der Sonne, die auf das Blechdach brannte. Von einer Sekunde zur anderen konnte sie den Geruch von kaltem Zigarettenrauch, Staub und Wäsche nicht mehr ertragen. Sie stürzte zum Fenster, um Frischluft einzulassen.

Und hielt im nächsten Moment den Fenstergriff in der Hand.

Eine Weile starrte sie fassungslos auf das nutzlose Stück Metall, an dem noch eine Schraube baumelte, dann ließ sie es zu Boden fallen. Kraftlos sank sie in den Sessel.

Sie haben recht. Sie alle haben recht! Warum habe ich mir das angetan? Ich sollte es einfach sein lassen. Dieses Loch verkaufen und nach Hause fahren. Das schaffe ich nie!

Sie schlug die Hände vors Gesicht und begann zu weinen.

Seltsam, was man mitunter aus Träumen mitnimmt. Das dachte sich Svenja, als sie mit schiefem Rücken und steifem Nacken in dem alten, durchgesessenen Sessel aufwachte. Da waren diese Worte, gesprochen von einer tiefen, sonoren, angenehm rauen Männerstimme. »Du hast die Kraft einer Löwin in dir.«

Sie konnte sich nicht mehr erinnern, in welchem Zusammenhang dieser Satz gefallen war oder wer das gesagt hatte. Onk… Nein, nicht »Onkel«. Ein Onkel, wie sie ihn sich vorstellte, rauchte höchstens Pfeife oder Zigaretten, während er in seinem Schrebergarten Tomatenpflanzen goss und Johannisbeeren erntete. Der hockte nicht kiffend in einer Achtquadratmeterwohnung. Also nur Georges. Das passte besser. Hatte Georges im Traum diesen Satz gesagt? Vielleicht. Ebenso gut hätte es auch ein Unbekannter gewesen sein können. Aber sie wusste, dass sie damit gemeint war.

Und dann war da noch die Erkenntnis, dass Vergangenheit und Zukunft nichts anderes als gedankliche Konstrukte sind. Das Einzige, was existiert, ist die Gegenwart. Was konkret bedeutete, dass es gleichgültig war, wer vorher hier gewohnt und was derjenige getan hatte und ob das ein Fremder, ihr Onkel oder der Kaiser von China gewesen war. Jetzt gehörte diese Wohnung ihr. Und sie konnte daraus machen, was sie wollte. Das allein zählte.

Blieb noch die Tüte.

Sie lag auf dem Boden neben dem Sessel – diese Tüte mit dem seltsamen, undefinierbaren Inhalt, dieses Kraut, das sowohl harmlos aussah als auch aus Gangsterfilmen stammende Bilder in Gang setzte. Polizei? Müll? Oder erst einmal verstecken und später jemanden um Rat fragen? Zum Beispiel Valérie. Georges selbst hatte ihr das empfohlen, falls Probleme auftauchen sollten. Hatte er das damit gemeint? Den Drogenfund in seiner Wohnung?

Sie stand auf und versteckte die Tüte im Kleiderschrank unter einem Stapel nach Waschmittel riechender T-Shirts. So seltsam es war, als sie die Schranktür schloss, ging es ihr tatsächlich etwas besser.

Löwin – sehr witzig. Sie fühlte sich nicht einmal wie ein

Kätzchen. Viel eher wie eine verschreckte winzig kleine Maus. Oder einer dieser Affen – nichts sehen, nichts hören, nichts sagen. Eine Löwin würde handeln, das Problem angehen und es nicht unter einem Stapel Wäsche verstecken. Du musst noch viel lernen.

Sie wusch sich ihr Gesicht und betrachtete es in dem alten, rostigen Spiegel. War da irgendwo eine Löwin versteckt? Eine Löwin, die glaubte, eine Maus zu sein, weil man ihr das über Jahrzehnte hinweg eingeredet hatte? Sie knurrte und fauchte ihr Spiegelbild an und musste prompt lachen.

Aber vielleicht war der Gedanke gar nicht dumm, und sie sollte an diesem Bild arbeiten. Das würde ihr bestimmt ein Psychotherapeut empfehlen. Ja, das war eine gute Idee. Später. Jetzt musste sie erst einmal etwas essen. Sie hatte einen mächtigen Hunger.

Und die Drogen oder was auch immer das war? Einen Moment zögerte sie, das schlechte Gewissen begann zu nagen.

Georges ist tot, den kann man nicht mehr verhaften oder verhören. Und im Kleiderschrank ist das Zeug vorerst sicher aufgehoben. Diese Sache hat also keine Eile. Und bei nächster Gelegenheit frage ich Valérie.

Sie atmete tief durch. Neustart. In der Rue Saint Vincent, direkt unter dem Dach links, begann jetzt eine neue Zeit.

Tatsächlich ließen die mahnenden Stimmen sich beruhigen oder wenigstens so verdrängen, dass sie sie nicht mehr hörte, während sie das mittlerweile kalte Wasser erneut aufsetzte. Sie legte ein Croissant auf einen Teller, öffnete die Packung Frischkäse und den Brie und stellte alles auf den Tisch.

Es war elf Uhr, eigentlich zu spät fürs Frühstück. Aber war sie nicht im Urlaub? Hatte sie nicht frei und war krankgeschrieben oder zumindest in der Rekonvaleszenz? Und wer sollte ihr vorschreiben, wann sie aufstehen und frühstücken sollte?

Sie legte eine blind aus dem Regal gezogene CD auf. Aus dem Lautsprecher dröhnte überraschend der Schlag einer Kirchenglocke – einmal, zweimal, dreimal, viermal. Es folgten Gitarrenriffs, dann setzte das Schlagzeug ein. Ein Weckruf, der mit jedem weiteren Glockenschlag ihr Blut zum Zirkulieren brachte.

Neugierig schaute sie auf die CD-Hülle. AC/DC, »Hells Bells«. Der Rhythmus riss sie mit, sie konnte nicht mehr stillhalten. Selbst am Tisch wippte noch ihr ganzer Körper, sodass sie über sich lachen musste.

Das Croissant war so frisch, dass es bei jedem Bissen leise knisterte, wie Seidenpapier. Der Brie war absolut köstlich. Und die Musik drang bis in ihre Knochen, schickte etwas durch ihren Körper, das sich warm anfühlte und gut. Sie fühlte ihr Herz schlagen, spürte ihren Atem. Sie lebte. Fehlt nur noch Gesellschaft. In diesem Moment kam ein Taubenpärchen angeflogen und ließ sich vor ihrem Fenster nieder.

»Wunsch erfüllt!«, sagte Svenja und beobachtete, wie die beiden Tauben auf dem Blech herumpickten. Ob Georges sie gelegentlich mit Brotkrümeln gefüttert hatte?

Ich sollte mir Blumen für den Tisch besorgen, dachte sie und schob sich das letzte Stück des Croissants in den Mund. Doch zuerst fange ich mit dem Entrümpeln an. Weg mit der Vergangenheit.

Aber wo? Sie lehnte sich auf dem Stuhl zurück und schaute sich um, wobei sie den Kleiderschrank bewusst ausließ. Schließlich blieb ihr Blick an dem Regal haften. Bücher und CDs. Ja, das wäre ein guter Anfang. Ein unverfänglicher Beginn, ohne verdächtige Tüten unter einem Stapel frisch gewaschener T-Shirts. Doch zuerst würde sie zu André gehen und ihn um einen Schraubenzieher bitten. Sie musste den Fenstergriff wieder festschrauben.

Einen Moment fürchtete sie sich vor der Begegnung mit diesem unfreundlichen, griesgrämigen Mann. Aber warum sollte sie sich fürchten? Wenn sie ihn freundlich um einen Schraubenzieher bat, wieso sollte er ablehnen? Vielleicht hatte sie ihn bei ihrer ersten Begegnung an einem schlechten Tag erwischt. So etwas kam vor. Sie beschloss, ihm die Gelegenheit zu geben, einen besseren Eindruck zu hinterlassen als das erste Mal. Und falls er ihr die Tür doch vor der Nase zuwarf, wer verhielt sich dann falsch? Eben! Und am besten bringst du das sofort hinter dich.

19

Ein Boot voller Touristen tuckerte die Seine hinunter. Die Kommentare zur Île de la Cité waren so laut, dass Marc sie bis ans Ufer hören konnte, erst auf Französisch, dann auf Englisch. Die Bugwellen des Schiffs kräuselten das Wasser, die Reflexionen der Sonnenstrahlen ließen ihn geblendet die Augen schließen.

Eine junge Frau joggte vorbei, ein alter Mann mit einem hinkenden grauschnauzigen Hund an der Leine war in der Gegenrichtung unterwegs. Auf der Bank neben ihm saß ein Mann, kaute an einem belegten Baguette und tippte eifrig mit dem Daumen auf seinem Smartphone herum. Sein graues Jackett hing über der Rückenlehne.

Marc senkte den Blick und sah das Papier an, das er zusammengerollt in seiner rechten Hand hielt. Der Vertrag.

Jacques Tyron, einer der bekanntesten Musikproduzenten Frankreichs, wollte ihn, Marc Decaux, unter Vertrag nehmen. Es war der Vorvertrag über eine Single und eine Club-Tournee durch Frankreich. Dem sollte sich nahtlos ein Fünfjahresvertrag über drei Studioalben, drei internationale Tourneen und umfangreiche Werbekampagnen anschließen. Das war der Traum eines jeden Musikers. *Sein* Traum. Alles, was jetzt noch fehlte, war seine Unterschrift.

Er rollte die Seiten auseinander und blätterte zur letzten Seite, wo neben Tyrons schwungvoller Unterschrift ein Platz frei war. Warum hatte er nicht gleich im Büro unterzeichnet?

Tyron hatte ihm alles genau erklärt. Er würde zuerst die Single aufnehmen und sie im Rahmen einer Mini-Tournee bei Radiosendern promoten. Also Interviews geben, sich bei kleineren Events und Festivals sehen lassen, Auftritte in Fernsehshows. Natürlich noch nicht in den großen Formaten, sondern in Vorabend- und Regionalprogrammen. Wenn die Single die Top Ten erobert hatte, woran – wie er bekräftigt hatte – Tyron nicht den geringsten Zweifel hegte, würde der eigentliche Vertrag in Kraft treten. Auch das war alles gut durchdacht. Die drei Studioalben würden sich gleichmäßig über fünf Jahre verteilen, die Tourneen sollten jeweils bei ihrem Erscheinen die Alben promoten, anfangs in Frankreich, Belgien und Deutschland. Mit der zweiten Tournee wäre Gesamteuropa das Ziel, vielleicht sogar USA und Asien. Das Potenzial hätte er. Für die Aufnahmen der Single hatte Tyron das Studio im kommenden Monat reserviert, erfahrene Musiker und Backgroundsängerinnen standen bereit. Einige der Namen, die Tyron genannt hatte, waren in der Musikszene bekannt.

Besser konnte man es sich nicht wünschen. Doch da war dieser Satz, der sich mit der Unterstützung von drei Anwälten in der Familie seit früher Kindheit in sein Hirn gebrannt hatte: »Unterschreibe nichts, ohne es vorher aufmerksam gelesen und mindestens eine Nacht darüber geschlafen zu haben.« Ob er Tyron mit seinem Zögern verärgert hatte? Der Mann hatte zwar gelacht, ihm auf die Schulter geklopft und gesagt: »Recht so, ich würde es genauso machen!« Aber vielleicht erinnerte er sich jetzt, in ebendiesem Augenblick, daran, dass in Paris Hunderte von begabten Musikern herumliefen, die einem Jacques Tyron den Stift aus der Hand reißen würden, wenn sie die Chance eines Vertrags bekämen?

Merde! Marc schlug sich mit der Hand auf den Oberschenkel.

Was war er für ein Idiot! Warum hatte er nicht gleich unterschrieben? Wenn Tyron es sich jetzt anders überlegte? Und doch …

Da war ein heißer Knoten in seiner Körpermitte, den er nicht ignorieren konnte. Irgendetwas stimmte nicht.

Vermutlich mit dir. Mit dir stimmt etwas nicht. Mann, das ist *die* Chance!

Und warum dann erst dieser Vorvertrag? Warum zuerst nur eine Single? Warum nicht gleich ein Vertrag über drei Studioalben?

Das sei branchenüblich, hatte Tyron gesagt.

Marc rieb sich die Stirn und ging erneut in Gedanken das Gespräch durch. Tyron war begeistert gewesen, hatte seine Stimme und sein Gitarrenspiel gelobt. Musikalisch gebe es keine Beanstandungen. Die Texte seien vielleicht etwas zu positiv, zu hoffnungsvoll, doch das lasse sich leicht beheben, er könne ihm einen guten Texter an die Seite stellen. Das Image würde deutlich mehr Aufwand darstellen. Heutzutage verkaufe man nämlich nicht nur CDs, sondern auch und vor allem ein Gesamtkonzept, und daran müsse man noch arbeiten. Gerade, weil er mit über dreißig nicht mehr zu den jungen Talenten gezählt werden könne. Die Vita zum Beispiel komme zu glatt und idyllisch daher, sie sei nicht authentisch. Da werde er noch mal mit der Marketingabteilung sprechen, was derzeit gut laufe. Vielleicht die Enttäuschung der ehrgeizigen Eltern durch eine angeborene Legasthenie? Dann müsse er den familiären Hintergrund nicht völlig leugnen und könne als Rebell, der zu seinen Defiziten stehe, aufgebaut werden. Ein Mann, der sich über Jahre hinweg mühsam auf der Straße durchgeschlagen habe, der harte Zeiten hinter sich habe, der aber vor seiner snobistischen Familie nicht zu Kreuze kriechen wolle. Und der sein Ziel und seinen Traum nie aus den Augen verloren habe.

Das könne er sich gut vorstellen. Ob er tätowiert sei? Nein? Das solle er so schnell wie möglich nachholen, damit man die Tattoos auf den Fotoshootings für die Single und die Pressemappe wirkungsvoll in Szene setzen könne. Er könne ihm ein seriöses Studio empfehlen. Er solle dort sagen, er komme von Jacques Tyron, dann bekomme er gleich morgen früh einen Termin – sonst seien Wartezeiten von mehreren Wochen üblich. Die Arme seien das Mindeste, am besten noch etwas am Hals. Im Gesicht müsse man es mit der Marketingabteilung absprechen, das könnte möglicherweise einen Teil der Zielgruppe abschrecken. Aber vielleicht eine kleine Narbe? Das wirke dann so richtig authentisch. Der Musiker, der nicht in die Pläne seiner gebildeten Eltern passe und deshalb auf die Straße gehe. Das komme sicherlich gut an. Damit spreche man viele Altersgruppen und Männer und Frauen gleichermaßen an. Mit der Single heize man das Publikum an, damit die Fans es gar nicht erwarten könnten, mehr von ihm zu hören, und den Händlern die CDs aus den Händen reißen würden. Schließlich sei ein Studioalbum und die Buchung einer Tournee ein finanzielles Risiko. Das müsse man minimieren.

Das alles klang nachvollziehbar, logisch. Und doch …

Tätowierungen. Marc rieb seinen linken Arm. Die Haut war glatt, sonnengebräunt und bis auf ein paar Leberflecken ohne irgendwelche Pigmentierungen. Er hatte nie daran gedacht, sich tätowieren zu lassen. Wozu auch? Er hatte kein Verlangen danach. Obendrein hatte er Angst vor den Nadeln. Außerdem tat es bestimmt weh. Vor allem am Hals. Oder gar im Gesicht.

Aber das war nicht das Einzige. Er mochte seine Eltern und hatte seit jeher ein gutes Verhältnis zu ihnen und zu seinen Geschwistern, obwohl er sich gelegentlich über Valéries Kommentare zu seinen Freundinnen oder Vorwürfe seiner

Brüder, er sei nichts als ein fauler Kindskopf, ärgerte. Warum sollte er das in den Schmutz ziehen, nur um »authentischer« zu werden? Das war nicht authentisch, sondern eine glatte Lüge.

Wollte er das? Sich Tattoos stechen lassen, der Öffentlichkeit seine Eltern als herzlose Monster präsentieren und eine Person verkörpern, die er gar nicht war?

Andererseits ... Ein Vertrag bei Tyron war mehr als ein Lottogewinn. Er war beinahe eine Garantie, Tausende von CDs zu verkaufen und in ein paar Jahren in ausverkauften Stadien zu spielen. Nicht allein in Frankreich, sondern in ganz Europa, möglicherweise sogar Asien und Amerika. Und eine zweite Chance wird's nicht geben.

Marc ließ sein Leben Revue passieren – die Arbeit auf der Straße, in den kleinen verräucherten Clubs und Kneipen und auf den Bikerpartys, bei denen er gelegentlich auftrat. Seine kleine, schäbige Wohnung unter dem Dach, wo er gerade eben genug Platz hatte für eine Matratze, ein paar Klamotten, seine Gitarren, Verstärker und Lautsprecher.

Dann stellte er sich vor, wie er Interviews gab, Preise einheimste, stapelweise Autogrammkarten unterschrieb und in Luxushotels übernachtete, vor denen Hunderte von Fans kampierten, nur um einen Blick auf ihn werfen zu können. Und er würde seine Acht-Quadratmeter-Studette mit Etagendusche und -klo gegen ein Luxusapartment in einem der vornehmen Stadtteile eintauschen. Vielleicht sogar ein Penthouse mit direktem Blick auf die Seine.

Alles, was er dafür tun musste, war, seinen Namen unter diesen Vertrag zu setzen.

Und ein anderer Mensch werden.

Ein kleiner Preis für einen großen Erfolg, oder?

Oder?

Wenn die Single aber nicht die Top Ten erreichte? Würde Tyron trotzdem die Studioalben mit ihm produzieren? Oder säße er dann da – ohne Vertrag, stattdessen mit Tattoos, die er gar nicht gewollt hatte, und mit einer Familie, die zu Recht sauer auf ihn sein würde? Für den Fall eines Misserfolgs war Tyron abgesichert. Aber was war mit ihm? Ja, was war mit ihm?

Schließlich stand er auf und trat an das schmiedeeiserne Geländer. Unter ihm schlugen die braungrünen Wellen sanft gegen die Kaimauer. Einen Augenblick zögerte er, dann hatte er seine Entscheidung getroffen. Er zerriss den Vertrag und ließ die Fetzen auf das Wasser rieseln. Ein paar Enten eilten flügelschlagend und schnatternd herbei, zupften an den Schnipseln, bemerkten ihren Irrtum und schwammen davon.

Nein, er brauchte diese Chance nicht. Nicht auf diese Art.

Wieder kam eines der Ausflugsschiffe vorbei, und die Stimme des »Kapitäns« – offenbar kam sie vom Band, denn sie klang genauso wie die vor einer halben Stunde – erzählte erneut die Geschichte der Île de la Cité. Als die Bugwelle die Mauer erreicht hatte, tanzten die weißen Papierfetzen auf den Wellen.

20

Mühsam richtete sich Svenja auf und streckte sich. Ihre Beine waren taub, weil sie fast drei Stunden vor dem Regal gehockt hatte. Ihr Kreuz tat weh, aber sie war zufrieden. Das Regal war bis auf die kleine Stereoanlage leer – die wollte sie vorerst behalten. Bücher und CDs lagen sortiert in Stapeln auf jedem nur erdenklich freien Platz auf dem Boden, was die acht Quadratmeter noch kleiner erscheinen ließ, als sie waren. Mittlerweile war ihr klar, dass sie einen Fehler gemacht hatte. Sie hatte mit der Entrümpelungsaktion begonnen, ohne sich Gedanken zu machen, was mit den Sachen geschehen sollte.

Die Ausbeute an Büchern war erstaunlich. Da waren Romane von Marcel Proust und Jean-Paul Sartre, Franz Kafka, Erich Kästner, Heinrich Heine, Heinrich Mann, Hermann Hesse, Philip Roth, Stephen King und Michael Crichton. In manchen Büchern hatte sie sich festgelesen. Einige Exemplare waren so zerlesen und mit eigenen Notizen versehen, dass man sie keinem Antiquariat anbieten konnte, andere waren sehr gut erhalten. Es hatte sie überrascht, dass Georges offenbar ihre Leseleidenschaft geteilt hatte, während ihre Tanten und Onkel in Hamburg kaum Bücher besaßen.

Wenn da nur nicht diese verdächtige Tüte gewesen wäre. Sie versuchte den Gedanken daran zu verdrängen, aber ihr Blick wanderte wieder zum Kleiderschrank. Warum rufe ich nicht Valérie an?

Die Antwort war einfach: Es war ihr peinlich. Peinlich, weil es ihr Onkel war, der sich mit seinen fast siebzig Jahren noch Joints drehte, ein Alt-Hippie, der irgendwo in den Siebzigerjahren stecken geblieben war.

Du klingst ganz nach deiner Mutter!, tadelte sie sich. Entspann dich! Das wird sich alles klären.

Sie ließ den Kopf kreisen und rieb sich den Nacken. Dann griff sie in eines der oberen Regale, wo ein Zufallsfund lag. Es war eine Kamera, eine alte Nikon F2, die sie hinter den Krimis gefunden hatte. Sie vermutete, dass Georges sie auf die Bücher gelegt hatte und sie irgendwann dahinter gerutscht war.

Vorsichtig hielt sie die Kamera in den Händen und betrachtete sie. Der Gedanke an ihre uralte Spiegelreflexkamera ließ sie lächeln. Es war ein billiges Modell gewesen, bei Weitem nicht so hochwertig wie die Nikon, von deren Nachfolgemodell sie immer geträumt hatte. Vor drei Jahren hatte sie das alte Ding schließlich ihren Neffen zum Spielen geschenkt. Fürs richtige Fotografieren hatte sie ohnehin keine Zeit mehr, und für die Schnappschüsse bei Klassenfahrten, Ausflügen und Familienfahrten war das Smartphone viel praktischer – klein, handlich und sowieso immer dabei. Sie drehte die Nikon in ihren Händen. Ob sie funktionierte? Abgesehen von Gebrauchsspuren am Gehäuse – Kratzer auf dem Metall, Schrammen auf dem schwarzen Kunststoff – schien sie intakt zu sein. Es war sogar ein Film drin, und laut Bildstandsanzeige waren noch zehn Fotos frei.

Sie stellte sich ans Fenster und schaute durch den Sucher. Ohne nachzudenken, glitt ihre linke Hand zum Objektiv. Sie fixierte eine Gruppe Schornsteine, die sie in Form und Anordnung besonders mochte. Als sie zufrieden war, fand ihr Finger den Auslöser. Es klickte. Das Geräusch des Motors beim Filmtransport fehlte. Und es dauerte eine Weile, bis sie begriff, dass sie den Film manuell spannen musste, was ohne Schwierigkeiten gelang.

Sie funktioniert! In rascher Folge verknipste sie die verbliebenen Bilder – Dach, Innenhof, Tauben, das Fensterbrett. Sie probierte ein bisschen mit Blende, Belichtung, Fokus und Tiefenschärfe herum und war enttäuscht, als sich der Hebel nicht mehr spannen ließ. Die Bilder waren verknipst.

Mit einem Lächeln dachte sie an ihr Smartphone, das ohne Schwierigkeiten Hunderte von Bildern speichern konnte. Aber es war nicht das Gleiche. Das Suchen des Motivs, das Wählen der Belichtungszeit, die Frage des Verhältnisses zur Blendeneinstellung erforderten Achtsamkeit, ein Bei-sich-Sein, das über ein bloßes »Draufhalten-und-Abdrücken« weit hinausging.

Sie spulte den Film mit der kleinen Kurbel am Boden der Kamera zurück, entnahm die Filmrolle und ließ sie in ihre Tasche gleiten. Den würde sie entwickeln lassen, das stand fest. Ob man mittlerweile für diese Filme Spezialgeschäfte aufsuchen musste? Sie hatte so lange nicht mehr fotografiert, dass sie es nicht wusste.

Jetzt gönne ich mir einen Blumenstrauß. Und vielleicht kann mir die Verkäuferin im Blumenladen sogar ein Fotogeschäft in der Nähe nennen.

Eine altmodische Türglocke begrüßte Svenja beim Eintreten in den Blumenladen. Der Duft von frischen Rosen, Lilien, Nelken und Bindegrün hüllte sie ein, die Luft war feucht und deutlich kühler als eben noch auf der Straße. Aus einem Hinterzimmer, vor dem ein Vorhang aus rosafarbenen Glasperlen hing, kam Radiomusik, zu der eine Frauenstimme sang. Es klang nicht einmal schlecht.

»Bonjour, Madame!«

Die Stimme der Floristin ließ Svenja zusammenzucken. Sie wandte sich um. Eine kleine, rundliche Frau in einer grünen Schürze stellte einen Strauß aus rosa Nelken, Schleierkraut und cremeweißen Löwenmäulchen in einen leeren Eimer.

»Tut mir leid, Madame, dass Sie warten mussten.«

»Das macht nichts. Ich habe mich in der Zwischenzeit umgesehen.«

»Was kann ich für Sie …« Die Frau stutzte und rückte ihre Brille zurecht. »Madame? Kenne ich Sie?«

Svenja schüttelte lächelnd den Kopf. »Das glaube ich kaum, ich bin …«

»Doch!« Die Augen der Frau hatten sich geweitet. »Sind Sie eine Verwandte von Georges Cordonnier?«

»Wie bitte? Woher wissen Sie das? Georges war mein Onkel.«

»Ich habe Sie an Ihrem Lächeln erkannt, Madame. Ihr Onkel war oft hier.« Ihr Gesicht wurde etwas traurig. »Was kann ich für Sie tun?«

»Ich hätte gern einen Strauß aus diesen Blumen.« Sie zeigte auf dunkelrote und orangefarbene Dahlien und weiße Löwenmäulchen, da sie die französischen Wörter nicht kannte.

Die Frau nickte. »Für wen ist der Strauß gedacht?«

»Für mich.«

Sie verschwand im Hinterzimmer und begann zu singen. Ob die Blumen länger hielten, weil die Frau ihnen vorsang? Svenja musste bei dem Gedanken lächeln. Irgendwie gefiel er ihr.

Die Glasperlen des Vorhangs klimperten leise, als die Floristin mit dem fertigen Strauß zurückkam – einem vor dem Hintergrund eines Fächerpalmenblattes ansteigenden Traum in Dunkelrot und Orange, aus dem die Löwenmäulchen hervorragten. Ein Hauch von Asien.

»So recht?«, fragte die Frau und zeigte das Gebinde von allen Seiten.

Svenja nickte.

»Zwölf Euro fünfzig«, sagte sie, wickelte die Blumen in rosafarbenes Papier und legte sie vorsichtig auf ihren Tresen.

Svenja zahlte und holte die Filmrolle aus ihrer Tasche.

»Wissen Sie zufällig, wo man hier solche Filme entwickeln lassen und auch neue kaufen kann?«

»Ja. Zwei Straßen weiter in der Avenue du Lombarde ist das Fotogeschäft von Baptiste de Neuville. Dort bekommen Sie alles, was irgendwie mit Fotografie zu tun hat.«

»Danke, dann werde ich gleich mal mein Glück versuchen.«

»Aber lassen Sie sich bloß nicht auf eine Fachsimpelei ein. Der Mann ist ein ziemlicher Spinner, wenn's um Kameras und Fotos geht. Er kennt dann kein Ende!«

Sie lachten beide.

»Au revoir!«, sagte Svenja, nahm den Blumenstrauß und wollte gehen.

»Warten Sie, Madame.« Die Floristin ging an ihr vorbei, griff sich aus einem Kübel eine langstielige dunkelrote Rose und reichte sie der überraschten Svenja. »Legen Sie sie bitte Georges und Madame aufs Grab, wenn Sie das nächste Mal hingehen? Als Gruß von Veronique.«

Svenja nickte. Beim besten Willen brachte sie keinen Ton heraus.

21

Marc wartete in der Parfümerie zwischen winzigen Parfumfläschchen, Lippenstiften, Nagellack und Rougepaletten.

»Claudine kommt gleich«, sagte ihre Kollegin. Das blondierte Haar war hochtoupiert, der Lidstrich dick und schwarz, und die Wimpern waren so lang und dicht, dass es sich nur um künstliche Wimpern handeln konnte. Im Grunde hätte die Frau ohne aufzufallen auf einem der berühmten Kostümbälle in Versailles erscheinen können. Marc war froh, dass Claudine sich nicht derart auffällig schminkte.

Die Tür zum Personalraum öffnete sich, und Claudine kam herausgeeilt. Noch im Gehen schlüpfte sie in die Ärmel ihrer Jeansjacke. Darunter trug sie ein schlichtes schwarzes T-Shirt und eine hautenge Jeans, die ihre wundervollen langen Beine betonte.

»Chèri!« Sie schlang ihre Arme um seinen Hals. »Ich habe dich hoffentlich nicht zu lange warten lassen?«

»Auf dich würde ich bis Weihnachten warten«, murmelte er und küsste sie, während seine Hände auf ihren Hüften lagen. Genussvoll atmete er ihren Duft ein. Sie überraschte ihn ständig mit neuen Parfums, von denen eines aufregender duftete als das andere. Heute war es ein betont sinnlicher Duft, schwer und süß wie ein Abend in einer mit Jasmin bewachsenen Laube an einem der Orte von Tausendundeiner Nacht. Und ihre Lippen schmeckten verheißungsvoll nach reifen Früchten – Trauben, Melonen und Granatäpfeln.

Die Kollegin an der Kasse hüstelte. »Geht besser, bevor ich noch neidisch werde!«

Claudine ergriff seine Hand und legte ihren Kopf auf seine Schulter.

»Du missgönnst uns doch nicht etwa unser Glück?«, fragte sie und strahlte über das ganze Gesicht, während Marc unversehens das Gefühl hatte, in einer Filmszene gelandet zu sein. Verlegen winkte er der Kollegin zu.

»Salut!«

Auf der Straße hakte sich Claudine bei ihm ein. Sie trug hochhackige Schuhe. Dadurch waren sie fast gleich groß.

»Wollen wir essen gehen?«, fragte sie und lächelte ihn an.

»Okay, schlag was vor.«

Das marokkanische Restaurant, das Claudine nannte, war nicht gerade billig, aber Marc war in Feierstimmung. Er hatte Tyron angerufen und ihm seine Entscheidung mitgeteilt. Die Überraschung des Produzenten war offensichtlich gewesen. Wahrscheinlich kam es nicht oft vor, dass ein unbekannter Musiker sein Angebot ausschlug. Doch er war stolz auf sich. Er hatte sich nicht verkauft. Vielleicht würde er sich eines Tages die Haare raufen und seinem Spiegelbild die schlimmsten Flüche entgegenschleudern. Aber das stand in den Sternen. An diesem Abend fühlte er sich wie ein Held. Also stimmte er zu.

»Vorher muss ich mich umziehen«, sagte er. »Es war ziemlich warm heute.«

»Natürlich«, erwiderte Claudine und küsste ihn wieder. Dann glitten ihre Lippen an sein Ohr. »Obwohl ich es mag, wenn du geschwitzt hast. Das ist für mich Rock and Roll.«

Als sie am Tor in der Rue Saint Vincent ankamen, deutete Claudine auf das Plakat für ein Konzert, das im Palais des Sports stattfinden sollte.

»Wenn du erst bei Tyron unter Vertrag bist, wirst du auch dort spielen!«

Marcs Laune sank augenblicklich. Er hatte es ihr sagen wollen, irgendwann, aber nicht jetzt. Und schon gar nicht mitten auf der Straße.

»Möglich«, entgegnete er und fummelte umständlich an dem Schloss herum.

»Schwarzseher!« Claudine lachte und kniff ihn in den Hintern. »Wann hast du denn den Termin bei ihm?«

Das Blut schoss ihm in die Wangen, und er senkte den Kopf, als würde er sich auf das Schloss konzentrieren müssen. Warum? Warum musste sie ihn ausgerechnet jetzt danach fragen?

»Nächste Woche.«

Idiot!

»Soll ich mitkommen? Als Glücksbringer ...«

»Das schaffe ich schon allein.« Wütend stemmte er die Schulter gegen den Torflügel und drückte ihn auf. Was hatte er jetzt durch diese Lüge gewonnen außer ein bisschen Zeit?

Feigling!

Als sie den Innenhof durchquerten, kam ihnen Svenja entgegen.

»Bonjour!«, sagte sie und winkte mit einer der Mülltüten, die sie in der Hand hielt. Sie trug eine ausgeblichene Jeans und Turnschuhe. An ihrem grünen T-Shirt hingen Staubfussel.

Sei nett zu Madame Lorentz!, hörte er die Stimme seiner Schwester. Valérie. Noch so eine Frau, die alles besser wusste und ihm ungebeten Ratschläge erteilte.

»Bonjour«, sagte er und nickte Svenja unverbindlich zu. Sie konnte schließlich nichts dafür, dass seine Schwester ohne nachzudenken irgendwelche blöden Forderungen an ihn stellte. Ebenso konnte sie nichts dafür, dass er sich nicht traute, Claudine ins Gesicht zu sagen, dass er Tyrons Vertrag zerrissen hatte. Weil sie dir sagen wird, was für ein Trottel du bist. Und du weißt, dass sie damit recht hat!

Plötzlich war er sich nicht mehr sicher, ob den Vertrag zu zerreißen wirklich eine Heldentat gewesen war. Er hatte das Palais des Sports gegen die Sommerparty der Wizards in Gif-sur-Yvette getauscht. Wie dämlich konnte ein Mensch sein.

Svenja kam näher, den Müllbeutel noch in der Hand.

»Ich wollte fragen …«, begann sie und strich sich eine Haarsträhne aus dem Gesicht. »Ich habe viele Bücher aussortiert und …«

Claudines dunkelrot lackierte Fingernägel krallten sich in Marcs Unterarm, ihr Lächeln erstarrte zu einer Maske.

»Ja?«, fragte er und befreite sich aus Claudines Umklammerung.

»Ich dachte, Sie können mir sagen, wo …« Svenja schien nach dem Wort zu suchen. »Ein Antiquariat. Ja, das brauche ich. Ich mag es nicht, Bücher wegzuwerfen.«

»An der Ecke zum kleinen Park«, sagte er unwirsch und deutete vage in die Richtung. »Geradeaus die Straße hinunter. Da ist eins.«

Claudine zerrte an ihm. Sie wollte weg, das war deutlich.

»Darf ich noch was fragen?« Marc blieb stehen. »Wissen Sie, wo Georges begraben ist?«

»Rufen Sie am besten meine Schwester Valérie an. Die kann es Ihnen bestimmt sagen.«

»Danke.«

Hinter seinem Rücken hörte er das Öffnen der Mülltonne, während er und Claudine in das Zwielicht des Treppenhauses traten.

»Wer war das?« Auf Claudines Stirn erschien eine tiefe, steile Falte, genau zwischen den Augenbrauen.

»Das? Das war meine Nachbarin, die Nichte vom alten

Georges. Er hat ihr seine Wohnung hinterlassen. Habe ich dir nicht davon erzählt?«

»Doch, aber dass sie eine attraktive junge Frau ist, hast du ausgelassen. Und ich frage mich, warum.«

Marc verdrehte die Augen und stieg die Treppe hinauf. Claudine trippelte hinter ihm her.

»Wie heißt sie?«

»Lorentz.«

»Lorentz? Ist das ihr Vorname?«

»Nein. Ich kenne ihren Vornamen nicht.« Diese Lüge kam über seine Lippen, ohne dass er darüber nachdachte. Vielleicht wurde das allmählich zur Gewohnheit.

Das Tack-tack-tack von Claudines Absätzen hinter ihm verstummte abrupt. Er drehte sich zu ihr um. Sie stand mit verschränkten Armen ans Geländer gelehnt und sah ihn herausfordernd an.

»Da ist etwas zwischen euch. Ich spüre das.«

Marc schüttelte verärgert den Kopf. »Da ist nichts, Claudine.«

»Das soll ich dir glauben? Wo du mich über ihr Alter angelogen hast?«

»Ich habe nicht … Dann lass es eben bleiben.«

Sie verzog den Mund. »Und warum bist du so aggressiv?«

Er fuhr sich mit beiden Händen durch das Haar. »Weil du mir etwas unterstellst, was so nicht stimmt. Außerdem habe ich Hunger.« Er lief die Treppe weiter hoch und erreichte seine Wohnung in Rekordzeit. Hinter sich hörte er Claudines Schritte.

Dann kam auch sie in seine Wohnung, stieg trotz ihrer hohen Absätze über Wäsche, Zeitschriften, Aschenbecher und eine leere Chipstüte hinweg und schlängelte sich an ihm und seinen Gitarren vorbei zum Fenster. Sie setzte sich auf das Fensterbrett, die Arme vor der Brust verschränkt, während er sich eilig die Klamotten vom Körper riss und Jeans und T-Shirt gegen frische Sachen tauschte.

Raus hier, dachte Marc, raus, bevor Claudine ihn in lange Diskussionen über Svenja und seine – nicht stattfindende – Karriere bei Tyron verwickeln würde. Raus, bevor er darüber nachdenken konnte, dass er der größte und dämlichste Hornochse auf diesem Planeten war.

»Und da ist wirklich nichts?«

Es reicht! Wortlos ging er auf Claudine zu, griff in ihre roten Locken, zog ihren Kopf nach hinten und presste seinen Mund auf ihre Lippen. Mit der freien Hand öffnete er Gürtelschnalle und Reißverschluss ihrer Jeans. Sie war schlank, ihre Haut glatt, und es war ein Leichtes, ihr Jeans und Slip hinunterzustreifen, während sie sich an seinen Boxershorts zu schaffen machte. Claudine begann bereits zu keuchen, bevor er in sie eindrang, heftig und zornig.

Er war wütend. Wütend auf Svenja, die zum unpassenden Zeitpunkt aufgetaucht war. Auf Claudine, weil sie so verflucht eifersüchtig war und den Mund nicht halten konnte. Auf Tyron, auf Valérie …

Nebenan fiel die Tür ins Schloss. Er hörte Schritte, zaghaft und leise, während Claudine ihn mit ihren Beinen umschlang und ihr Stöhnen und Keuchen lauter wurde.

Er biss die Zähne zusammen, beschleunigte seine Bewegungen. Als der Höhepunkt kam, schlug er die geballte Faust gegen den Fensterrahmen, wütend auf alle und alles, vor allem aber auf sich selbst.

Donnerstag, 3. Juli

22

Eine furchtbare Nacht lag hinter Svenja. Schlaflos hatte sie im Bett gelegen und an die Decke oder zum Fenster gestarrt. Dabei waren ihr die Geräusche aus der Nachbarwohnung durch den Kopf gegangen, Geräusche, die sie gern übertönt hätte. Georges' CD-Sammlung bot da zahlreiche Möglichkeiten. Doch dann hätten die beiden gemerkt, dass sie hier war. Also hatte sie sich mit den Fingern in den Ohren aufs Bett gekauert. Nur kurze Zeit später waren die beiden gegangen. Sie hatte die Tür gehört, ihre Schritte im Treppenhaus, das gurrende Lachen der Frau.

Danach hatte sie sich wund gefühlt, verletzt. Warum? Die Nacht gab ihr genug Zeit, um über diese Frage nachzudenken. Die Antwort, die sie schließlich gefunden hatte, als aus dem dunklen Viereck des Fensters ein helleres geworden war, hatte ihr nicht gefallen: Sie war allein, sie fühlte sich einsam. Und sie wäre gern an *ihrer* Stelle gewesen, an der Stelle dieser Frau mit den imposanten roten Locken, dem hübschen Gesicht, der Traumfigur, die sich trotz ihrer hohen Absätze grazil und sicher bewegen konnte. Diese Frau und Marc passten perfekt zueinander.

Irgendwann war sie in einen kurzen bleiernen Schlaf gefallen. Und als sie aufwachte, war wieder dieser Satz in ihrem Kopf: »Du hast die Kraft einer Löwin in dir.«

Svenja setzte sich an ihren Tisch und schnitt ein Stück von dem Baguette ab. Eigentlich hatte sie gar keinen Appetit. Sie hatte auch keine Lust gehabt, sich frische Croissants aus der Bäckerei zu holen.

Draußen schien die Sonne, der Himmel war blau. Sie betrachtete die langstielige Rose, die mit ihrem Strauß in einer schlichten Glasvase stand.

Da war das Versprechen, das sie der Blumenfrau gegeben hatte. Und sie musste mit Valérie über die Tüte im Kleiderschrank reden.

Svenja wischte sich die Baguettekrümel von Mund und Händen, nahm ihr Handy und rief in Valéries Kanzlei an. Ihr Herz klopfte bis zum Hals, und sie verhaspelte sich, als sie darum bat, Valérie zu sprechen. Die Anwältin war nicht da, und da sie der Sekretärin mit dem Irokesenschnitt nicht von der verdächtigen Tüte erzählen wollte, fragte sie nur nach dem Grab. Die freundliche junge Frau konnte ihr erklären, wo Georges begraben war. Svenja notierte sich den genauen Standort und das Fach im Kolumbarium und legte auf.

Père Lachaise. Natürlich fielen ihr sofort Berühmtheiten ein, die dort begraben waren: Oscar Wilde, Edith Piaf, Jim Morrison … und mittendrin Georges Cordonnier, geborener Schuster. Das klang anders als Friedhof Öjendorf.

Heute Nachmittag komme ich dich besuchen, Georges. Möglicherweise können wir uns versöhnen. Und vielleicht stellst du mir deine Madame vor.

Das Abräumen und Abwaschen dauerte keine fünf Minuten. Dann stand Svenja in der Mitte des Raums, streckte ihren Rücken und sah sich um. Löwin. Also gut, sie würde sich auf die Suche nach der Löwin in ihr begeben und jetzt gleich damit anfangen. Was tat eine Löwin, wenn sie keine Beute gemacht hatte? Sie legte eine kurze Pause ein und ging erneut auf die Jagd. Das Rudel muss schließlich ernährt werden. Und vor allem brauchst du dann nicht an Marc und seine Freundin zu denken und an all das, was du selbst nicht hast.

Sie legte eine CD von Rainbow ein, schob die Ärmel ihres Shirts bis zu den Ellbogen und kniete sich vor das Bett. Heute wollte sie den Platz darunter frei räumen.

Während der Sänger der Rockband seine Stimme in eine beneidenswerte Höhe schraubte, zog Svenja einen Karton nach dem anderen hervor und begutachtete den Inhalt – Kochgerätschaften, eine Decke, nur teilweise beschriftete Hör- und Videokassetten, irgendwelche Metallteile, die nach Öl und Benzin rochen und aussahen, als würden sie zu einem Motor gehören. So ging es weiter, bis nur noch ein Karton übrig war. Er hatte sich in die hinterste Ecke verkrochen, und sie musste sich bäuchlings unters Bett schieben, um an ihn heranzukommen.

Dieser Karton war anders als die anderen. Die Pappe war stabil und mit einem wunderschönen Rankenmuster in Gold- und Rottönen versehen. Svenja öffnete das Fenster und wischte mit dem Handrücken die Staubschicht vom Deckel. Das Gold schimmerte, als ob es per Hand aufgetragen worden wäre. Sie setzte sich auf das Bett, legte die Schachtel auf die Knie und hob behutsam den Deckel. Das Innere der Schachtel war gefüllt mit in Seidenpapier eingewickelten Gegenständen. Sie nahm einen heraus. Er wog fast nichts. Vorsichtig entfernte sie das Seidenpapier, und ein Pfau aus buntem Glas kam zum Vorschein. Die Schwanzfedern in leuchtendem Grün, Türkis und Weiß mit Metalliceffekten schlugen ein Rad so groß wie ihre Handfläche. Der Körper des Vogels war von einem kräftigen Dunkelblau, und sowohl Schnabel als auch Federkrönchen waren golden. Svenja stellte die zierliche Figur auf das Fensterbrett. Das Sonnenlicht fing sich in dem Glas und brachte die Farben zum Strahlen. Dann packte sie die Nächste aus. Als der Karton leer war, stand auf dem Fensterbrett ein ganzer Zoo mit exotischen Vögeln, unterschiedlichen Affenarten, verschiedenen Raubkatzen, Giraffen, Zebras, Antilopen und einem Krokodil.

Svenja erinnerte sich daran, dass ihre Großmutter früher solche Glasfiguren gehabt hatte. Sie hatten in der Vitrine gestanden, und sie hatte sie nie anfassen dürfen, weil sie so zerbrechlich waren. Irgendwann hatte Oma sie dann entsorgt. Oder hatte Georges die Sammlung bekommen? Jedenfalls schienen ihm die Figuren genug bedeutet zu haben, um sie stoßsicher zu verpacken und aufzuheben, obwohl es in seiner Wohnung keinen Platz gab, um sie aufzustellen. Was sollte sie jetzt damit machen? Diese Glastiere waren ganz und gar nicht ihr Stil. Sie aber wegzuwerfen, nachdem sie so liebevoll verpackt worden waren, kam ihr unmenschlich vor. Ob es hier in der Nähe einen Trödelhändler gab? Wen konnte sie fragen? Marc.

Diesen ersten Gedanken verwarf sie rasch. Nachdem er und seine Freundin gestern … Nein, Marc würde sie so schnell nicht begegnen wollen. Aber unter Umständen wusste Claire Poulette ein Geschäft, in dem sie solche Gegenstände abgeben konnte? Irgendjemand würde sich bestimmt darüber freuen.

Sie wickelte die Figuren sorgfältig in ihr Seidenpapier und klemmte sich die Schachtel unter den Arm.

Durch die geschlossene Tür von Claire Poulettes Wohnung drang Musik, ein bekannter alter französischer Schlager. Einen Moment überlegte Svenja, ob sie nicht besser auf eine zufällige Begegnung im Treppenhaus oder auf dem Hof warten sollte. Schließlich schüttelte sie über sich den Kopf. Denk an die Löwin!, ermahnte sie sich und klingelte.

Die Glocke läutete schrill, und gleich darauf näherte sich das

Klappern von Holzpantoletten. Ein Riegel wurde vorgeschoben, ein Schlüssel umgedreht, die Tür ging einen Spalt auf.

»Bonjour, Claire«, sagte Svenja.

»Oh, Madame! Einen Moment.« Claire öffnete die Tür ganz. Unter einem geblümten Kopftuch waren Lockenwickler zu sehen. Ihr Lächeln wirkte unsicher, als würde sie eine Beschwerde befürchten. »Kommen Sie herein!«

»Danke, aber ich möchte nicht stören ...«

»Ach«, Claire winkte ab, »Sie stören nicht.«

Svenja trat in den schmalen, makellos sauberen Flur, in dem es verführerisch nach einem Auflauf duftete.

»Kann ich Ihnen helfen?«, fragte Claire.

»Ja, tatsächlich. Wenigstens hoffe ich es. Sehen Sie, ich ...«

»Wollen Sie nicht ins Wohnzimmer kommen?«

»Nein, wirklich nicht. Ich wollte fragen, ob Sie einen Händler hier in der Nähe kennen, der Georges' Sachen nehmen würde. Ich bin gerade dabei, alles durchzugehen und auszusortieren. Manches kann gleich in den Müll, aber vieles ist zu schade zum Wegwerfen. Und behalten kann ich die Sachen nicht.«

Claire runzelte die Stirn. »Was denn für Sachen? Kleidung? Da ist der Secondhandladen vom alten Bruno oben an der Ecke, gleich neben dem Telefonladen. Der nimmt Kleidung.«

»Ja, auch das. Ich habe auch eine Bettdecke gefunden. Aber da sind noch andere Dinge. Zum Beispiel diese hier.« Svenja öffnete die Schachtel und wickelte eine Giraffe aus dem Seidenpapier. »Sehen Sie? Der ganze Karton ist voll damit. Ich weiß, diese Glasfiguren sind nicht besonders wertvoll, aber irgendwie ... Madame? Claire?« Svenja sah die Frau erschrocken an. Claire Poulette war kreidebleich geworden. »Claire? Ist Ihnen nicht gut? Setzen Sie sich besser hin. Soll ich Ihnen ein Glas Wasser holen?«

»Nein.« Claire schüttelte den Kopf. Dann streckte sie die Hand nach der kleinen Giraffe aus. »Darf ich?«

»Natürlich.«

Svenja sah zu, wie Claire die Figur behutsam, fast zärtlich in ihren Händen hielt. Die Augen der Frau begannen feucht zu schimmern.

»Möchten Sie die Glasfiguren behalten?«, fragte sie spontan.

»Wie meinen …«

»Möchten Sie die Figuren haben?« Svenja zeigte auf die Schachtel. »Es ist ein ganzer Zoo.«

Jetzt weinte Claire wirklich. Eine Träne lief über ihre Wange, und ihre Lippe zitterte, als sie leise antwortete: »Aber das kann ich nicht … Ich meine, sie gehören doch Ihnen.«

»Genau genommen gehörten sie Georges. Und ich habe keine Verwendung dafür.« Entschlossen drückte sie Claire den Karton in die Arme. »Bitte, nehmen Sie. Ich könnte mir vorstellen, dass es in Georges' Sinne ist.«

Claire sah sie mit großen Augen an. »Danke.«

»Gern geschehen.« Svenja öffnete die Tür. »Und danke für die Adresse des Secondhandladens.«

Claire nickte. Bevor Svenja die Tür hinter sich zuzog, sah sie Claires Hand auf dem Deckel der Schachtel. Es sah aus, als würde sie ihn streicheln.

23

Claire saß in ihrem Fernsehsessel, kerzengerade, die Hände auf dem Schoß. Vor ihr auf dem Wohnzimmertisch standen all die kleinen Glasfiguren aufgereiht. Das Licht der Sonne fiel noch schräg ins Fenster und ließ die Farben leuchten – das kräftige Rot des Papageien, das Goldgelb und Schwarz des Tigers. Das Ocker der Giraffe. Sie waren so wundervoll. Und so zerbrechlich.

Ja, das wusste sie nur zu gut. Mit dem Daumen rieb sie über die linke Handfläche, wo vor vielen Jahren das zerbrochene Rad des Pfaus eine Narbe hinterlassen hatte. Sie erinnerte sich daran, wie sie auf Knien herumgekrochen war und versucht hatte, aus den Splittern die Figuren wieder zusammenzusetzen. Es waren zu viele Scherben und Splitter gewesen. Sie hatte vor Tränen nichts sehen können, in den Ohren das Knirschen von Glas und François' leises Schluchzen in der Ecke zwischen Couch und Wohnzimmerschrank, wohin er sich immer verkroch, wenn er versuchte, unsichtbar zu sein. Es waren nicht einmal die Tritte, die besonders wehgetan hatten, oder die Schläge gegen den Kopf. Es war die Verzweiflung über die zerbrochenen Glasfiguren. Und das Entsetzen angesichts der Erkenntnis, dass es nicht aus Versehen passiert war. Sie hatte sein Gesicht gesehen. Das Grinsen, mit dem er ein Tier nach dem anderen genommen und sie mit seinen groben Händen zerstört hatte – erst die herrlichen Flügel, die goldenen Schnäbel, die bunten Schwänze und zierlichen Beine abgebrochen und anschließend das, was noch von den wundervollen Figuren übrig war, auf den Boden geschmettert hatte. Es war reine Bosheit, weil ihr die Glastiere so viel bedeuteten, weil François so gern mit ihnen spielte.

Es war der Tag gewesen, der ihr mit sonnenheller Klarheit gezeigt hatte, dass sie fortmusste. Dass sie zu schwach war, um weiterhin gegen ihn und den Alkohol anzukämpfen. Dass sie François in Sicherheit bringen musste. Und sich selbst.

Sie erzählte gern, dass sie Witwe war. Und irgendwie stimmte es auch. Dieser Mann war für sie gestorben.

»Maman?« François kam leise ins Wohnzimmer, wie immer. Seit ein paar Jahren verließ er kaum mehr das Haus. Die Welt da draußen machte ihm Angst, als wäre er immer noch der Siebenjährige, der sich vor den Launen seines Vaters verstecken musste. Dabei war er vierunddreißig, fünfunddreißig im Oktober. Aber war das ein Wunder? Er hatte zu viele Scherben gesehen. »Maman? Was …« Er deutete auf den Wohnzimmertisch. »Was ist das? Wo kommen die her?«

»Madame …« Claire wischte sich mit dem Handrücken über die Wange. »Madame Svenja hat sie vorbeigebracht. Sie hat sie in einer Schachtel in Monsieur Georges' Wohnung gefunden.«

François nahm den radschlagenden Pfau in die Hand. Seine Finger fuhren vorsichtig über den filigranen Glaskörper, als würde er die Klebestellen suchen. Es gab keine. Sie hatte auch danach getastet, obwohl sie wusste, dass es sich nicht um ihre Figuren handelte. Nicht handeln konnte. Deren zersplitterte Überreste hatte sie an jenem Tag vor mehr als zwanzig Jahren zusammenkehren und in den Müll werfen müssen.

»Da ist sogar der kleine Schimpanse!« François sank vor ihr auf die Knie, die winzige Figur des Schimpansenbabys in seiner Hand. »Sie sind wieder da, Maman. Sie sind alle wieder da!«

»Ja«, flüsterte Claire, schlang ihre Arme um ihn, streichelte seinen Kopf und küsste sein Haar. »Wir haben sie zurück.«

24

Père Lachaise – der größte und berühmteste Friedhof von Paris, vielleicht sogar der berühmteste Friedhof der Welt.

Als Svenja mit der alten Nikon über der Schulter durch das weite schmiedeeiserne Tor trat und die Stufen hochstieg, tauchte sie in eine andere Welt ein. Draußen brandete der Verkehr. Der Lärm der Autos und Motorräder, Lkws, Hupen, die Sirenen der Einsatzfahrzeuge jenseits der Friedhofsmauern waren kaum mehr als ein Hintergrundrauschen. Innerhalb der Mauern war es nicht still, aber ruhig, friedvoll. Vögel zwitscherten in den prächtigen Kastanien. Ein paar Schulkinder lachten. Eine Reiseführerin sprach zu einem ganzen Pulk von Leuten. Und es duftete. Eben noch hatte Svenja Staub und Abgase in der Nase gehabt, jetzt roch sie Rosen, Erde und frisch gemähtes Gras.

Auf einer Wiese lagen junge Leute in der Sonne, manche von ihnen lasen, andere unterhielten sich. Touristen mit Fotoapparaten schlenderten die Wege entlang, deuteten hierhin und dorthin, fotografierten einen Marmorengel oder eine Stele. Viele Gräber waren gepflegt, mit frischen Blumen und brennenden Grablichtern, andere waren verfallen und zur Stütze von Bäumen geworden, die aus ihnen emporwuchsen. Einige Gräber waren imposant mit großen Säulen oder Statuen von Engeln, andere bescheiden oder schlicht, wieder andere einfach nur schön. Wie das Grab eines Ehepaars. Aus den nebeneinanderliegenden Grabsteinen reckten sich ein

Frauen- und ein Männerarm einander entgegen, die Hände ineinander verschlungen, als würden sie ihren Spaziergang fortsetzen. Eine Liebe, der auch der Tod nichts anhaben konnte.

Wer war der Sieger? Das Leben? Der Tod? Hier auf Père Lachaise waren die Grenzen verwischt und die Frage damit nicht zu beantworten.

Svenja fotografierte, wie sich jemand nach einer langen Bergwanderung ohne ausreichenden Proviant auf einen Teller Spaghetti stürzt. Sie fotografierte Bäume, Menschen, Grabsteine, Blumenschmuck, Kerzen, Säulen, Wurzeln. Dann war der Film voll, und sie folgte den Wegweisern zum Kolumbarium.

Eingeschüchtert ging sie die hohe Wand entlang und betrachtete die Platten mit den Namen, Lebensdaten und Bildern, Fotos und Ornamenten, die darauf angebracht waren. Sie zog ihren Notizzettel aus der Tasche und schaute nach, in welcher Reihe und welchem Fach die Urne von Georges stand. Ob es oben angebracht war? Wie sollte sie dann die Blume dorthin legen? So eine Urnenhalle war sie nicht gewohnt. Alle Verstorbenen ihrer Familie waren in gewöhnlichen Gräbern bestattet.

Da. Sie hatte es gefunden.

Es war eine schlichte Platte aus grauem Granit in Augenhöhe, auf der zwei Namen standen – »Martine Dubois 24.10.1951–2.7.2010« und »Georges Cordonnier 3.4.1947–4.6.2014«. Eine schmale Vase aus Bronze war fest in den Stein eingearbeitet. Und es gab noch ein Foto in einem Bronzeoval, auf dem zwei Menschen zu sehen waren. Svenja trat nahe heran. Ein kräftiger Mann mit einem weißen Zopf und einem gepflegt aussehenden Vollbart lächelte auf die Frau in seinen tätowierten Armen hinab. Sie war deutlich kleiner als er, zierlich, in ihrem dunklen Haar breite graue Strähnen. Ihre Hand lag auf seiner Brust, als wollte sie seinen Herzschlag spüren. Die Gesichter der beiden waren von einem Leben voller Höhen und Tiefen gezeichnet. Doch sie trugen die Falten mit Würde und Stolz, wie Auszeichnungen. Und da war der Blick, den die beiden tauschten, ein so inniger Blick, dass Svenja durch das Glas, das das Foto vor der Witterung schützte, und über die Zeit hinweg, die seit der Aufnahme vergangen war, die Liebe der beiden zueinander spürte. Ein Spruch fiel ihr ein, den sie erst vor Kurzem im Internet gefunden hatte. »Das Leben besteht nicht aus dem Geburts- und Sterbedatum, sondern aus dem, was wir mit dem Bindestrich dazwischen machen.« Diese beiden hatten den Bindestrich offenbar ausgefüllt.

Svenja wickelte die Rose aus dem Papier und stellte sie in die kleine Vase.

»Wasser gibt es dahinten«, sagte eine weibliche Stimme hinter ihr. Svenja drehte sich um. Die Frau in der weiten Marlenehose und dem kurzärmligen Pulli nickte, ohne zu lächeln. »Da steht auch eine kleine Gießkanne.«

»Danke«, erwiderte Svenja.

Als sie zurückkam, war die Fremde weg.

25

Valérie stützte müde den Kopf auf den Schreibtisch. Neben ihr auf einem Teller lag ein halb gegessenes Baguette mit Putenbrust, Tomaten und Rucola, vor ihr ein Stapel Akten. Sie musste Berufungsschriften verfassen, Anträge auf Aussetzung von Verfahren schreiben, Verteidigungsstrategien erarbeiten, Schreiben an gegnerische Anwälte aufsetzen, Formulare ausfüllen. Und der Stapel wurde nicht kleiner. Im Gegenteil, im Stundentakt kamen neue Aufgaben hinzu.

Sie seufzte und trank einen Schluck Kaffee. Wie wäre es, auf dem Land zu leben? Morgens die Eier im Hühnerstall einsammeln, die Schafe auf die Weide treiben. Äpfel ernten und zu Cidre verarbeiten. Vielleicht sogar Käse selbst herstellen. Und abends vor dem Kamin im alten Ohrensessel sitzen, mit der schnurrenden Katze auf dem Schoß, und den Flammen beim Knistern zuhören. Das Läuten ihres Handys unterbrach ihre Gedanken.

»Ja?«

»Madame Decaux?«

»Ja?«

»Hier ist Yves Fabeau.«

Einen Augenblick lang war sie sprachlos.

»Madame Decaux? Sind Sie noch dran?«

»Fabeau! Woher um alles in der Welt haben Sie diese Nummer?«

Er lachte. »Mein Charme, wissen Sie? Manchmal öffnet er sogar fest verschlossene Türen …«

Sie ballte die Hand zur Faust und schlug auf die Lehne ihres Schreibtischstuhls.

»Was wollen Sie?«

»Ihre wundervolle Stimme hören, Madame!« Er lachte wieder. »Ich mache es kurz, ich weiß ja, dass Sie unermüdlich damit beschäftigt sind, die Welt zu retten. Nicht wahr?«

»Sie wollten sich kurzfassen!«, zischte sie in den Hörer.

»Warum so giftig? Ich wollte Ihnen doch nur sagen, dass Ihre Sorge um das Haus in der Rue Saint Vincent bald Geschichte sein wird. Danielle Dubois hat dem Verkauf zugestimmt. Der Notartermin ist am 1. August. Und für die Studette habe ich hier vor mir auf dem Tisch das Kaufangebot liegen, das noch heute an die neue Eigentümerin gehen wird.« Er machte eine Pause, als wollte er Valérie genug Zeit geben, ihn sich vorzustellen, wie er mit übereinandergeschlagenen Beinen und dem breiten Lächeln eines Siegers auf seinem glatten Modelgesicht hinter seinem Schreibtisch saß und sich diebisch über diesen Dolchstoß freute. »Nun, was sagen Sie?«

»Ich weiß nicht, in welcher Welt Sie leben, Monsieur Fabeau, aber mein Kalender zeigt den 3. Juli. Bis zu diesem Notartermin fließt noch viel Wasser die Seine hinunter – sofern der Termin überhaupt stattfindet.«

Er lachte erneut. »Sie sind entzückend! Niemals aufgeben, was? Wenn wir das Haus gekauft haben, lade ich Sie zum Essen ein.«

»Auch dazu gehören immer zwei, Monsieur. Ich rate Ihnen dringend, sich ein anderes Opfer zu suchen. Und rufen Sie nie wieder diese Nummer an!«

Valérie unterbrach das Gespräch und konnte sich gerade rechtzeitig bremsen, ihr Smartphone gegen eines der Regale zu schleudern. Dieser Wicht! Dieser miese, schleimige Krötenkopf!! Sie sprang auf, riss die Tür auf, stürmte über den Flur und ohne anzuklopfen in Gerards Büro.

Er hob den Kopf von den Akten, in die er vertieft war, und sah sie über den Rand seiner Lesebrille hinweg erstaunt an.

»Bijou! Was …«

Sie warf die Tür ins Schloss, raufte sich die Haare und griff sich Zigaretten und Feuerzeug von seinem Schreibtisch.

Gerard nahm die Brille ab und lehnte sich auf seinem Schreibtischstuhl zurück.

»Ich höre zu.«

Valérie inhalierte tief und blies den Rauch zur Decke.

»Fabeau hat mich eben angerufen«, erklärte sie, und während sie mit langen Schritten durch den Raum ging, erzählte sie, was Yves Fabeau ihr gesagt hatte. »Dieser Mann besitzt die Frechheit, mich auf meiner privaten Nummer anzurufen. Kannst du dir das vorstellen?«

»Woher hat er sie?«

Sie schüttelte den Kopf. »Keine Ahnung. Ich weiß nicht, ob ich das wissen will, sonst könnte ich mich zu einer Gewalttat hinreißen lassen.« Sie ließ sich auf Gerards Schreibtisch sinken. »Ich will eine neue Handynummer.«

»Hast du mit Madame Dubois geredet?«

Valérie nickte und drückte die Zigarette im Aschenbecher aus. Plötzlich traten ihr Tränen in die Augen.

»Natürlich, aber Danielle Dubois ist eine sture Ziege. Sie will das Haus loswerden und basta.« Sie lächelte bitter. »Willst du den größten Witz hören? Es geht ihr nicht einmal um das Geld. Sie braucht es nicht, ihre Agentur ist erfolgreich, sie verdient genug. Sie will einfach nur einen Schlussstrich ziehen. Endgültig.«

Gerard stand auf und ging um den Schreibtisch herum. Er

legte Valérie eine Hand unter das Kinn und hob ihren Kopf sachte an. Vorsichtig fing er eine Träne mit seinem Finger.

»Gib nicht auf, Bijou. Bis zum 1. August ist noch viel Zeit. Bis dahin fällt uns bestimmt etwas ein.«

»Ich fürchte, Einfälle allein werden nicht reichen. Da muss eher ein Wunder geschehen.«

»Möglicherweise passiert das?«

Valérie stutzte. »Meinst du das ernst?«

Gerard zuckte mit den Schultern. »Warum nicht? Warum sollte kein Wunder geschehen?«

Valérie schmiegte sich an ihn. Es klang seltsam, den nüchternen, rational denkenden Gerard von Wundern sprechen zu hören.

»Ich dachte, du glaubst nur, was du sehen und anfassen kannst?«

Er streichelte sanft ihren Kopf und Rücken.

»Normalerweise, aber für dich bin ich bereit, auch an Wunder zu glauben.«

26

Nach ihrem Besuch auf Père Lachaise war Svenja nicht in der Lage, nach Hause in ihre Wohnung zu fahren und mit dem Sortieren von Georges' Habseligkeiten weiterzumachen. Die Gedanken kreisten in ihrem Kopf. Was für ein Mensch war er gewesen? Das Bild des kriminellen Herumtreibers, das ihre Mutter von ihm gezeichnet hatte, passte nicht. Doch ein verkannter Heiliger, ein edler Rebell und moderner Robin Hood, wie sie ihn eine Zeitlang gesehen hatte, war er ebenso wenig. Wer war Georges? Während sie an der Seine entlangspazierte, sah sie den Schiffen zu, die schwer beladen mit Touristen Richtung Eiffelturm hinunterfuhren. Und dann hatte sie plötzlich eine Antwort auf ihre Frage. Georges war ein Mann, der geliebt hatte und geliebt worden war. Wer aber war sie laut dieser Definition? Liebte sie? Wenn ja, wen? Wurde sie selbst geliebt? Und von wem?

Natürlich gab es ihre Familie – Eltern, Schwester, Schwager, Neffen. Da waren auch ihre Freundinnen, ein paar Freunde und gute Bekannte. Menschen, mit denen sie reden konnte und viel Zeit verbrachte, die sie mochte. Aber liebte sie einen von ihnen? Hatte sie jemals so geliebt, dass man es in einem einzigen im Foto festgehaltenen Blick sehen und spüren konnte? Nein. Nicht einmal Tim.

Seltsamerweise machte diese Erkenntnis sie nicht traurig oder bitter. Sie war viel eher erstaunt. Es war ihr nie vorher klargeworden, woran es in ihrem Leben fehlte. Aber wie sollte sie das ändern?

Nachdenklich bog sie in die Rue Saint Vincent ein. Eine Kirchenglocke schlug sechsmal, ihr Magen meldete sich. In ihrer Wohnung hatte sie genug zu essen. Der Kühlschrank war gut gefüllt, Baguette und ein halbes Croissant lagen in der Bäckereitüte eingewickelt im Brotkorb. Doch der Gedanke, allein an ihrem Tisch zu sitzen, gefiel ihr gar nicht.

Genieße dein Leben, und fülle den Bindestrich zwischen den beiden Daten.

Sie ging am Tor vorbei. Im Chez Gustave waren zahlreiche Tische frei, und da der Himmel sich zugezogen hatte, suchte Svenja sich einen Platz im Inneren.

Mustafa kam, kaum dass sie sich gesetzt hatte. Er begrüßte Svenja wie eine alte Bekannte, zündete die Kerze auf ihrem Tisch an und reichte ihr die Karte.

Sie bestellte den gegrillten Hähnchenspieß mit Oliven und Fladenbrot, Wasser und ein Glas Rotwein.

Während sie auf ihr Essen wartete, fielen draußen die ersten Regentropfen. Die beiden Kellner stellten hastig Stühle und Tische unter die Markise. Zwei Gäste, die dort gesessen hatten, flohen mit ihren Gläsern ins Innere. Und dann war es vorbei. Noch bevor der Gehweg und die Straße überhaupt nass waren, hatte der Regen aufgehort.

»Da kommt noch mehr«, unkte der Kellner, der ihr den Wein servierte. »Wir bekommen heute noch Gewitter.«

Er eilte zum nächsten Gast, und Svenja nippte an ihrem Wein. Er war schwer und fruchtig, genau so, wie sie es mochte. Sie schmunzelte über den kleinen Jungen am Nebentisch, der sich großzügig am Couscous seiner Mutter bediente, während auf seinem Teller Pommes und ein paniertes Schnitzel kalt wurden.

»Ich werde wohl das Schnitzel essen müssen«, sagte die Frau und lachte Svenja zu. »Nächstes Mal weiß ich Bescheid und bestelle das Couscous für zwei Personen!«

»Es ist aber auch wirklich lecker!«

»O ja!«

Svenja ließ den Blick durch das Restaurant schweifen. Da in der Ecke, an dem Tisch direkt am Fenster, war das nicht Marc? Rasch schaute sie weg.

Der Kellner brachte ihren Teller mit dem lecker duftenden Hähnchenspieß. Sie bedankte sich, wickelte das Besteck aus der Serviette, sah auf – und blickte unmittelbar in Marcs braune Augen. Hastig senkte er den Blick, und es war ein unbekanntes und gleichzeitig seltsam angenehmes Gefühl, ihn erröten zu sehen. Offenbar ging es ihm wie ihr – er wusste nicht, wie er sich verhalten sollte. Svenja musste ein Lachen unterdrücken, als er sich betont aufmerksam in die Speisekarte vertiefte, obwohl er sie vermutlich auswendig kannte. Und dann kam Mustafa. Er ging an Marcs Tisch, sprach kurz mit ihm und deutete zu Svenja. Marc tat, als wäre er überrascht, sie zu sehen. Er war ein lausiger Schauspieler.

Er stand auf und kam an ihren Tisch.

»Mustafa sagt, hier ist noch frei. Darf ich …«

»Natürlich! Bitte, setzen Sie sich!«

Er holte seine Sachen und lehnte den Gitarrenkoffer gegen die Wand. Svenja versuchte, sich auf ihr Essen zu konzentrieren, nicht an gestern Abend zu denken und nicht an Marcs Freundin. Sie warf einen verstohlenen Blick auf ihre Füße. Es war deutlich zu sehen, dass ihre Zehennägel perlmuttfarben lackiert waren. Ebenso gut sah man, dass der Lack bereits an einigen Stellen abblätterte. Bis eben hatte es sie nicht gestört. Jetzt schämte sie sich für diese Nachlässigkeit.

Marc studierte die Karte wieder betont aufmerksam. Schließlich klappte er sie zu, stützte die Ellbogen auf und begann an dem Kerzenleuchter herumzuspielen.

»Hatten Sie einen schönen Tag?«

Svenja nickte. »Ich war auf dem Friedhof an Georges' Grab.«

»Oh.« Der Kellner kam, und Marc bestellte gegrilltes Lamm. Dann schob er den Salzstreuer auf dem Tisch hin und her. Sie schwiegen, die Luft zwischen ihnen schien dick und schwer zu sein und sich wie eine eiserne Kette um sie herumzulegen.

Das versteht man wohl unter Befangenheit.

Irgendwann, als Svenja glaubte, es nicht länger ertragen zu können, seufzte Marc tief.

»Das mit gestern tut mir leid«, sagte er und fixierte etwas auf der Tischdecke. »Ich war unhöflich und …«

Ihr Herz klopfte heftig. Diese Wendung kam unerwartet. Sie dachte an das Foto von Georges und Martine und an den Bindestrich zwischen den Lebensdaten. Und sie beschloss, hier und jetzt damit anzufangen, ihren Bindestrich zu füllen.

»Schlechten Tag gehabt?«

»Nein, eigentlich nicht, aber …«

Plötzlich verstand sie. Welch ein Dilemma! »Sie waren nicht allein.«

Jetzt hob er den Blick und sah sie offen an. »Claudine ist in dieser Hinsicht leider sehr heikel.« Er lächelte zaghaft. »Können Sie mir verzeihen?«

»Ist schon vergessen«, sagte sie und meinte es auch. Marc sah sie so überrascht an, dass sie lachen musste. »Das war gestern. Heute ist ein neuer Tag. Und wer weiß, wie viele davon noch übrig sind.«

»Das klingt ganz nach dem alten Georges.« Der Kellner servierte ihm Rotwein, und er hob sein Glas. »Carpe diem!«

»Carpe diem.«

Svenja berichtete vom Friedhof und dem Foto auf der Grabplatte, von dem Bindestrich zwischen den beiden Daten und von Claire Poulette und den Glasfiguren. Und auch Marc erzählte – von den Leuten, die ihm heute auf der Straße zugehört hatten, dem Versuch eines Hundes, in seinen aufgeklappten Gitarrenkoffer zu pinkeln, den Tränen eines kleinen Mädchens, als es von seiner Mutter zum Weitergehen aufgefordert worden war. Dann sprach er über das Haus und seine Bewohner mit ihren Schrullen und Eigenarten. Svenja musste herzlich lachen, als er André nachahmte. Schließlich vertraute er ihr an, dass er den Vertrag eines der größten Musikproduzenten Frankreichs zerrissen hatte.

»Ich bin dumm, nicht wahr? Total blöd und bescheuert«, endete er und sah sie mit dem Blick eines Schülers an, der ihr das Fehlen der Hausaufgaben gebeichtet hatte.

Svenja dachte eine Weile nach, dann schüttelte sie den Kopf. »Nein«, sagte sie. »Nein, das sehe ich nicht so. Im Gegenteil. Ich bewundere Menschen, die in der Lage sind, auf ihr Bauchgefühl zu hören, obwohl die übrige Welt sie für verrückt erklärt. Ich wünschte, ich könnte es. Üblicherweise höre ich auf alle anderen, erfülle deren Erwartungen und verliere dabei mich selbst aus den Augen. Georges hat mir einen Brief geschrieben. Darin steht: ›Du musst dein Leben leben, und niemand sonst.‹ Und ich finde, er hat recht. Was nützt es uns, wenn wir uns danach richten, was anderen als das Beste für uns erscheint? Wir müssen damit klarkommen. Ich lebe mein Leben, nicht meine Mutter, nicht mein Chef, meine Schwester oder sonst jemand. Es ist meins. Und daher sollte auch ich darüber entscheiden.«

Marc nickte. »Das stimmt. So habe ich es noch nie betrachtet.«

»Allerdings ist es leichter gesagt als getan.«

Sie bestellten Wein und Oliven nach und saßen und redeten, bis irgendwann Mustafa an ihren Tisch trat.

»Es tut mir von Herzen leid, ihr beide, wir wollen jetzt schließen.«

Svenja hob überrascht den Kopf. Das Restaurant war leer, ein Kellner rückte Stühle zurecht, der andere polierte Gläser an der Bar. Draußen war es dunkel, Donner grollte, und es goss in Strömen.

»Da haben wir einen guten Zeitpunkt abgepasst«, sagte Marc mit einem Blick auf die Straße, auf der das Wasser knöchelhoch stand.

»Ich kann euch einen Schirm leihen. Bringt ihn mir morgen vorbei.«

»Ach wo, wir haben es nicht weit!« Marc winkte ab. »Wir passen beide unter meine Lederjacke. Salut!«

Sie verabschiedeten sich von Mustafa und rannten Seite an Seite den Gehweg entlang. Das Wasser spritzte an Svenja hoch, die Lederjacke über ihren Köpfen hielt bestenfalls einen Teil des Regens ab, und als sie das Tor erreicht hatten, waren sie bis auf die Haut durchnässt. Trotzdem lachten sie.

»Ich schätze, heute Abend kann ich mir die Dusche sparen«, sagte Svenja und drückte unter dem Torbogen das Wasser aus ihren Haaren. Trotzdem fühlte sie sich wohl.

Im Haus waren alle Fenster dunkel. Leise und auf Zehenspitzen stiegen sie, geleitet vom Licht aus ihren Smartphones, die steile Treppe nach oben. Svenja kam sich vor wie ein Teenager, der sich verspätet hatte und die Eltern nicht wecken wollte. An der Wohnungstür kramte sie in ihrer Tasche nach dem Schlüssel. Marc hatte seine Tür bereits geöffnet, doch er blieb noch im Hausflur stehen.

»Svenja?«

Sie hob den Kopf. Ihr Herz klopfte vom Laufen, vom Treppensteigen, vielleicht auch aus anderen Gründen.

»Ja?«

»Das war ein toller Abend. Ich danke dir.«

»Ja, das finde ich auch«, sagte sie. Das Du war irgendwann im Lauf des Abends passiert, ohne dass sie einander gefragt hatten. Es fühlte sich gut und richtig an.

»Ich finde, das sollten wir wiederholen.«

»Ganz meine Meinung.«

Marc lächelte, und plötzlich konnte sie sich vorstellen, wie er in zehn oder zwanzig Jahren aussehen würde – die Haare noch voll, aber mit silbrigen Fäden durchzogen, und um die Mundwinkel und Augen Fältchen als Ausdruck seines wunderbaren, warmen Lächelns.

»Gute Nacht, Svenja. Schlaf gut.«

»Gute Nacht, Marc, du auch.«

Sie zog die Tür hinter sich ins Schloss und stellte ihre Tasche neben dem Kleiderständer ab. Sie war nass bis auf die Haut, ihre Unterwäsche klebte am Körper. Aber was machte das aus? Sie hatte heute den Bindestrich zwischen ihren Daten mit Leben gefüllt. Nicht mit den üblichen Verrichtungen – aufstehen, waschen, essen. Mit echtem Leben.

Freitag, 4. Juli

27

Die Benutzung eines Etagenklos unterscheidet sich kaum von der Benutzung öffentlicher Toiletten in Restaurants oder Kaufhäusern – vorher und nachher den Sitz reinigen, ordentlich Hände waschen, ein Händedesinfektionsmittel benutzen. Am Anfang hatte Svenja das Toilettenpapier vergessen, das jeder für sich mitbrachte. Das war unangenehm gewesen, doch sie hatte aus diesem Fehler rasch gelernt. Und mittlerweile war es eine reflexartige Bewegung, vor dem Toilettengang unter das Waschbecken nach der Rolle zu greifen.

Was Svenja jeden Morgen erneut Überwindung kostete und was für sie erstaunlicherweise ein größeres Problem darstellte als das Klo, war das Duschen. Der kleine, kaum zwei Quadratmeter große Raum war trotz der sommerlichen Temperaturen draußen kalt und zugig. Das Fenster knapp unterhalb der Decke stand stets eine Handbreit offen und konnte nicht geschlossen werden. Eine nackte Glühbirne hing an einem Kabel von der Decke herab und verbreitete ein kaltes Licht, das unbarmherzig jeden Riss im Boden, jede abgestoßene Kante und jeden Rostfleck offenlegte. Der Terrazzoboden und die schwarz-weißen Fliesen waren Anfang des 20. Jahrhunderts verlegt worden. Und die Armaturen waren kaum jünger. Sie hätten schön sein können, wenn sie im Lauf der Jahre besser gepflegt worden wären. Stattdessen waren sie verkalkt. Der Duschkopf spritzte das Wasser in alle Richtungen, und der Kaltwasserhahn hatte offenbar wenig Sinn für

Kompromisse. Entweder ließ er sich ganz oder gar nicht aufdrehen, was Svenja jedes Mal vor die Wahl stellte, verbrüht zu werden oder zu erfrieren. Und dann die Haare, die sie überall fand und vor denen sie sich jeden Morgen ekelte.

Svenja stellte ihre Tasche ab, schloss sorgfältig die Tür hinter sich und schaute sich an, was sie heute Morgen wegputzen musste, bevor sie duschen konnte.

Da waren sie wieder – lange blonde Haare. Sie ballten sich in der Ecke bei der Tür zu einem Knäuel, hingen außen und innen am Duschvorhang und klebten in der Duschwanne und am Waschbecken. Eines sogar quer über dem Spiegel.

Gestern bei Mustafa hatte sie Marc ihr Leid geklagt. Er hatte gelacht, ihr aber zugestimmt und erzählt, dass es die Haare von Louise waren. Georges hatte das »Haarproblem« mit ihr geregelt. Doch auch Marc war aufgefallen, dass Louise sich seit einiger Zeit nicht mehr darum kümmerte, in welchem Zustand sie die Dusche hinterließ. Genauer gesagt, seit Svenja Georges' Wohnung bewohnte.

Daran musste Svenja denken, als sie das Haar auf dem Spiegel sah. Wollte Louise ihr auf diese Weise mitteilen, dass sie im Haus und in der Hausgemeinschaft nicht willkommen war?

Warum eigentlich? Wieso wollte Louise sie ärgern? Sie kannten einander doch gar nicht? Sie hatten noch nie miteinander gesprochen. Sie waren einander nicht einmal begegnet, wenn man von dem kurzen Blick über das Treppengeländer absah, als sie mit Valérie zum ersten Mal hier gewesen war.

Während Svenja putzte, fasste sie einen Entschluss. Sie würde mit Louise reden. Heute noch, bevor sie die Fotos abholte. Marc hatte ihr gesagt, wo die Frau wohnte. Sie würde klopfen, hallo sagen, plaudern. Und dann konnte sich Louise entscheiden, ob sie sie mochte oder nicht.

Aber sie wollte nicht mit leeren Händen zu ihr gehen. Was sollte sie ihr mitbringen? Blumen wären naheliegend. Andererseits könnte man einen Strauß als Entschuldigung oder Rechtfertigung oder Bestechung interpretieren. Nein, es musste was anderes sein. Etwas ganz anderes.

Heute waren die Wasserhähne gut gestimmt, sodass sie das Wasser angenehm temperieren konnte. Sie duschte ausgiebig und wusch sich die Haare. Als sie sich abtrocknete und ihre eigenen Duschspuren beseitigte, fiel ihr ein, was sie Louise mitbringen konnte. Ja, das war es. Viel besser als ein Blumenstrauß.

28

Marc schnappte sich seinen Gitarrenkoffer und verließ die Wohnung. Er hatte es nicht eilig, wenigstens nicht besonders. Die Straße war schließlich immer da und seine Zuhörer – die Passanten, Touristen und Angestellten der umliegenden Geschäfte – ebenfalls. Er brauchte keine Stechuhr zu bedienen, er hatte keinen Chef, der mit strengem Blick auf die Uhr deutete. Und kein Produzent wartete auf ihn in einem Studio, dessen Miete stundenweise abgerechnet wurde. Er war frei.

Trotzdem gibt es auch für einen Straßenmusiker bessere und schlechtere Zeiten. Morgens um acht Uhr zum Beispiel: schlecht. Die Leute sind müde und genervt, dass sie zur Arbeit müssen, die meisten haben es eilig, weil sie ohnehin zu spät dran sind. Keine Zeit, sich für einen Song auf die Bank oder einen der Pflanzkübel zu setzen, und keine Zeit, um in die Manteltasche zu greifen und ein paar Münzen in den offenen Gitarrenkoffer zu werfen. Abends zwischen achtzehn und zwanzig Uhr: schon deutlich besser. Die Leute haben Feierabend, sind erleichtert, den Tag hinter sich gebracht zu haben. Sie sind zwar müde, aber auf dem Weg nach Hause bleibt eher jemand stehen, um zuzuhören. Tagsüber zwischen elf und fünfzehn Uhr: ideal. Mittagspause. Die meisten Angestellten strömen nach draußen, um sich ein paar Sonnenstrahlen zu gönnen und eine Kleinigkeit zu essen. Sie haben Zeit, nicht viel, aber gerade eben genug. Sie wollen sich ablenken lassen und entspannen, um die zweite Hälfte des Arbeitstags zu überstehen. Dass die erste Hälfte hinter ihnen liegt, stimmt sie großzügig. Und da sie selten allein in die Mittagspause gehen, kann ein Straßenmusiker auf die Kettenreaktion hoffen: Wenn eine von drei Sekretärinnen ihr Portemonnaie öffnet, ist es fast sicher, dass die anderen beiden ebenfalls etwas in seinen Gitarrenkoffer werfen. Außerdem sind um diese Zeit die meisten Touristen unterwegs.

Allerdings war Marc nicht der einzige Straßenmusiker in Paris, der diese Gesetzmäßigkeiten kannte. Da galt es, schnell zu sein, sonst waren die besten Plätze besetzt. Für ihn hatte sich zehn Uhr als ideal herauskristallisiert. Die anderen Musiker gingen da oft noch ihren Nebenjobs nach, und er hatte genug Zeit, sich in zwei Fünfzehn-Minuten-Sessions warm zu spielen für die Hauptzeit.

Er lief die Treppe hinunter, hielt sich in der Kurve am Geländer fest und wäre fast mit einer blonden Frau im geblümten Kleid zusammengestoßen.

»Louise!«, keuchte er überrascht. »Ist irgendetwas?«

Louise schüttelte den Kopf. »Madame Lorentz war gerade bei mir.«

»Aha.«

»Wir haben uns sehr gut unterhalten.«

»Schön! Das freut mich, Louise. Aber ich muss …«

»Weißt du zufällig, ob Madame mit dem alten Georges engen Kontakt hatte?« Marcs Verwirrung musste ihm deutlich anzusehen sein, denn sie fuhr rasch fort: »Ich meine, haben die beiden oft miteinander geredet? Über mich zum Beispiel?«

Marc schüttelte den Kopf. »Soweit ich weiß, hat Svenja von ihrem Onkel erst durch die Erbschaft erfahren. Warum?«

»Ach, nur so. Sie hat mir etwas von Georges gegeben, und ich frage mich …«

Marc lachte. »Nun hast du mich aber neugierig gemacht, Louise. Was ist es denn? Oder ist es ein Geheimnis?«

»Nein, nein. Es sind drei Bände Shakespeare.«

»Schön. Ich wusste nicht, dass du Shakespeare magst.«

»Wusstest du, dass Madame die Wohnung gar nicht verkaufen will?«

»Ich habe so etwas gehört, ja.«

»Shakespeare«, sagte sie leise. »Man könnte fast meinen …« Louise sah ihn an und lächelte. »Ich wünsche dir einen erfolgreichen Tag. Hoffentlich sind die Leute großzügig.«

Mit den würdevollen Schritten einer Königin kehrte sie in ihre Wohnung zurück und zog die Tür hinter sich zu.

29

Der Fotoladen schien leer. Der Mann, der Svenjas Film am Mittwoch entgegengenommen hatte, war nicht zu sehen. Doch über einer schmalen Tür hinter dem Verkaufstresen leuchtete eine rote Lampe ähnlich der vor Tonstudios, wenn man während einer Aufnahme den Raum nicht betreten darf. Befand sich dort eine Dunkelkammer? Wurden hier noch auf traditionelle Art Fotos entwickelt?

Neben der Kasse lag eine Klingel, und auf die gelbe Platte des Tresens war ein Zettel geklebt: »Bitte klingeln, komme sofort«. Einen Moment zögerte Svenja. Sie wollte nicht stören, vielleicht kam der Verkäufer von selbst wieder zum Vorschein. Als sich nach einer Minute immer noch nichts rührte, drückte sie auf den Knopf. Ein Summen, das sie an die Tür einer Arztpraxis erinnerte, erklang.

»Einen Moment! Ich komme gleich!«, kam es hinter der Tür hervor.

Svenja musste noch ein paar Minuten warten, dann erlosch die rote Lampe, und die Tür öffnete sich.

»Bonjour, Madame.« Es war derselbe Mann, der sie bereits am Mittwoch bedient hatte. Auf einem Schild an seinem blaugrau gestreiften Hemd stand »B. de Neuville«. Aber Svenja bezweifelte, dass in diesem Geschäft noch andere Leute arbeiteten. »Was kann ich für Sie tun?«

»Ich habe am Mittwoch einen Film zur Entwicklung gegeben.«

»Express?«

Svenja nickte und schob ihm den Abholschein über den Tresen. Monsieur de Neuville zog eine große Schublade auf, blätterte kurz in beschrifteten Umschlägen und zog einen heraus.

»Hier, bitte«, sagte er und legte ihn auf den Tresen. »Darf es sonst noch etwas sein?«

»Ja. Diesen Film bitte auch entwickeln.«

»Wieder Express?«

»Gerne.« Monsieur de Neuville begann bereits den Umschlag auszufüllen. »Und einen neuen Film bitte. Oder besser gleich zwei.«

Er nickte. »Unterschreiben Sie bitte hier.« Er deutete auf den Umschlag und reichte ihr einen Kugelschreiber. Er war nicht unfreundlich, nein, ganz bestimmt nicht, aber er wirkte gelangweilt. Es kam Svenja vor, als ob ihre kleinen, nichtigen Wünsche ihn von wichtigeren Projekten abhalten würden. »Möchten Sie sich die Fotos erst anschauen?«

»Nein. Nicht nötig. Ich nehme alle.«

Er zuckte mit den Schultern und tippte etwas in die Kasse ein.

»Das sind zusammen fünfzehn Euro fünfundsiebzig.«

Svenja zahlte, tauschte ein routinemäßiges »Au revoir« mit Monsieur de Neuville, und gleich darauf verschwand er hinter der schmalen Tür. Sie hatte den Laden kaum verlassen, als die rote Lampe wieder leuchtete.

Svenja saß am Tisch, vor ihr lag der Umschlag mit den Fotos. Warum öffnete sie ihn nicht? Weil es *seine* Fotos waren. Er hatte sie geknipst. Fotos sind wie der Blick in die Seele eines Menschen. Sie offenbaren, was ihm wichtig ist, was ihm lustig, skurril, erstaunlich oder schrecklich erscheint oder kurz, was ihm wert ist, für die Nachwelt festgehalten zu werden. Manchmal sagten Fotos mehr über einen Menschen aus als seine Worte. Wenn sie jetzt den Umschlag öffnete, würde sie Georges nahekommen, ihn auf eine ganz intime Art kennenlernen. Vielleicht würden sich manche Widersprüche aufklären. Vielleicht wäre sie enttäuscht.

Ihre Hand zitterte, als sie endlich den Klebestreifen löste und die Fotos entnahm. Zweiunddreißig Fotos waren es, zehn davon stammten von ihr. Die lagen gleich obenauf. Sie war erstaunt, als sie die Bilder betrachtete. Sie waren gar nicht schlecht. Die Belichtungszeit für die Schornsteine hätte sie länger wählen können. Nun ja, nach so vielen Jahren Fotoabstinenz, noch dazu mit einer fremden Kamera, fehlten Routine und Erfahrung. Das konnte sie sich wieder aneignen. Es lohnte sich jedenfalls, weiterzumachen.

Und dann hielt sie das erste Foto von Georges in den Händen. Es zeigte einen Mann mit muskulösen Oberarmen und einer Schweißmaske bei der Arbeit an einem aus verschiedenen Metallteilen zusammengesetzten Block. Worum es sich genau handelte, war nicht zu erkennen, aber das war auch nicht die Intention. Auf dem Foto ging es um den Mann, dessen Körperhaltung höchste Konzentration ausdrückte. Und Svenja war klar, dass er – ganz gleich, woran er gerade arbeitete – ein Künstler auf seinem Gebiet war. Es folgten weitere Fotos aus anderer Perspektive. Auf einem davon war deutlich zu erkennen, dass aus den Metallteilen ein Hund entstand, ein Dobermann mit gefletschten Zähnen und spitz aufgerichteten Ohren.

Dann änderte sich die Szenerie abrupt. Im Vordergrund war eine große, dunkle Kugel zu sehen, daneben eine kleine rote. Zwei weitere Kugeln lagen am Rand des Bildes und dahinter, in den Himmel aufragend, ein Mann mit erhobenen Händen, der aussah, als würde er Sirtaki tanzen. Georges musste die Kamera auf den Boden gelegt haben, um diese Perspektive zu erhalten. Es war klar, dass der Tänzer das Spiel gewonnen hatte. Es war ein Foto wie aus einem Bildband oder einer Ausstellung. Und Svenja musste sich die Augen reiben, als sie erkannte, wer da so ausgelassen seinen Sieg feierte. Es war André.

Danach folgten noch Fotos von einem Platz, von Arbeitern der Müllabfuhr auf einer Bank. Und zum Schluss ein Porträt von Georges, Arm in Arm mit André, die Köpfe gegeneinandergelehnt, beide mit herausgestreckter Zunge, Georges in Rockmusikerpose, André schielend.

Svenja musste bei dem Bild unwillkürlich lachen. Sie sahen aus, als hätten sie Spaß gehabt, die beiden.

War das wirklich André? Derselbe André, der kaum die Zähne für ein »Bonjour« auseinanderbekam? Jener André, der mit finsterem Gesicht das Tor der Garage zuschlug, sobald sie sich näherte?

Sorgfältig schob sie die Fotos auf einen Stapel und steckte sie zu den Negativen in den Umschlag. Perspektive – ein wichtiges Thema in der Fotografie, in der Kunst allgemein.

Und irgendwie auch im Umgang mit Menschen.

Danke, Georges.

Eine Stunde später lief Svenja die Treppe hinunter zu ihrem Briefkasten, der gemeinsam mit allen anderen in der Tordurchfahrt untergebracht war. Es war eher eine Gewohnheit, als dass sie tatsächlich mit Post rechnete. Der Gang zum Briefkasten gehörte für sie dazu. Dieses Ritual verstärkte das Gefühl, in Paris mehr als eine Hoteltouristin zu sein, mit ihrer Wohnung dazuzugehören, auch wenn es nur acht Quadratmeter waren. Sie war überrascht, als sie außer einem Werbezettel von einem asiatischen Lieferservice einen an sie adressierten Brief fand. Neugierig betrachtete sie den Absender. Fabeau. Der Makler? Was konnte der von ihr wollen?

Als sie in ihre Wohnung zurückkam, klingelte ihr Handy. Sie warf den Brief auf den Tisch und nahm das Gespräch an.

»Hallo?«

»Svenja?«

»Oh, hallo, Mama!«

»Wie geht es dir, Kind? Man hört ja gar nichts von dir.«

»Es geht mir gut. Ich bin beschäftigt und viel unterwegs und …«

»Und da hast du natürlich keine Zeit, mal an deine alten Eltern zu denken, die schon ganz krank vor Sorge sind.«

Svenja überging den Vorwurf und lachte. »So in etwa, ja.«

»Nimmst du deine Medikamente?«

»Natürlich. Mir geht es wirklich gut. Ich komme in der Wohnung gut voran.«

Geradezu magisch wurde ihr Blick von der Kosmetiktasche angezogen, die auf der schmalen Konsole über dem Waschbecken stand. Da bewahrte sie die Tabletten auf. Aber wann hatte sie sie das letzte Mal genommen? Heute noch nicht. Gestern? Verflixt, sie hatte es einfach vergessen.

»Svenja? Ist alles in Ordnung? Du hörst mir ja gar nicht zu.«

»Doch, doch. Was hast du gesagt?« Des Widerspruchs bewusst, rieb sie sich die Stirn. Das Gesicht ihrer Mutter konnte sie förmlich sehen, die hochgezogenen Augenbrauen, die schmalen Lippen.

»Ich habe dich gefragt, ob es in der Bude dreckig ist.«

»Nein, eigentlich nicht. Ist zwar alles alt und gebraucht, aber sauber. Sag mal, wovon hat Georges gelebt?«

»Keine Ahnung. Von der Stütze?«

Svenja schüttelte den Kopf. »Nein, Mama. Ich meine die Frage ernst. Was für eine Ausbildung hatte er? Womit hat er sein Geld verdient?«

»Und meine Antwort war ebenfalls ernst gemeint. Georg war ein Gammler, ein Nichtsnutz, ein notorischer Faulpelz. Den Kopf voller Ideen und Flausen. Aber wenn es um die Umsetzung ging, war er nicht mehr so begeistert. Er hat sich gern aus allem herausgehalten. Besonders mit der Arbeit hatte er es nicht so. Wundert mich, dass er es überhaupt zu einer Wohnung gebracht und nicht unter der Brücke gehaust hat.«

Svenja spürte, wie sich in ihrem Bauch ein heißer Knoten bildete. Sie wurde wütend.

»Mama, wie kannst du so über Georges reden? Du kanntest ihn ja gar nicht.«

»Aber du?«

»Ob du es glaubst oder nicht, ich lerne ihn kennen. Was mir die Leute hier im Haus und in den Geschäften über ihn erzählen …«

»Das kommt sicherlich darauf an, wen man fragt. Wie hieß seine Flamme damals? Marina? Martina?«

»Martine Dubois?«

»Ja, genau, das war der Name. War er etwa noch mit ihr zusammen? Hast du mit ihr geredet?«

»Nein, sie ist tot. Sie starb vor vier Jahren. Bis zu ihrem Tod waren die beiden zusammen. Sie sind sogar gemeinsam beerdigt.«

»Oh.« Diese Nachricht brachte ihre Mutter offenbar vorübergehend aus dem Konzept. »Aber dass sie eine Puffmutter war, das weißt du?«

»Nein.«

»Stimmt aber. Sie war eine Professionelle. Hat sich wohl

hochgearbeitet und ihr eigenes Bordell eröffnet. Vielleicht war Georg ihr Zuhälter? Zuzutrauen wäre es ihm.«

Svenja dachte an das Foto auf der Grabplatte und verglich die Aufnahme damit, wie sie ihre Eltern erlebte. Hatten die beiden sich jemals so voller Liebe angesehen?

»Also, Mama, ich finde, das geht zu weit. Du ziehst über zwei Menschen her, die du schon Ewigkeiten nicht gesehen hast, die tot sind und von denen hier die meisten nur liebevoll und ehrfürchtig sprechen. Das passt für mich nicht zusammen. Und da ich denke, dass die Leute hier, die ständig Kontakt mit Georges und Martine hatten, die beiden besser beurteilen können als du, möchte ich keine Lästereien hören. Okay?«

»Wenn du meinst. Ich sage nur, dass ...«

»Mama, es reicht. Hör damit auf, oder ich muss das Gespräch abbrechen.«

Ihre Mutter war einen Augenblick still.

»Was ist los mit dir? Du bist ja ganz verändert! Sind das die Tabletten?«

Wohl kaum, wenn ich sie nicht nehme! Sie hörte ihre Mutter atmen. Es klang eher nach einem Seufzen.

»Na, dann mach's gut, Svenja. Wenn du Hilfe brauchst, meldest du dich, ja?«

»Das würde ich tun, aber ich komme wirklich gut zurecht. Ihr braucht euch keine Sorgen zu machen. Tschüs, Mama, und grüße bitte alle von mir.«

»Tschüs, Kind!«

Ihre Mutter legte auf.

Perspektive – jeder hat seine eigene auf seine Umgebung, oft ist sie eingeschränkt. Nicht jeder ist in der Lage, dies zu erkennen, seinen Standort zu wechseln und somit den Blickwinkel zu ändern. Meine Mutter jedenfalls nicht, dachte

Svenja, legte das Handy auf den Tisch, nahm den Brief in die Hand und riss den Umschlag auf.

Es war ein Brief von Yves Fabeau von La Maison, auf Englisch geschrieben, in dem ihr die Summe von vierzigtausend Euro geboten wurde, wenn sie ihre Wohnung an La Maison verkaufen würde. Acht Quadratmeter für vierzigtausend Euro. Svenja traute ihren Augen kaum, aber da stand es, schwarz auf weiß. Vierzigtausend Euro. Damit konnte man eine Menge anstellen.

Sie trat ans Fenster und öffnete es einen Spalt, um die Geräusche dort draußen besser hören zu können. Mittlerweile gelang es ihr, sie einzuordnen. Da war der Gesang des Kanarienvogels, dessen Käfig in Juliette la Folles Wohnzimmer stand. Die Radiomusik kam aus der Garage, wo André an dem Oldtimer herumwerkelte, der Georges gehört hatte, somit offiziell ihr Eigentum war und mit dem André ohnehin nie fuhr, wie ihr Louise heute erzählt hatte. Das Zuschlagen eines Mülltonnendeckels, gefolgt vom Klappern von Holzabsätzen auf dem Pflaster. Das war Claire Poulette, die entweder noch bei der alten Madame Rosier geputzt hatte oder ihre eigene Wohnung makellos sauber hielt, sodass Svenja ohne Furcht um ihre Gesundheit vom Boden gegessen hätte. Ein fröhliches Pfeifen, das sie sofort als Marcs identifizierte und das ihren Herzschlag prompt beschleunigte.

Wie lange war sie eigentlich jetzt hier? Eine Woche? Einen Monat? Es fühlte sich an wie ein ganzes Leben.

Wie viel war ein Ort zum Wohlfühlen wert? Reichten da vierzigtausend Euro?

Nein. Es war unbezahlbar. Diese Wohnung würde sie nicht verkaufen.

30

Aus seiner Wohnung klang Musik – »Boom Boom«. Marc hörte John Lee Hookers Riffs, noch bevor er die Tür geöffnet hatte.

Das Handy auf seiner Matratze leuchtete. Er ließ das feuchte Duschhandtuch auf den Boden fallen, nahm das Telefon in die Hand und warf einen kurzen Blick auf das Display. Claudine.

»Hallo.«

»Oh, Chéri!« Er konnte förmlich das Lächeln auf ihrem Gesicht sehen. »Das hat diesmal lange gedauert, bis du rangegangen bist.«

»Ich stand gerade vor der Tür.«

»Chéri, ich will doch keinen Rapport von dir. Ich bin nicht deine Schwester.« Claudine lachte. »Wollen wir uns sehen? Was hältst du von Kino?«

Nebenan hörte er Schritte und Wasserrauschen. Svenja. Er rieb sich die Stirn.

»Ja, also …«

»Hast du keine Lust? Sonst können wir auch was anderes machen.«

»Was denn?«

»Was auch immer du willst, Chéri!«, gurrte Claudine. »Ist alles in Ordnung bei dir?«

»Ja.« Seine Antwort kam fast zu hastig. »Alles okay. Wieso?«

»Du bist irgendwie …«

»Müde. Ich bin einfach nur müde.«

»Oh, mein Armer! Weißt du, was? Dann kommst du heute zu mir. Ich mache uns einen Salat, und dann verbringen wir einen gemütlichen Abend vor dem Fernseher. Was hältst du davon?«

»Das …« Marc schluckte. »Das klingt großartig.«

»Fein! Wann kannst du hier sein? In einer Viertelstunde?«

»Nein, ich muss noch duschen.« Er fuhr sich durch seine feuchten Locken. Warum log er sie an? Schon wieder? »In einer Stunde?«

Claudine zögerte einen Moment. »Gut, in einer Stunde. Ich freue mich auf dich.«

»Ich mich auch! Bis dann.«

Sie unterbrachen das Gespräch. Marc warf das Handy auf das Kopfkissen und ließ sich daneben auf die Matratze fallen. Er suchte in den Taschen seiner Jacke nach den Zigaretten und zündete sich eine an. Nebenan fiel die Tür ins Schloss, der Schlüssel wurde zweimal umgedreht, dann hörte er Svenjas Schritte auf der Treppe.

Ob sie heute wieder zu Mustafa zum Essen ging? Oder hatte sie etwas anderes vor? Er ertappte sich, wie er Svenja und Claudine einander gegenüberstellte. Auf der einen Seite Claudine mit ihren roten, wilden Locken, ihrem feinen Porzellanteint, der Traumfigur, ihrem Musikgeschmack, der seinem eigenen so sehr ähnelte, dass es ihn manchmal verblüffte. Auf der anderen Seite Svenja, naturbraunes, schulterlanges Haar, das kaum geschminkte Gesicht, ihre schlichte, unspektakuläre Kleidung, ihr Lächeln, ein bisschen scheu, zurückhaltend. War er noch bei Verstand, dass er die beiden überhaupt miteinander verglich?

Du bist ein Idiot, schimpfte er mit sich, zerpflückte die

Zigarettenschachtel und ließ die Schnipsel achtlos auf den Boden rieseln. Der Anblick der bunten Fetzen erinnerte ihn an den zerrissenen Vertrag, was seine Laune nicht gerade besserte.

Ja, er war ein Idiot. Ein Volltrottel. Trotzdem hatte er Svenja von dem Vertrag erzählt, nicht Claudine.

Zum ersten Mal, seit sie sich kannten, hatte er keine Lust, sie zu sehen. Oder wurde er krank? Vielleicht hatte ihn eine Sommergrippe erwischt, als er gestern Abend mit Svenja durch den Regen nach Hause gelaufen war? Bei der Erinnerung daran musste er lachen. Er war nass bis auf die Unterhose gewesen. Auch Svenja war das Wasser über das Gesicht gelaufen, als stünde sie unter der Dusche. Das T-Shirt und ihre Jeans hatten am Körper geklebt, sie hatte mit den Zähnen geklappert. Trotzdem hatten sie beide gelacht. Eigentlich hatte er große Lust, auch heute gemeinsam mit Svenja die Zeit zu vergessen. Aber was war mit Claudine?

Er blies den Rauch durch die Nase und rieb sich das Gesicht. Er konnte sich lebhaft vorstellen, was für eine Szene Claudine machen würde, wenn er sie jetzt anrief und absagte. Sie würde sauer sein, mindestens eine Woche lang nicht mit ihm sprechen, möglicherweise sogar Schluss machen. Und wofür?

Für die Nichte seines verstorbenen Nachbarn, mit der er einen einzigen wunderbaren Abend verbracht hatte. Wer gab ihm die Garantie, dass sich dieser Zauber wiederholen ließ? Wer konnte sagen, was heute geschehen würde? Möglicherweise würden sie schweigend einander gegenübersitzen und jeder auf seinem Teller herumstochern, bis sie aus schierer Verzweiflung ein Gespräch über das Wetter oder das Essen oder die Tomatenpreise im Supermarkt beginnen und sich beide tödlich langweilen würden. Sollte er dafür seine Beziehung zu

Claudine aufs Spiel setzen? Valérie wäre natürlich begeistert. Er hätte sich um Svenja »gekümmert«, und Claudine mochte sie ohnehin nicht. Zwei Fliegen mit einer Klappe.

Wollte er das? Wollte er tun, was seine Schwester von ihm verlangte und eine Traumfrau wie Claudine aufgeben? Nein.

Marc warf einen Blick auf die Uhr und stand auf, um sich umzuziehen. Es war Viertel nach sechs, der Blumenladen hatte bis halb sieben geöffnet. Wenn er sich beeilte, würde er Claudine noch mit einem Blumenstrauß überraschen können. Sie würde sich freuen.

Er zog das T-Shirt von dem kleinen Wäscheständer. Es war mittlerweile trocken, aber es duftete nach Sommerregen.

Sommerregen – ein guter Songtitel.

Ein überraschend heftiger Regenschauer, der einen innerhalb kürzester Zeit bis auf die Haut durchnässt. Und dann ist er vorbei, die Sonne scheint. Schon bald ist alles trocken, und nichts bleibt vom Regen außer ein leichter Duft als Erinnerung.

Und genauso würde es mit dem Abend mit Svenja sein. Ganz sicher.

31

Es klopfte an ihrer Tür, und prompt beschleunigte sich Svenjas Herzschlag. Marc?, dachte sie und wagte kaum zu hoffen. Deshalb fiel ihre Enttäuschung auch nicht so groß aus, als sie die Tür öffnete und einer Frau in einem sackartigen grauen Kleid gegenüberstand, die sie noch nie gesehen hatte. Ihr Alter war schwer zu schätzen, irgendwo zwischen fünfzig und siebzig.

»Guten Abend.« Die Frau entblößte beim Lächeln ein lückenhaftes Gebiss, ein dicker, geflochtener silbergrauer Zopf hing über ihrer rechten Schulter.

»Guten Abend. Was kann ich …«

»Ich habe heute mit Louise gesprochen und muss mir jetzt persönlich ein Bild von Ihnen machen. Erzählen Sie mir etwas.«

»Wie bitte? Was …«

»Erzählen Sie mir einfach, was Sie heute zum Frühstück gegessen haben oder was Sie eingekauft haben. Irgendetwas.« Die Frau schloss die Augen. Svenja war verwirrt.

»Aber …«

»Erzählen Sie, was Ihnen in den Kopf kommt.«

»Also gut.« Svenja dachte kurz nach. Schließlich erzählte sie der seltsamen Frau, was sie an ihrer Wohnung am meisten liebte – den Blick aus dem Fenster. Während sie die Schornsteine auf den Dächern beschrieb, die Geräusche, wenn die Tauben aufflogen oder ihre Krallen auf dem Blech kratzten, lauschte die Frau mit geschlossenen Augen und vor der Brust gefalteten Händen. Es sah aus, als würde sie beten.

»Danke«, sagte sie schließlich, schlug die Augen auf und lächelte. »Fast wie Monsieur Georges. Ich dachte es mir.«

»Aha. Was …«

»Orange und magenta und tief innen rot.«

»Wie bitte?«

»Ihre Aura.« Die Frau legte ihr eine Hand auf den Arm, eine erstaunlich schmale, feingliedrige Hand mit langen Fingern. »Das Rot ist nicht so ausgeprägt wie bei Monsieur, aber das entwickelt sich noch. Haben Sie Geduld.«

»Ja, das werde ich …«

»Au revoir.«

Die Frau drehte sich um und stieg die Treppe hinunter. Svenja sah ihr verwirrt nach, unfähig, sich zu rühren oder etwas zu sagen. Sie hörte eine Tür ins Schloss fallen, und kurz darauf erklang das Cembalo. Erst war es eine einfache Tonleiter, langsam gespielt, Ton für Ton. Das Tempo steigerte sich. Und schließlich schälte sich eine Melodie aus den Tönen.

Leise schloss Svenja die Tür hinter sich. Sie wusste jetzt, wer die Frau war. Juliette, die geheimnisvolle Musikerin, die »Verrückte«, wie Marc sie genannt hatte.

Fast wie Monsieur Georges, hatte sie gesagt. Was auch immer Juliette damit gemeint haben mochte, es gefiel Svenja.

Samstag, 5. Juli

32

Wie oft bin ich jetzt zu den Mülltonnen gelaufen?, dachte Svenja, als sie mit zwei Beuteln voller Socken, Unterwäsche und zerschlissenen T-Shirts in der Hand die Tür hinter sich zuzog. Ich sollte eine neue Sportart einführen – Treppenjogging, mit und ohne variable Gewichte.

Mit dem Entrümpeln ging es voran, allmählich kam das Ende in Sicht. Es erstaunte Svenja stündlich aufs Neue, wie viel Zeug auf acht Quadratmetern Platz gefunden hatte. Immer wieder fragte sie sich, wie Georges auf so beengtem und vollgestelltem Raum hatte leben können. Dauerhaft, nicht für ein paar Wochen Ferien und verlängerte Wochenenden im Jahr. Sie selbst hatte den Eindruck, unter Bergen von brauchbaren Büchern, Geschirr und anderem Hausrat begraben zu werden. Natürlich hätte sie radikal alles ausräumen und in den Müll werfen können. In dem Fall wäre sie innerhalb eines Tages fertig gewesen. Aber dann hätte sie auch manche Entdeckung nicht gemacht, zum Beispiel die Kamera oder diese Glasfiguren, die Claire Poulette so gut gefielen. Wenigstens würde heute jemand vom Antiquariat vorbeikommen, um die Bücher abzuholen, die sie nicht behalten wollte. Dann hätte sie endlich ein bisschen mehr Platz in der Wohnung.

Svenja stieß mit dem Ellbogen die Tür zum Hof auf und blieb erschrocken auf der Schwelle stehen. Mitten im Innenhof parkten zwei schwere schwarze Motorräder, Helme baumelten an den Lenkern. Konnten Motorräder gefährlich, bösartig und brutal aussehen? Diese beiden taten es. Was hatten die hier zu suchen?

Ihr erster Impuls war, nach oben zu gehen. Doch im nächsten Moment ärgerte sie sich über sich. Wohnte sie nicht hier? Es war ihr gutes Recht, den Müll rauszubringen, wann sie es für richtig hielt, ganz gleich, ob Motorräder im Hof standen oder nicht. Sie atmete tief durch und trat hinaus. Die Sonne blendete sie jäh, und so sah sie nicht sofort, dass die Garage weit offen stand. André saß auf einem Klappstuhl, den Rücken gegen das offene Tor gelehnt, und trank Bier aus einer Flasche. Neben ihm saßen zwei Männer, der eine kahlköpfig, der andere mit einem graumelierten Zopf. Beide waren tätowiert, trugen Sonnenbrillen und Aufnäher mit dem Schriftzug der Wizards of Doom auf ihren Lederwesten. Diesen Namen kannte sie aus der Zeitung.

»Bonjour«, sagte Svenja reflexartig.

Ihr Gruß wurde nicht erwidert. Die Männer starrten sie an, das spürte sie genau, obwohl sie die Augen der beiden Rocker hinter den dunklen Gläsern nicht sehen konnte. Noch nie war ihr der Weg zu den Mülltonnen länger erschienen. Und es kam ihr fast wie ein Wunder vor, dass sie ihn zurücklegte, ohne zu stolpern, eine der Tüten fallen zu lassen oder sich am Deckel der Tonne die Finger zu klemmen.

Auf dem Rückweg richtete sie den Blick vor sich auf die Gehwegplatten, während ihr alles durch den Kopf ging, was sie über Rocker gehört hatte – Gewaltexzesse, Zwangsprostitution, Drogen-, Waffen- und Menschenhandel, Mord. Jetzt bloß nicht die beiden Kerle ansehen, bloß keine Provokation riskieren! Es kostete sie Überwindung, nicht zu laufen.

Erst im Treppenhaus wagte sie, ihr Tempo zu beschleunigen. Selten war sie eine Treppe schneller hinaufgerannt. Außer

Atem kam sie in ihrer Wohnung an und warf die Tür hinter sich zu. Geschafft.

Was hatten die beiden mit André zu tun? Und wieso hatten die Männer sie angestarrt? Wollten sie etwas von ihr? Wollten die etwa ... Die Tüte aus der Zuckerdose fiel ihr ein, die in der hintersten Ecke des Kleiderschranks lag, und ein eisiger Schauer rieselte über ihren Rücken. Georges war Motorrad gefahren. Wenn er ein Drogenkurier gewesen war und für die Rocker »gearbeitet« hatte? Wenn die beiden gekommen waren, um ihr Eigentum zurückzufordern? Was würden sie mit ihr anstellen, um es zurückzubekommen? Warum hatte sie das Zeug nicht einfach in den Müll geworfen!

In ihrer Fantasie jagten sich die Bilder. Sie gefesselt auf einem Stuhl, umringt von zwei Typen in schwarzem Leder, die wissen wollten, wo die Drogen versteckt waren. Sie zusammengekrümmt auf dem Boden liegend, mit gebrochener Nase und zertrümmertem Kiefer. Sie leichtbekleidet in einem schmuddeligen Zimmer, neben ihr ein schmerbäuchiger Mann, der sie für Geld begrapschen durfte, damit sie ihre Schulden bei den Wizards abarbeitete. O mein Gott!

Svenja stürzte zur Tür, schob den Riegel vor und drehte den Schlüssel um. Zwei muskulöse Kerle wie die beiden da unten würden sich von dem bisschen Holz und dünnem Stahl nicht aufhalten lassen, aber sie fühlte sich sicherer. Ein wenig.

Auf Zehenspitzen, als könnte man ihre Schritte bis in den Innenhof hören, schlich sie zum Fenster, zog den Vorhang mit einem Finger zur Seite und spähte hinaus.

Der Hof schien verlassen zu sein, und doch waren sie da. Bestimmt. Die Motorräder standen noch dort, Spiegel und Scheinwerfer reflektierten das Sonnenlicht. Sie sahen aus wie lauernde Bestien mit gebleckten Zähnen.

Oder kamen die beiden Rocker gerade die Treppe hoch,

um … Sie stemmte ein Knie auf die Fensterbank und reckte den Hals. Da! Da war eine schwarze Stiefelspitze! Sie wippte auf und ab. Dann verschwand sie, und kurz darauf kam einer der beiden in ihr Sichtfeld. Der Mann ging zu seinem Motorrad. André schlenderte über den Hof und verschwand unter der Tordurchfahrt. Wollte er etwa weggehen? Wollte er mit dem, was die Männer vorhatten, nichts zu tun haben? Dann tauchte auch der zweite Rocker auf. Sie setzten ihre Helme auf und schwangen sich auf ihre Maschinen. Das Dröhnen der startenden Motoren war unüberhörbar. Langsam rollten die Motorräder auf die Durchfahrt zu. Die Motoren heulten auf, als die Männer Gas gaben. Allmählich entfernten sich das Dröhnen und Blubbern.

André kam zurück, und Svenja atmete erleichtert auf. Die Rocker waren verschwunden. Sie setzte sich an den Tisch und leerte ein Glas Wasser in einem Zug. Eigentlich war sie eine dumme Gans. Wahrscheinlich hatten die beiden Männer nichts mit ihr und Georges zu tun. Sie war schon wie ihre Mutter – hysterisch und voller Vorurteile. Schäme dich!

Und trotzdem zuckte sie erschrocken zusammen, als es kurz darauf an der Tür klopfte.

»Madame? Sind Sie da?« Die männliche Stimme war ihr nicht bekannt. »Monsieur Longcourt schickt uns!«

Es klopfte erneut. Natürlich! Sie hatte das Antiquariat fast vergessen.

»Einen Moment!« Sie sprang auf und öffnete. »Bonjour!«

»Bonjour, Madame!«

Dass die beiden jungen Männer mit den zusammengefalteten Kartons unter den Armen im Auftrag des Antiquars hier waren, war unverkennbar. Beide schienen seine Söhne zu sein, sie hatten das gleiche feuerrote Haar und die gleichen großen Nasen. Sie hatte das Geschäft noch gestern Abend kurz vor Ladenschluss aufgesucht und mit Monsieur Longcourt verabredet, dass er jemanden vorbeischicken würde, um die Bücher abzuholen. Danach war sie zu Mustafa gegangen und hatte eine Suppe gegessen, diesmal allein.

Svenja zeigte auf die Bücherstapel auf dem Sessel und dem Boden vor dem Fenster. »Das sind die Bücher, um die es geht.«

»Gut, wir packen sie ein.« Die beiden entfalteten die Kartons, und Svenja sah zu, wie die Stapel schrumpften. »Mein Vater hat gesagt, dass Sie noch keinen Preis mit ihm vereinbart haben.«

»Nein. Ich denke, er soll sich die Bücher zuerst ansehen. Vielleicht kann er mich am Montag anrufen?«

»Hat er Ihre Nummer?«

Der erste Karton war gefüllt und wurde sorgfältig geschlossen.

»Nein. Ich schreibe sie Ihnen auf.«

Svenja hatte die ersten Ziffern geschrieben, als ihr Handy läutete.

»Entschuldigen Sie bitte«, sagte sie zu den beiden jungen Männern und nahm das Gespräch an. »Hallo?«

»Madame Lorentz? Yves Fabeau. Ich bin Mitarbeiter von La Maison. Wir haben uns vor ein paar Tagen vor dem Haus getroffen.«

»Oh, ja!« Svenja erinnerte sich an die Sonnenbräune, das glatte Modelgesicht und das Zahnpastalächeln. »Was kann ich …«

»Ich habe Ihnen einen Brief geschrieben. Ist der bei Ihnen angekommen?«

»Sollen wir diese Bücher auch mitnehmen?«, fragte der jüngere Rotschopf und zeigte auf den Stapel, der auf dem Bett lag.

»Nein«, sagte Svenja und schüttelte den Kopf.

»Der Brief hat Sie nicht erreicht? Das ist aber unglücklich. Sehr unglücklich!«

»Nein, nicht Sie, Monsieur Fabeau.« Svenja musste lachen. »Ich habe hier die Mitarbeiter eines Antiquariats, die die Bücher meines Onkels abholen. Der Brief. Meinen Sie das Kaufangebot?«

»Ja, genau das meine ich. Offenbar hat er Sie erreicht. Haben Sie schon darüber nachgedacht, Madame?«

»Wir würden jetzt gern gehen«, sagte der ältere der beiden Brüder. »Haben Sie die Nummer aufgeschrieben?«

»Einen Moment, Monsieur Fabeau, ich bin gleich wieder dran.« Sie kritzelte hastig ihre Handynummer auf den Zettel. Dann ging sie zur Tür, öffnete und ließ die beiden jungen Männer mit zwei vollgepackten Kartons hinaus.

»Mein Vater wird sich bei Ihnen melden, Madame. Salut!«

»Au revoir!«

Svenja schloss die Tür und nahm das Handy ans Ohr. Die Schritte der beiden klangen schwer auf den Treppenstufen. Ob sie, bepackt, wie sie waren, sicher unten ankamen? Vielleicht hätte sie ihnen helfen sollen? Dann fiel ihr ein, dass die Jungs bestimmt nicht zum ersten Mal Bücher bei einem Kunden abholten.

»Monsieur Fabeau? Ich bin wieder da.«

»Schön. Und haben Sie über meinen Vorschlag nachgedacht?«

Svenja blickte aus dem Fenster. Der dumpfe Druck in der Magengegend, der sich einstellte, sobald sie etwas ablehnen musste, breitete sich aus. Gern hätte sie dieses Gespräch vermieden. Was sollte sie sagen? Ja, gern. Vielleicht, ich denke noch darüber nach. Mal sehen. Lauter Floskeln, hinter denen sie sich gern versteckte, weil sie ein klares Nein nicht über Herz und Lippen brachte. Aber es ging nicht um einen

Kuchen für den Schulflohmarkt oder die Begleitung der Parallelklasse zum Zoo. Wenn sie hier nachgab, verlor sie mehr als ein bisschen Zeit. Wenn sie Fabeau jetzt nicht in die Schranken wies, kostete es sie ihre Wohnung. Die Kraft der Löwin – wo ist sie, wenn man sie braucht?

»Madame? Sind Sie noch da?«

»Ja.«

»Und? Wie sieht es aus?«

Svenja holte Luft. Los! Sei stark und sag's ihm.

»Ich möchte nicht verkaufen.«

Einen Augenblick war es am anderen Ende der Leitung still. »Sie schlagen dieses Angebot aus?« Er klang fassungslos.

»Ja, Monsieur. Ich mag die Wohnung. Ich möchte sie behalten.«

Wieder Schweigen. Dann lachte er. Es war ein seltsames, kühles und zugleich wissendes Lachen, das ihr Yves Fabeau nicht unbedingt sympathischer machte.

»Ich verstehe, Madame. Sie sind eine harte Verhandlungspartnerin. Offenbar brauchen Sie mehr Argumente. Fünfzigtausend.«

»Fünfzigtausend?«

»Was sagen Sie?«

»Nein.«

»Nun gut, sechzigtausend. Das ist mein letztes Wort. So großzügig bin ich auch nur, weil ich Sie mag, Madame.«

»Nein. Ich glaube, Sie haben mich nicht verstanden«, sagte Svenja und war stolz auf sich. Wann hatte sie das letzte Mal eine echte Grenze gezogen? Sie konnte sich nicht daran erinnern. »Ich will die Wohnung nicht verkaufen. Ich will sie behalten.«

»Vielleicht gestatten Sie sich noch Bedenkzeit, und ich rufe Sie Anfang der Woche an?«

»Das können Sie gern tun, aber ich bin sicher, dass ich bei meiner Entscheidung bleiben werde.«

»Wir werden sehen, Madame. Au revoir.«

Das Gespräch wurde unterbrochen, und Svenja legte das Handy auf den Tisch. Bei seinen letzten Worten war ihr eine Gänsehaut über den Rücken gelaufen. Sie hatte den Eindruck, dass diese Worte eine Warnung gewesen waren.

Sie öffnete das Fenster. Irgendwo fuhren Motorräder vorbei, laute, schwere Maschinen.

Waren die Rocker im Auftrag von Fabeau hier aufgetaucht? Konnte er sie zwingen, die Wohnung zu verkaufen?

Ich muss Valérie fragen, dachte sie und zog sich fröstelnd ihre Strickjacke über. Und vielleicht konnte diese ihr auch erklären, warum Fabeau und La Maison bereit waren, für ihre acht Quadratmeter sechzigtausend Euro zu zahlen. Sie kannte sich zwar mit den Pariser Immobilienpreisen nicht aus, doch über siebentausend Euro pro verwohnten Quadratmeter erschienen ihr deutlich überzogen. Und welche Firma zahlte schon freiwillig zu viel?

Sie nahm das Handy und rief Valéries Nummer auf. Ich glaube, ich brauche kompetenten Rat.

33

Das Café, in dem sie sich zwei Stunden später mit Valérie traf, war unspektakulär. Auf den Tischen aus dunklem Holz standen kleine weiße Vasen mit Kunstblumen, an den ockerfarbenen Wänden hingen große Schwarz-Weiß-Fotos von London und New York. Offenbar gab es sogar in dieser Stadt Orte, nach denen sich die Leute sehnten.

Sie bestellten beide einen Café au Lait bei einem mürrisch dreinblickenden jungen Mann. Svenja erzählte von Yves Fabeaus Anruf und schob Valérie den Brief über den Tisch.

Der Kellner stellte zwei große Schalen vor sie hin und ging. Svenja sah zu, wie die Anwältin zwei Tüten Zucker aufriss und in den Kaffee schüttete, während sie las.

»Das ist ja ein Ding! Diese Firma schreckt wirklich vor nichts zurück.« Valérie rührte energisch in ihrer Tasse. »Der Marktwert der Wohnung beträgt knapp dreißigtausend Euro. Allein dieses Angebot hier«, sie tippte auf das Schreiben, »liegt deutlich darüber. Und Fabeau hat es am Telefon nochmals erhöht?«

Svenja nickte. »Auf sechzigtausend.« Sie nahm ihre Schale in die Hand und schlürfte sich durch den köstlichen Milchschaum. »Dass ich verkaufe, steht natürlich nicht zur Debatte. Wie ich schon sagte, ich will die Wohnung behalten. Aber ich frage mich, was Fabeau davon hat, mir so viel Geld anzubieten. Ich mag zwar in der Regel naiv sein, aber an die Menschenfreundlichkeit und Großzügigkeit einer Immobilienfirma mag ich dann doch nicht glauben.«

Valérie schnaubte. »Richtig. Das gilt ganz besonders für La Maison. Die Firma würde die vertrockneten Blumen aus ihren Büros verscherbeln, wenn sich Käufer fänden. Nein, die sind ganz bestimmt keine Menschenfreunde.«

»Aber warum? Warum sind sie bereit, einen überzogenen Preis für … Bitte, missverstehen Sie mich nicht, ich liebe die Wohnung. Schon jetzt. Aber es sind ziemlich verbrauchte acht Quadratmeter. Ein kleines Zimmer ohne Küche, ohne Bad, mit Etagenklo und -dusche in einem Haus, das ebenfalls deutliche Mängel aufweist. Ich verstehe es einfach nicht. Sind irgendwelche Kunstwerke unter den Bodendielen versteckt?«

Valérie lachte. »Nein, aber das ganze Haus ist eine Goldgrube.«

»Wie bitte?«

Valérie trank einen Schluck und stellte ihre Schale ab.

»Ich muss ein bisschen ausholen, damit Sie es verstehen können. Das Haus gehörte ursprünglich Martine Dubois. Sie hat es Ende der Sechziger- oder Anfang der Siebzigerjahre gekauft. Im vorderen Gebäude hat sie ihre Bar, das Sans Regrets, und eine Zimmervermietung betrieben. Stundenweise. Sie verstehen?«

Svenja nickte. »Meine Mutter hat so was angedeutet.«

»Die Wohnungen im hinteren Teil des Hauses hat Madame ebenfalls vermietet. Ich weiß nicht, welche Beweggründe sie hatte. Möglicherweise dachte sie an Menschen, die in ähnlicher Lage waren wie sie – alleinerziehend, mittellos, ohne guten Job oder Ansehen. Und so kam es zu der Ansammlung von Existenzen, die dort heute noch für wahre Spottmieten wohnen. Martine hatte eine Tochter, der sie eine exzellente Schulbildung ermöglichte. Danielle Dubois hat Literaturwissenschaft an der Sorbonne studiert. Sie hat eine Nase für Talente, das Durchsetzungsvermögen ihrer Mutter und einen deutlich besseren Sinn fürs Geschäft. Mit ihrer Literaturagentur vertritt sie mittlerweile eine ganze Reihe der erfolgreichsten französischen Autoren und wohnt in der Nähe vom Bois de Boulogne in einer Eigentumswohnung. Vom Lebensstil ihrer Mutter hat sie sich schon früh distanziert. Es war klar, dass sie das Haus in der Rue Saint Vincent auf keinen Fall so weiterführen würde wie Martine. Und dann begann La Maison ein Auge auf das Objekt zu werfen. Die Immobilienpreise in der Gegend sind in den letzten Jahren drastisch gestiegen, noch mehr als in anderen Pariser Vierteln. Die Boheme hat das Quartier für sich entdeckt. Anwälte, Ärzte, Medienschaffende finden es mittlerweile chic, dort zu wohnen. Und da ist es natürlich lukrativ, das Gebäude zu sanieren und die Wohnungen in Luxusapartments umzuwandeln.«

»Das hat La Maison vor?«

Valérie nickte. »Martine war eine bodenständige Frau, sie hatte keine Illusionen. Sie wusste, dass Danielle das Haus sofort nach ihrem Tod verkaufen würde – an La Maison oder an irgendeine andere Immobilienfirma. Damit die Bewohner ihr Heim nicht verlieren, schmiedeten sie und Georges einen Plan.« Valérie trank ihre Schale leer und spielte mit dem Löffel. »Er hat die Wohnung, in der er bereits seit Anfang der Siebzigerjahre lebte, von Martine gekauft. Zwei oder drei Jahre später heirateten die beiden, die Wohnung blieb sein Eigentum. Er hat dort weiterhin gewohnt – tageweise. Sie sagten, dass jeder von ihnen trotz ihrer Ehe seine Eigenständigkeit bewahren wollte. Auf diese Weise haben sie verhindert, dass Danielles Anwälte eines Tages auf Vorsatz plädieren würden. Und da sie ohnehin ein eher unkonventionelles Paar waren, gab es keine Schwierigkeiten. Das französische Erbrecht begünstigt grundsätzlich die leibliche Familie des Erblassers. Allerdings steht dem Ehepartner zeitlebens das Nießbrauchrecht zu. Diesen

Umstand haben Georges und Martine ausgenutzt. Als Martine starb, durfte er die Einnahmen aus den vermieteten Wohnungen behalten, und Danielle hatte keinen Zugriff auf das Haus. Durch Georges' Tod hat sich die Situation geändert. Jetzt kann Danielle mit dem Haus machen, was sie will. Es gehört ihr. Bis auf die acht Quadratmeter unter dem Dach.«

Svenja dachte eine Weile nach.

»Aber wenn ich die Wohnung nicht verkaufe, nützt La Maison das Gebäude nichts, oder? Sie können es ja nicht umbauen, wenn ich da wohne.«

»Da wäre ich mir nicht sicher.« Valérie sah sie ernst an. »Diese Firma bringt es fertig, das Haus komplett zu entkernen, während Sie noch im Dachgeschoss leben. Baulärm und die mit solch umfangreichen Baumaßnahmen verbundenen Unannehmlichkeiten haben schon so manchen Mieter oder Eigentümer vertrieben.«

»Ah, ich verstehe«, sagte Svenja und dachte an den seltsamen Unterton in Fabeaus Stimme am Ende ihres Telefonats. »Wenn es nicht klappt, mir die Wohnung abzukaufen, werden sie versuchen, mich hinauszuekeln.«

»Genau, damit sie das ganze Haus endlich in Luxuswohnungen umwandeln können. Und bei den Summen, die La Maison an dem Objekt verdienen kann, sind sechzigtausend Euro schlicht Peanuts.«

»Meinen Sie, La Maison würde so weit gehen, mir Rocker auf den Hals zu hetzen?«

Valérie sah sie überrascht an. »Wie meinen Sie das?«

Svenja erzählte ihr von der Begegnung am Vormittag im Hof.

Valérie schüttelte lächelnd den Kopf. »Das waren Wizards?« Svenja nickte. »Da machen Sie sich keine Sorgen. Ich will nicht behaupten, dass die Burschen harmlos wären, ganz und gar nicht, aber gefährlich sind sie nur für Leute, die ihnen quer kommen.«

»Und wenn La Maison sie bezahlt, mir das Leben schwerzumachen?«

»Das würden sie nicht tun. Die Wizards sind keine Söldnertruppe, die sich kaufen lassen, und von La Maison schon gar nicht. Im Gegenteil. Viele von ihnen waren mit Georges und Martine befreundet. Die Wizards hatten links unten im Haus ihr Clubhaus und betrieben dort eine kleine Kneipe, das Wizards Cave. Es war eine Win-win-Situation. Martine hat die Rocker gewähren lassen, und sie haben Martine geholfen, wenn ihr die Konkurrenz mit Ärger gedroht hat oder Freier sich danebenbenommen haben. Allein durch ihre Präsenz. Nach Martines Tod wurde das Bordell geschlossen, und einige Zeit später haben die Wizards ihr Clubhaus aufgegeben. Aber Georges haben sie weiterhin besucht. Also vor denen brauchen Sie keine Angst zu haben.«

Svenja wusste nicht, ob sie erleichtert sein sollte. Waren das wirklich nur Freundschaftsbesuche gewesen? Oder hatte Georges mit den Rockern Drogengeschäfte abgewickelt? Einen Moment überlegte sie, ob sie Valérie von der Tüte erzählen sollte, dann entschied sie sich dagegen. Nicht hier, mitten in einem Café, wo jeder zuhören konnte. Am besten, sie suchte Valérie im Lauf der nächsten Woche in ihrer Kanzlei auf.

Svenja trank ihre Schale leer. Eine Weile schwiegen sie. Vor den Fenstern des Bistros ging eine junge Frau mit Kind vorbei. Die Kleine konnte offenbar noch nicht lange laufen. Sie tapste unbeholfen neben ihr her. In der winzigen Hand hielt sie die zerdrückten Überreste eines Backwerks, das möglicherweise mal ein Croissant gewesen war.

»Wenn ich es richtig verstehe«, sagte sie schließlich, »kann

La Maison also die Mieter aus dem Haus werfen, sobald Madame Dubois verkauft hat?«

»Nun, es gibt schon Mieterschutz, und wir würden selbstverständlich rechtlich dagegen vorgehen. Aber es gibt andere, subtile Methoden. Nicht einen Cent in die Instandhaltung der Wohnungen zu stecken ist eine davon. Und La Maison hat noch weitere Tricks auf Lager. Wenn Sie Pech haben, sitzen Sie in einem Jahr ganz allein in einem Geisterhaus und müssen Eimer aufstellen, weil es durchs Dach regnet.«

»Dann ist also der einzige sichere Weg, das Haus vor La Maison zu retten, Danielle Dubois das Haus abzukaufen?«

Valérie schüttelte den Kopf. »Ich glaube nicht, dass es gelingt, La Maison zu überbieten. Außerdem geht es Danielle nicht um das Geld, sondern ums Prinzip. Um es hart zu formulieren: Sie will die Vergangenheit ausradieren. Das ist wenigstens mein Eindruck nach unserem letzten Gespräch.«

»Also muss man diese Danielle davon überzeugen, dass die Bewohner es verdient haben, dass das Haus ihnen erhalten bleibt.«

Valérie sah sie an. »Das, meine Liebe, versuche ich bereits seit Langem, aber Danielle Dubois hat einen Schädel so dick wie eine hundertjährige Dorfeiche.«

Svenja runzelte die Stirn. »Ich werde darüber nachdenken. Vielleicht fällt mir etwas ein.«

34

Svenja stand auf einem Stuhl und räumte die Kartons vom Kleiderschrank herunter. Schleppend kam sie vorwärts, immer wieder schweiften ihre Gedanken ab. Sie schaute aus dem Fenster, sah zu, wie die Tauben aufflogen, sich setzten und ihr Gefieder putzten und die Schatten der Schornsteine länger wurden.

Das Gespräch mit Valérie ging ihr nicht aus dem Kopf. Sie wollte die Wohnung behalten. Sie wollte den Bewohnern das Haus erhalten. Aber wie sollte sie das anstellen? Noch dazu ohne ihre Unterstützung? Claire und Marc waren vermutlich die Einzigen, mit denen sie rechnen konnte. Aber was sollten die beiden machen? Sie brauchte Hilfe, Ideen, Unterstützung.

Wen sollte sie fragen? Den mürrischen André, der jedes Mal, wenn sie kam, das Garagentor zuklappte? Die al Fahdis, die zurück in ihre Wohnung huschten, sobald sie das Treppenhaus betrat? Den reservierten Monsieur Belinin? Oder Juliette, bei der sie nicht sicher war, ob sie nicht auf einer psychiatrischen Station besser aufgehoben wäre als hier im Haus?

Svenja stieg vom Stuhl und öffnete einen der verstaubten Kartons. Es waren Winterstiefel Größe 45. Noch was, um es zum Secondhandladen zu tragen.

Plötzlich fühlte sie sich müde und erschöpft. Ihr fiel ein, dass sie am Morgen schon wieder ihre Tablette vergessen hatte.

Dann kann das Medikament nicht wirken, schalt sie sich und holte es rasch nach. Das Wasser rann wohltuend ihre

Kehle hinunter. Kein Wunder bei dem Staub und der Wärme. Die Sonne brannte auf das Dach und heizte die acht Quadratmeter auf. Das geöffnete Fenster verschaffte da kaum Linderung. Sie ließ sich in den Ohrensessel sinken. Auf der Straße vor dem Tor fuhr ein Motorroller vorbei, sonst war es seltsam ruhig. Kein Radio plärrte, nirgendwo waren Schritte zu hören. Selbst das Scheppern von Töpfen hatte aufgehört, Juliettes Kanarienvogel war verstummt. Das ganze Haus war in mittäglicher Schläfrigkeit versunken. Nur das Flattern der Taubenflügel unterbrach gelegentlich die Stille. Ohne dass sie sich dagegen wehren konnte, fielen Svenja die Augen zu.

Als sie aufwachte, waren die Schatten der Schornsteine über das Dach gewandert, die Tauben hatten sich einen anderen Platz gesucht, und im Hof dudelte ein Radio. Sie reckte sich und gähnte. Ihr Schlafbedürfnis war zurzeit das eines Babys. Ob sich das noch ändern würde? Sie gab sich einen Ruck und stand auf. Ein Tee würde bestimmt helfen, wach zu werden.

Als sie das Wasser in den Wasserkessel laufen ließ, fiel ihr Blick auf den kleinen Koffer aus hellem Holz, der hinter der Tür stand. Die Boule-Kugeln. Sie dachte an das Foto vom tanzenden André. Hatte Claire nicht gesagt, dass nur Boule ihn von dem Oldtimer abhalten konnte? Und wenn sie ihm Georges' Kugeln schenkte, als Zeichen ihres guten Willens? Einen Versuch ist es wert, dachte sie. Schlimmstenfalls konnte er ihr den Koffer vor die Füße werfen.

Sonntag, 6. Juli

35

Claire stellte die letzte gespülte Tasse auf das Abtropfbrett und trocknete ihre Hände an der Schürze.

»François? Ich bringe den Müll runter«, rief sie in den Flur. Aus François' Zimmer kamen Stimmen, offenbar schaute er sich gerade einen Film im Fernsehen oder auf seinem Computer an. »Ich bin gleich wieder da.«

Sie zog die Wohnungstür hinter sich zu und stieg die Treppe hinunter. Der Junge machte ihr Sorgen. Er war schüchtern, menschenscheu. Freunde hatte er keine, geschweige denn eine Freundin. Der Gedanke an eine Schwiegertochter und Enkelkinder ließ sie unwillkürlich seufzen. Wie würde sie sich darüber freuen! Wenn die Familie zu Besuch käme, würde sie sich in der Küche mit der Schwiegertochter unterhalten und an sie ihre geheimen Koch- und Backrezepte weitergeben. Und mit den Kleinen würde sie in den Bois de Boulogne fahren oder an der Seine spazieren gehen. Aber wie sollte das gehen? François verließ kaum das Haus. Meist saß er in seinem Zimmer und sah fern oder spielte irgendwelche Computerspiele. Wie sollte er da eine Frau kennenlernen?

Claire stieß die Tür mit dem Ellbogen auf. Im Innenhof herrschte sonntäglich schläfriger Friede. Sogar die Radiomusik aus der Garage war leiser als sonst. Das Tor stand einen Spalt offen, und sie wollte vorbeigehen, als sie aus dem Augenwinkel etwas Seltsames sah. André hockte vor der Werkbank auf einem Stuhl, das Gesicht von der linken Hand bedeckt, die rechte krallte sich an seinem schmuddeligen Unterhemd fest. André Thibault war alles andere als ihr Freund. Zu oft ärgerte sie sich darüber, dass er seine Pflichten vernachlässigte und sich nicht ums Haus kümmerte, wie er sollte. Und erst vor ein paar Tagen hatte er zu ihr gesagt, sie solle ihre spitze Nase in ihre eigenen Angelegenheiten stecken. Ja, tatsächlich, das hatte er gesagt. Spitze Nase.

Sie wollte ihren Weg zu den Mülltonnen schon fortsetzen. Doch wenn es André nicht gut ging? Wenn er einen Herzinfarkt hatte wie Monsieur Georges? Hatte sich nicht auch Monsieur am Tag seines Todes so an die Brust gefasst, als sie miteinander gesprochen hatten?

Claire klopfte an das Holz und trat zögernd näher.

»Monsieur André?«

Er zuckte zusammen, blickte auf und fuhr sich rasch übers Gesicht.

»Bonjour«, sagte er mit einem heiseren Krächzen.

Sie öffnete das Tor weiter und trat in die Garage. »Stimmt etwas nicht?«

»Nein, nein.« Er zog aus seiner Hosentasche ein riesiges blau kariertes Stofftaschentuch und schneuzte sich geräuschvoll. Seine Augen waren rot gerändert, fast als hätte er geweint.

»Geht es Ihnen nicht gut?«

»Es ist alles in Ordnung«, sagte er barsch, schneuzte sich wieder und versenkte das Taschentuch in seiner Hosentasche. »Was willst du, Claire?«

»Ich wollte mich vergewissern, dass Sie hier nicht sitzen und einen Infarkt haben oder so und …«

»Ich habe keinen Infarkt. Mir geht es gut.«

»Bestimmt?«

»Soll ich tanzen, damit du mir glaubst?«

Einen Augenblick war Claire sprachlos. »Also, das ist doch …« Dann sah sie den aufgeklappten Holzkoffer, der auf der Werkbank stand. »Ist das nicht …«

»Das geht dich gar nichts an.« Die Metallverschlüsse klapperten, als André den Deckel wütend zuschlug. »Kümmere dich lieber um deinen François, da hast du genug zu tun.«

»Ich wollte doch nur …«

»Vergiss nicht, das Tor zu schließen, wenn du gehst.«

Claire drehte sich auf dem Absatz um und warf das Tor hinter sich zu. So eine Unverschämtheit! Als ob sie sich nicht um ihren Sohn kümmern würde. Was wusste André schon von ihr und ihrem Leben? Konnte er sich überhaupt vorstellen, wie schwer es manchmal war, allein und mit einem Sohn, der zwar schon über dreißig Jahre alt war, sich aber verhielt wie ein kleines Kind? Sie war so wütend, dass sie den Deckel der Mülltonne viel lauter zufallen ließ, als nötig gewesen wäre. Das Scheppern hallte von den Hauswänden wider.

Verärgert stieg sie die Treppe hoch. Was André sich herausnahm! Dabei hatte sie sofort erkannt, was da vor ihm auf der Werkbank gelegen hatte. Es war ein Pétanque-Set. Und zwar das von Monsieur Georges. Den Koffer mit dem Aufkleber dieser amerikanischen Motorradmarke darauf hatte sie oft genug zur Seite geräumt, um den Boden in Monsieurs Wohnung wischen zu können.

André und Monsieur Georges hatten regelmäßig zusammen gespielt. Ob André deshalb geweint hatte? Denn dass seine Augen gerötet waren, stand außer Zweifel. Und das kam bestimmt nicht von den Benzin- und Politurdämpfen in der Garage. Daran war er nämlich gewöhnt. Schließlich hielt er sich tagaus, tagein bei diesem Wagen auf, anstatt im Treppenhaus eine Glühbirne zu wechseln oder die Fenster zu putzen, was eigentlich seine Aufgabe gewesen wäre.

Vielleicht fehlte Monsieur diesem unrasierten, ungehobelten Kerl? Möglicherweise schlug da in der Brust unter dem ölbefleckten Unterhemd doch so ein Herz?

Aber woher hatte er die Kugeln? Von Madame Lorentz, beantwortete sich Claire die Frage selbst. Blieb zu hoffen, dass es auch nutzte. Vielleicht war André jetzt ja freundlicher, damit sie in der Wohnung blieb und sie nicht ebenfalls an diese Immobilienfirma verkaufte. Wenn der alte Holzkasten ihn schon zum Weinen brachte …

Plötzlich fühlte Claire sich leichter, und summend schloss sie die Tür.

36

Als Svenja am späten Nachmittag von einem ausgedehnten Spaziergang in die Rue Saint Vincent zurückkehrte, traf sie fast der Schlag. Vor dem Haus parkten etwa ein halbes Dutzend Motorräder. Auf dem Gehweg standen drei Männer, große, tätowierte Kerle, zwei von ihnen mit Glatze, die schwarze Lederwesten mit einem Totenkopf und dem Schriftzug »Wizards of Doom Paris« trugen.

Nur keinen Blickkontakt! Nichts tun, das man als Provokation auffassen könnte! Mit auf den Bürgersteig gerichtetem Blick ging sie an den Rockern vorbei. Ihr Gelächter verfolgte sie durch das offene Tor. Natürlich machten sie sich über sie lustig, da war sie sicher, obwohl sie nicht verstanden hatte, was sie sagten. Aber war es nicht besser, ausgelacht zu werden, als eine blutige Nase zu riskieren?

In der Tordurchfahrt standen weitere Motorräder, bösartige schwarze Dinger, zum Teil mit Totenköpfen auf den breiten Tanks. Svenja gab sich Mühe, keinem davon zu nahe zu kommen. Sie dachte an Valéries Worte: »Gefährlich sind sie nur für Leute, die ihnen quer kommen.« Aber sie hatte Valérie auch nichts von den Drogen in Georges' Zuckerdose erzählt. Wenn das Zeug tatsächlich den Wizards gehört hatte, konnte man das wohl als »quer kommen« verstehen.

Svenjas Puls pochte an ihrem Hals, ihr Gesicht brannte. Sie musste über den Innenhof, um das rettende Treppenhaus zu erreichen. Es waren nur ein paar Schritte. Allerdings führte ihr Weg sie an weiteren Rockern vorbei, die auf Klappstühlen saßen oder an die Hauswand gelehnt auf dem Boden hockten, zwei von ihnen sogar mitten auf den Stufen vor der Tür, als wollten sie verhindern, dass jemand ohne ihr Wissen ins Haus gelangte.

Mist! Ihr wurde übel. Was sollte sie jetzt tun? Um Hilfe rufen? Mach dich nicht lächerlich! Hier stehen und sitzen ein paar Männer herum, die sich unterhalten, Scherze machen, Bier trinken ... Und die unglücklicherweise die Abzeichen der Wizards trugen, einem Rockerclub, dem laut Zeitungsberichten jedes Verbrechen des Strafgesetzbuches zur Last gelegt werden konnte, inklusive Körperverletzung, Menschenhandel, Zwangsprostitution und Mord. Was machten diese Kerle mit jemandem, der ihnen Drogen schuldete? Zusammenschlagen? In der Seine ertränken?

Da entdeckte sie André. Wie gewohnt im Unterhemd, stand er vor seiner Garage und schob den Hosenträger auf die Schulter zurück. Konnte sie von ihm Hilfe erwarten? Immerhin hatte sie ihm heute Morgen Georges' Boule-Kugeln gegeben. Doch ehe sie ihm einen Wink geben konnte, hatte er sie entdeckt, stieß einen der Rocker mit dem Ellbogen an und deutete auf sie. Unwillkürlich wurde ihr kalt. Geh weiter, sagte sie sich, als hättest du nichts bemerkt.

Sie setzte ihren Weg fort, nestelte ihren Schlüsselbund aus der Tasche und suchte umständlich nach dem Wohnungsschlüssel.

Ablenkung. Sie musste sich ablenken von der Bedrohung, die jetzt in Jeans und Leder mit ruhigen Schritten direkt auf sie zuschlenderte.

»Bonjour!«

Sie hob den Kopf und sah in ein bärtiges, nicht mehr junges Gesicht – im Grunde sympathisch, mit warmen braunen

Augen und Lachfältchen. Ein netter, gut aussehender Mann mit Frau und Kindern, möglicherweise Enkeln. Dafür hätte sie ihn halten können, wenn da nicht die unübersehbaren Aufnäher auf seiner Lederweste gewesen wären, auf denen sie »V.-Pres.«, »Paris« und »Wizards of Doom« lesen konnte.

»André sagt, du bist die Nichte von Georges?«

Svenja schluckte. Was hatte André den Rockern noch erzählt? Dass sie die verdächtige Tüte gefunden haben musste?

»RiRi«, sagte der Mann und lächelte sie kaugummikauend an.

Ohne nachzudenken, ergriff Svenja die entgegengestreckte Hand, deren Druck fest und kurz ausfiel. Es brauchte eine Weile, bis sie begriff, dass RiRi offenbar sein Name war.

»Svenja«, erwiderte sie. In ihrem Mund war kaum Spucke. Dieser RiRi kam ihr bekannt vor. Irgendwo hatte sie ihn schon mal gesehen – seine Haltung, seine Tätowierungen … Aber was wollte er von ihr?

»Unser Beileid«, sagte er, und sein Gesicht wurde ernst. »War ein cooler Typ, dein Onkel. Wir sind oft zusammen gefahren.«

Gleich kommt es. Gleich fragt er, wo das Zeug ist, das Georges für sie verkauft hat. Ihr Herzschlag rauschte in den Ohren.

»Seit seinem Tod haben wir uns um sein Bike gekümmert«, fuhr RiRi fort. »Damit die Maschine hier nicht herumsteht. Jetzt dachten wir, du willst die Kiste vielleicht haben.«

Damit hatte sie nicht gerechnet. Es verschlug ihr die Sprache und brachte für einen Moment sogar das Karussell ihrer Gedanken zum Stillstand, nur damit es sich gleich darauf umso schneller drehte. Wollten die Rocker das Motorrad gegen die Drogen tauschen? Sollte das eine Erpressung werden?

RiRi ging auf eines der Motorräder zu, das aussah, als wäre es direkt dem Film *Easy Rider* entsprungen. Der blaue Lack schimmerte und glitzerte metallisch in der Sonne, der Chrom glänzte, der Lenker war lang, und der lederbespannte Sitz hinter dem Fahrer hatte eine hohe Lehne. Aus der Nähe waren deutlich die Gebrauchsspuren zu sehen – Kratzer im Chrom, Schrammen im Leder, eine Naht, die aufzuplatzen drohte. Er winkte sie näher heran.

»Das hier ist sie, Georges' Harley. Ein Digger, den er auf der Basis eines 77er Low Riders eigenhändig zusammengeschraubt hat. Aber …« RiRis Blick glitt abschätzend über sie hinweg.

Jetzt kommt es. Jetzt erklärt er mir die Bedingungen, unter denen ich das Motorrad bekommen kann. Was sage ich ihm? Behaltet es, ich pfeife auf das Ding. Und übrigens, eure Drogen liegen oben in Georges' Kleiderschrank. Ob das gut bei den Kerlen ankommen würde? Sie öffnete bereits den Mund, als RiRi weitersprach.

»Du fährst wohl nicht?«

Es dauerte, bis Svenja begriff, was er damit meinte. Hastig schüttelte sie den Kopf. »Nein. Ich habe keinen Motorradführerschein.«

»Willst du trotzdem mal eine Runde darauf drehen?«

Panik kam in ihr auf. »Aber ich …«

Er lachte und legte seine Hand auf die hintere Hälfte des Sitzes. »Hier, auf der Sissy natürlich! Na, wie wär's?« Er schwang sich auf den Sitz, stellte das Motorrad gerade und klappte den Seitenständer ein. »Komm schon. Eine kurze Runde. Aus Respekt vor Georges.«

Svenja schluckte. Sie hatte Angst, keine Frage. Nicht allein vor RiRi und den anderen Rockern, die um sie herumstanden, abwartend und feixend. Sie hatte auch Angst vor dem Motorrad selbst, das aus greifbarer Nähe noch größer, schneller und somit gefährlicher aussah. Nie, niemals würde sie sich auf diese Höllenmaschine setzen! Allerdings – würde sie diesen Typen ihre »Bitte« abschlagen können?

»Ich …« Sie suchte nach Ausreden. »Was ist mit einem Helm?«

Prompt wurde ihr einer in die Hand gedrückt, schwarz glänzend und rund wie eine Bowlingkugel mit einem Visier aus Plexiglas. Umständlich setzte sie das Ding auf, hatte Schwierigkeiten, den Kinnriemen zu schließen, und musste sich helfen lassen. Ihre Wangen glühten. Sie kam sich tollpatschig und ungelenk vor, als sie hinter RiRi auf das Motorrad stieg.

»Bist du schon mal mitgefahren?«, erkundigte er sich.

»Nein.«

»Holy fuck! Eine Jungfrau!« Alle im Hof brüllten vor Lachen. »Okay, hör zu. Rück näher an mich heran. Nur zu, ich beiße nicht. Wenigstens keine Frauen. Meistens jedenfalls.« Das Gelächter dröhnte in Svenjas Ohren. »Halte dich an mir fest. Und mach mir alles nach. Wenn wir in eine Kurve gehen, gehst du mit. Neige ich mich nach rechts oder links, tust du das auch. Alles klar?«

Svenja fuhr sich mit der Zunge über die trockenen Lippen und nickte. O Mann, worauf habe ich mich da eingelassen!

»Bereit?«

»Ja.« Oder auch nicht. Aber interessiert das hier jemanden?

Mit lautem Dröhnen und Blubbern startete der Motor, und gleichzeitig ging ein Beben durch das Motorrad. Alles vibrierte, die Pedale, auf denen ihre Füße standen, der Sitz unter ihr, die Rückenlehne. Die Vibrationen drangen in ihren Körper ein, setzten ihre Organe und die Knochen in Schwingungen.

Dann begann die Maschine zu rollen. Reflexartig klammerte sich Svenja an RiRi.

Jetzt ist es vorbei. Jetzt sterbe ich.

Die Rocker traten zur Seite, machten Platz für sie. Svenjas Herz schlug bis zum Hals, als sie das Ende der Tordurchfahrt erreicht hatten, RiRi nach rechts in die Straße einbog und Gas gab.

Irgendwann – etliche Straßen, ein kleines Stück Autobahn und viel Landstraße später – kehrten sie in die Rue Saint Vincent zurück.

Die Wizards begrüßten sie mit Johlen und Applaus. RiRi wartete, bis sie vom Sozius hinuntergeklettert war, dann schaltete er den Motor aus, klappte den Seitenständer aus und kippte das Motorrad zur Seite.

Svenja fummelte an dem Kinnriemen herum, um sich den Helm vom Kopf zu nehmen. Ihre Knie waren weich, sie glaubte die Vibrationen der Harley immer noch zu spüren – in den Füßen, im Hintern, in den Knochen. Ihr Gesicht glühte. Diesmal jedoch weder vor Scham noch Nervosität. Was sie eben erlebt hatte, war … war …

RiRi half ihr, die Schnalle am Helm zu öffnen.

»Na, was sagst du jetzt?«, fragte er.

»Können wir noch eine Runde drehen?«

Die Rocker lachten.

»Da ist wohl jemand auf den Geschmack gekommen!« RiRi neigte den Kopf und lächelte Svenja an. »Nachher. Wir wollen dir noch etwas zeigen.«

Ein Mann, dessen Arme und Hals so tätowiert waren, dass kaum ein Stück bloße Haut durchschimmerte, reichte ihr eine Flasche Bier. Ein anderer Wizard mit breitem Kreuz und Glatze hob seine Flasche.

»Auf das erste Mal«, sagte er mit breitem Grinsen. »Und auf Georges. Rest in peace.«

Svenja stand im Hof, umringt von Typen, die ihr noch vor einer Stunde den Angstschweiß auf die Stirn getrieben hatten, und trank einen Schluck kühles herbes Bier direkt aus der Flasche. Und für einen Moment fühlte es sich an, als wären diese Kerle ihre besten und ältesten Freunde.

37

Marc und Claudine lagen im Bett.

Ursprünglich hatten sie an die Seine gehen wollen, um in Montparnasse in einem kleinen, von Künstlern aller Couleur besuchten Bistro zu essen, das Claudine entdeckt hatte. Doch als er sie in der Tür hatte stehen sehen – nur mit einem hautengen dunkelgrünen Top und einem winzigen weißen Slip bekleidet –, hatten sie ihre Pläne spontan geändert.

»Hast du Hunger?« Claudine rekelte sich und stützte sich auf ihren Ellbogen. »Wollen wir Pizza bestellen?«

Er nickte träge und ließ seine Hand durch ihre roten Locken gleiten. Die Farbe hatte sich verändert, der Rotton war dunkler geworden. Es war nur eine Nuance, aber es fiel ihm auf. Heute rot, morgen blond und übermorgen schwarz. Wieso dachte er ausgerechnet jetzt an Valéries Worte?

»Pizza wäre fantastisch«, sagte er und versuchte, die Stimme seiner Schwester aus dem Kopf zu vertreiben.

Claudine setzte sich auf und angelte ihr Handy vom Nachttisch. Flink huschte ihr Daumen über das Display.

»Was möchtest du?«

»Eine Diavolo.«

»Normal oder groß?«

»Normal.«

Sie nickte. Marc hörte das Freizeichen, dann eine Frauenstimme. Claudine gab ihre Bestellung durch – die Pizza Diavolo für Marc und eine kleine Vegetaria für sich. »Und die

Vegetaria ohne Käse«, fügte sie hinzu und beendete das Gespräch.

Marc runzelte die Stirn. »Pizza ohne Käse? Wirklich?«

»Natürlich. Weißt du, wie viele Kalorien Pizzakäse hat? Ich muss auf meine Figur achten.«

»Das finde ich nicht.« Marc ließ seine Hand über ihre Hüfte und ihr Gesäß gleiten und küsste ihren Hals. »Du bist perfekt, so, wie du bist. Schmeckt das denn, Pizza ohne Käse?«

Claudine zuckte mit den Schultern. »Man gewöhnt sich an alles. Außerdem muss man Prioritäten setzen. Und dass die Leute, die wir durch deinen Produzenten kennenlernen werden, mich für eine interessante Neuentdeckung und nicht bloß für die dicke Köchin halten, steht auf meiner Liste ganz oben.« Sie beugte sich über ihn und gab ihm einen langen Kuss. »Ich muss mir was überziehen. Wenn der Pizzabote kommt, kann ich ihm wohl kaum so öffnen.«

Marc sah zu, wie sie mit leichten, schnellen Schritten ins Badezimmer eilte. Seine gute Laune war verflogen. Claudine war eine Traumfrau, keine Frage. Und trotzdem belügst du sie. Er biss sich auf die Lippe. Sein Gewissen regte sich, und das nicht zum ersten Mal. Immer wieder hatte er das Thema verdrängt, jetzt konnte er es nicht mehr leugnen. Es war an der Zeit, er musste ihr endlich von seiner Entscheidung und dem zerrissenen Vertrag erzählen.

Im Badezimmer rauschte die Klospülung.

Wenn die Pizza da ist, nahm er sich vor. Beim Essen sage ich ihr alles. Trotzdem war ihm nicht wohl. Er war nervös. So wie damals, als er Vater und Mutter beichten musste, dass er die Nacht vor seiner Aufnahmeprüfung für das Konservatorium nicht bei seinem Freund, sondern betrunken auf einer Polizeiwache verbracht hatte. Die Erinnerung an dieses Gespräch im Wohnzimmer – sein Vater stehend vor dem Kamin, seine

Mutter auf dem Sofa sitzend – beruhigte ihn. Seine Eltern hatten viel Verständnis gezeigt. Sie hatten begriffen, dass die klassische Musikausbildung nicht der richtige Weg für ihn war. Und Claudine würde seine Entscheidung jetzt auch akzeptieren. Bestimmt.

Wenige Minuten später klingelte es an der Tür. Marc hörte Claudines eilige Schritte auf dem Flur, die Stimme des Pizzaboten, der sich für das Trinkgeld bedankte. Dann kam sie ins Schlafzimmer, stieß die Tür hinter sich zu und kniete sich auf das Bett. Aus den Kartons stieg ihm der Duft von frisch gebackener Pizza in die Nase. Sie klappte den Deckel der kleineren Schachtel auf, nahm ein fade aussehendes Stück heraus und biss hinein.

»Ich habe jetzt riesigen Hunger«, sagte sie kauend und wischte sich einen Krümel aus dem Mundwinkel.

Marc starrte auf seine bereits in Stücke geschnittene Pizza. Sie sah köstlich aus, genauso, wie er es mochte – Tomaten, Knoblauch, reichlich Käse, goldbraun gebackener Teigrand, Salami, Oliven und Peperoni. Und doch war ihm der Appetit vergangen. Zaghaft griff er nach einem der Dreiecke.

»Ist was?« Claudine sah ihn fragend an. »Hast du keinen Hunger?«

»Doch, aber …«

»Raus mit der Sprache. Was ist los?«

Marc holte Luft. »Es geht um Tyron.«

Claudine legte ihr angebissenes Pizzastück in den Karton zurück und leckte sich einen Rest Tomatensauce von den Fingern.

»Okay, erzähl.«

»Ich war bei ihm …«

»Und? Was hat er gesagt? Will er dich unter Vertrag nehmen?«

Marc nickte, und im selben Augenblick reckte Claudine die Arme in die Höhe.

»Jaaaa! Ich wusste es. Ich habe es gewusst!« Sie umarmte ihn stürmisch, warf ihn dabei um, sodass er rücklings in die Kissen fiel, und bedeckte sein Gesicht mit Küssen. »O Marc, ich freue mich! Warum hast du das nicht gleich gesagt? Ich hätte dann doch keine Pizza, sondern Champagner und Kaviar bestellt.« Ihre Hand strich zärtlich durch sein Haar. »Mein Rockstar. Komm, das müssen wir feiern.« Sie wollte aufspringen und ihn am Handgelenk aus dem Bett ziehen, doch Marc hielt sie zurück.

»Warte!« Er schluckte. »Ich habe den Vertrag zerrissen.«

Claudine erstarrte. »Sag das bitte noch mal, ich glaube, ich habe mich verhört.«

»Ich habe den Vertrag zerrissen. Er schwimmt jetzt in vielen kleinen Fetzen die Seine hinunter.« Er versuchte zu lachen, doch es misslang.

»Warum zur Hölle hast du so was Schwachsinniges getan?«

»Claudine, wenn du die Bedingungen gehört und gelesen hättest, hättest du dasselbe getan.«

»Ganz bestimmt.« Sie schnaubte verächtlich. »Was hat Tyron denn Unmögliches von dir verlangt?«

»Ich sollte mich tätowieren lassen und mir eine Lügengeschichte über meine Eltern und meine Kindheit ausdenken.«

»Und was zum Henker wäre so schlimm daran?«

Marc blinzelte. »Das fragst du nicht im Ernst!«

»Doch, das frage ich dich. Im Ernst.« Sie verschränkte die Arme vor der Brust. »Was ist dabei, sich tätowieren zu lassen, wenn man dafür in ausverkauften Stadien spielen kann? Wenn du Angst vor Nadeln hast, lass dir eine Narkose verpassen, Herrgott noch mal. Weißt du, was du bist? Du bist ein arrogantes und egoistisches Arschloch. Jawohl. Da draußen laufen Hunderte, was sage ich, Tausende von Musikern herum, die sich für einen Vertrag bei Tyron das Gesicht tätowieren lassen würden. Aber nein, du hast das natürlich nicht nötig. Glaubst du, da wartet etwas Besseres auf dich? Tyron ist der erfolgreichste Musikproduzent in diesem Land. Und du zerreißt den Vertrag!«

»Ich will mich nicht verbiegen lassen, Claudine. Nicht für Tyron, nicht für ausverkaufte Stadien und nicht für einen Haufen verkaufter CDs. Außerdem wäre es ein Vorvertrag über eine Single gewesen. Okay, mit Option auf Studioalben und Tourneen, aber nur, wenn diese Single in die Top Ten kommt. Und dafür lohnt es sich nicht! Ich will morgens beim Rasieren zufrieden sein mit dem, was ich im Spiegel sehe.«

»Mir kommen gleich die Tränen! Leg endlich Eimer und Schaufel beiseite, und steig aus der Sandkiste. Das wird mit der Zeit lächerlich.«

»Lächerlich? Was ist lächerlich daran, sich selbst treu zu bleiben?«

»Was daran lächerlich ist? Glaubst du, auf die Art macht man im Musik-Business Karriere? Du bist so ein Idiot!« Sie schüttelte den Kopf. »Von allen begabten Straßenmusikern dieser Stadt muss ich ausgerechnet an einen Kindskopf mit Heiligenschein geraten. Hätte ich das gewusst …«

Marc spürte, wie sich seine Nackenhaare aufstellten.

»Was willst du damit sagen?«

»Na, was wohl? Hast du auch an mich gedacht, als du Tyrons Vertrag zerrissen hast? Ich will Karriere machen, Marc! Das wäre meine Chance gewesen, einflussreiche Leute kennenzulernen. Leute, die mir Filmrollen verschaffen können. Aber nein, der heilige Marc hat moralische Bedenken, weil er sich ein Tattoo stechen lassen soll. Hat sie dich dazu überredet? Deine neue Nachbarin?«

»Svenja? Jetzt spinnst du völlig.«

»So, ich spinne also. Dann verrate mir mal, wie man das nennt, was du getan hast. O mein Gott, wie konnte ich so blöd sein und auf dich hereinfallen.« Claudine bedeckte die Augen mit der Hand. »Verschwinde, und lass dich hier nie wieder blicken!«

»Verstehe ich das richtig? Du bist mit mir zusammen, weil du glaubtest, dass ich Karriere machen könnte?«

»Glaubst du im Ernst, ich finde diesen Rock-'n'-Roll-Scheiß toll? Jeans, T-Shirts mit blöden Sprüchen und Pailletten darauf, diese ewig verrauchten Clubs und die nach Nikotin und Bier stinkenden Biker? Ich stehe auf Chanel, auf Jazz, aber was ist dabei, sich für eine gewisse Zeit umzustellen, um sein Ziel zu erreichen? Jeder sieht zu, wo er bleibt. Und der Sex war ja nicht schlecht.« Ein verächtliches Lächeln kräuselte ihre Lippen. »Allerdings so umwerfend auch wieder nicht.«

»Du widerst mich an.«

»Da haben wir ja was gemeinsam. Und jetzt hau ab!«

»Keine Sorge.« Marc suchte seine verstreute Kleidung zusammen. Hastig zog er sich die Hose an, in die Schuhe stieg er barfuß. Die Socken stopfte er sich in die Tasche, das T-Shirt zog er sich im Gehen über. Keine Sekunde länger als nötig wollte er mit dieser Frau in derselben Wohnung bleiben. »Ich hoffe, wir sehen uns nie wieder.«

»Ebenso.«

Marc stürmte ins Treppenhaus, lautstark fiel die Tür hinter ihm ins Schloss. Er rannte hinaus und die Straße entlang, an der Metro-Station vorbei. Er brauchte jetzt Luft um sich und Bewegung.

Irgendwann, kurz vor der Rue Saint Vincent, verlangsamte er sein Tempo. Es war mittlerweile dunkel geworden, die Laternen tauchten die Straße in ein gelbliches Licht. Er war außer Atem, der Schweiß lief ihm an den Schläfen hinab, sein

T-Shirt klebte an seinem Körper. Alles wegen dieser … Ihm fiel kein passendes Wort ein, das seinen Zorn, seinen Abscheu, seinen Widerwillen und seine Enttäuschung gegenüber dieser Frau hätte ausdrücken können. Aber das war vorbei, Episode Claudine war abgeschlossen.

Vor dem Tor fingerte er den Schlüssel aus der Hosentasche. Er brauchte drei Ansätze, bevor er das Schloss traf und sich das Tor endlich öffnete. Die Lampe an der Decke der Tordurchfahrt verweigerte ihren Dienst. Und mitten in der Dunkelheit kam ihm blitzartig eine Erkenntnis: Valérie hatte recht gehabt.

38

Svenja lag auf dem Bett, die Hände hinter dem Nacken verschränkt, und sah an die Decke. Einerseits war sie müde, andererseits war ihr Geist hellwach. Etwas wollte ihr schier den Brustkorb sprengen, was sie lange nicht mehr empfunden hatte – Leben. Und eine ungeahnte Kraft.

Mit gleichmäßigen Schlägen pumpte ihr Herz das Blut durch ihren Körper, tiefe, ruhige Atemzüge versorgten sie mit Sauerstoff. Mehr brauchte sie nicht.

Höchstens …

Unbeschreiblich! Einfach unbeschreiblich!

… ein Motorrad.

Das Gefühl beim Fahren – der Wind im Gesicht, die Gerüche der Umgebung in der Nase, die Geräusche der Autos und der Maschine ungedämpft, das glatte Leder von RiRis Jacke unter den Fingerspitzen, die Vibrationen des Motors. Da war Bewegung und Neugier. Die Freiheit, alles hinter sich zu lassen und Neues zu entdecken. Da war aber auch Ruhe. Ganz bei sich sein und gleichzeitig eins sein mit allem. Abschalten. Sie hatte an nichts mehr gedacht – nicht an ihre Familie in Hamburg, ihre Schüler, ihr Burn-out. Nicht an die Tüten voller ausrangierter Dinge, die allmählich die acht Quadratmeter ausfüllten, und nicht einmal an die verdächtige Tüte im Kleiderschrank. Und trotzdem war sie hellwach gewesen, hatte jedes Detail um sich herum wahrgenommen. Selbst jetzt um kurz vor Mitternacht konnte sie die Einzelheiten ihrer Fahrt rekapitulieren – die Risse im Asphalt, einen abgebrochenen Ast am Straßenrand, eine flatternde Plane auf einem Lkw aus Belgien, einen Mann, der ihnen an einer Ampel hinterhersah, die Blicke der Autofahrer. Dann später das Fahren mit allen Wizards zusammen, neben- und hintereinander aufgereiht wie Perlen an einer doppelreihigen Kette. Sie hatte gefragt, ob sie die Bikes fotografieren dürfe, und RiRi hatte ihr erzählt, dass Georges das oft getan hatte. Da war ihr eingefallen, wo sie RiRi schon mal gesehen hatte: Er war der Mann auf den Fotos. Sie hatte ihm die Fotos gegeben, und er hatte von seiner Arbeit erzählt. Später waren sie dann zu einem kleinen, etwas heruntergekommenen Landgut gefahren, eine halbe Stunde entfernt. Was sie dort in der Scheune gesehen hatte – Gemälde, Zeichnungen und Skulpturen – hatte sie beeindruckt. Erst gegen zehn Uhr hatte RiRi sie auf Georges' Harley zurück in die Rue Saint Vincent gefahren. Und erneut war der Eindruck anders gewesen. Die Felder rochen feuchter, intensiver. Die Lichter der entgegenkommenden Fahrzeuge spiegelten sich auf Lack und Chrom. Selbst die Geräusche – Autos, Lkws, die Schiffe, die beleuchtet und vom Akkordeon begleitet Touristen auf der abendlichen Seine herumfuhren – klangen abendlich entspannt und lebhaft. Der Fahrtwind in ihrem Gesicht war kühl und erfrischend.

Nie hatte Svenja intensiver ihre Sinne erlebt.

Das alles war …

Unbeschreiblich. Einfach unbeschreiblich!

Und es hielt an. Dieses Gefühl war genauso präsent, als würde sie in diesem Moment hinter RiRi auf dem Motorrad sitzen, als hielten die Vibrationen des Motors immer noch jede Zelle ihres Körpers in Bewegung.

Jetzt wusste sie, wie Georges es ausgehalten hatte, auf acht Quadratmetern zu leben. Weshalb er so eine eindrucksvolle und schwer zu fassende Persönlichkeit gewesen war. Sein Geheimnis hatte sich ihr enthüllt. Und es hatte ihr gleichzeitig eine andere Tür aufgestoßen. Jahre, vielleicht sogar Jahrzehnte hatte sie danach gesucht. Jetzt hatte sie es gefunden. Sie war zu Hause angekommen, bei sich. Eine Fahrt auf Georges' Harley hatte ausgereicht, um ihre Sicht der Welt zu verändern.

Svenja lächelte die Decke an. Das möchte ich öfter haben, dachte sie. Am liebsten jeden Tag.

Montag, 7. Juli

39

Seltsamerweise hatte Marc gut geschlafen, erstaunlich gut. Bisher hatten Trennungen ihn stets in eine tiefe Krise gestürzt. Er hatte sich gefühlt, als hätte man ihn wund und zerschlagen irgendwo am Straßenrand zurückgelassen – traurig, verzweifelt, enttäuscht, einsam und mit gebrochenem Herzen. Tagelang zog er sich dann zurück, sperrte die Welt aus, schaltete sein Handy ab. Stundenlang saß er auf dem Bett oder im offenen Fenster, rauchte, trank Bier oder Rotwein, spielte ziellos Akkorde und Tonfolgen auf seiner Gitarre. Irgendwann war es so weit. Aus den aneinandergereihten Tönen schälten sich Melodie und Rhythmus heraus, Worte tauchten auf, und ein neuer Song war geboren. Sobald dieser Song fertig war, war der Schmerz zwar nicht vergessen, jedoch abgeklungen, und er nahm wieder am Leben teil. Musik im Allgemeinen und Blues im Besonderen waren ein geniales Heilmittel.

Diesmal war es anders. Als er nach Hause gekommen war, hatte er bei einer Zigarette eine Flasche Bier getrunken. Danach war seine Wut auf Claudine verraucht, und erleichtert hatte er sich ins Bett gelegt. Warum? Diese Frage konnte er nicht beantworten. Aber es fühlte sich an, als ob er etwas Unangenehmes wie einen Zahnarztbesuch oder einen Behördengang endlich hinter sich gebracht hätte.

Er warf einen Blick in den Spiegel. Seine Augen schauten ihm müde entgegen, er war blasser als sonst. Und in der

Magengegend war ihm seltsam flau, was sich nicht allein wie Hunger anfühlte.

Doch nicht alles in Ordnung? Du trauerst ihr nach? Die Frage an sein Spiegelbild quittierte er mit einem schiefen Grinsen. Da bin ich aber beruhigt. Bist also doch kein eiskalter, herzloser Schuft.

Marc verließ seine Wohnung und klopfte an die Nachbartür. Es war kurz nach neun. Svenja hatte ihn am Samstag gefragt, ob er ihr beim Auseinanderbauen der Möbel helfen könne, und er hatte es ihr versprochen.

Versprechen muss man halten, dachte er. Aber es fühlte sich nicht wie eine lästige Pflicht an. Im Gegenteil, er freute sich darauf. Weniger auf das Hantieren mit Schraubenzieher, Hammer und Zange, das war eigentlich nicht seine Welt. Nein, er freute sich auf Svenja. Er freute sich darauf, mit ihr zu reden. Die Erkenntnis überraschte ihn.

Svenja öffnete mit einem Lächeln. »Bonjour, Marc!«

»Bonjour!« Er trat ein. Der seit Jahren vertraute Geruch von Tabak, Rasierwasser und Leder wurde überlagert von einer neuen Duftmischung. Im Zimmer roch es nach Bäckerei, Lavendelseife und Maiglöckchen. Und nach Svenja.

Eine weitere Erkenntnis traf ihn. Claudine hatte ständig wechselnde Parfums benutzt – orientalisch schwer, blumig verspielt oder klar und frisch, je nachdem, was sie vorhatten. Aber sie hatte keinen eigenen Geruch. Wenigstens keinen, an den er sich erinnerte. Er lächelte, als ihm ein passendes Wort einfiel – Geruchs-Chamäleon.

»Hast du gut geschlafen?«, fragte er.

»Ja, danke. Und selbst?«

Marc nickte und rieb sich den Arm. Plötzlich kam er sich vor wie ein Teenager, der zum ersten Mal bei einem Mädchen zu Besuch war. War das nicht lächerlich?

»Ich habe eben frische Croissants geholt. Hast du schon gefrühstückt?«

Er schüttelte den Kopf. Was war das nur? Svenja stand vor ihm in verwaschenen Jeans und einem nicht mehr neuen T-Shirt, ungeschminkt, die Haare mit einem schwarzen Gummi zu einem Pferdeschwanz gebunden. Und trotzdem …

»Tut mir leid, Kaffee kann ich dir leider nicht anbieten. Ist Tee für dich auch okay?«

Wieder nickte Marc. Eigentlich mochte er keinen Tee, aber irgendwie war es ihm gerade völlig egal.

»Setz dich.« Sie deutete auf einen der beiden Stühle und stellte Teller auf den Tisch. Dann hockte sie sich vor den Kühlschrank, um Butter, Marmelade, Frischkäse und Wurst herauszuholen.

»Hattest du ein schönes Wochenende?« Du redest wie dein Großvater, schalt er sich selbst. Wenigstens hatte er endlich seine Sprache wiedergefunden.

Sie lächelte und zuckte mit den Schultern. »Recht gemütlich, so kann man es wohl am besten beschreiben. Ich habe lange geschlafen, bin an der Seine auf Fotosafari gegangen, habe mir Falafel in der Rue de Rosier gekauft und viel gelesen. Georges hat mir eine ganze Reihe interessanter Bücher hinterlassen. Und gestern Nachmittag hat mich einer von den Wizards abgeholt, und wir sind auf Georges' Harley ein bisschen herumgefahren.«

Marc lachte. »Eine Fahrt mit den Wizards ist gemütlich?«

»Ja, das heißt, nein. Eigentlich ist es schwer zu beschreiben. Anfangs hatte ich Angst, das muss ich zugeben. Aber es war toll. Und später sind wir noch mal los. Ich weiß nicht, wieso, aber ich glaube, ich bin süchtig danach, nach dem Motorradfahren, meine ich. Wir sind abends auf der Landstraße zu einem Gut etwas außerhalb von Paris gefahren.« Sie drehte sich zu ihm um. »Wusstest du, dass RiRi ein Künstler ist? Er hat mir ein paar seiner Gemälde und Skulpturen gezeigt. Beeindruckend.«

»Nein, das wusste ich nicht. Doch ich habe mit den Wizards bisher auch wenig zu tun gehabt. Ein paarmal habe ich auf Partys bei denen gespielt. Aber es war Georges, der mir diese Gigs verschafft hat. Er war mit ihnen unterwegs.«

»RiRi hat sogar eine Ausstellung, die Georges mitorganisiert hat. In zwei Wochen ist Vernissage, und das wird gefeiert – mit Grillen und Livemusik. Wenn du Lust hast …«

»Na klar, gern!«

Mit einem Lächeln warf sie die Teebeutel in den Mülleimer.

»Und wie war dein Wochenende?«

Er reichte Svenja seine Tasse, und sie goss den nach Bergamotte duftenden Tee hinein.

»Ich habe mich gestern von meiner Freundin getrennt.« Die Worte waren ihm herausgerutscht, bevor er darüber nachgedacht hatte.

Svenja zuckte zusammen, Tee spritzte auf den Tisch. Erschrocken sah sie ihn an. »Ach du Sch… Schande!« Sie stellte die Kanne ab und setzte sich. »Das tut mir leid.«

Blödmann. Was sollte das denn? Willst du ihr die Laune verderben? Er zuckte mit den Schultern. »Ach, das ist nicht …«

»Hör mal, Marc, wenn du lieber allein sein willst, ist das überhaupt kein Problem. Ich verstehe das. Wir können die Möbel an einem anderen Tag auseinanderschrauben, die laufen nicht weg.«

»Nein, das ist schon okay.« Tatsächlich meinte er es so. Plötzlich wurde ihm auch klar, was dieses flaue Gefühl in seinem Bauch zu bedeuten hatte. Er trauerte nicht Claudine nach, wenigstens nicht als Frau. Er fühlte sich schmählich hintergangen und betrogen. Dieses Biest hatte ihm Hörner aufgesetzt. Und sie hatte ihn einen Kindskopf genannt. Daran hatte er zu knabbern. »Ich bin sogar eher froh, dass es vorbei ist.« Selbst in seinen Ohren klangen die Worte trotzig.

»Wirklich?« Svenja klemmte sich eine Strähne hinter das Ohr und sah ihn skeptisch an. »Ihr beide saht irgendwie aus wie das perfekte Paar.«

»Nach außen mag das stimmen. Und bis vor Kurzem habe ich das auch gedacht. Doch gestern musste ich feststellen, dass nichts an unserer Beziehung echt war, gar nichts.« Er schnalzte mit der Zunge. »Tja, sie hat mich ganz schön auf die Rolle genommen. Und ich war so blöd, es mit mir machen zu lassen.«

»Das tut mir leid.« Sie streckte ihre Hand über den Tisch und drückte seine. »Wenn du reden willst …«

Ihre Hand war schmal und fühlte sich gut an – warm, weich und doch kräftig. Marc ertappte sich bei dem Wunsch, diese Hand noch etwas länger zu halten. Hast du sie noch alle beisammen? Erst gestern hast du dich von der einen Frau getrennt, und heute gräbst du schon die nächste an!

»Nein, ist okay. Ich will dich damit gar nicht belästigen.« Er räusperte sich und suchte nach einem anderen Gesprächsthema. »Erzähl mir lieber von RiRis Kunst.«

Svenja zog ihre Hand zurück und hielt ihm die Tüte mit den duftenden Croissants hin.

Während sie aßen, erzählte sie von Acryl-Gemälden, auf denen Motorräder und Rocker zu sehen waren, und von aus Motorradteilen zusammengeschweißten Skulpturen. Dabei konnte Marc kaum die Augen von ihr abwenden. Die Frau vor ihm strahlte eine Wärme und Lebendigkeit aus, dass die Luft um sie herum zu leuchten schien.

»Sag mal, fährst du eigentlich selbst Motorrad?«, fragte er nach einer Weile.

Sie lachte. »Nein. Warum?«

»Du erzählst so begeistert von den Motorrädern, dem Fahren und dem Ganzen drum herum, dass ich mich gefragt habe …«

Svenja schüttelte den Kopf. »Wenn ich ehrlich bin, habe ich bis gestern nicht einmal auf dem Sozius gesessen.« Sie runzelte die Stirn. »Aber wenn ich so darüber nachdenke, hinterhergeschaut habe ich den Bikes schon immer. Keine Ahnung, warum. An meinen Eltern liegt es bestimmt nicht.« Sie lachte und drehte die Tasse in ihren Händen. »Trotzdem fühlt es sich an, als wäre ich genau dort zu Hause. Ist das nicht komisch?«

»Na ja, wie man's nimmt. Du bist eben die Nichte deines Onkels.«

Nachdenklich sah sie ihn an. Schließlich nickte sie. »Ja, das könnte es sein.«

Als sie mit dem Frühstück fertig waren, räumten sie die Lebensmittel in den Kühlschrank und das Geschirr ins Waschbecken. Dann stemmte Svenja die Hände in die Hüften und deutete auf ein paar Tüten, die mit Kleidung und anderem Zeug vollgestopft waren.

»Ich glaube, wir sollten zuerst das ganze Zeug hier rausschaffen und ins Treppenhaus stellen, oder? Dann haben wir mehr Platz.«

»Klingt vernünftig. Willst du einen Teil der Möbel behalten?«

»Die Matratze und den Kühlschrank brauche ich vorerst noch. Und beim Sessel bin ich mir noch nicht sicher. Vielleicht kann man ihn neu polstern lassen. Der Rest kann weg.«

Sie trugen die Tüten in den Flur und stellten sie an das Geländer, dann schoben sie gemeinsam den schweren, klobigen Sessel in eine Ecke, schleppten die Matratze hinaus und lehnten sie gegen die Wand.

Sie schwitzten, schufteten, lachten und schraubten Schränke und Regale auseinander. Schließlich war das Zimmer bis auf den Kühlschrank und das Waschbecken leer.

Svenja öffnete eine Flasche Rotwein, schenkte zwei Wassergläser voll und reichte eines Marc.

»Tut mir leid, ich habe noch keine anderen Gläser. Ich hoffe, die tun es auch.«

»Klar.«

»Danke für die Hilfe«, sagte sie und stieß mit ihrem Glas leicht gegen seins.

»Kein Problem. Dafür sind Nachbarn da.«

Nachbarn – das Wort hallte in seinem Kopf nach.

Sie lehnten nebeneinander am Fensterbrett und betrachteten das leere Zimmer. An den Wänden und auf den Bodendielen konnte man anhand der Umrisse erkennen, wo die Möbel gestanden hatten – das Bett, das Regal mit der Stereoanlage, der Kleiderschrank.

Marc erinnerte sich daran, wie oft er an Georges' Tür geklopft hatte. Sie hatten gemeinsam Wein getrunken, auf seinem Bett gesessen, geraucht. Marc hatte dem deutlich älteren Mann seine neuen Songs vorgespielt und ihn um seine Meinung gebeten. Georges war ehrlich gewesen, auch wenn ihm das nicht immer gefallen hatte. Gelegentlich hatte er ihm sogar mit einer Textzeile ausgeholfen. Er war ein Mann, der am Tag seines Todes noch um Jahrzehnte jünger, neugieriger und lebendiger gewesen war als die meisten Menschen mit zwanzig. Georges war ein Freund. Das war jetzt vorbei.

Marc spürte ein seltsames Kratzen in der Kehle, das sich auch mit einem Schluck Rotwein kaum besserte. Svenja würde den Raum verändern, etwas Neues daraus machen. Er warf ihr einen kurzen Blick zu. Auch sie sah gedankenverloren die Wände an, während sie an ihrem Wein nippte.

»Manchmal habe ich ein schlechtes Gewissen, dass ich so wenig von ihm behalte«, sagte sie leise. »Seine Bücher zum Beispiel oder das Geschirr. Ganz schlimm ist es mit der Kleidung. Ich habe den Eindruck, dass sie noch nach ihm riecht. Meinst du, er würde es mir übelnehmen, dass ich die Möbel und alles andere ausrangieren will?« Ihre Augen waren auf ihn gerichtet, ihr Gesicht war ernst.

Marc schüttelte den Kopf. »Nein. Für Georges waren Menschen wichtiger als Dinge. Im Gegenteil, er würde sich freuen, dass du etwas aus der Wohnung machen willst. Etwas, das dir gefällt.«

»Du meinst, ich soll mein Leben leben, und niemand sonst?« Er nickte. »Danke, dass du das sagst.«

Sie nippte wieder an ihrem Wein, und Marc betrachtete sie nachdenklich. Sie war hübsch. Nicht so atemberaubend wie Claudine, sondern auf eine warme, lebendige Art, die aus dem Inneren strahlte. Plötzlich konnte er sich vorstellen, wie Svenja in zehn oder zwanzig Jahren aussehen würde – mit den ersten grauen Haaren und Lachfältchen um die Augen, die sie weder übertönen noch überschminken oder wegoperieren lassen würde. Sie würde schön sein. Und von Tag zu Tag schöner werden. Plötzlich hatte er große Lust, sie zu küssen. Stopp! Er erschrak vor sich selbst. Er hatte sich doch erst von der einen Frau getrennt. Sollte er nicht aus Respekt und Pietät ein paar Tage ins Land gehen lassen, bevor er daran dachte, die nächste Frau zu küssen?

Warum hatte er sich eigentlich in Claudine verliebt? Wegen ihrer tollen Figur? War er tatsächlich in Claudine verliebt gewesen, oder hatte er nur mit ihr angeben wollen? Ein Mann sein, den andere Männer um die Frau an seiner Seite beneideten – war es das, was er gewollt hatte? So wie Claudine ihn als Trittleiter für ihre eigene Karriere hatte benutzen wollen?

Was war ihm an einer Frau wichtig? Das Aussehen? War er blind gewesen? Und naiv? Oder … oder war er lediglich oberflächlich? War er ein kleiner Junge, der das größte und coolste Auto im Sandkasten haben wollte?

Vielleicht haben sie recht – Valérie, Claudine … Du solltest endlich erwachsen werden.

Marc nahm einen großen Schluck Wein.

Wahrheit schmeckt unter Umständen bitter. Und daran konnte auch der Wein nichts ändern.

40

»Vielen Dank für deine Hilfe, Marc«, sagte Svenja und strich sich das Haar aus der Stirn.

Sie fühlte sich staubig und verschwitzt und sehnte sich nach einer Dusche. Aber sie war zufrieden. Ihre Wohnung war jetzt abgesehen vom Kühlschrank und der Matratze auf dem Boden leer, ihre beiden Koffer lagen neben dem Kopf- und am Fußende und würden die nächsten Tage als Kleiderschrank, Tisch und Ablagefläche dienen müssen. Leer geräumt und sauber gefegt wirkten die acht Quadratmeter erstaunlich groß.

»Gern geschehen«, sagte er und neigte seinen Kopf. »Wenn du Hilfe beim Streichen brauchst …«

»Oh, darauf komme ich gern zurück!« Sie lachte, als sie sich vorstellte, wie sie mit einer zum Hut gefalteten Zeitung auf dem Kopf die Decke streichen würde. »Aber ich glaube, das wird ein, zwei Tage dauern. Ich habe mich noch für keine Farbe entschieden.«

»Okay.« Marc nickte. »Du weißt ja, wo ich wohne.«

Sie standen nahe beieinander, weniger als eine Armlänge Luft zwischen sich. Und diese Luft schien warm zu werden, warm wie ein Sommertag am Strand. Marc sah sie an. Ein Lächeln hing an seinem Mundwinkel. Stundenlang hätte sie in seine braunen Augen sehen können. Er hob eine Hand. Wollte er sie ihr auf die Schulter legen, ihr Kinn umfassen, sich zu ihr beugen und sie …

Sie hielt unwillkürlich den Atem an. Und Marc senkte den Blick, trat einen Schritt zurück, winkte leicht und ging in seine Wohnung.

Svenja schloss die Tür hinter ihm und versuchte die Kälte auszusperren, die unerwartet durch das Zimmer zog. Ihre Wangen brannten, sie schämte sich. Ob es deutlich gewesen war, was sie gedacht hatte? Hoffentlich nicht!

Sie ging zum Waschbecken und sah sich prüfend im Spiegel an. Ihre Wangen waren in der Tat rot, ebenso ihre Ohren. Sie sah aus, als hätte sie zu lange in der Sonne gelegen. Sie drehte den Wasserhahn auf und wusch sich das Gesicht. Die Farbe verschwand allmählich, sie konnte wieder atmen.

Dumme Gans!, schalt sie sich und trocknete sich ab. Was bildest du dir eigentlich ein?

Svenja lief die Treppe hinunter, in der Hand eine prall gefüllte Mülltüte. Über ihrer Schulter hing ihre Handtasche, und darin befand sich die verdächtige Tüte. Das Gras oder was es sein mochte. Sie wollte endlich einen Schlussstrich ziehen, die Sache in Ordnung bringen, das Zeug loswerden. Weil der Kleiderschrank leer geräumt war, hatte sie die Tüte vorübergehend in ihrem Koffer versteckt. Das war natürlich keine Lösung. Als Anwältin wusste Valérie, was zu tun war. Sie konnte die Droge bei einer Polizeiwache abgeben, ohne dass jemand Svenja damit in Verbindung brachte. Das hoffte sie.

Sie ließ den Deckel der Mülltonne zufallen, drehte sich um und erschrak. Direkt vor ihr stand Monsieur André. Er sah sie einen Augenblick lang stumm an, dann öffnete er den Mund.

»Bonjour, Madame«, sagte er mit seiner tiefen, heiseren Stimme.

Svenja schluckte. Das Drogentütchen brannte förmlich in ihrer Tasche.

»Bonjour, Monsieur«, erwiderte sie und hoffte, dass ihr die Nervosität nicht zu sehr anzumerken war. Oder ahnte er, was sie mit sich herumtrug?

»Haben Sie einen Moment?«

Wollte André etwa mit ihr sprechen? Als sie am Sonntagvormittag bei ihm geklopft hatte, hatte er sie finster angestarrt, wortlos den Koffer genommen und die Tür vor ihrer Nase geschlossen. Auch am Nachmittag, als die Wizards da gewesen waren, hatte er kein Wort mit ihr geredet. Und jetzt? Auf ein paar Minuten mehr oder weniger kommt es nicht an.

»Ja, warum?«, erwiderte sie, packte aber zur Sicherheit ihre Tasche fester, was nüchtern betrachtet albern war, denn woher sollte André wissen, was sie da mit sich herumtrug. Außerdem hätte er die Drogen schon hundertmal stehlen können. Als Hausmeister besaß er Ersatzschlüssel für alle Wohnungen.

»Hier, Madame«, sagte er und drückte ihr einen Gegenstand in die Hand. »Das gehört Ihnen.«

Auf ihrer Handfläche lagen zwei Schlüssel, zusammengehalten von einem Ring, an dem ein Herz aus rotem Plastik baumelte.

»Was ist das?«

»Die Schlüssel für den Wagen, Madame.« Seine Stimme klang, als wäre sie eingerostet. Oder als hätte sich etwas auf seine Stimmbänder gelegt.

Svenja schüttelte verständnislos den Kopf. »Welcher Wagen?«

»Kommen Sie.« André ging zur Garage, öffnete das Tor und winkte ihr zu. »Kommen Sie.«

Zaghaft trat sie über die Schwelle. Es kam ihr vor, als würde sie ein Heiligtum betreten. In der Mitte stand ein cremefarbenes Cabrio mit roten Sitzen. Um welches Fabrikat es sich handelte, hätte sie nicht sagen können. Sie interessierte sich nicht für Autos. Wenigstens nicht mehr, als nötig war, um in die Schule und zum Einkaufen zu fahren.

»Dieser Wagen«, sagte André und deutete auf den Oldtimer, »gehörte Georges. Und jetzt …« Er schluckte. »Jetzt gehört er Ihnen.«

Svenja hielt den Atem an. Ihr war bewusst, dass dies der Oldtimer war, zu dem sich André jeden Tag verkroch, an dem er schraubte und polierte, der ihm so viel bedeutete, dass er darüber alles andere vergaß und vernachlässigte. Augenblicklich hatte sie ein schlechtes Gewissen, und sie schämte sich wegen ihrer Gedanken.

»Ich weiß nicht … was …«

»Kommen Sie, setzen Sie sich.« André öffnete die Fahrertür.

Sie tat ihm den Gefallen und setzte sich hinter das Steuer. Er schlug die Tür zu und reichte ihr den Schlüssel.

»Sie können sie starten, Madame«, sagte er mit dem Stolz eines Schuljungen. »Der Motor läuft einwandfrei.«

»Ich weiß nicht …« Sie versuchte ihre Verlegenheit zu überspielen und steckte den Zündschlüssel ins Schloss. Ein Zittern ging durch die Karosserie, der Motor sprang an, als hätte er darauf gewartet. Sie legte ihre Hände auf das Lenkrad. »Ich bitte um Verzeihung, Monsieur, was für ein Fabrikat ist das denn?«

»Eine Déesse!« Es klang entrüstet, als hätte Svenja das eigentlich wissen müssen. Was vielleicht sogar stimmte. »Eine Citroën DS, Baujahr 1967. Georges hat sie beim Kartenspielen gewonnen. Er fuhr ja lieber Motorrad, aber Madame Martine mochte den Wagen. Gemeinsam haben sie viele Ausfahrten gemacht, am Sonntag aufs Land oder manchmal sogar ans Meer. Hin und wieder habe ich Madame gefahren, zum Einkaufen zum Beispiel oder später zum Arzt und ins Krankenhaus. Da saßen sie dann beide auf dem Rücksitz, und

Georges hat ihre Hand gehalten.« Seine Stimme hatte zu zittern begonnen. Abrupt zog er die Nase hoch und räusperte sich. »Da Georges sich mit Autos nicht gut auskannte, hat er mich gebeten, mich um sie zu kümmern. Als Madame Martine dann starb, ist Georges gar nicht mehr gefahren. Aber ich habe mich gut um sie gekümmert – alle Schmiernippel sind geschmiert, die Elektrik ist tadellos, an der Karosserie ist nicht ein Rostfleck. Und den Lack habe ich jede Woche gewachst und poliert.« Seine Finger strichen über den Lack, als wäre es die Haut seiner Geliebten. Dann vergrub er die Hände in den Taschen seiner ausgebeulten Hose und neigte seinen Kopf. Sein Blick hing an dem Wagen. Leicht tippte er mit dem Schuh gegen den linken Vorderreifen. »Die Reifen habe ich regelmäßig gedreht. Das schont das Gummi.«

»Sie haben viel Zeit und Mühe in den Wagen gesteckt.«

»O ja, Madame!« Er kratzte sich am Kopf. »Aber sie ist es wert, nicht wahr?«

Svenjas Blick glitt über die Armaturen, den Schalthebel, dessen Knopf glänzte, den Beifahrersitz. Das Leder fühlte sich kühl an, geschmeidig. Selbst sie erkannte, dass der Wagen in bestem Zustand war. Georges hatte richtig entschieden, als er das Auto André zur Pflege überlassen hatte.

Sie schaltete den Motor aus, zog den Zündschlüssel ab und stieg aus. Vorsichtig schloss sie die Fahrertür und strich mit den Fingerspitzen leicht über den Lack. Hätte sie Lippenstift auftragen wollen, hätte sie dafür keinen Spiegel gebraucht.

»Das Auto ist wunderschön!«, sagte sie und hoffte, dass André wissen würde, wie sie es meinte. Sie kannte sich zu wenig mit Oldtimern aus, als dass ihr etwas Besseres eingefallen wäre. Dann nahm sie seine große, schwielige Hand und legte ihm den Schlüssel auf die Handfläche.

»Madame, was …«

»Monsieur, ich danke Ihnen. Ich danke Ihnen von ganzem Herzen, dass Sie sich all die Jahre die Mühe gemacht haben, sich um dieses Schmuckstück zu kümmern. Und ich bitte Sie, das auch weiterhin zu tun. Ich verstehe nicht einmal annähernd so viel von Autos wie Sie. Und ich würde es bedauern, wenn der Wagen durch mein Unwissen oder mangelnde Pflege leidet. Könnten Sie sich vorstellen, sich auch in Zukunft um die …« Sie stockte, während sie nach dem Wort suchte, das André vorhin gebraucht hatte. Endlich fiel es ihr ein. »Würden Sie sich weiterhin um die Déesse kümmern? Bitte?«

André sah sie an. Dann wichen Unglauben und Verwirrung aus seinem Blick. Er schien zu wachsen, sein Kopf hob sich. Schließlich schloss er die Faust um den Schlüsselbund.

»Darauf können Sie sich verlassen, Madame«, sagte er mit einem breiten Grinsen.

»Vielen Dank, Monsieur André.«

Svenja verabschiedete sich. Und erst auf der Straße wurde ihr klar, was gerade geschehen war – sie hatte den André von den Fotos kennengelernt.

Dienstag, 8. Juli

41

Der Klingelton ihres Handys riss Svenja aus einem Traum, in dem sie eine Jugendstilvilla einrichtete. Schlaftrunken tastete sie nach dem Gerät und hielt es sich ans Ohr.

»Hallo?«

Eine männliche Stimme stieß einen Schwall französischer Worte hervor, die sie nicht verstand, entweder, weil der Anrufer nuschelte, oder, weil sie müde war.

»Tut mir leid, falsch verbunden«, sagte sie und beendete das Gespräch. Das Display zeigte ihr die Uhrzeit an – zwanzig nach fünf.

Svenja legte das Handy neben ihre Matratze, drehte sich auf die andere Seite und kuschelte sich in ihre Decke. Sie hatte den Weckruf auf acht Uhr eingestellt. Bis zum Aufstehen blieben noch fast drei Stunden.

Sie schreckte auf, als sich das Handy erneut meldete.

»Hallo?«

»Bonjour, Süße! Wie wär's?«

»Womit?«

Der Mann am anderen Ende der Leitung lachte heiser. »Du weißt schon, was ich meine.«

»Nein, ehrlich gesagt nicht«, erwiderte Svenja verwirrt. »Ich glaube, Sie haben die falsche Nummer gewählt.«

Wieder unterbrach sie den Anruf und legte das Handy auf den Boden nahe bei ihrem Kopfkissen. Doch diesmal lag sie wach und grübelte. Was hatte der Anrufer von ihr gewollt?

Eigentlich bestand an seinen Absichten kein Zweifel. Aber warum? Warum sie? Es musste sich um eine Verwechslung handeln. Vielleicht ein Zahlendreher? Oder war es einer von diesen Kerlen, die irgendeine beliebige Nummer wählten, um Frauen anzumachen?

Sie war gerade eingeschlafen, als das Handy zum dritten Mal klingelte.

»Bonjour, meine Kleine, wie …«

Svenja wartete nicht erst ab, unterbrach das Gespräch und schaltete das Handy aus.

So was war ihr noch nie passiert. Da musste ihre Nummer zufällig einer dieser Telefonkontakte ähneln, anders ließ sich das nicht erklären.

Ich brauche eine neue SIM-Karte, dachte sie und verstaute das Handy vorsorglich in ihrem Koffer, dann stand sie auf. An eine französische SIM-Karte hatte sie bereits gestern gedacht, allmählich wurde das Telefonieren in Paris doch arg teuer. Und wenn sie bald öfter ihre Wochenenden und Urlaube hier verbrachte, lohnte sich eine zweite Karte.

Sie schob die Vorhänge zurück und öffnete das Fenster. Es war kurz nach sechs. Im Hof war es still. Die Tauben hatten sich auf einen Dachabschnitt verzogen, den die Morgensonne traf. Dort gurrten und putzten sie sich. Der Himmel war blass, die Luft frisch und klar, und doch trug sie das Versprechen eines weiteren heißen Tages mit sich. Irgendwo im Haus rauschte Wasser in einer Leitung, ein Fenster wurde geöffnet, und Schlagermusik erklang, gefolgt von einer Männerstimme, die schwungvoll den Hörern einen guten Morgen wünschte.

Svenja nahm die alte Nikon, setzte sich mit angezogenen Beinen in das geöffnete Fenster und versuchte diesen Augenblick im Foto festzuhalten, in dem das Haus allmählich erwachte.

Ihr kleines Stück Paris.

Die Tüte mit dem Gras zu Valérie zu bringen war eine gute Entscheidung gewesen. Diese war unaufgeregt, entspannt gewesen und hatte versichert, dass es für sie kein Problem darstelle, im Namen einer anonymen Mandantin die Drogen bei einer Polizeidienststelle abzugeben. Jetzt fühlte sie sich frei und aller Lasten ledig.

Nicht zum ersten Mal ertappte sie sich bei dem Gedanken, wie es wäre, in Georges' Fußstapfen zu treten und hierzubleiben. Job und Wohnung zu kündigen, nur das Nötigste mitzunehmen und neu zu starten. Sich auf das Wesentliche konzentrieren, sich nur noch mit Dingen umgeben, die nötig waren oder die ihr wirklich etwas bedeuteten. Frei sein. Atmen können. Nicht mehr erstickt werden von Beziehungen und Gegenständen, die nur belasteten, statt gutzutun.

Und wovon würdest du hier leben wollen?

Auch darüber hatte sie sich gelegentlich Gedanken gemacht. Sie könnte privat Deutschunterricht erteilen oder in einem Kindergarten arbeiten oder an einer deutschen Schule. Hier in Paris gab es bestimmt eine Schule für die Kinder der Diplomaten und Botschaftsangehörigen oder ein Goethe-Institut, wie in vielen inner- und außereuropäischen Hauptstädten.

Aber das sind Hirngespinste. Wenn Danielle Dubois das Haus verkauft, hat sich diese Frage von selbst erledigt.

Sie versuchte sich vorzustellen, wie es hier aussehen würde, wenn La Maison die Bewohner vertrieben hatte. Baugerüste würden den Blick auf das gegenüberliegende Dach versperren, im Hof würden Säcke mit Putz und Zement, Steine und Gerätschaften der Bauarbeiter lagern. Und wann würden die mit Stemm- und Bohrarbeiten beginnen? Um sieben Uhr morgens oder früher, um sie zu schikanieren? La Maison würde nicht nur den äußeren Charakter des Hauses verändern, sondern alles – die ganze Atmosphäre, das Herz. Und es würde ihr fehlen: Das Klappern der Holzpantoletten im Hof, wenn Claire zu den Mülltonnen ging. Das Radio aus der Garage, wenn André dort den Lack der Déesse polierte. Der Gesang von Juliettes Kanarienvogel und die Klänge ihres Cembalos, die sich im Innenhof auf Konzertniveau entfalteten. Dann die verführerischen orientalischen Düfte aus Madame al Fahdis Küche. Und Marc. Er würde fehlen. Wo würden die Hausbewohner unterkommen? Wahrscheinlich in einem der hässlichen Betonsilos in den Randbezirken von Paris. Selbst die Tauben würden durch Lärm und Hektik der Arbeiten von den Dächern vertrieben werden und sich irgendwo in der Stadt ein anderes Quartier suchen. Ob sie nach Beendigung der Baumaßnahmen zurückkehrten, war fraglich. Und ihr kleines Stück Paris würde sich in einen tristen, einsamen Ort verwandeln, an dem sie mit den Jahren schwermütig werden würde, sofern sie durchhielt.

Es blieb dabei, das Haus durfte nicht verkauft werden! Schon gar nicht an La Maison. Aber wie sollte sie Madame Dubois umstimmen, wenn selbst die überzeugende und mitreißende Valérie es nicht geschafft hatte? Warum sollte die erfolgreiche Literaturagentin auf sie hören, eine Fremde, noch dazu eine Deutsche? Weil Georges dein Onkel war. Vielleicht hört sie deshalb auf dich. Einen Versuch war es wert. Sie musste mit Danielle Dubois reden. Das war sie Georges und Martine schuldig und den anderen Hausbewohnern. Und sich selbst.

42

Marc trank einen Schluck Wasser aus der mitgebrachten Flasche und rückte den Gitarrengurt auf seiner Schulter zurecht.

Die Bedingungen waren ideal. Die Sonne schien, es war noch nicht heiß, eine sanfte Brise wehte, und er stand im Schatten. Gleich würden die Angestellten und Verkäufer aus den Büros und Geschäften stürmen, um ihre wohlverdiente Mittagspause im Freien zu genießen. Perfekt.

Er ließ die linke Hand den Gitarrenhals entlanggleiten und stimmte ein paar Akkorde an. Mit welchem Song sollte er beginnen? Kein schwermütiger Text, heute nicht, wo er sich leicht und frei fühlte wie lange nicht mehr. Heute würde er … O ja, »Song for a perfect day«. Es war einer seiner ältesten Songs, ein Lied über das gute Gefühl, die richtige Entscheidung getroffen zu haben. Er hatte den Song seit einer Ewigkeit nicht mehr gespielt.

Zu lange, dachte er, als er die ersten Akkorde anschlug. Das Stück hatte Potenzial. Er testete aus, transponierte in eine tiefere Tonlage, beschleunigte das Tempo. Er nahm der Ballade den ursprünglichen Schmalz und ließ den Blues hämmern. Er lächelte, als die ersten Zuhörer stehen blieben und mit Köpfen und Füßen wippten.

Er blieb bei dem Tempo und fügte nahtlos »Julie« an, einen deutlichen Song über eine leidenschaftliche Affäre.

Das Publikum ging begeistert mit. Zwei junge Asiatinnen

tanzten, die ersten Münzen fielen in den aufgeklappten Gitarrenkoffer. Einige Zuhörer hielten ihre Smartphones in die Höhe. Möglicherweise würden die Videos noch heute im Internet die Runde machen. Möglicherweise auch nicht. Egal.

Dann folgte »Riding«, ein rockiger Song über das Motorradfahren. Während er sang, spürte er es wieder, die Vibrationen des Motors in den Knochen, den Fahrtwind im Gesicht. Als Achtzehnjähriger hatte er den Führerschein gemacht. Seine Honda CB 750 hatte er geliebt. Irgendwann war die Maschine förmlich auseinandergefallen. Das Geld für einen Ersatz hatte gefehlt. Und so war allmählich in den Hintergrund geraten, was noch vor einigen Jahren fester Bestandteil seines Lebens gewesen war. Gelegentlich hatte er Georges' oder eine andere Maschine fahren dürfen. Aber wie wichtig ihm das Motorradfahren im Grunde war, hatte er nicht gewusst. So seltsam es war, da musste erst Svenja kommen.

Er beendete den Song und bedankte sich für den Applaus. Die Zuhörer hatten mittlerweile einen Halbkreis um ihn gebildet. Wie viele mochten es sein? Dreißig? Vierzig? In seinem Koffer entdeckte er neben vielen silbrigen Münzen einige Scheine.

Marc trank einen Schluck Wasser.

»Kennt ihr das?«, sprach er sein Publikum an, während er Akkorde anstimmte. »Ihr steht morgens auf, und alles geht schief. Den Wecker habt ihr überhört, und ihr seid knapp mit der Zeit. Der Kaffee ist aus, im Bad brennt die Glühbirne durch, die Zahnpasta tropft auf das einzige frische Hemd. Wegen eines Stromausfalls fährt die Metro nicht, es gießt in Strömen, und natürlich liegt der Regenschirm sauber und trocken zu Hause.« Die Zuhörer lachten und nickten. »Und dann lauft ihr einem Menschen über den Weg, und auf einen Schlag ist alles anders. Plötzlich scheint die Sonne, alles geht euch leicht von der Hand, Hindernisse räumen sich von selbst aus dem Weg. Sogar die Empfangsdame im Büro, die euch eigentlich überhaupt nicht leiden kann, lächelt euch an. Und das hat dieser eine Mensch mit einem Blick, einem Lächeln, einem einzigen Wort geschafft. Magie? Vielleicht. Ich nenne es ›The Power to Turn my Fate‹.«

Während er den Song anstimmte, diesmal tatsächlich als Ballade, ließ er seinen Blick über das Publikum schweifen. Und da sah er sie. Mitten zwischen den Angestellten, Sekretärinnen, Verkäuferinnen und Touristen stand Svenja. Und er wusste: Diese Frau hatte die Macht, sein Schicksal zu wenden.

Die Erkenntnis traf ihn so unvorbereitet, dass er für einen Augenblick den Songtext vergaß. Er überspielte die Panne mit einem Gitarrensolo, bis er sich an die Worte erinnern konnte, und brachte den Song schließlich zu Ende.

Lächelnd nahm er den Applaus entgegen. Er hätte Wetten darauf abschließen mögen, dass keiner der Zuhörer etwas gemerkt hatte. Zwei weitere Songs schloss er an, bevor er eine Pause ankündigte. Das Publikum klatschte, die Münzen in seinem Koffer klimperten.

Dieser Tag war ein Erfolg, und es war noch nicht einmal zwölf Uhr.

Svenja trat auf ihn zu. »Das war toll«, sagte sie, und ihre blaugrauen Augen leuchteten. »Die Musik, die Texte, deine Stimme – großartig. Stammen die Songs alle aus deiner Feder?«

»Ja.« Marcs Wangen und Ohren wurden heiß, sein Herz klopfte. Er fühlte sich hilflos und unsicher wie ein Teenager.

»Warum singst du eigentlich auf Englisch?«

Marc trank einen Schluck Wasser, seine Kehle war trocken und rau.

»Es hat sich irgendwie ergeben. Und die Touristen mögen

es. Wahrscheinlich, weil die meisten von ihnen Englisch sprechen und die Texte verstehen können.« Er räusperte sich. »Bist du zufällig hier?«

Svenja schüttelte den Kopf. »Ich wollte dich spielen hören.«

Wärme durchflutete seinen Körper, und nur mit Mühe konnte er sich zurückhalten, laut zu jubeln. Sie wollte ihn hören! War das nicht unglaublich?

»Das freut mich.« Vermutlich grinste er gerade wie ein Idiot, aber was soll's?

»Und außerdem …« Sie strich sich das Haar hinter das Ohr und lächelte verlegen. »Ich wollte dich um einen Gefallen bitten.«

»Klar. Worum geht's?« Dabei wusste er, dass er hier und jetzt alles für sie getan hätte.

Ihr Gesicht wurde ernst. »Ich habe einen Termin bei Danielle Dubois. Ich möchte mit ihr über das Haus sprechen. Vielleicht lässt sie sich noch umstimmen und verkauft es nicht. Könntest … also, würdest du mich begleiten? Bitte? Ich bin schrecklich aufgeregt und …«

»Natürlich. Wann?«

»In einer Stunde.«

Marc zögerte keinen Augenblick. »Okay. Ich packe nur meine Sachen zusammen, ja?« Svenja nickte. »Glaubst du, dass es Sinn macht, mit Danielle zu reden? Meine Schwester hat es bereits ein paarmal versucht. Sie sagt, Danielle sei eine sture Ziege.«

»Ich weiß. Ich habe mich am Samstag mit Valérie getroffen. Da hat sie mir alles über das Haus, Georges und Martine erzählt. Und über Danielle. Aber …«, sie holte tief Luft, »ich bin Georges' Nichte. Vielleicht verschafft mir das einen ›Familienbonus‹. Und außerdem … Ob es was bringt, werde ich erst wissen, wenn ich es versucht habe.«

»Du bist mutig. Ich finde es großartig, dass du das für uns tun willst.«

»Mutig? Ganz und gar nicht. Ich würde am liebsten weglaufen. Aber dann … dann …« Sie runzelte die Stirn, und für einen Moment befürchtete Marc, sie würde anfangen zu weinen. »Dann würde auch ich meine Wohnung verlieren. Diese winzige Bude mit ihrem verschrammten Boden, dem klemmenden Fenster und dem angeschlagenen Waschbecken ist mir ans Herz gewachsen. Und nicht nur sie.« Sie sah ihn auf eine Art an, die ihn verwirrte und gleichzeitig freute. Ihre Wangen färbten sich rosa, und rasch senkte sie den Blick. »Ich möchte die Wohnung nicht aufgeben müssen. Ich will mein kleines Stück Paris behalten.«

43

Ja, weglaufen wäre eine Option.

Svenjas Herz klopfte bis zum Hals, ihre Hände waren kalt. Valérie hatte ihr zwar erzählt, dass Danielle Dubois eine erfolgreiche Literaturagentur betrieb, aber wie erfolgreich sie sein musste, wurde ihr erst hier auf einem der Ledersessel im Empfangsbereich ihres Büros klar. Alles strahlte Luxus aus, das aufwendig verlegte Parkett, die eleganten Möbel, die wenigen prächtigen Orchideen, die wunderschönen Stuckverzierungen an der Decke. Und wenn die Sekretärin ihren Kopf von der Tastatur ihres PCs hob, konnte sie einen Blick auf die Tuilerien werfen, die direkt auf der anderen Straßenseite lagen.

War das nur Schein, um Vertragspartner zu beeindrucken, oder hatte Danielle wirklich so viel Geld? In dem Fall könnte sie vermutlich mit einem Fingerschnipsen die Kosten für die Sanierung des Hauses in der Rue Saint Vincent übernehmen, und die Bewohner müssten nicht um ihre Bleibe fürchten. Aber warum tat sie es dann nicht?

Plötzlich wusste sie nicht mehr, was sie Danielle Dubois sagen sollte. Alles, was sie sich zurechtgelegt hatte, lief auf den einen Satz hinaus: Bitte, bitte verkaufen Sie das Haus nicht. Damit konnte sie eine Frau, die ihr Geld im Umgang mit Sprache verdiente, gewiss nicht beeindrucken. Sie würde sie schlicht auslachen. Svenja biss sich auf die Lippe. Sie hatte sich nicht genug vorbereitet, nicht genügend Argumente gesammelt. Das Einzige, was sie ins Feld führen konnte, war der Aspekt der Menschlichkeit. Ob das reichte, Danielle zu überzeugen? O Georges, du hättest dir einen anderen Erben suchen sollen. Ich werde das hier in den Sand setzen.

Sie warf Marc einen kurzen Blick zu. Er schien sich ebenfalls nicht wohl zu fühlen. Er wippte mit dem Bein, veränderte ständig seine Sitzposition, rieb seine Hände an seiner Jeans, und sein Blick wanderte unruhig durch das geräumige Empfangszimmer. Ob er an die Kanzlei seiner Schwester dachte, mit den abgestoßenen Türzargen, den wackeligen Stühlen und dem ausgetretenen Parkett?

Wir sollten gehen, dachte sie erneut. Jetzt. Noch haben wir keinen Schaden angerichtet. Doch sie blieb sitzen. Was habe ich zu verlieren? Wenn ich jetzt gehe, werde ich Danielle auf keinen Fall daran hindern, das Haus zu verkaufen. Wenn ich mit ihr spreche, habe ich es wenigstens versucht.

Eine Tür wurde geöffnet, Schritte näherten sich. Sogar das Knarzen des Parketts klang dezent und vornehm.

»Sie sind Madame Lorentz?«, fragte eine tiefe Frauenstimme.

Svenja erhob sich und musste feststellen, dass sie sich Martines Tochter anders vorgestellt hatte. Die Frau, die ihr gegenüberstand, war auf eine schlichte Art elegant, angefangen mit ihrem akkurat geschnittenen graumelierten Bob bis hin zu den flachen Schuhen, die exakt denselben Farbton hatten wie der dünne Pullover. Ihr ungeschminktes Gesicht wirkte streng und hart, was eine steile Falte zwischen den Augenbrauen betonte, und vergeblich suchte Svenja eine Ähnlichkeit zu dem Foto von Martine. Aber etwas anderes wurde ihr sofort klar. Vor ihr stand die Frau, die ihr auf dem Friedhof erklärt hatte, wo sie Wasser für die Blumen herbekam. Ob Danielle Dubois sie auch erkannte?

»Bonjour, Madame. Svenja Lorentz.« Da Danielle ihre Rechte in der Tasche ihrer Marlenehose verbarg, zog Svenja ihre Hand zurück. Offenbar war diese Geste nicht willkommen. Das war zwar nicht freundlich oder angenehm, aber wenigstens ehrlich. »Danke, dass Sie sich Zeit für mich nehmen.«

»Ich richte mir meine Termine so ein, dass immer Zeit für Unvorhergesehenes bleibt.« Danielle Dubois lächelte nicht. »Wer ist er?«

Marc wurde rot.

»Das ist Marc Decaux, mein Nachbar. Ich hoffe, es stört Sie nicht, dass ich ihn mitgebracht habe. Mein Französisch ist etwas eingerostet, und da …«

Danielle nickte knapp, als ließe sie diese Erklärung gelten. »Kommen Sie.«

»Wenn Sie gestatten, warte ich hier, Madame Dubois«, sagte Marc. »Du kannst mich rufen, falls du mich brauchst, Svenja. Aber ich glaube, es ist besser …«

Svenja nickte. Sie konnte ihn verstehen, obwohl sie gern eine freundliche Seele an ihrer Seite gehabt hätte. Danielle Dubois verbreitete um sich eine Aura der Unnahbarkeit und prinzipiellen Ablehnung, die sie frösteln ließ.

Sie schluckte und folgte Danielle in einen lichtdurchfluteten Raum, dem man sofort ansah, dass hier ein Ästhet arbeitete, der sein Leben der Literatur gewidmet hatte.

»Setzen Sie sich.«

Svenja nahm Platz, ließ ihren Blick schweifen und blieb an einem Bonsai hängen, der auf einem zierlichen japanischen Lacktisch stand – ein Fächerahorn mit leuchtend rotem Laub.

»Der Ahorn ist wunderschön«, sagte sie. »Wie nennt man diese Wuchsform noch? Myogi?«

»Moyogi.« Danielle wirkte überrascht, sie hob eine Augenbraue. »Sie interessieren sich für Bonsai?«

»Ein bisschen. Ich habe ein paarmal versucht, einen Bonsai zu ziehen, leider ohne Erfolg. Die Bäumchen sind eingegangen. Da habe ich es nicht übers Herz gebracht, es weiter zu versuchen. Ich fürchte, ohne die Anleitung eines Meisters ist es kaum möglich, einen Bonsai richtig zu pflegen. Sie sind eben keine Zimmerpflanzen, sondern Ausdruck einer Philosophie, zu der weit mehr gehört als gießen und düngen. Stattdessen habe ich mit Origami angefangen. Das kann man sich in einem gewissen Rahmen selbst beibringen, ohne Schaden anzurichten.«

»Eine gute Entscheidung. Mir steht seit drei Jahren ein Zen-Meister zur Seite.«

»Wie alt ist der Ahorn?«

»Achtzig Jahre.« Ein Lächeln erschien auf Danielles Gesicht, und plötzlich war die Ähnlichkeit mit dem Foto auf der Grabplatte vorhanden. »Er ist das Geschenk eines japanischen Autors, den ich im französischen Sprachraum vertrete.«

Svenja schaute das Bäumchen an und wurde sofort ruhig, eine Wirkung, die sie oft spürte, wenn sie sich mit japanischer Kultur und Zen beschäftigte. Dieser Autor musste sehr erfolgreich sein, wenn er in der glücklichen Lage war, solche Geschenke machen zu können.

»Im Herbst muss er wunderschön sein.«

»Er glüht.« Danielles Stimme bekam einen warmen Klang.

Eine Weile schwiegen sie, die Atmosphäre im Büro wurde deutlich angenehmer. Durch Zufall hatten sie eine gemeinsame Basis gefunden. Fast gleichzeitig wandten sie den Blick vom Bonsai ab.

»Warum wollten Sie mich sprechen, Madame?«

»Ich bin die Nichte von Georges Cordonnier«, begann Svenja.

»Das habe ich mir schon gedacht. Nicht allein wegen Ihres Namens. Wenn Sie lächeln, sehen Sie Georges ähnlich.«

Und wenn Sie lächeln, sehen Sie aus wie Ihre Mutter.

»Das hat mir die Floristin in der Rue Saint Vincent auch gesagt.« Svenja musste bei dem Gedanken daran lächeln. »Mein Onkel hat mir seine Wohnung hinterlassen, wie Sie wissen.«

»Ja, und?«

Svenja holte tief Luft und rieb ihre Hände an den Hosenbeinen. Jetzt kam es auf jedes Wort an.

»Ich mag die Wohnung. Sie ist zwar klein, eher winzig …«

Danielle lachte, doch es klang nicht fröhlich, sondern hart und bitter.

»Nur ein hoffnungsloser Optimist kann eine Achtquadratmeterkammer als Wohnung bezeichnen.«

Svenja dachte über die Worte nach. War sie ein Optimist?

»Vielleicht haben Sie recht, und ich bin optimistisch. Aber bestimmt nicht hoffnungslos.« Sie sah Danielle offen an. »Ich mag meine Wohnung. Ich bin gern dort. Es ist mein Refugium. Meine Quelle. Da stören mich nicht einmal die sanitären Verhältnisse. Und …«

»Und Danielle Dubois, die böse Hexe, droht, dieses Paradies zu vernichten.«

»So in etwa, auch wenn es hart formuliert ist. Ich wäre niemals so vermessen, Sie als ›Hexe‹ zu bezeichnen. Sie werden Ihre Gründe haben, aber …«

»Gründe? Und ob ich die habe!« Danielle sprang auf und ging zum Fenster. »Sie wissen, wie meine Mutter ihr Geld verdient hat?«

»Ja, das hat man mir erzählt. Aber …«

»Ich weiß, für die Bewohner des Hauses war meine Mutter eine Heilige. Unantastbar, weil sie die ganzen gescheiterten

Existenzen von der Straße gesammelt und ihnen für einen Spottpreis ein Dach über dem Kopf gegeben hat.« Ihr Lachen klang bitter. »Für meine Mitschüler allerdings war sie nur ›die Hure‹. Und ich war ein Hurenkind, das bei den Geburtstagseinladungen übergangen wurde.« Sie wandte sich abrupt ab und starrte aus dem Fenster. »Ich habe hart gearbeitet, um ›das Milieu‹, wie es bei Soziologen und Kriminalisten so schön heißt, eines Tages hinter mir lassen zu können. Härter als alle anderen Schüler in meiner Klasse. Ich habe den besten Abschluss an meiner Schule gemacht, habe studiert, mir eine Literaturagentur aufgebaut. Und ich bin stolz darauf, dass es mittlerweile die erfolgreichste Agentur des Landes ist. Doch immer noch klebt die Vergangenheit an mir wie Pech. Jedes Mal, wenn ich einen Brief des Verwalters in der Post habe, werde ich daran erinnert. Jetzt endlich, nach all den Jahren, bietet sich die Gelegenheit, den letzten Rest abzuschütteln. Wer will es mir verdenken, dass ich diese Chance nutze?«

Plötzlich wurde Svenja die ganze Tragik von Danielle Dubois' Leben bewusst. Wenn alle Bewohner vertrieben waren, das Haus entkernt war und die Luxuswohnungen an vornehme Eigentümer verkauft waren, würde nichts mehr an Martines Gewerbe und das Sans Regrets erinnern. Aber mussten dafür tatsächlich auch die Bewohner weichen?

»Könnten Sie das Haus nicht einer anderen Bestimmung zuführen und die Wohnungen trotzdem erhalten?«

»Und was stellen Sie sich vor? Was soll Ihrer Meinung nach aus der Bar werden oder aus dem Stundenhotel?«

»Ich weiß nicht. Vielleicht würde man etwas …«

»Nein.«

»Ich bitte Sie nur, es sich noch einmal zu überlegen. Ich kann Ihre Beweggründe verstehen, doch es geht hier nicht allein um Sie. Da sind Menschen, die in dem Haus leben, die dort ihre Nische gefunden haben. Nehmen Sie ihnen nicht alles, was sie haben. Bitte.«

»Sie werfen mir Härte und Unmenschlichkeit vor? Sie gehen zu weit. Auch wenn Sie Georges' Nichte sind, gibt es Ihnen nicht das Recht, über mich zu urteilen. Gehen Sie. Und zerbrechen Sie sich nicht den Kopf über diesen Haufen gescheiterter Existenzen. Die Bewohner werden angemessene Wohnungen finden, sofern sie sich darum bemühen.«

Svenja erhob sich. Das war's dann wohl, dachte sie. Die Enttäuschung steckte wie ein dicker Kloß in ihrem Hals. Ich hab's vermasselt.

Es tat ihr leid. Für Claire, André, Marc und alle anderen, die bald ihre Wohnung verlieren würden. Für sich und ihre winzigen acht Quadratmeter Freiheit. Seltsamerweise aber auch für Danielle. Dass Martines Tochter unter ihrer Herkunft und Vergangenheit litt, war kaum zu übersehen, aber war es der richtige Weg, alle Erinnerungen daran zu löschen? Svenja bezweifelte, dass Danielle endlich den erhofften Seelenfrieden finden würde. Ihr Blick wanderte zu dem Bonsai.

»So schön und prächtig Krone und Stamm eines Baumes sein mögen, es sind die Wurzeln, die ihn stark machen.«

Sie öffnete die Tür und drehte sich noch mal um. Danielle wandte ihr den Rücken zu und starrte aus dem Fenster. Gern hätte sie diese einsame, verletzte und zutiefst verbitterte Frau getröstet. Irgendwie.

»Au revoir, Madame Dubois.«

44

Svenja kam aus dem Büro, in das sie mit Danielle Dubois verschwunden war – allein. Marc stand auf. Die Frage, wie das Gespräch gelaufen war, ersparte er sich. Ein Blick in ihr Gesicht genügte. Beide wussten sie, was das bedeutete. Es gab keine Chance mehr.

»Au revoir«, sagte Svenja leise zu der Sekretärin, die ihnen einen kurzen, abschätzenden Blick zuwarf, bevor sie sich wieder ihrem Bildschirm zuwandte.

Marc hielt Svenja die Tür auf, stieg neben ihr die Treppe hinunter und öffnete auch die Haustür für sie. Auf der Straße blieben sie stehen, ganz unvermittelt, als hätten sie sich abgesprochen. Sie sah ihn an – traurig, verzweifelt, resigniert. Was sollte er sagen? Alles wird gut. Wir finden einen anderen Weg. Wenn du denkst, es geht nicht mehr, kommt irgendwo ein Lichtlein her. Selbst in seinen Gedanken klangen diese Phrasen hohl und so unpassend wie Witze am Totenbett. Aber er konnte sie nicht ansehen, ohne dass sich alles in ihm zusammenzog und wehtat. Irgendetwas musste er tun. Was?

Plötzlich fiel ihm ein bitterer Tag in seinem Leben ein. Er war gerade zwölf gewesen, und Mouche, sein geliebter Hund, der schon an seiner Wiege gewacht hatte, war tot. Alles um ihn herum war grau gewesen, düster, schwer. Eltern und Geschwister schlichen auf Zehenspitzen durchs Haus, von Zeit zu Zeit hatte sich die Tür seines Zimmers geöffnet, ein besorgtes Gesicht hatte hereingesehen und war wieder verschwunden. Und er hatte auf dem Bett gelegen und an die Decke gestarrt. Irgendwann war seine Großmutter in sein Zimmer gekommen. Sie hatte angeklopft, hatte sich auf die Bettkante gesetzt und etwas auf seinem Nachttisch abgestellt. Es war ein kleiner weißer, mit einer hellblauen Schleife zugebundener Karton, auf dem mit goldener Schrift der Name einer bekannten Konditorei aus der Rue du Faubourg Saint-Honoré gestanden hatte.

»Macarons«, hatte Großmutter gesagt und ihm mit ihrer schmalen Hand über den Kopf gestreichelt. »Den Kummer können sie dir zwar nicht nehmen, aber er schmeckt wenigstens nicht mehr so bitter.«

Noch heute erinnerte er sich an den Duft von Himbeeren, Vanille und Kokos und die Süße von feinen Mandelbaisers auf der Zunge. Jetzt wusste er, was er für Svenja tun konnte.

»Komm«, sagte er und nahm ihre Hand.

»Wohin?«

»Du wirst sehen«, antwortete er und führte sie in die Rue du Faubourg Saint-Honoré. Von Danielles Büro aus war es nicht einmal weit, lediglich ein paar Minuten Fußweg.

Macarons würden den Schmerz über die Niederlage nicht vertreiben, aber sie würden ihm den Geschmack der Bitterkeit nehmen.

45

Die Tür öffnete sich, und Gerard steckte seinen Kopf ins Büro.

»Mein nächster Termin ist erst in einer Stunde. Wie sieht es bei dir aus? Wollen wir essen gehen? Ich habe einen Bärenhunger.«

Valérie sah auf. Sie las die Anklageschrift in ihrer Hand schon zum dritten Mal, ohne sich auch nur an ein Wort erinnern zu können. Dabei fand die Verhandlung nächste Woche statt. Höchste Zeit, sich hinzusetzen und eine Verteidigungsstrategie zu erarbeiten. Aber es war unmöglich. Seit ein paar Tagen war ihr Kopf wie mit Blei ausgegossen, und in ihrer Körpermitte hatte sich ein glühender Knoten festgesetzt. Sie war mit den Gedanken nicht bei der Sache, ohne zu wissen, warum.

»Ach, ich weiß nicht. Ich würde gern, aber ich habe so viel zu tun. Der Stapel wird und wird nicht kleiner.« Sie seufzte. »Bring mir einfach was mit, ja? Einen Salat oder ein Baguette mit Putenbrust. Irgendwas.« Und eigentlich habe ich gar keinen Hunger.

»Nein, Valérie, das werde ich nicht tun.« Gerard schloss die Tür hinter sich und setzte sich vor ihr auf die Schreibtischkante. Er schob sich mit dem Zeigefinger die Brille auf der Nase zurecht, eine Geste, die meist eine Rede, ein Plädoyer oder etwas ähnlich Wichtiges einleitete. »Ich beobachte das jetzt seit ein paar Tagen, aber nun reicht es. Weißt du, was los ist? Dieser Stapel hier wird nicht kleiner, weil du dich nicht auf deine Arbeit konzentrieren kannst. Deine Gedanken kreisen nur noch um das Haus in der Rue Saint Vincent, Danielle Dubois und La Maison. Du musst dich davon frei machen, Valérie. Du hast Klienten, die das Recht auf deine volle Aufmerksamkeit haben, die dich brauchen. Und wenn du ehrlich bist, macht dir das zusätzlich zu deiner Sorge um das Haus – die dich ehrt und sicherlich berechtigt ist – ein schlechtes Gewissen. Das zermürbt dich. Und die Lage bessert sich dadurch auch nicht gerade.«

Valérie dachte kurz nach und stellte verblüfft fest, dass Gerard recht hatte. Wieder einmal hatte er den Nagel auf den Kopf getroffen. Plötzlich spürte sie, wie sich der Knoten in ihrem Bauch zu lösen begann. Eine heiße Welle strebte nach oben. Sie warf die Akte auf den Schreibtisch, sodass sie über die Kante rutschte und auf den Boden fiel.

»Ich weiß. Du hast ja recht.« Sie sprang auf und ging mit langen Schritten durchs Büro. Die offenbar seit Tagen angestaute Wut und Verzweiflung brachen sich endlich Bahn. »Aber was soll ich denn tun? Wenn nichts geschieht, gehört das Haus in wenigen Wochen La Maison, und alle Mieter verlieren ihre Wohnung. Und mir fällt keine Lösung ein. Mit Danielle zu reden hat keinen Zweck mehr. Aber was …« Sie sank wieder auf ihren Schreibtischstuhl. »Ich fühle mich so hilflos, Gerard. Da geschieht vor meinen Augen eine menschliche Tragödie, und ich kann nichts daran ändern. Ich habe überlegt, die Öffentlichkeit einzuschalten, und die Redaktion einer Zeitung angerufen. Man hat mich abgewimmelt. Das sei nicht das Thema, mit dem sich die Leserschaft auseinandersetzen möchte. Die Stadt habe andere Probleme.« Sie äffte die Stimme des Redakteurs nach und schlug mit der flachen Hand auf die Lehne. »Natürlich! Das weiß ich doch auch! Aber das muss noch lange nicht heißen, dass das Schicksal der Bewohner des Hauses allen anderen Einwohnern von Paris gleichgültig ist, oder?«

»Selbstverständlich nicht.«

»Und woher wollen die bei der Zeitung überhaupt wissen, was die Leser lesen wollen? He, können die seit Neuestem Gedanken lesen? Es ist nicht fair!« Jetzt ließ sie ihren Tränen freien Lauf.

Gerard stand auf, drehte sie auf dem Schreibtischstuhl zu sich und umfing ihr Gesicht mit beiden Händen. Sanft wischte er mit dem Daumen die Tränen von ihrer Wange.

»Bijou, wir können nicht alle retten, ganz egal, was wir tun und wie wir uns anstrengen. Es muss uns reichen, unser Bestes zu geben.«

»Aber vielleicht habe ich noch nicht mein Bestes gegeben?«, flüsterte sie. »Vielleicht bin ich nicht gut ge…«

Sein Zeigefinger verschloss ihren Mund. »Das will ich nicht von dir hören! Du weißt selbst, dass das Quatsch ist. Ich kenne in Paris keinen Kollegen, der oder die sich mit mehr Leidenschaft, Engagement und Herz für die Klienten einsetzt. Also hör auf, dummes Zeug zu reden.« Er strich ihr das Haar aus dem Gesicht. »Du brauchst Abstand, Ablenkung, eine Pause. Deshalb verordne ich dir jetzt, mit mir essen zu gehen.«

Ich brauche nichts zu essen, sondern ein Wunder! Laut sagte sie: »Ich habe keinen Hunger.«

»Auch nicht auf eine frisch zubereitete Ratatouille, ein Couscous oder ein Thaicurry? Und danach eine Tasse Kaffee … Na, weckt nicht allein der Gedanke daran die Lebensgeister?«

Valérie seufzte tief. »Du hast wahrscheinlich recht«, sagte sie und fuhr sich mit beiden Händen durch das Haar. »Mein

Kopf will einfach nicht mehr. Meine Gedanken drehen sich nur noch im Kreis, statt dass ich …« Das Klingeln des Telefons unterbrach sie. »Ja?«

»Bonjour, Madame Decaux, Danielle Dubois.«

Valérie war so überrascht, dass sie zu stottern begann. »Ma… Madame Dubois! Welch eine Überraschung. Was kann ich für Sie …«

»Es war ein raffinierter Schachzug, mir Georges' Nichte vorbeizuschicken.« Danielles Stimme war nicht kühl und distanziert wie bei ihrem letzten Gespräch, sie zitterte wie vor unterdrückter Wut. »Vermutlich hofften Sie, dass mich die Ähnlichkeit mit ihm erweichen könnte.«

Valérie schluckte. War es klug, Danielle zu sagen, dass Svenja sie offenbar aus eigenem Antrieb aufgesucht hatte?

»Aber …«

»Der Notartermin ist am 1. August. Ich gebe Madame Lorentz bis zum 25. Juli Zeit, mir ein überzeugendes Konzept für das gesamte Haus vorzulegen. Wenn sie das schafft, könnte ich mich entschließen, den Termin abzusagen. Richten Sie das Ihrer Freizeit-Philosophin aus.«

»Madame Dubois, ich weiß nicht …«

»Geben Sie es einfach so an Madame Lorentz weiter, sie weiß, worum es geht. Au revoir.«

Valérie starrte den Hörer an, aus dem ein gleichmäßiges Tuten klang. Danielle Dubois hatte aufgelegt.

»Ist etwas passiert?« Gerard nahm besorgt ihre Hand. »Du bist ja ganz blass.«

Valérie legte den Hörer langsam auf die Gabel. Ihre Hand zitterte wie die einer alten Frau. Sie schüttelte den Kopf.

»Das war Danielle Dubois«, sagte sie, während sie versuchte zu begreifen, was sie eben gerade gehört hatte.

»Das habe ich mitbekommen. Was wollte sie?«

»Sie gibt dem Haus noch mal eine Chance.« Erst als der Klang dieser Worte ihre Ohren erreichte, kam Valérie die Bedeutung des Telefonats zu Bewusstsein. Das war es, das Wunder, auf das sie gehofft hatte! Es war geschehen. »Svenja war offensichtlich bei ihr. Und ob du es glaubst oder nicht, sie will es sich noch mal überlegen. Ich muss Svenja anrufen.« Hastig tippte sie die Nummer ein, doch eine mechanische Stimme erklärte, dass der Teilnehmer zurzeit nicht erreichbar sei. »Merde.« Schwungvoll drehte sie sich zu Gerard um und stand auf. Das bleierne Gefühl im Kopf war ebenso verschwunden wie der heiße Knoten im Bauch. Plötzlich konnte sie wieder klar und vernünftig denken. »Du hast doch etwas von Essengehen gesagt?«

»Ja.« Gerard nickte.

»Lass uns bei Mustafa essen. Vielleicht ist Svenja zu Hause. Los, komm! Ich muss ihr das so schnell wie möglich erzählen.« Sie zog Gerard aus ihrem Büro und aus der Kanzlei. Auf der Straße musste sie plötzlich lachen. »Ich würde zu gern wissen, was Svenja gesagt oder getan hat, um diesen Stein zu erweichen.«

46

Marc und Svenja sprachen kaum. Er trug die Tüte mit den übrig gebliebenen Macarons. Jeder von ihnen hatte ein Stück gegessen. Geholfen hatten sie natürlich nicht. Macarons waren eben nur süße Köstlichkeiten, ein schwacher, wenn auch luxuriöser Trost und kein Allheilmittel gegen sture Eigentümer, drohende Obdachlosigkeit. Und …

Wenn Svenja ihre Wohnung verliert, geht sie nach Deutschland zurück, und ich sehe sie nie wieder. Es traf ihn wie ein Faustschlag in den Magen.

Auf dem Weg zur Metro-Station musste Marc sich eingestehen, dass er bisher nie ernsthaft an die Möglichkeit geglaubt hatte, dass La Maison das Haus kaufen würde. Wie es seine Art war, war er überzeugt gewesen, dass alles gut werden würde. Irgendein Retter würde kommen, La Maison und Danielle Dubois ausbooten, und alles würde so bleiben, wie es war. Vielleicht Valérie mit einem juristischen Trick. Und wenn nicht sie, dann jemand anders. So war es in seinem Leben bisher immer gewesen. Doch jetzt wurde ihm klar, dass er in einer Traumwelt gelebt hatte. Das Erwachen kam plötzlich und mit der eisigen Gewalt eines Wasserkübels.

Die Metro war wie immer voll. Sie standen dicht nebeneinander, ließen sich vom Bremsen und Anfahren der Wagen durchschütteln und von den Aus- und Einsteigenden herumschieben. Ein Rucksack drückte gegen sein Kreuz, das Objektiv einer Kamera bohrte sich in seine Rippen. Svenja wurde in seine Arme gedrängt. Sie hob den Kopf und sah ihn mit feucht schimmernden Augen an. Marc hielt sie fest, sie lehnte ihren Kopf an seine Schulter. Es fühlte sich gut und richtig an. Und trotzdem konnte er nur daran denken, dass er sie bald gehen lassen musste. Dass sich ihre Wege trennen würden. Dass es vorbei war. Vorbei, bevor es richtig begonnen hatte. Er konnte kaum atmen. Dann mussten sie aussteigen.

Selten war Marc der Weg zur Rue Saint Vincent länger erschienen. Als sie in die Straße einbogen, meldete sich sein Handy. Aus purer Gewohnheit zog er es aus der Hosentasche und ärgerte sich gleich über sich. Was gab es jetzt zu reden?

»Marc!« Er erkannte die Stimme seiner Schwester. »Wo bist du?«

»Ich bin gleich zu Hause, wir waren …«

»Ich kann Svenja nicht erreichen. Weißt du, wo sie ist?«

Er warf Svenja einen überraschten Blick zu. »Ja. Sie ist bei mir.«

»Wunderbar! Das passt. Dann kommt sofort zu Mustafa.«

»Moment, da muss ich erst mal fragen.« Mittlerweile waren sie am Tor angelangt. Sie blieben stehen, und er wandte sich an Svenja. »Valérie ist bei Mustafa. Wir sollen sie dort treffen.«

Sie schüttelte stumm den Kopf. Er konnte es ihr nicht verdenken. Auch er hatte kein Verlangen nach Gesellschaft. Allein sein, nachdenken, trauern. Da konnte er niemanden gebrauchen, außer Svenja.

»Wir haben keinen Hunger, Valérie.«

»Papperlapapp. Wenn ihr nichts essen wollt, trinkt ihr eben was. Oder ihr setzt euch nur zu uns an den Tisch …«

»Zu uns? Wer ist denn noch dabei?«

»Gerard. Es gibt Neuigkeiten. Ihr solltet wirklich herkommen. Am Telefon möchte ich es nicht erzählen.«

»Also gut, wir kommen. Ich kann nur hoffen, dass deine

Neuigkeiten besser sind als unsere. Wir können eine Aufmunterung gebrauchen.«

»Da bin ich mir sicher.« Er konnte das Lächeln in Valéries Stimme hören. »Kommt her, dann erzähle ich euch alles. Bis gleich!«

Er unterbrach das Gespräch und schob das Handy wieder in seine Hosentasche.

»Valérie möchte mit uns reden. Das heißt, wohl hauptsächlich mit dir, denn sie hat zuerst nach dir gefragt.«

Svenja seufzte resigniert. »Was kann es schon geben?«

»Ich weiß nicht, aber sie klang richtig aufgekratzt. Wollen wir?«

»Na gut. Vielleicht ist La Maison pleite oder so.«

Marc musste lachen. »Das wäre was! Das wäre die erste Firmenpleite zum richtigen Zeitpunkt.« Sie sah so traurig aus, dass es ihm wehtat. »Hey, wenn du nicht möchtest, gehe ich allein zu Mustafa. Valérie wird es verstehen.«

»Nein, ist schon gut.« Svenja lächelte schief. »Vielleicht gibt es ja tatsächlich etwas Positives, einen Hoffnungsschimmer. Man sollte nie aufgeben.«

»Ja, du hast recht. Dann lass uns mal hingehen.«

Nebeneinander setzten sie ihren Weg fort, und erst im letzten Moment konnte er sich bremsen, seinen Arm um Svenjas Schultern zu legen.

47

Die Nachricht, dass Danielle Dubois ihnen und dem Haus noch eine Chance einräumte, kam Svenja wie ein Lotteriegewinn vor. Es war ein Moment so jäher und unerwarteter Freude, dass sie sicher war: An diesen Augenblick würde sie sich noch in fünfzig Jahren erinnern.

Um sich ein Konzept für das Haus zu überlegen, mussten sie sich zuerst die Räume ansehen. Zum Glück wusste Marc, dass André die Schlüssel für die Bar und das Hotel aufbewahrte. Allerdings war Dienstag, da ging André zum Boule.

Svenja und Marc verabschiedeten sich hastig von Valérie und Gerard und liefen zum Haus zurück. Sie erwischten André, wie er die Tür seiner Wohnung hinter sich zuzog, gekleidet in ein dunkelbraunes Jackett, den Kasten mit den Kugeln in der Hand. Georges' Kasten, wie Svenja mit einem Blick auf den Harley-Davidson-Aufkleber feststellte.

»Monsieur André!«, rief Marc. »Monsieur! Einen Moment, bitte.«

André blieb stehen, sein Blick wirkte misstrauisch.

»Sie haben doch die Schlüssel für das Sans Regrets und das Hotel, oder?«

»Ja, warum?«

»Bitte, Monsieur«, sagte Svenja. »Wären Sie bitte so freundlich, uns die Räume aufzuschließen?«

Er runzelte die Stirn. »Wozu?«

»Wir wollen uns die Bar und das Hotel ansehen.«

»Bitte.«

André brummte irgendetwas, ging dann aber doch in seine Wohnung und kehrte mit einem Schlüsselbund zurück. Seine finstere Miene ließ keinen Zweifel daran, was er von dieser Unterbrechung seiner diensträglichen Routine hielt. Er schlurfte vor ihnen her zum Durchgang und blieb vor der Seitentür neben den Briefkästen stehen. Schon oft hatte Svenja sich gefragt, wo sie hinführte. Gleich würde sie es wissen.

»Hier kommt man ins Hotel«, sagte er und schloss die Tür auf.

Innen empfing sie Dunkelheit und abgestandene, nach Staub, Rauch und Putzmitteln riechende Luft. André schaltete das Licht an. Sie standen in einem kleinen Empfangsraum. Ein schwerer roter Samtvorhang verdeckte eine Tür zur Linken, geradeaus führte ein Gang zu einer Treppe. Hinter einem schmalen Tresen hing ein Regal an der Wand mit Fächern für Briefe und Nachrichten und Haken, an denen Schlüssel baumelten.

»Da geht's zu den Hotelzimmern«, erklärte André und deutete mit dem Kinn nach vorn. »Dort die Treppe hoch. Und das hier«, er ging zu der Tür und schob den Samtvorhang zurück, »ist die Bar. War's das?«

»Ich … Dürfen wir uns einen Moment umschauen, Monsieur?«

André stieß zischend die Luft aus. »Von mir aus! Aber nicht mit mir. Werde bereits erwartet. Sehen Sie sich um. Lichtschalter sind links an der Wand und beim Tresen. Vergessen Sie nicht, abzuschließen. Und werfen Sie mir den Schlüssel in den Briefkasten, wenn Sie fertig sind. Au revoir!«

»Au revoir, Monsieur. Und vielen Dank!«

Die Tür fiel hinter André ins Schloss. Eine seltsame Stille blieb zurück.

Svenja betrachtete die üppig gemusterten dunkelroten Tapeten, den abgetretenen Teppich und die Messingverzierungen überall – Wandlampen, opulente Kerzenleuchter mit halb heruntergebrannten Kerzen, Knäufe und Beschläge. Auf allem lag eine Staubschicht, Spinnweben hingen von der Decke und den Leuchtern.

»Wollen wir uns zuerst die Bar ansehen?« Unwillkürlich flüsterte sie.

Marc nickte und stieß die Tür auf.

In der Bar war es dunkel. Nur spärlich sickerte das Licht durch das abgeklebte Fenster und die Glastür an der Straßenseite. Svenja konnte hören, wie Marc an der Wand nach dem Lichtschalter tastete. Es klickte, und gleich darauf flammten Glühbirnen auf und tauchten alles in ein gedämpftes, schummriges Licht. Sie wagte kaum zu atmen. Die kleine Bar war wie eine Zeitkapsel.

Überall war Staub. Er lag als feine Schicht auf dem dunklen Holz von Tresen und Tischen, ließ den roten Samt der Lampen, Vorhänge und Sitzpolster grau erscheinen und schwebte im Schein der Glühbirnen. So, wie es nach vier oder noch mehr Jahren, die seit der Schließung vergangen waren, zu erwarten war. Doch der Geruch von Tabak, Whisky und schwerem süßen Parfum hing in der Luft, als wären die letzten Gäste erst vor wenigen Stunden gegangen.

Langsam ging Svenja durch den Raum, vorbei an Separees und Tischen, auf denen zum Teil noch Aschenbecher standen. Auf einer kleinen runden Bühne in der Mitte des Raums stand ein Flügel. Sie zuckte erschrocken zusammen, als Marc den Deckel hochklappte und ein paar Akkorde anschlug. Es war der seltsam hohle Klang eines lange nicht mehr gestimmten, Staub und Feuchtigkeit ausgesetzten Flügels. Trotzdem entstand vor ihren Augen sofort das Bild einer leichtbekleideten

Frau, die auf der Bühne tanzte oder auf einem hochbeinigen Hocker in einem langen, tief ausgeschnittenen und an der Seite geschlitzten Kleid saß und mit rauchiger Stimme Chansons über Liebe und Leidenschaft sang. Der Tresen war aus dunklem Holz und genauso verstaubt wie der Rest des Mobiliars. Davor standen Barhocker mit rotem Lederpolster, dahinter verstaubte Gläser in einem Regal mit Glasböden – Weingläser, Biergläser, schmale Longdrink- und breite Whiskygläser, trichterförmige Cocktail- und langstielige elegante Champagnergläser. Svenja stellte sich vor, wie Männer in Anzügen auf den Hockern saßen, vor sich ein Glas Whisky oder einen Cocktail. Im Hintergrund erklang gedämpfte Musik, melodiöser Jazz vielleicht, und junge, stark geschminkte Frauen näherten sich ihnen, legten ihnen eine Hand auf das Knie oder den Arm, während sie an ihrem Champagner nippten. Es war, als wäre das Sans Regrets schlafen gegangen, und man müsste lediglich Staub wischen und die Spinnweben entfernen, um es zu wecken.

»Wie findest du es?« Auch Marc sprach leise.

»Es ist irgendwie schön. Ich meine … obwohl es ein Bordell war. Irgendwie … Ja, ich kann es nicht anders beschreiben, es ist schön.«

»Ja, mir geht es genauso.«

»Wollen wir uns jetzt das Hotel ansehen?«

Sie gingen hinaus und ließen die Bar in ihren Schlaf zurücksinken.

Eine schmale Stiege führte zu den Zimmern. Es waren vierzehn, die sich rechts und links an einem langen Flur aneinanderreihten und die ähnlich ausgestattet waren wie die Bar. Roter Samt und Plüsch, dunkles Holz und Spiegel dominierten die Räume, um die sich seit Langem niemand mehr gekümmert hatte. Auch hier lag überall Staub, und an den

Spiegeln und Lampen hingen Spinnweben. Und doch war auch hier noch das Echo der Vergangenheit deutlich zu spüren. Svenja sah Martine herumwirbeln, Mädchen und Frauen zur Räson rufen, ihnen Ratschläge geben und sie trösten. Und dann sah sie Danielle, das kleine Mädchen, das mit ansehen musste, wie alte Männer mit Schmerbäuchen und grauen Anzügen junge Frauen in die Zimmer zogen.

Sie ließ ihre Hand über einen goldfarben lackierten Stuhl gleiten, dessen leopardengemustertes Polster zur Tagesdecke des Bettes passte. Sie waren in der Suite des Hotels. Dieses Zimmer war größer und luxuriöser ausgestattet, mit einem breiteren Bett und vielen kleinen Details, die in den anderen Räumen fehlten, wie zum Beispiel der Frisiertisch oder die große, frei stehende Badewanne im angrenzenden Bad.

Svenja dachte nach. Sowohl die Bar als auch das Hotel waren echt, unverfälscht. Das alles zu verändern und durch eine moderne Hotel- und Gastronomieeinrichtung zu ersetzen, kam einem Frevel gleich. Aber was konnte man aus diesen Räumlichkeiten machen?

»Wollen wir gehen?«

»Ja«, sagte Svenja und sah plötzlich einen Mann an dem Schminktisch sitzen, vor ihm eine alte Reiseschreibmaschine, daneben ein Glas, eine halb volle Flasche Whisky und ein überquellender Aschenbecher. Das Bild war so real, dass sie das hektische Klappern der Tasten hören konnte. Wer war dieser Mann? Hemingway? Eine vage Idee tauchte auf. »Ich glaube, wir haben genug gesehen.«

48

Der kühle Nachtwind strich über Svenjas Wange. Einige helle Sterne hatten den Kampf gegen die Lichter der Großstadt gewonnen und standen über den Dächern. Marc und sie saßen im geöffneten Fenster auf der Fensterbank einander gegenüber, und ihre bloßen Zehen berührten sich.

Welch ein Wechselbad der Gefühle dieser Tag gewesen war! Erst ihre Nervosität, dann das Gespräch mit Danielle, das ganz anders verlaufen war, als sie gehofft hatte. Die Enttäuschung, nichts erreicht zu haben. Die freudige Überraschung, als Valérie ihnen erzählt hatte, dass Danielle dem Haus noch eine Chance gebe. Der Besuch im Sans Regrets und dem ehemaligen Stundenhotel. Und schließlich hier mit Marc sitzen und bei einer Flasche Wein Ideen entwickeln, was aus der Bar, dem Hotel und den Räumen der Wizards werden konnte. Die Einfälle waren nur so aus ihnen herausgesprudelt. Vieles davon war unrealistisch, undurchführbar, anderes zu langweilig. Letztlich hatte sich ein Gedanke aus dem Wust herausgeschält, den sie weiterverfolgt hatten. Svenjas Vision des Schriftstellers hatte den Ausschlag gegeben. Sie planten einen Künstlertreff. Eine Bar für kulturelle Veranstaltungen und ein Hotel, in das Künstler sich zum Arbeiten zurückziehen konnten. Noch nichts davon war durchdacht, sie hatten beide keine Ahnung, wie viel Arbeit auf sie zukommen würde. Aber ein Anfang war gemacht.

Jetzt waren sie beide erschöpft vom Reden, müde von der

emotionalen Achterbahnfahrt an diesem langen Tag. Und doch waren sie zufrieden und glücklich. Svenja konnte das Lächeln sehen, das Marcs Lippen umspielte, während er an seiner Zigarette sog und die Asche auf das Dach schnippte.

Er hob die Weinflasche vom Boden auf und schüttelte sie.

»Leer«, sagte er bedauernd. »Möchtest du noch? Ich glaube, ich habe eine Flasche Rotwein irgendwo herumstehen.«

»O ja, gern. Das brauche ich heute.«

»Ich bin gleich wieder da.«

Marc ließ die Tür offen. Aus dem benachbarten Fenster fiel Licht auf das Dach. Sie konnte hören, wie er nebenan in einem Schrank herumkramte, Flaschen schlugen gegeneinander. Ihre Gedanken wanderten wieder zum Sans Regrets.

Die Atmosphäre in der Bar hätte düster, sogar gruselig sein können, entsprungen aus einem Horrorfilm. Doch das war sie nicht. Sie hatte sich dort auf Anhieb wohl gefühlt. Und trotzdem durfte sie nicht vergessen, was das Sans Regrets gewesen war – ein Bordell. Und das war zwangsläufig verbunden mit Leid, Tränen, Schmerz, Erniedrigung. Wieder dachte sie an Danielle, an die Erfahrungen, die sie schon als kleines Mädchen hatte machen müssen und die zu ihrer Verbitterung geführt hatten.

Wenn sie das erlebt hätte, hätte sie ebenso die Vergangenheit auslöschen wollen? Sie sah hinauf zu den Sternen und musste sich eingestehen, dass sie diese Frage nicht beantworten konnte. Sie konnte sich nicht vorstellen, wie es in einem Bordell zuging. Wie es in *diesem* Bordell zugegangen war. Aber sie konnte verstehen, wenn man die Erinnerungen daran hinter sich lassen wollte.

Das Licht nebenan erlosch und ließ das Dach in Dunkelheit zurück. Die leichten Schritte von Marcs bloßen Füßen auf dem Holzboden kamen näher.

»Ich habe tatsächlich noch eine Flasche gefunden!« Er zog den Korken aus der Flasche, füllte Svenjas Glas, danach sein eigenes. Der schwere Duft dunkler Trauben mit einer deutlichen Note von Cassis stieg ihr in die Nase.

»Das ist kein Wein aus dem Supermarkt, oder?«

Marc lachte. »O nein! Diese Flasche stammt aus dem Weinkeller meines Vaters. Angemessen für diesen Anlass.« Er hob sein Glas. »Auf einen Neustart!«

»Auf einen Neustart.« Sie stießen leicht die Böden ihrer Gläser aneinander, und Marc nahm seinen Platz auf der Fensterbank wieder ein. Eine Weile schwiegen sie in zufriedener Eintracht.

»Weißt du, was ich mich schon die ganze Zeit frage?«

Er schüttelte lächelnd den Kopf. »Wie sollte ich das denn wissen?«

»Ich würde zu gern wissen, wieso Danielle sich anders entschieden hat. Was hat sie bewogen, dem Haus diese Chance zu geben?«

Marc antwortete nicht, sondern sah sie an, nachdenklich, ernst. Der schwache Lichtschein der Straßenbeleuchtung spiegelte sich in seinen Augen.

»Du«, sagte er schließlich.

»Ich?«

»Ja. In deiner Gegenwart strengt man sich an, ein besserer Mensch zu werden.«

Svenja war verblüfft.

»Hast du das nicht gewusst?«, fragte Marc.

Sie schüttelte den Kopf. »Nein. Ich …«

»Du bist wundervoll«, flüsterte er. Dann beugte er sich vor und küsste sie auf den Mund.

Mittwoch, 9. Juli

49

Svenja erwachte aus einem tiefen und erholsamen Schlaf. Im Haus war noch alles still – kein Radio, keine Stimmen oder Schritte waren zu hören. Auch nebenan bei Marc rührte sich nichts.

Eine Weile saß sie auf ihrer Matratze und dachte an den vergangenen Tag. Hatte sie das alles geträumt? Das Gespräch mit Danielle, die herbe Enttäuschung, die Macarons, dann Valéries Nachricht, das Sans Regrets, das Brainstorming mit Marc, der Abend auf ihrer Fensterbank, der Wein, der Kuss …

Unwillkürlich lächelte sie. Marc war gegangen, irgendwann nach zwei Uhr in der Nacht. Er hatte sie erneut geküsst. Hatte er das ernst gemeint, oder lag es am Wein? Sie beide hatten gestern Abend eine Menge getrunken. Trotzdem fühlte sie sich ausgeschlafen, keine Kopfschmerzen, keine bleierne Müdigkeit, kein Kater.

Sie stand auf, wusch sich und zog sich an. Heute würde sie frische Croissants besorgen.

Auf der Straße empfing sie wunderbar frische Luft. Mit leisem Summen und im Schritttempo fuhr ein Wagen der Stadtreinigung vorbei und ließ Straße und Gehweg sauber und vor Feuchtigkeit glänzend zurück. Gegenüber am Lebensmittelgeschäft fuhr die silberfarbene Jalousie hoch und gab den Blick auf die geöffnete Tür frei. Es war noch nicht einmal sechs Uhr, ganz langsam erwachte die Stadt.

Beim Bäcker duftete es nach frischen Croissants, Baguette

und Brioche. Ein Mann in der Kleidung der Stadtreinigung stand an einem der hohen Tische, tunkte ein Croissant in eine Schale Kaffee und las Zeitung. Die Verkäuferin verteilte Madeleines und Èclairs mit Schokoladenglasur in der Auslage. Auch hier war es noch ruhig.

»Bonjour, Madame!«

»Bonjour! Zwei Croissants, zwei Pain au Chocolat und ein Baguette bitte.«

Die Backwaren wanderten in die Tüte, Svenja zahlte.

»Au revoir!«

Beim Gehen kam ihr eine Frau entgegen. Sie hielt die Tür auf und erkannte die Floristin aus dem benachbarten Blumengeschäft. Sie grüßten einander, und Svenja kehrte nach Hause zurück.

Jetzt parkte ein Lieferwagen vor dem Lebensmittelgeschäft. Drei schwarzhaarige Männer schleppten Körbe mit Broten, Tomaten und Auberginen in den Laden, während der alte Mann, der für gewöhnlich an der Kasse saß, die Markise hinunterkurbelte. Er erkannte Svenja, lächelte und nickte ihr zu.

Zu Hause, dachte Svenja und schloss das Tor auf. Es fühlt sich an, als wäre ich hier zu Hause.

In ihrer Wohnung packte sie ihre Einkäufe aus. Sie war noch nicht fertig, als jemand leise klopfte.

Es war Marc. Er stand in der Tür in zerfransten Jeans und einem verwaschenen T-Shirt, unrasiert, mit verstrubbelten Haaren.

»Bonjour«, sagte er mit vom Schlaf rauer Stimme. »Ich hoffe, ich störe nicht?«

»Nein. Ich mache gerade Frühstück. Möchtest du mitfrühstücken?«

»Ich habe gehofft, dass du fragen würdest«, erwiderte er mit einem Lächeln, das ähnliche Auswirkungen auf ihren Magen hatte wie ein Fahrstuhl, wenn er sich plötzlich in Bewegung setzte. »Ich habe sogar etwas mitgebracht.« Er winkte mit einer Papiertüte, die das Emblem der Konditorei aus der Rue du Faubourg Saint-Honoré trug. »Wir haben gestern nicht alle Macarons aufgegessen. Zwei sind noch da.«

Er legte die Tüte auf dem Kühlschrank ab und trat näher. Sehr nahe. So nah, dass Svenja die winzigen goldenen Reflexe in seiner braunen Iris sehen konnte. Offenbar habe ich nicht geträumt! Und wenn sie dessen immer noch nicht sicher war, so nahm sein Kuss ihr die letzten Zweifel.

Es gibt Tage, die sind süß und köstlich wie ein Macaron, dachte Svenja. Sie wischte sich den letzten rosafarbenen Krümel aus dem Mundwinkel und kostete den feinen Mandelgeschmack der Baisers und das Rosen- und Champagner-Aroma der Füllung aus, solange es sich noch auf Zunge und Gaumen hielt. Hier mit Marc auf dem Boden ihrer Wohnung zu frühstücken, zu reden und zu lachen und dabei in seine warmen braunen Augen zu sehen, war ein solcher Tag. Oder ein vielversprechender Beginn.

»Hast du über unsere Pläne für das Haus nachgedacht?«, fragte Marc, rutschte auf der Matratze nach hinten und lehnte sich gegen die Wand. »Mich haben sie bis in meine Träume verfolgt. Und ich muss sagen, ich finde sie großartig. Aber …«

»Aber?«

»Ich bin ganz konfus. Sollten wir nicht lieber alles aufschreiben, damit wir nichts vergessen? Schließlich wollen wir Danielle ordentlich beeindrucken.«

»Das ist eine gute Idee. Dann können wir auch gleich eine Liste aufstellen, was erledigt werden muss. Einen Moment.« Sie öffnete ihren Koffer und kramte darin nach einem Notizblock und einem Kugelschreiber. »So, kann losgehen.«

Eine Weile waren sie damit beschäftigt, die Ideen der vergangenen Nacht aufzuschreiben. Neue kamen hinzu, andere wurden verworfen. Schließlich begannen sie zu notieren, was getan werden musste, um Danielle das Ganze als lohnenswertes Konzept präsentieren zu können. Als sie fertig waren, waren drei Blätter eng beschrieben.

»O Mann!«, sagte Marc und fuhr sich durchs Haar.

Svenja hob den Kopf und sah ihn an. »Du hast recht.«

»Allein schaffen wir das nie.«

»Wir brauchen Hilfe.«

»Aber von wem?«

Sie schwiegen. Draußen dudelte ein Radio, eine Kirchturmuhr schlug zwölfmal. Die Tauben auf dem Dach gurrten, gelegentlich flog eine mit klappernden Flügeln auf.

»Die anderen im Haus!« – »Die übrigen Hausbewohner!«, platzten sie gleichzeitig heraus, sodass sie lachen mussten.

»Wir sollten ein Treffen veranstalten, um ihnen die Situation und unsere Pläne zu erklären. Dann sind sie bestimmt bereit, uns zu helfen.«

»Alles schön und gut, aber wo?« Svenja stützte den Kopf auf die Knie. »Hier passen sie nicht alle hinein, bei dir ebenso wenig. Und wir können Claire oder André kaum fragen, ob sie ihre Wohnungen zur Verfügung stellen wollen, oder?«

»Richtig.« Marc runzelte die Stirn. »Im Hof?«

Svenja schüttelte den Kopf. »Wo sollen wir denn die ganzen Stühle hernehmen?«

»Stimmt. Bei Mustafa?«

»Da ist doch so viel Betrieb, da haben wir nicht genug Ruhe.«

»Da hast du auch wieder recht.« Plötzlich ging ein Leuchten über sein Gesicht. »Was hältst du vom Sans Regrets?«

»Das ist eine großartige Idee! Da haben wir alles, was wir

brauchen. Wir haben Ruhe und sind gleich im Herzstück unserer Pläne.«

»Wann wollen wir das Treffen veranstalten? Heute?«

Svenja schüttelte den Kopf. »Das schaffen wir nicht. Du hast selbst gesehen, wie es in der Bar aussieht. Da muss erst mal geputzt werden. Außerdem sollten wir Getränke besorgen und ein paar Knabbereien.«

»Wir haben nicht viel Zeit«, gab Marc zu bedenken. »Zwei Wochen und zwei Tage. Das kann knapp werden.«

»Morgen? Um sechs Uhr abends?« Marc nickte. »Sollen wir deine Schwester auch hinzubitten?«

»Valérie? Nein. Falls wir rechtliche Fragen haben, können wir mit ihr reden.«

»Wird sie sich nicht zurückgesetzt fühlen?«

Lächelnd strich er ihr über die Wange. »In deiner Welt ist Platz für jeden.« Dann nahm er sie in den Arm und küsste sie. »Keine Sorge, Valérie wird erleichtert sein, dass sie sich mal ausnahmsweise nicht um alles kümmern muss.«

Svenja schmiegte sich an seine Schulter. Ein ungewohntes, lang vermisstes Gefühl. So wunderbar, dass sie kaum glauben konnte, dass das hier gerade wirklich passierte. Einen Moment schloss sie die Augen und war dankbar. Noch ein Grund, weshalb La Maison das Haus nicht in die Finger bekommen durfte. Unter gar keinen Umständen. Die Liste der Aufgaben fiel ihr wieder ein.

»Marc?«

»Ja?«

»Meinst du, wir kriegen das hin?«

»Davon bin ich überzeugt.«

50

Sie hatten die Besuche bei den Bewohnern untereinander aufgeteilt. Svenja hatte mit Claire und Louise gesprochen, die beide sofort bereit gewesen waren zu kommen. Mit einem flauen Gefühl im Magen stand sie jetzt vor Juliettes Tür.

Sie war nicht sicher, was sie hier erwartete. Würde Juliette die Tür überhaupt öffnen?

Svenja nahm ihren ganzen Mut zusammen und drückte auf den Klingelknopf. Durch die Tür drang der Gesang des Kanarienvogels. Pirol war sein Name, wie Claire ihr erzählt hatte. Sie hörte Schritte, leicht und schnell, eher zu einem jungen Mädchen passend, dabei hatte Juliette die sechzig bereits überschritten. Dann öffnete sich die Tür. Juliette trug ein wadenlanges Kleid aus einem grauen Stoff, ihr langer silberner Zopf hing über ihrer rechten Schulter, ihre Füße waren nackt – keine Schuhe, keine Strümpfe.

»Bonjour, Madame«, sagte Svenja und lächelte freundlich. »Kann ich kurz mit Ihnen sprechen?«

»Natürlich. Reden Sie.«

Juliette neigte den Kopf und schloss die Augen. Sie erinnerte Svenja eher an ein kleines Mädchen als an eine fast siebzigjährige Frau. Nur ihre Haarfarbe, die runzligen, arthrosegezeichneten Hände, mit denen sie das Ende ihres Zopfes hielt, und ihre Füße verrieten ihr wahres Alter.

Als Svenja fertig war, nickte Juliette, schlug die Augen auf und lächelte. »Ja, ich habe es gewusst. Das Rot breitet sich aus, es wird stärker.« Sie legte Svenja eine Hand auf den Arm und senkte ihre Stimme. »Wie bei Georges, nicht wahr? Du bist seine Nichte.«

»Ja, aber …«

»Ich komme morgen um sechs.« Damit schloss sie die Tür und ließ Svenja verwirrt und überrascht auf ihrer Fußmatte zurück.

Madame al Fahdi war eine kleine Frau mit einem schwarzen Kopftuch und großen, ängstlichen Augen in einem blassen Gesicht. Svenja war nicht sicher, ob sie wirklich verstand, worum es ging, aber das »Morgen. Sechs. Sans Regrets« wiederholte sie so oft und mit einem derart panischen Gesichtsausdruck, als wären Datum und Ort ihre einzige Chance, der unmittelbar bevorstehenden Ausweisung zu entgehen. Würden die al Fahdis morgen erscheinen? Oder würden sie ihre Koffer packen und noch in der Nacht flüchten aus Angst, dass ihnen irgendetwas Schreckliches bevorstand?

Ich hätte Marc mitnehmen sollen oder noch besser Claire, dachte Svenja unglücklich. Die beiden hätten der armen Frau bestimmt das Ganze viel besser erklären können als sie selbst mit ihrem holprigen Französisch. Wenn die Familie nun tatsächlich etwas Unüberlegtes tat, dann wäre sie schuld daran.

Mit schlechtem Gewissen wandte sich Svenja der letzten Wohnung zu, in der Madame und Monsieur Rosier lebten, in doppelter Hinsicht die ältesten Mieter des Hauses. Monsieur Rosier hatte Svenja noch nie persönlich getroffen. Aber Madame war ihr ein paarmal begegnet – auf dem Hof oder im Treppenhaus –, eine zierliche, gebrechlich aussehende alte Dame im pastellfarbenen Kostüm und dazu passendem Hut, die sich trotz ihres Gehstocks aufrecht hielt und freundlich grüßte. Svenja ging nicht davon aus, dass die beiden alten

Herrschaften den Termin wahrnehmen würden, aber sie empfand es als Gebot der Höflichkeit, ihnen von dem Treffen zu erzählen, sie einzuladen und ihnen diese Entscheidung selbst zu überlassen.

Es dauerte eine Weile, bis sich auf das Schrillen der Türglocke in der Wohnung etwas regte. Dann hörte Svenja die langsamen Schritte eines alten Menschen, dem das Gehen Schmerzen bereitet. Etwas drehte sich im Schloss, die Tür wurde einen Spalt geöffnet, und Madame Rosiers feines, von Falten gezeichnetes Gesicht erschien.

»Bonjour, Madame Rosier. Ich bin Svenja Lorentz. Ich …«

»Madame! Sie sind doch die Nichte von Monsieur Georges? Einen Moment.«

Svenja hörte das Zurückschieben eines Riegels, dann öffnete sich die Tür weit.

»Das ist aber schön, dass Sie uns besuchen kommen. Treten Sie ein.«

»Ich möchte nicht stören. Ich wollte nur …«

»Ach was«, die alte Dame winkte ab, das Lächeln ließ ihre blauen Augen leuchten, »wir freuen uns über Besuch. Kommen Sie. Kommen Sie nur.« Sie schloss sorgfältig die Tür, dann folgte Svenja ihr einen schmalen, dunklen Flur entlang in ein kleines Wohnzimmer. Es roch nach Möbelpolitur, Bohnerwachs, Lavendel, alten Büchern und nach Rosen. »Setzen Sie sich doch.« Sie deutete auf ein Sofa. »Trinken Sie einen Tee mit mir?«

Svenja betrachtete den Tisch, der mit Tellern, Tassen und Gebäck für vier Personen gedeckt war.

»Sie erwarten Gäste, Madame. Ich möchte wirklich nicht stören. Vielleicht passt es Ihnen zu einem anderen Zeitpunkt besser.«

»Sie stören überhaupt nicht, meine Liebe. Meine Tochter

und mein Schwiegersohn kommen erst gegen vier Uhr. Ich habe mir angewöhnt, alles rechtzeitig vorzubereiten. In meinem Alter ist man nicht mehr so schnell. Aber für eine Tasse Tee ist immer noch Zeit, sagte meine Mutter immer.«

Svenja lächelte. »Dann nehme ich dankend an, Madame. Aber wirklich nur eine Tasse.«

Madame Rosier legte ihr eine Hand auf den Arm. »Damit machen Sie mir eine Freude. Machen Sie es sich bequem.«

»Kann ich Ihnen helfen?«

Mit einem feinen Lächeln schüttelte sie den Kopf. »Mit alten Leuten ist es wie mit Kindern – man ist stolz auf alles, was man selbst erledigen kann. Der Tee ist gleich fertig.«

Also nahm Svenja auf dem harten Sofa Platz. Irgendwo in der Wohnung hörte sie Wasser rauschen und Porzellan klimpern.

Zum zweiten Mal kam sie sich vor wie in einer Zeitkapsel. Die Möbel – Tisch, Stühle, das Sofa, ein Bücherschrank aus Wurzelholz, in dem die Bücher wie Kostbarkeiten hinter Glasscheiben standen – erinnerten an Fotos und Filme der Vierzigerjahre, obwohl sie aussahen, als hätte die Möbeltischlerei sie gerade erst vor wenigen Tagen geliefert. Die Stoffe der Polster trugen kaum Gebrauchsspuren an Lehnen und Sitzflächen, und nicht ein Kratzer verschandelte das dunkle, sanft schimmernde Holz. Ihr Blick wanderte zu dem Ohrensessel, der vor dem Fenster stand, eine Wolldecke über der Lehne, daneben ein kleiner Tisch, auf dem ein offenes Fotoalbum lag. Sie konnte einige Schwarz-Weiß-Fotografien erkennen, offenbar Porträtaufnahmen und ein Gruppenfoto. Nur die Wanduhr neben dem Bücherschrank tickte zum Beweis, dass die Zeit es sich nicht einfallen ließ, stehenzubleiben, nicht einmal hier. Dann pfiff ein Wasserkessel.

Kurz darauf kam Madame Rosier zurück. Sie ging langsam,

als wäre jeder Schritt mühsam, aber mit Würde. Sie trug eine Teekanne aus dem gleichen geblümten Porzellan, mit dem auch der Tisch gedeckt war.

»Sind Sie bitte so freundlich?« Sie streckte ihre Hand aus. Das Porzellan klirrte leise, während die dunkle Flüssigkeit plätschernd Svenjas Tasse füllte. »Schade, dass Ephraim nicht da ist, um Sie zu begrüßen«, sagte sie und schenkte sich selbst auch eine Tasse ein. »Zucker?«

Svenja schüttelte den Kopf. »Nein danke.«

»Mein Mann macht jeden Tag um drei Uhr seinen Spaziergang. Damit hat er schon in früher Jugend begonnen, als er noch in die Lehre ging. Es würde ihn freuen, Sie kennenzulernen. Ephraim und Monsieur Georges haben sich regelmäßig getroffen, um über Literatur oder Politik zu reden. Und gelegentlich kam Ihr Herr Onkel am Samstag zu uns zum Essen. Ephraim hat ihn sehr geschätzt, auch wenn sie nicht immer einer Meinung waren.« Lächelnd setzte sie sich auf den Stuhl rechts neben Svenja. »Und nun müssen Sie mir erzählen, welchem Anlass ich Ihren Besuch zu verdanken habe.«

Svenja trank einen Schluck. Der Tee war aromatisch und kräftig, vielleicht ein Assam, jedenfalls einer jener Tees, die sie selbst »Seelentröster« nannte.

»Sie haben sicherlich davon gehört, dass Madame Dubois das Haus an La Maison verkaufen will?«

»Ja.« Madame Rosier stellte sorgfältig ihre Tasse ab, legte ihre Hände in den Schoß und ließ ihren Blick wehmütig durchs Zimmer schweifen. »Wenn es dazu kommt, werden wir hier wohl ausziehen müssen, Ephraim und ich.«

»Das können wir hoffentlich verhindern«, sagte Svenja rasch. »Madame Dubois hat zwar ihre Gründe, sich von dem Haus zu trennen. Gründe, die ich verstehen kann.«

»Ja, die kleine Danielle. Sie war oft bei mir. Sie mochte

meinen Strudel so gern. Madame Martine war eine warmherzige Frau, die alles für ihre Tochter getan hat, aber wirklich glücklich schien mir die Kleine nie zu sein.«

»Den Eindruck hatte ich auch.« Svenja und Madame Rosier nickten sich in gegenseitigem Einverständnis zu. »In der kurzen Zeit, die ich hier wohne, sind mir meine acht Quadratmeter so ans Herz gewachsen, dass ich den Gedanken, die Wohnung aufgeben zu müssen, schrecklich finde. Deshalb habe ich noch mal mit Madame Dubois geredet. Und sie hat mir zugesichert, dass sie über den Verkauf nachdenken und möglicherweise neu entscheiden wird, vorausgesetzt, es gelingt uns, ihr ein gutes Konzept für die Nutzung des Vorderhauses vorzulegen. Marc Decaux und ich haben uns den Kopf darüber zerbrochen und bereits ein paar Ideen gesammelt. Die möchten wir gern vorstellen und mit allen Bewohnern des Hauses besprechen. Auch mit Ihnen und Ihrem Mann, Madame. Schließlich geht es uns alle an.«

Die alte Dame musterte Svenja aufmerksam. »Und welche Ideen sind das?«

»Das würden wir Ihnen gern erklären. Wir treffen uns alle morgen Abend um sechs in der Bar, im Sans Regrets. Wir würden uns freuen, wenn Sie bei dem Treffen dabei wären.«

Sie nickte langsam. »Sehr gern. Natürlich muss ich noch mit meinem Mann sprechen. Er ist immer sehr beschäftigt, wissen Sie.«

»Selbstverständlich.« Svenja trank wieder einen Schluck. Der Tee tat ihr gut. Sie spürte, wie er sie beruhigte. »Darf ich fragen, wie lange Sie schon hier wohnen, Madame Rosier?«

»Über sechzig Jahre. 1952 sind wir hier eingezogen. Da waren wir seit zwei Jahren verheiratet, unser ältester Sohn war gerade ein Jahr alt. Wir haben vier Kinder. Wunderbare Kinder. Von den fünfzehn Enkeln sind die meisten verheiratet, einige haben auch schon selbst Kinder. Sieben Urenkel sind es mittlerweile. Wir haben sehr viel Glück, Ephraim und ich.« In diesem Moment klingelte es an der Tür. »Das wird bestimmt mein Mann sein.«

Langsam und unter Ächzen und Stöhnen erhob sie sich. Gern hätte Svenja ihr den Weg zur Tür abgenommen, aber als Fremde wäre das wohl eher seltsam als freundlich gewesen.

Sie hörte Stimmen an der Tür, dann näherten sich Schritte. Eine Frau und ein Mann kamen herein, die Frau eine jüngere, größere und vitalere Ausgabe der alten Madame Rosier. Sie hatte ein in weißes Papier gewickeltes Päckchen mit blauer Schrift in der Hand.

»Ich habe dir Mandelbrot vom Pletzel mitgebracht.« Dann stutzte sie kurz, als sie Svenja sah. »Oh, du hast Besuch?«

Madame Rosier kam ins Wohnzimmer. »Darf ich euch Madame Lorentz vorstellen? Sie ist die Nichte von Monsieur Georges. Das ist meine Tochter Esther und mein lieber Schwiegersohn Aaron.« Svenja stand auf, und sie reichten einander die Hand wie artige Kinder. »Madame Lorentz sagt, sie möchte dafür sorgen, dass das Haus nicht verkauft wird.«

»Da wünsche ich Ihnen viel Glück, Madame!«, erwiderte Esther mit dem gleichen warmen Lächeln, das auch ihre Mutter auszeichnete. »Wenn meine Eltern umziehen müssten …«

»Ja, das wäre nicht auszudenken.« Aaron nickte. »Wir haben schon daran gedacht, vor Gericht zu gehen. Nach über sechzig Jahren darf man doch Leute, noch dazu in dem Alter, nicht einfach auf die Straße setzen. Aber die Aussichten auf Erfolg sind gering, sagte unser Anwalt.«

»Außerdem weißt du, dass ich das nicht will«, erklärte Madame Rosier und schüttelte den Kopf. »Ihr werdet nicht euren ganzen Besitz verpfänden, um wegen dieser Wohnung vor Gericht ziehen zu können. Aber setzt euch doch, was steht ihr hier so herum? Der Tee ist bereits fertig.«

»Ich werde mich verabschieden, Madame«, sagte Svenja und reichte Madame Rosier die Hand.

»Sie wollen doch nicht etwa schon gehen?« Die alte Dame hielt ihre Hand fest. »Bleiben Sie noch ein Weilchen. Kosten Sie ein Stückchen von dem Mandelbrot. Esther, holst du bitte ein Messer aus der Küche?«

»Vielen Dank, Madame Rosier, ich möchte Ihnen wirklich nicht zur Last fallen. Ich bin schon viel zu lange geblieben.«

»Ich möchte Sie natürlich nicht zwingen, aber …«

Esther übernahm die Initiative. »Setz dich, Mamme, und schenk uns Tee ein. Ich bringe Madame zur Tür und hole das Messer.«

»Au revoir, Madame Rosier!«

»Au revoir, Madame Lorentz. Wir sehen uns morgen Abend. Und danke für Ihren Besuch. Kommen Sie gern wieder.«

»Danke, das werde ich bestimmt.«

Schweigend folgte sie Esther durch den dunklen Flur.

»Ich dachte, es sei bereits beschlossene Sache gewesen, dass Madame Dubois ihren Teil des Hauses verkaufen wird. Wie wollen Sie denn das Haus vor La Maison retten?«, erkundigte sich Esther, als sie die Tür erreicht hatten.

»Madame Dubois hat mir zugesichert, dass sie es sich noch einmal überlegen will, falls wir ihr ein gelungenes Konzept vorlegen können. Darüber wollen wir morgen Abend sprechen. Ich habe Ihre Mutter und Ihren Vater zu dem Treffen eingeladen. Wenn Sie möchten, können Sie und Ihr Mann auch …«

Esther schüttelte lächelnd den Kopf. »Das wird wohl kaum nötig sein. Meine Mutter wird kommen, das wird sie sich nicht nehmen lassen. Aber mein Vater nicht.« Svenja fiel auf, wie traurig sie plötzlich aussah. »Er ist seit vier Jahren tot.«

»Oh, ich …« Svenja blinzelte. Diese Nachricht schockierte sie. »Das … Ich verstehe nicht. Ihre Mutter sprach über ihn, als ob …« Jetzt schüttelte sie den Kopf, zu entsetzt, um ihre Gedanken in Worte zu fassen. »Weiß Ihre Mutter nichts davon?«

»Doch, natürlich weiß sie es. Sie ist nicht dement, aber …« Sie holte tief Luft. »Man merkt es ihr zwar nicht an, aber meine Mutter hat in ihrem Leben viel durchgemacht. Demütigungen, Angst, der Verlust geliebter Menschen. Drei Jahre ihrer Jugend hat sie in einem fensterlosen Kellerloch bei einem Bauern in der Nähe von Roubaix verbracht, versteckt hinter einem Stapel Brennholz und alten Lumpen. Das hat ihr das Leben gerettet. Die meisten ihrer Verwandten hatten nicht so viel Glück. Ihre Eltern, ihre beiden Schwestern, ihr Bruder … Von der ganzen Familie haben nur sie und ein Cousin überlebt. Sie kennen bestimmt solche Lebensgeschichten.« Svenja nickte. »Trotzdem haben wir – ihre Kinder – das nie zu spüren bekommen. Meine Mutter hat mit uns gelacht, gesungen, getanzt. Nicht immer, natürlich, aber so, dass ich von Herzen sagen kann, eine wunderbare Kindheit gehabt zu haben. Als mein Vater starb, dachten wir, das sei auch ihr Ende. Sie war still, aß kaum noch, ging nicht mehr aus dem Haus. Dann aber fing sie an, über ihn zu reden, als wäre er gerade spazieren oder hole sich die Zeitung beim Händler um die Ecke. Wir glaubten natürlich, dass sie verwirrt sei, versuchten ihr das auszureden, bis sie eines Tages zu mir sagte: ›Esther, ich weiß, dass dein Vater gegangen ist und dass ich ihn auf dieser Erde nicht wiedersehen werde. Wenn ich mir aber vorstelle, er ist nur auf seinem Spaziergang, wird mir die Wartezeit nicht so lang.‹ Seitdem gehen wir alle darauf ein. Wenn wir nach Hause gehen, richten wir Grüße an meinen Vater aus. Und Claire, die meiner Mutter im Haushalt hilft, wäscht und bügelt regelmäßig seine Sachen. Das mag in ihren Ohren seltsam oder sogar gruselig klingen, aber es ist ihre Art, den Verlust zu ertragen. Wenn sie das nicht hätte, würde sie zerbrechen. Das würde sie nicht überleben.«

»Nein, ich finde das nicht seltsam. Ich kann es sehr gut verstehen.« Svenja sah Esther an und reichte ihr die Hand. »Ihre Mutter ist eine wunderbare, bemerkenswerte Frau.«

In ihrer Wohnung kramte Svenja ihr Handy aus dem Koffer hervor. Seit dem Vortag, als sie diese seltsamen Anrufe bekommen hatte, hatte sie es nicht mehr angeschaltet. Bestimmt hatte ihre Mutter versucht, sie zu erreichen, und machte sich jetzt Sorgen. In den vergangenen zwei Tagen war so viel passiert, dass sie kaum an ihre Eltern gedacht hatte. Dabei ...

Sie schaltete das Handy an. »Sie haben 124 nicht beantwortete Nachrichten« stand auf dem Display. Gut, dass sie das Handy ausgeschaltet hatte, wahrscheinlich wäre sie verrückt geworden. Sie überflog die Telefonnummern und erkannte keine davon. Zweimal musste sie mit dem Daumen tippen, dann waren alle Nachrichten gelöscht. Wenn jemand sie dringend sprechen wollte, würde derjenige es wieder versuchen. Sie wählte das Menü »Kontakte« aus und rief die Nummer ihrer Eltern auf. Es klingelte nur dreimal, dann hörte sie die Stimme ihrer Mutter.

»Lorentz.«

»Hallo, Mama, ich bin's.«

»Svenja? O mein Gott, Kind! Ist etwas, geht es dir gut? Ich versuche schon seit gestern, dich zu erreichen.«

»Ich hatte ein paar seltsame Anrufe und habe mein Handy ausgeschaltet. Hier scheint jemand eine ähnliche Nummer zu haben. Ich werde mir eine neue SIM-Karte zulegen müssen.«

»Du wirst aber doch nicht bedroht oder belästigt oder so?«

»Nein, mach dir keine Sorgen. Es ist nur nervtötend, wenn ständig das Handy klingelt und man sagen muss »Falsch verbunden«. Ist bei euch alles in Ordnung?«

»Ja, danke, uns geht es gut. Der Umzug rückt näher, hier stapeln sich die Kartons, und ich finde kaum noch etwas wieder. Papa und ich sind deshalb dazu übergegangen, auswärts essen zu gehen. Das kostet zwar ein bisschen, aber es schont die Nerven, statt jedes Mal alle Kartons nach der Kartoffelpresse oder dem Schmortopf durchwühlen zu müssen.«

Svenja lachte. »Wann ist es denn so weit?«

»Nächsten Freitag kommt der Umzugswagen.«

»Und, wie geht es dir dabei?«

Ihre Mutter seufzte. »Na ja, wenn ich ehrlich bin, leicht ist es nicht. Es ist …« Sie hörte ein Schlucken in der Leitung, und als sie weitersprach, klang ihre Mutter, als hätte sie sich plötzlich erkältet. »Es sind die Erinnerungen, weißt du. Andererseits freue ich mich darauf, keine hundertfünfzig Quadratmeter mehr putzen zu müssen. Drei Zimmer reichen uns doch. Papa bekommt sein Computerzimmer, das gleichzeitig Gästezimmer ist, wenn die Jungs mal bei uns übernachten. Eine schöne Terrasse ist auch dabei. Dafür müssen wir keinen Rasen mehr mähen. Und nicht mehr für jedes Handtuch in den ersten Stock und jede Flasche Wasser in den Keller laufen zu müssen, hat auch etwas. Uns geht es ja gut. Wir sind beweglich. Zumindest noch. Aber das kann sich so schnell ändern, wie wir gerade wieder erleben mussten. Du kennst doch Gerda und Joachim?«

»Eure Bekannten vom Kegeln?«

»Genau. Sie trägt seit Jahrzehnten ihre Haare auf die gleiche Art hochtoupiert und immer diese großen weißen Ohrclips.«

»Ja, ich erinnere mich.«

»Joachim hatte vor einem Monat einen Schlaganfall. Er sitzt

jetzt im Rollstuhl. Er ist zwar in der Reha, aber die Ärzte wissen nicht, ob's jemals wieder wird. Na ja, wir kommen wohl allmählich in das Alter, in dem man immer mit solchen Dingen rechnen muss.«

»Mama, du bist gerade erst sechzig geworden.«

»Da fängt es an.«

Eine Weile schwiegen sie. Aber es war nicht das übliche Schweigen, schwerlastig von unausgesprochenen Vorwürfen. Diesmal spürte Svenja gegenseitiges Verständnis. Und einen Hauch der Liebe und Zärtlichkeit, die sie im Umgang von Esther und Madame Rosier gespürt hatte.

»Übernimm dich bei der Renovierung nicht, Svenja.«

»Nein, keine Sorge. Du dich aber auch nicht.«

»Schön, dass du angerufen hast.«

»Gerne. Grüße Papa bitte von mir. Und Bianka, Lutz und meine drei Lieblingsneffen natürlich auch.«

»Mache ich. Ich soll auch grüßen, ruft Papa gerade von der Terrasse.«

»Tschüs!«

»Tschüs, Svenja.«

Sie beendete das Gespräch und schaltete das Handy aus, um keine weiteren Belästigungen zu riskieren. Nachdenklich behielt sie es in der Hand. Im Grunde war es so einfach, miteinander zu reden, dass man sich fragen konnte, weshalb es so oft misslang.

Donnerstag, 10. Juli

51

Sie waren nervös, alle beide. Marc warf einen Blick auf die Uhr. Erst halb sechs. Er holte tief Luft. Bald. Bald würden sie kommen. Das Sans Regrets war jedenfalls bereit.

Sie hatten den ganzen Vormittag geschuftet – Staub gewischt, gesaugt, Polster ausgeklopft, Spiegel und Glasflächen geputzt. Claire Poulette hatte ihnen mit der ihr typischen Gründlichkeit geholfen. Jetzt lief der kleine Kühlschrank unter der Theke und sorgte für kühles Wasser, Limonade und Bier, als wäre er nie abgeschaltet worden. Sie hatten sogar Wein besorgt. Saubere Gläser standen bereit, die Glühbirnen in den Lampen waren von der dicken Staubschicht befreit und leuchteten, so hell es die dunkelroten Lampenschirme zuließen.

Im Grunde waren sie zu schnell fertig geworden. Um sich die Zeit zu vertreiben, hatten sie begonnen, Svenjas Wohnung zu streichen. Sie hatten dabei Musik gehört, geredet, viel gelacht und immer wieder verstohlen auf die Uhr geschaut, deren Zeiger sich quälend langsam vorwärtsbewegt hatten. Aber acht Quadratmeter waren erschreckend schnell gestrichen. Mittlerweile leuchtete Svenjas Wohnung in Limonengrün und Zitronengelb. Die Farben gefielen Marc. Sie passten zu Svenja und verliehen dem Raum Frische und Lebendigkeit wie ein sommerliches Picknick im Garten unter Obstbäumen.

Doch immer noch hatten sie mehr als genug Zeit bis zum Beginn der Versammlung.

Sie hatten geduscht, sich umgezogen, hatten um kurz vor fünf das Sans Regrets aufgeschlossen, waren noch mal ihre Argumente durchgegangen, hatten gesalzene Nüsse und Kartoffelchips in Schalen gefüllt und auf den Tischen verteilt. Marc hatte sogar in einem Fach unter dem Tresen ein paar CDs gefunden und die kleine Stereoanlage reaktiviert. Im Hintergrund erklangen jetzt feinster Blues und die rauchige Stimme einer Sängerin. Aber die Zeit wollte nicht verstreichen.

Sie hatten ausgemacht, dass sie beide auf dem kleinen Podest stehen sollten, in der Mitte des Raums. Von dort waren sie von jedem Tisch aus zu sehen und zu hören, das hatten sie ausprobiert. Aber vielleicht war es besser, wenn sie Stühle hatten? Und eine Flasche Wasser. Seine Kehle war vor Aufregung wie ausgedörrt. Seltsam, normalerweise hatte er nicht unter Lampenfieber zu leiden. Ein bisschen Aufregung, ja. Das nötige Kribbeln im Bauch, um nicht selbstgefällig zu werden, sondern auf der Bühne sein Bestes zu geben. Direkt vor dem Auftritt die üblichen Fragen: Wird das Publikum mitgehen? Habe ich die richtigen Songs für diesen Abend ausgesucht? Aber eine Nervosität wie diese hier, die die Hände schweißig werden ließ und ihm fast Übelkeit bereitete, kannte er nicht.

»Marc?« Er wandte sich zu Svenja um, die auf der Suche nach einer Beschäftigung an der Theke die Wassergläser auf dem Tablett ordnete. »Ich glaube, ich halte es nicht mehr aus.«

Er ging zu ihr und nahm sie in den Arm. Es tat gut, sie zu spüren und zu wissen, dass er mit seiner Aufregung nicht allein war.

»Mir geht es genauso.«

»Was ist, wenn wir die anderen nicht überzeugen können?«

»Denk nicht daran.«

»Aber wenn …«

»Unsere Ideen sind so gut, dass alle begeistert sein werden.«

»Und wenn nicht?«

Er zuckte mit den Schultern. Tja, wie oft hatte er sich das in den vergangenen Stunden schon gefragt? »Dann fällt uns etwas anderes ein. Oder wir ziehen das allein durch.«

Svenja schüttelte den Kopf. »Marc, das geht nicht. Du weißt, dass wir alle brauchen, um …«

»Ja, und deshalb wird es auch klappen.« Er lächelte. Zuversichtlich, wie er hoffte. Er wollte ihr nicht sagen, dass er nicht einmal sicher war, dass überhaupt jemand kommen würde. Die Bewohner des Hauses hatten viele Eigenheiten. Sie waren eher ein Haufen Einzelkämpfer als eine eingeschworene Gemeinschaft. Martine und Georges waren die Verbindung gewesen. Und beide waren tot.

Svenja neigte den Kopf und kniff die Augen leicht zusammen. Konnte sie etwa seine Gedanken lesen? Jeden einzelnen?

»Du bist dir selbst nicht sicher.«

Sollte er jetzt schwindeln? Würde das Sinn machen?

»Wie könnte ich?«, gab er zu. »Aber was hilft es, wenn wir uns gegenseitig alles in den düstersten Farben ausmalen und uns dadurch verrückt machen? Wir können nicht in die Zukunft sehen. Einen Schritt nach dem anderen. Zuerst kommen sie herein, wir bieten Getränke an, sie suchen sich ihre Plätze. Dann werden wir unsere Ideen vorstellen. Und wenn wir selbst von dem, was wir vorhaben, überzeugt sind, werden wir auch die anderen überzeugen können.«

»Bist du denn davon überzeugt?«

»Absolut.«

Svenja sah ihn an, Skepsis in ihrem Gesicht. »Du meinst, es ist tatsächlich so einfach?«

»Ja, das meine ich.« Er legte ihr die Hände auf die Schultern. »Das hast du doch schon bewiesen.«

»Aha.« Sie hob eine Augenbraue. »Habe ich das?«

»Denk an Louise, an André oder die Wizards. Du hast sie alle auf deine Seite gezogen.« Er küsste sie, und sie schmiegte sich an ihn.

»Ich habe Angst, Marc.«

Ich auch. Und wie. Wenn das hier nicht klappt ... Er schloss die Augen und zwang sich, nicht daran zu denken, dass Svenja dann in Hamburg leben würde.

»Hey, wir stehen hier nicht allein. Wir ziehen das gemeinsam durch, ja?«

»Okay.« Sie seufzte tief. »Wie spät ist es?«

Er warf erneut einen Blick auf die Uhr über der Theke. »Viertel vor sechs. Bald müssen sie kommen.«

52

»Ist spät geworden«, sagte André, trank noch den letzten Schluck und stellte die leere Bierflasche auf den Tresen. »Für mich wird es Zeit.«

Der Abend war ein Erfolg gewesen. Sie hatten lange diskutiert, jeder hatte seine Meinung geäußert. Irgendwann waren die Ersten gegangen. Die anderen hatten sich am Tresen zusammengefunden, wo Marc und Svenja sie mit Getränken und Knabbereien versorgten, routiniert und aufeinander eingespielt, als hätten sie ihr Leben lang nichts anderes getan. Sie hatten geredet, anfangs noch über die Pläne und die Zukunft, dann über alte Zeiten – über das Haus, über Georges, Martine und das Sans Regrets. Und Svenja hatte zugehört. Mittlerweile war es fast ein Uhr in der Nacht. Rauchschwaden zogen unter den roten Lampenschirmen hindurch, es roch nach Zigaretten, Bier und Rotwein. Im Hintergrund erklang sanfter, melodiöser Rock von einer der CDs, die Marc gefunden hatte. Offenbar hatte Georges sie selbst zusammengestellt. Auf den Hüllen stand zum Beispiel »Sans Regrets Vol. 4« oder »Sans Regrets Petit jour«, geschrieben in Georges' steiler, schwer leserlicher Schrift. Es war, als wäre die alte, staubige Bar zu neuem Leben erwacht. Und mit ein bisschen Fantasie konnte Svenja Martine in einem bodenlangen, figurbetonten Kleid an den Tischen vorbeigehen sehen, in einer Hand eine lange Zigarettenspitze, die andere auf der Hüfte.

Sie nahm Andrés Flasche und ließ sie in die Kiste unterm Tresen gleiten.

»Danke, Monsieur.«

Er wandte sich erstaunt um. »Wofür?«

André bot einen ungewohnten Anblick – rasiert, in weißem Hemd und hellbraunem Anzug. So konnte sie sich ihn gut als Chauffeur vorstellen. Fehlte nur eine passende Mütze. Svenja lächelte.

»Dass Sie hier waren. Für Ihre Unterstützung. Ihre Ideen und ...«

Er winkte ab. »Vergessen Sie nicht, abzuschließen.« Er ging zur Tür.

»Soll ich Ihnen den Schlüssel wieder in den Briefkasten werfen, Monsieur?«

Erneut blieb er stehen, die Tür bereits geöffnet. Auf der Rue Saint Vincent fuhr ein Taxi vorbei, sonst war es da draußen still. André sah Svenja einen Augenblick an, dann schüttelte er den Kopf.

»Nein, Madame, behalten Sie ihn.«

Die Tür fiel hinter ihm ins Schloss. Marc rückte die Stühle zurecht und wischte die Tische ab. Am Tresen saßen jetzt nur noch RiRi und sein Club-Bruder Didier, die überraschend aufgetaucht waren. Svenja vermutete, dass André den Wizards von diesem Treffen erzählt hatte, doch keiner von ihnen hatte ein Wort darüber verloren. Und obwohl die Wizards mit dem Sans Regrets und dem Haus nicht mehr viel zu tun hatten, hatte sie sich gefreut, die beiden zu sehen.

»Respekt«, sagte RiRi. Der Rauch seiner Zigarette stieg zu der Lampe über dem Tresen empor und sammelte sich um die Glühbirne. »Du hast dir einiges vorgenommen.«

»Vor allem müssen wir jetzt Danielle Dubois überzeugen«,

entgegnete Svenja, hielt ein Weinglas gegen das Licht und polierte die Schlieren weg. »Alles andere ergibt sich danach.«

RiRi hob eine Augenbraue. »Dabei wünsche ich dir viel Glück. Aber ich glaube, du kannst es schaffen. Du hast schließlich auch diesen seltsamen Haufen hier zusammengebracht.«

Svenjas Gesicht wurde heiß. »Das war ich nicht. Wenigstens nicht allein. Ich hatte Hilfe und …«

»Sei nicht so bescheiden. Der Verkauf des Hauses wurde nicht erst gestern beschlossen. Trotzdem hat sich keiner von denen gerührt. Verkrochen haben sie sich und gehofft, dass der Sturm über ihren Köpfen hinwegzieht. Bis du gekommen bist.« Er neigte seinen Kopf und sah sie an, ein bisschen nachdenklich und … bewundernd?

Nein, das bildest du dir ein.

»Du hast etwas an dir …« Er nickte langsam. »Du erinnerst mich an Georges. Der hatte auch eine bestimmte Art, Menschen zu bewegen.« Er machte eine Pause. »Was soll eigentlich mit dem Bike geschehen? Willst du es haben?«

Ja, das Motorrad. Daran hatte sie in den vergangenen Tagen oft denken müssen. Sehr oft. Was sollte sie mit einem Motorrad anfangen? Sie konnte nicht einmal fahren. Eigentlich war es besser, es zu verkaufen. Das wäre vernünftig. Würden ihre Eltern sagen. Du musst dein Leben leben, und niemand sonst. Und in diesem Augenblick fasste sie einen Entschluss.

»Ich möchte es behalten. Ich habe zwar keinen Führerschein, aber das kann man ändern.«

»Du hast Blut geleckt.«

»So kann man es nennen. Jetzt muss ich noch jemanden finden, der mit mir fährt, bis ich es selbst kann.«

»Ich!« Marc winkte von dem Tisch herüber, den er gerade abgewischt hatte. »Ich habe einen Führerschein.«

»Wirklich? Großartig!«

Svenja strahlte, und RiRi lachte.

»Dann ist ja alles klar. Wir bringen das Bike morgen vorbei. Vormittags gegen zehn?«

Svenja nickte. RiRi sog an seiner Zigarette, drückte sie im Aschenbecher aus und rutschte vom Barhocker. »Komm, Didier, lass uns fahren.« Er holte aus seiner Jacke einen Kugelschreiber hervor, nahm sich eine der kleinen Cocktailservietten und schrieb etwas darauf. Dann schob er die Serviette Svenja zu.

»Was ist das?«

»Meine Handynummer.« Er streckte seine Hand über den Tresen aus. »Wenn du Hilfe brauchst …«

»Danke.« RiRis Händedruck war fest, und ihr fiel ein, dass Valérie ihr erzählt hatte, dass die Wizards Martine und die Frauen im Bordell beschützt hatten. Vielleicht stimmte, was man in den Zeitungen über diesen Rockerclub lesen konnte. Vielleicht waren sie wirklich Kriminelle – Zuhälter, Drogendealer, Waffenhändler. Wahrscheinlich aber nicht alle. Möglicherweise nicht einmal die meisten von ihnen. Wenn sie RiRi und Didier in die Augen sah, sagte ihr Instinkt etwas anderes. Und das Gefühl, diese Männer hinter sich zu wissen, war gut. »Zuerst muss ich Danielle Dubois überzeugen, drückt mir die Daumen. Wenn sie zustimmt und das Haus nicht verkauft, möchtet ihr dann in euer altes Clubhaus ziehen?«

RiRi und Didier sahen sich überrascht an, dann schüttelte Didier den Kopf. »Nein, ich glaube nicht.«

»Wir haben gute Räumlichkeiten gefunden«, sagte RiRi. »Viel Platz für Gäste und für die Werkstatt und die Bikes. Das ist schon okay.«

»In Ordnung. Aber wenn alles klappt, wie wir es uns hier vorstellen, seid ihr jederzeit willkommen.«

»Alle? Der ganze Club?«

»Natürlich. Selbstverständlich.«

Er lächelte, zwinkerte ihr zu, warf sich die Lederjacke über die Schulter und ging. Kurz darauf klang das Dröhnen und Blubbern der startenden Motorräder in der nächtlichen Stille.

Marc schaltete das Licht über den Tischen aus und kam zur Theke.

»Möchtest du noch etwas trinken?«

»Nein.« Er gähnte und fuhr sich mit beiden Händen durchs Haar. »Lass uns gehen.«

»Ja, ich bin auch völlig fertig«, gab Svenja zu und stellte die Musik ab. »Aber …«

»Froh? Glücklich? Zufrieden?«

Sie nickte. »Erstens bin ich froh, dass das hier vorbei ist, zweitens, dass alle gekommen sind.«

»Das habe ich ehrlich gesagt nicht erwartet.«

»Sogar Claires Sohn war da! Wie heißt er noch?«

»François.«

»Genau. Ich glaube, ihn habe ich noch nie gesehen.«

»Soweit ich weiß, verlässt er nur selten die Wohnung. Und Juliette war auch da. Und die alte Madame Rosier.«

Sie schwiegen, beide auf den Tresen gestützt, zwischen sich keine Handbreit Platz, und hingen einen Augenblick ihren Gedanken nach.

»Wann willst du mit Danielle sprechen?«

Svenja wischte mit dem Lappen über den Tresen, dann faltete sie ihn sorgfältig zusammen.

»Morgen rufe ich an und vereinbare einen Termin mit ihr.«

»Komm«, sagte Marc, seine Stimme war plötzlich ganz sanft, »lass uns gehen.«

Sie schalteten das Licht aus und traten auf die Straße. Svenja schloss die Tür ab und steckte den Schlüssel in ihre Tasche. Es fühlte sich an, als würde das Sans Regrets ihr gehören.

Marc legte seinen Arm um ihre Schultern.

Und Svenja war glücklich. Glücklich, zufrieden, erleichtert … Die Liste ließe sich noch beliebig fortsetzen.

Freitag, 11. Juli

53

RiRi hielt Wort, auch wenn er sich verspätete.
Es war kurz nach elf. Marc war nach einem gemeinsamen Frühstück immer noch bei Svenja. Dass er gerade die beste Zeit verpasste und wahrscheinlich ein anderer Straßenmusiker seinen Platz eingenommen hatte, war ihm ziemlich egal. Er war genauso aufgeregt und neugierig auf das Motorrad wie sie. Was zählten da ein paar Euro? Er hatte sich für heute freigenommen.

Hupen drang von der Straße herein. Svenja sprang von der Matratze auf und ging zum Fenster.

»Sie sind da!«

Gemeinsam liefen sie die Treppe hinunter und kamen rechtzeitig unten an, um zuzusehen, wie André einen weißen Pick-up mit der Aufschrift »9 Lives« auf der Seitenverkleidung rückwärts in den Innenhof winkte.

Der Fahrer stellte den Motor ab, und drei Männer sprangen aus dem Wagen. Einer von ihnen war RiRi. Er kam auf Marc und Svenja zu, während die beiden anderen sich Handschuhe überzogen und die Ladeklappe des Pick-ups lösten.

»Bonjour«, sagte er und schüttelte ihnen die Hand. »Die Verspätung haben wir den Bullen zu verdanken. Wir wurden gefilzt.«

»Gefilzt?« Svenja warf Marc einen verständnislosen Blick zu. Vielleicht kannte sie das Wort nicht. »Was …«

»Kontrolliert«, erklärte Marc. »Die Polizei hat euch kontrolliert? Warum?«

RiRi zuckte mit den Schultern und schob sich ein Kaugummi in den Mund.

»Wir könnten das Bike gestohlen haben. Ist es nicht das, was Rocker den ganzen Tag tun? Mit gestohlenen Bikes auf der Ladefläche durch die Gegend fahren.« Er lachte. »Ich werde eine Petition an den Ministerpräsidenten starten, damit unsere Polizei in Zukunft besser untereinander vernetzt ist. Dann hätten sie sich den Aufwand nicht zweimal machen müssen.«

»Zweimal!« Vom Clubhaus der Wizards in Gif-sur-Yvette nach Paris waren es keine vierzig Kilometer. Marc schüttelte ungläubig den Kopf.

»Willkommen in unserer Welt.« RiRi schlug ihm freundschaftlich auf die Schulter und streifte sich ebenfalls Handschuhe über.

Eine Viertelstunde später war das Motorrad abgeladen.

Wie sie so dastand – der Chrom blitzte im Sonnenlicht, und die Metalliceffekte im Lack funkelten –, wurde Marc mit einem Schlag klar, wie sehr er Georges mit seiner Maschine identifizierte. Sogar mehr als mit seiner Wohnung. Und er ertappte sich dabei, dass er nach Georges' Lachen lauschte und sich umdrehte, weil er bestimmt gleich um die Ecke kommen würde, um sich auf das Bike zu schwingen.

Natürlich kam er nicht. Georges war tot. Seine sterblichen Überreste befanden sich in einer Urne im Kolumbarium von Père Lachaise. Und trotzdem konnte er ihn jetzt spüren. Ganz deutlich.

Blödsinn? Marc war sich da nicht sicher. Und es kostete ihn einiges an Überwindung, seinen Gefühlen keinen freien Lauf zu lassen.

Im Innenhof war es still. André hielt sich etwas abseits, die Hände in den Hosentaschen. Der Zahnstocher hing ihm aus dem Mundwinkel und bewegte sich auf und ab, während er daran kaute. RiRi und die beiden anderen Wizards standen beim Motorrad, breitbeinig, mit vor der Brust verschränkten Armen, mit unbeweglichen Gesichtern.

Totenwache, dachte Marc, und eine Gänsehaut kroch über seine Arme.

Svenja neben ihm griff nach seiner Hand und drückte sie. Dann warf sie RiRi einen fragenden Blick zu.

Er nickte. »Es gehört dir«, sagte er mit einem traurigen Lächeln. Vielleicht gingen ihm ähnliche Gedanken durch den Kopf wie Marc. Sich vorzustellen, dass jemand anders als Georges dieses Bike fahren würde, fiel ihm schwer.

Svenja ging näher. Die Art, wie sie ihre Hand ausstreckte, den Lenker berührte, ihre Fingerspitzen über den Tank glitten und sie schließlich ihre Hand auf dem Sitz ruhen ließ, hatte etwas Ergreifendes. Es sah aus, als würde sie sich am Totenbett von einem geliebten Menschen verabschieden.

»Als ich seine Sachen durchgegangen bin, habe ich sein Rasierwasser in der Wäsche gerochen. Ich konnte mir vorstellen, was er gern gelesen hat, welche Musik er mochte. Aber hier …« Ihre Stimme war leise. Wieder streichelte sie den Tank. »Er ist hier, in diesem Motorrad.« Sie sah auf, ihre Augen schimmerten feucht. »Das klingt verrückt, oder?«

Marc schlang seine Arme um sie. Die Worte, mit denen er sie gern getröstet hätte, verkanteten sich in seiner Kehle, und er musste schlucken.

»Nein«, sagte RiRi. »Es ist genauso, wie du sagst. Aber mach dir das Leben dadurch nicht schwer. Georges war Biker mit Leib und Seele. Er hat immer nach vorne geschaut, und das solltest du auch tun. Wenn du Spaß an der Karre hast, genieße sie. Wenn nicht, verkaufe sie und mach mit dem Geld, was du willst. Es ist dein Leben. Die Straße liegt vor dir, nicht im Rückspiegel. Und nichts anderes hätte Georges gewollt.«

Svenja nickte. »Ich weiß. Er hat mir einen Brief geschrieben.«

Eine Weile schwiegen sie.

»Du hast die Maschine ja schon ein paarmal gefahren«, wandte sich RiRi schließlich an Marc. »Wollt ihr eine Runde drehen?«

Es war, als würde Georges ihm einen Rippenstoß mit dem Ellbogen geben, ihn angrinsen und sagen: »Na, wie sieht's aus? Hast du Lust?« Plötzlich fühlte er sich leicht. Ob er Lust hatte zu fahren? Aber klar! Er sah Svenja an, sie erwiderte seinen Blick, und ein Lächeln breitete sich über ihr Gesicht aus.

»Das wäre eine sehr gute Idee. Da gibt's nur ein Problem. Hast du einen Helm?«

Marc schüttelte den Kopf.

»Ich könnte dir Georges' Helm holen, vielleicht passt er. Aber ich …«

RiRi öffnete die Tür des Pick-ups und holte etwas heraus.

»Hier, der sollte passen. Wenigstens fürs Erste, bis du einen eigenen Helm hast.«

Er reichte Svenja einen Helm.

»Danke, RiRi, du bist großartig!« Es war deutlich zu sehen, wie sehr sie sich freute. »Ich laufe nur kurz hoch.«

»Svenja, ich kann doch …«

Sie wehrte ab. »Keine Chance, Marc. Ich weiß, in welche Tüte ich den Helm gepackt habe. Bin gleich wieder da!«

Als sie weg war, stieß RiRi Marc mit dem Ellbogen an. »Diese Frau ist etwas Besonderes. Pass gut auf sie auf.«

Marc nickte. Ja, das würde er, solange sie in seiner Nähe war. Gerne auch für immer.

Montag, 14. Juli

54

Die Begrüßung im Entree der Literaturagentur Dubois war ebenso knapp und kühl ausgefallen wie beim ersten Mal. Fast auf die Minute genau zum vereinbarten Termin saß Svenja erneut in Danielle Dubois' beeindruckendem Büro und fühlte sich klein und unbedeutend. Zum Glück saß Marc diesmal neben ihr. Ihm schien es ähnlich zu gehen. Verstohlen griff er nach ihrer Hand und nickte ihr aufmunternd zu, aber sein Lächeln wirkte unsicher und nervös.

Svenja versuchte ihre zappelnden Nerven mit dem Anblick des Bonsais zu beruhigen, während Danielle die Unterlagen durchblätterte, die sie mitgebracht hatten. Unten auf der Rue de Rivoli herrschte der übliche Verkehr eines normalen Montagmittags im Herzen einer Großstadt. In das Büro drangen die Geräusche als ein leises Rauschen, gelegentlich von einem Hupen unterbrochen. Ansonsten war es still. So still, dass die Seiten in Danielles Händen überlaut raschelten und Svenja sich unwillkürlich vorstellte, wie ein junger Autor vor diesem Schreibtisch saß und auf das Urteil der bekannten und erfolgreichen Agentin wartete.

»Sie waren schnell«, sagte Danielle schließlich, ordnete die Blätter und legte sie auf einen Stapel neben sich. »Verstehe ich richtig, dass Sie das Vorderhaus in ein Kulturzentrum umwandeln wollen?«

Svenja zwang sich, durchzuatmen, bevor sie antwortete.

»Ein Kulturzentrum. Ja, dieser Ausdruck trifft es sehr gut.

Die ehemalige Bar wird zu einem Kulturcafé und somit, so hoffen wir, zum Treffpunkt für Kunstschaffende. Hier können Künstler Kontakte knüpfen – natürlich vor allem untereinander, aber auch zu Mentoren, Galeristen, Verlegern, Agenten, Käufern, kunst- und kulturbegeisterten Laien. Sie können sich austauschen, gemeinsame Projekte planen. Abends und an Wochenenden können im Sans Regrets Veranstaltungen stattfinden, Lesungen, Konzerte, vielleicht sogar Theateraufführungen. Viel Platz bietet die Bühne ja nicht, aber das mag manchem Künstler ein Anreiz sein. Begrenzung als kreativer Impuls sozusagen. Im Sommer wird der Innenhof des Hauses in das Konzept mit einbezogen. Die Akustik dort ist großartig.«

»Und was ist mit dem ehemaligen Hotel?«

»Wir haben uns gedacht, dass es ein Hotel bleiben soll. Und zwar ein kostengünstiges Hotel für Künstler, die sich für eine Weile in Paris aufhalten.«

Danielle verzog das Gesicht zu einem Lächeln, und Svenja war nicht ganz klar, ob es spöttisch oder freundlich sein sollte.

»Wenn Sie Künstlern eine preiswerte Unterkunft anbieten, werden Sie die Leute nicht mehr los. Haben Sie daran gedacht?«

»Ja, das haben wir«, sagte Marc. Er drückte Svenjas Hand fester. »Deshalb werden wir den Aufenthalt begrenzen. Über den Zeitraum sind wir uns noch nicht im Klaren. Bisher haben wir an maximal drei Monate gedacht, vorher vertraglich festgelegt.«

»Frühstück? Zimmerservice?«

»Madame Poulette und Madame al Fahdi haben sich bereit erklärt, das zu übernehmen. Monsieur al Fahdi ist gelernter Koch. Er könnte im Sans Regrets kochen. Aber vorher muss natürlich die rechtliche Situation geklärt sein, Arbeitserlaubnis, Schankerlaubnis und so. Ich kenne mich mit der

Rechtslage hier in Frankreich nicht aus, aber Madame Decaux und Monsieur Pellier würden sich darum kümmern.«

»Da bin ich mir sicher.« Diesmal war der Spott nicht zu überhören. »Madame Decaux ist Ihre Schwester, nicht wahr?«

Marcs Gesicht färbte sich eine Spur dunkler.

»Ja«, erwiderte er. »Ich hoffe, das ist kein Problem für Sie. Wir haben uns überlegt, diesen Kontakt zu nutzen, um Kosten zu sparen.«

Danielle hob eine Augenbraue. »Das klingt vernünftig. Wenn wir schon über die Kosten sprechen – haben Sie sich Gedanken über die Einrichtung gemacht? Eine Bar und ein ganzes Hotel neu einzurichten ist nicht gerade preiswert.«

Svenja warf Marc einen nervösen Blick zu. Dies war ein sehr empfindlicher Punkt in ihrem Plan, und sie hatten lange darüber diskutiert, mit welchen Argumenten sie es Danielle schmackhaft machen könnten. Es nützt nichts, Augen zu und durch.

»Wir haben vor, die Einrichtung zu belassen, Madame.«

Danielle runzelte die Stirn. »Sie haben tatsächlich die Absicht …«

»Verzeihen Sie, dass ich Sie unterbreche«, fiel Svenja ihr ins Wort. »Aber wir haben lange darüber nachgedacht. Die Einrichtung ist zwar alt, aber gut erhalten. Es geht dabei nicht allein um die Kosten …«

»… sondern auch um den Charme. Das Flair des Sans Regrets«, fuhr Marc fort.

»Flair?« Danielles Stimme bekam einen schrillen Unterton. »Ihnen ist klar, dass wir hier über ein ehemaliges Bordell sprechen?«

»Natürlich, Madame«, sagte Svenja rasch. »Doch die Künstler – ganz gleich, ob Maler, Musiker, Schriftsteller oder Schauspieler – wird gerade diese Historie des Objekts faszinieren und inspirieren. Mehr, als es ein gewöhnliches, irgendwie auch steriles Hotelzimmer je könnte. Das haben schon zahlreiche Künstler bewiesen.«

»Ja. Denken Sie zum Beispiel an Toulouse-Lautrec.«

»Die schwierige Vergangenheit des Sans Regrets wird dadurch nicht etwa geleugnet, aber es entsteht etwas Neues, Positives.«

Svenja und Marc nickten sich zu.

Eine Weile war es still. Danielle sah aus dem Fenster und drehte einen Kugelschreiber zwischen ihren Fingern. Schließlich wandte sie den Blick wieder Svenja zu.

»Ich bedaure fast, dass ich das sage, aber ich fürchte, Sie haben mit Ihrer Einschätzung recht.«

Svenja holte tief Luft und ballte die Hand zur Faust. Vielleicht schaffen wir es tatsächlich, sie zu überzeugen!

»Was ist mit den Räumen auf der anderen Seite der Einfahrt?«

»Sie meinen das ehemalige Clubhaus der Wizards?«, fragte Marc, und Danielle nickte. »Darüber sind wir uns noch nicht einig. Wir haben verschiedene Ideen. Es könnte zum Beispiel ein Restaurant werden, ein Geschäft oder eine Galerie.«

»Die Idee, die ich persönlich favorisiere«, fuhr Svenja fort, »ist eine Kombination aus Werkstatt und Seminarräumen, damit dort Kunst- und Literaturworkshops für Erwachsene und Kinder stattfinden können. Zum Beispiel Aquarell- und Töpferkurse, Ikebana, Schreibworkshops, Mangazeichnen …« Sie hob die Schultern. »Was immer gewünscht und angeboten wird.«

Danielle kniff die Augen zusammen und sah Svenja aufmerksam an. »Und die Bewohner des Hauses …«

»Machen mit, sofern sie in der Lage sind. Madame Poulette und Madame al Fahdi kümmern sich um Sauberkeit und

Küche. Monsieur al Fahdi ist der Küchenchef. Marc wird sich um die musikalische Leitung kümmern, selbst Konzerte und Musikkurse geben. Madame Louise ist nicht nur Kellnerin, sondern auch ausgebildete Schauspielerin. Sie ist bereit, am Tresen in der Bar zu helfen und Lesungen zu übernehmen, falls Autoren nicht möchten oder können. Und Schauspielkurse könnte sie auch anbieten. François Poulette wird sich um den Internetauftritt und die Buchführung kümmern. Er scheint ein Händchen dafür zu haben.«

»Wie wollen Sie das Ganze finanzieren?«

»Einerseits mit den Übernachtungen, Veranstaltungen, Kursgebühren und dem, was die Gäste der Bar verzehren. Außerdem wird der ganze Bereich – abgesehen vom hinteren Wohnhaus – Ausstellungsgelände. Die ausstellenden Künstler dürfen ihre Werke natürlich auch verkaufen. Und ein kleiner Teil davon – wir dachten an zehn Prozent – bleibt beim Projekt. Außerdem wird Monsieur André einen Limousinenservice anbieten. Die Déesse eignet sich hervorragend als Wagen für Hochzeiten oder runde Geburtstage. Das wird, so hoffen wir, zusätzlich Geld in die Kasse bringen. Und ich habe Ersparnisse. Keine große Summe, aber genug, um die erste Zeit zu überbrücken. Sollte es nicht reichen, haben wir immer noch die Option, den Wagen zu verkaufen. Ich habe mal im Internet nachgeschaut. Eine Déesse als Cabrio in gutem Zustand – und das ist sie zweifellos – erreicht Summen von achtzigtausend Euro oder mehr. Aber diesen Schritt würde ich wirklich nur schweren Herzens machen. Monsieur André hängt so an dem Auto!« Svenja machte eine kurze Pause. »Für den Anfang wird es schwierig, Künstler zu Veranstaltungen zu bewegen, aber wir haben zahlreiche Ansprechpartner. Louise und Marc kennen andere Musiker und Schauspieler, Georges war im Cercles des Arts aktiv. Dort werden wir

Werbung für unser Projekt machen. Und möglicherweise haben Sie selbst auch den einen oder anderen Autor, der noch unbekannt ist und sich mit einer Lesung ins Gespräch bringen möchte.«

»Und was ist Ihre Rolle dabei, Madame?«

»Ich … ich kümmere mich um Lesungen, um Ausstellungen, spreche mit den Behörden und könnte Deutsch unterrichten.«

»Außerdem macht sie fantastische Fotos«, warf Marc ein.

»Fotografie?«

Svenjas Wangen begannen zu brennen.

»Ja, ich habe schon immer gern fotografiert. Unter Georges' Nachlass war seine alte Nikon. Und da habe ich dieses Hobby wiederentdeckt. Ich bin jetzt keine Künstlerin, aber …«

»Glauben Sie ihr kein Wort«, unterbrach Marc sie. »Sie ist großartig.«

»Nein. Aber«, Svenja räusperte sich verlegen, »wenigstens haben wir etwas, um die Wände zu füllen, bis wir Künstler zu Ausstellungen bewegen können.«

Danielle lächelte. »Es scheint mir insgesamt ein gut durchdachtes Konzept zu sein.« Sie streckte ihre Hand zum Telefon aus und tippte eine Nummer ein. Svenja hörte das Tuten durch den Hörer, dann wurde abgenommen. »Bonjour, Monsieur Fabeau. Hier spricht Danielle Dubois. Ich … Nein, ich habe keine Fragen mehr.« Ihre Stimme klang ungeduldig. »Ich werde das Haus nicht verkaufen … Ja, Sie haben richtig gehört. Das Haus wird nicht verkauft. Sie können den Notartermin absagen … Ja. Au revoir.« Sie unterbrach das Gespräch und stellte das Telefon in seinem Ständer ab. Dann erhob sie sich und reichte Svenja die Hand. »Sie haben mich überzeugt, Madame. Und ich wünsche Ihnen mit Ihrem ehrgeizigen Projekt viel Erfolg.«

55

Wie kann man solch eine Nachricht angemessen feiern? Gibt es überhaupt eine passende Art? Das versuchten Marc und Svenja herauszufinden.

Nachdem sie sich von Danielle Dubois verabschiedet hatten, lagen sie auf der Straße einander in den Armen, lachend, singend, tanzend, bis eine Gruppe asiatischer Touristen begann, sie zu filmen und zu fotografieren. Hand in Hand waren sie weggelaufen. Sie brauchten keine Metro. Und in den Geschäften, die sie aufsuchten, brauchten sie nicht zu warten. Das Glück, dieses unerwartete, unbeschreibliche Glück trug sie durch Straßen, durch Läden und an den Menschen vorbei.

Danach waren sie nach Hause gegangen und hatten in Svenjas Wohnung auf der Matratze sitzend ein Festmahl aus Macarons und Champagner gehalten. Sie hatten geredet, gelacht, Pläne geschmiedet, sich geküsst. Eins hatte das andere ergeben.

Und jetzt lagen sie Arm in Arm zwischen Kissen und zerwühlten Laken. Ihre Kleidung war auf dem Boden verstreut. Durch das geöffnete Fenster drangen die Geräusche des Alltags zu ihnen herein – Andrés Radio, Töpfeklappern, das Lachen von Kindern, das Bellen eines Hundes. Auf der Straße fuhren Autos vorbei, und der Wind bauschte die geschlossenen Vorhänge.

Svenja war eingedöst, den Kopf auf seinem Brustkorb. Ihre gleichmäßigen Atemzüge kitzelten auf seiner Haut, ein Gefühl, das er genoss.

Marc streichelte ihre Schulter. Hätte ihm jemand das hier vor einer Woche prophezeit, er hätte demjenigen einen Vogel gezeigt. Es war kaum zu glauben. Vor einer Woche hatte er sich von Claudine getrennt. Vielleicht sollte er ihr eine Postkarte schreiben? Einen letzten Gruß? Claudine, ich wünsche dir großen Erfolg als Schauspielerin und dass du dir schon bald deine Rollen aussuchen kannst. Au revoir, Marc.

Er würde diese Postkarte nie schreiben. Trotzdem fühlte es sich an, als hätte er sie abgeschickt. Es war ein gutes Gefühl, keine Bitterkeit, kein Hass, keine Reue. Er entließ Claudine endgültig aus seinem Leben und überließ sie dem Strom aus Erinnerungen und Zeit. Wie hatte RiRi es formuliert? »Die Straße liegt vor dir, nicht im Rückspiegel.« Svenja wollte in Hamburg kündigen und sich hier in Paris einen Job suchen. Halbtags, damit ihr genug Zeit für das Kulturzentrum blieb. Sie hatte sogar schon Kontakt zur Deutschen Schule aufgenommen.

Breit, gut asphaltiert, mit sanften Kurven und Hügeln, damit die Strecke nicht langweilig würde – die Straße vor ihm war ein Traum. Zufrieden lächelte er die Zimmerdecke an.

Er hörte den Jingle der Sechsuhrnachrichten, fast zur glei chen Zeit verstummte das Radio in der Garage. Der Abend wurde eingeleitet.

Marc bekam Hunger. Vorsichtig, um Svenja nicht zu wecken, stand er auf, sammelte seine Hose, sein T-Shirt und seine Schuhe zusammen und zog sich an. Nachdem er eine Nachricht auf der leeren Macaronsschachtel hinterlassen hatte, verließ er die Wohnung. Noch im Treppenhaus rief er Mustafa an und bestellte Couscous und Rotwein zum Mitnehmen. Für zwei.

56

Das leise Zuschnappen des Türschlosses weckte Svenja. Marc war weg. Hatte sie geträumt?

Sie rieb sich die Augen, sah die auf die Macaronsschachtel geschriebenen Worte »Je vais chercher le Couscous«, ließ sich zurücksinken und kuschelte sich in die Decke. Es war alles wunderbar. Alles, wie es sein sollte.

Das Klingeln ihres Handys fügte sich so nahtlos in ihre Tagträume, dass sie es fast überhört hätte. Sie musste das Smartphone eine Weile suchen, bis sie es schließlich in einer Ecke unter ihrer Jeanshose fand.

»Hall…«

»Ich will es kurz machen.« Nur mit Mühe erkannte Svenja die Stimme von Danielle Dubois. Allein der Klang machte ihr Angst, und schlagartig war sie wach. »Ich werde meine Zusagen zurückziehen und das Haus verkaufen. Der Notartermin ist nächste Woche.«

Svenja schüttelte sich, als wäre ihr Wasser ins Ohr gelaufen.

»Madame, Madame Dubois, warum …«

»Sie und Ihr Nachbar haben mir eine erstklassige Lügengeschichte über das sogenannte Kulturprojekt aufgetischt und …«

»Aber Madame, ich habe Ihnen doch nicht …«

»Lassen Sie mich ausreden! Ich muss Ihnen zugutehalten, dass Sie Ihre Rolle hervorragend gespielt haben. Sie beide. Noch nie habe ich mich in einem Menschen so getäuscht wie in Ihnen. Doch ich lasse mich nicht an der Nase herumführen. Und zu glauben, dass Ihre Machenschaften unentdeckt bleiben könnten, war ein Fehler.«

»Madame, bitte …«

»Was? Wollen Sie etwa Nachsicht von mir?«

»Nein, nein, ganz bestimmt nicht. Aber ich verstehe nicht.« Svenja rieb sich den Arm, sie fror erbärmlich. »Können … Bitte, sagen Sie mir wenigstens, was passiert ist. Warum …«

Danielle lachte. »Sie treiben es wirklich auf die Spitze mit Ihrer Rolle. Aber der Hinweis Internet sollte wohl ausreichen. Ich weiß alles. Und sollten Sie mich je wieder belästigen, hören Sie von meinem Anwalt.«

Das Besetztzeichen erklang. Danielle hatte das Gespräch unterbrochen.

Svenja stand in ihrer Wohnung und musste sich an der Wand festhalten. Alles schien sich um sie zu drehen. War das hier real? Hatte dieses Telefonat stattgefunden, oder lag sie immer noch auf der Matratze, beschwingt von Marc, betrunken von Champagner und Macarons auf nüchternen Magen?

Schritte kamen die Treppe herauf. Sie hörte Marcs Summen und riss die Tür auf, noch ehe er sie selbst öffnen konnte.

»Svenja!«

Die Tüte, durch deren weißes Plastik zwei Aluminiumschalen und eine Flasche Wein zu sehen waren, glitt ihm aus der Hand. Er starrte sie an – bleich, mit erschrocken aufgerissenen Augen. Und plötzlich wurde ihr klar, dass sie das Gespräch mit Danielle Dubois nicht geträumt hatte. Es war wirklich, viel wirklicher als der Termin am Mittag bei ihr im Büro. Viel wahrer, realer, greifbarer als ein Kulturcafé mit Hotel, in dem sich irgendwann, eines schönen Tages, Autoren, Künstler und Musiker treffen sollten.

Mit einem lauten Schluchzen fiel Svenja Marc in die Arme.

Irgendwann hatte Svenja keine Tränen mehr. Sie war müde. So müde wie in der Besenkammer. Jahre her war das, damals in der Schule.

Ihr Kopf lehnte an der Wand. Die Farbe roch noch neu. Limonengrün für einen Start in ein frisches Leben. Vorbei.

Es gab nur eine Sache, die ihre acht Quadratmeter von der Besenkammer unterschied – Marc. Er saß hier neben ihr und hielt ihre Hand. Auch er war fassungslos. Auch er hatte geweint.

Was nun?

Auf dem Boden vor ihnen standen die beiden Aluschalen, das Couscous war mittlerweile kalt. Sie hatten es beide kaum angerührt. Draußen ging der Abend allmählich in die Nacht über. Durch den dünnen Stoff der Vorhänge schimmerte das Licht der Innenhofbeleuchtung, als jemand den Müll wegbrachte. Bestimmt war es jemand von den al Fahdis. Die brachten den Müll immer als Letzte hinaus. Jeden Abend.

Sie werden sich nach einer neuen Wohnung umsehen müssen. Ich habe es nicht geschafft.

»Es ist nicht deine Schuld«, sagte Marc.

Hatte sie laut gedacht? Egal.

Er nahm ihre Hand, seufzte und schüttelte den Kopf. »Merde. Wenn ich nur wüsste, warum. Warum hat sie sich anders entschieden?«

»Spielt das noch eine Rolle? Es ist vorbei. Wir werden alle dieses Haus verlassen, La Maison wird es umbauen, und dann ziehen lauter wohlhabende Pariser hier ein. Ende. Für einen Sommer war es schön.« Sie wandte den Kopf und sah Marc an. »Vielleicht ist es das. Wir sollten dankbar sein für diesen Sommer.«

Marc streichelte ihre Finger. »Und das war es dann? Ein Sommer?«

Svenja presste die Lippen zusammen, schüttelte den Kopf und begann wieder zu weinen. Nicht daran denken. Nicht daran denken, dass sie nach Hamburg zurückmusste. Dass sie in ihre Grundschule gehen und Kinder unterrichten würde, während Marc mit seiner Gitarre den Stammplatz auf der Straße einnahm. Warum sind Träume so zerbrechlich?

»Hat sie denn gar nichts gesagt? Wirklich nichts?«

Svenja schüttelte wieder den Kopf. »Sie war der Meinung, ich müsse wissen, worum es geht.«

»Nicht einmal eine Andeutung?«

»Nein, Marc. Das hatten wir doch schon.«

»Bitte, Svenja, hör mir zu!« Er kniete jetzt vor ihr und hielt ihre Hände beide in seinen. Der verzweifelte Ausdruck auf seinem Gesicht schnitt ihr ins Herz und trieb ihr neue Tränen in die Augen. »Lass uns noch einmal jedes Wort eures Gesprächs durchgehen. Vielleicht fällt dir etwas ein, das dir bisher entgangen ist. Bitte!«

»Na gut.«

»Also, dein Handy klingelte, und du bist rangegangen.«

»Ja. Ich wollte mich melden, da fing sie schon an. Sie hat sich nicht einmal vorgestellt.«

»Aber du bist sicher, dass sie es gewesen ist?«

»Es war Danielle Dubois. Ich habe ihre Stimme erkannt.«

»Ja, natürlich. Was hat sie gesagt?«

Svenja schloss die Augen, um sich besser erinnern zu können. Das Telefonat, die Stunden davor und danach kamen ihr vor wie Szenen aus einem Film, den sie vor Jahren im Kino gesehen hatte. Und doch stachen einzelne Wort- und Satzfetzen beinahe überdeutlich hervor.

»Sie sagte, sie wolle es kurz machen, sie werde ihre Zusagen zurückziehen und das Haus verkaufen, der Notartermin sei nächste Woche. Ich wollte etwas sagen, aber sie fiel mir ins

Wort. Wir beide hätten ihr eine erstklassige Lügengeschichte über das sogenannte Kulturprojekt aufgetischt und unsere Rollen hervorragend gespielt.«

»Rollen? Was für Rollen meint sie?«

»Marc, ich weiß es doch auch nicht. Sie hat es nicht erklärt.«

»Und was hat sie dann gesagt?«

Svenja rieb sich die Stirn. Sie hatte Kopfschmerzen. Kein Wunder, Champagner, danach Rotwein. Erst überschäumende Freude, und jetzt ... Jetzt stand sie vor den Scherben und Splittern eines Traums. Spitze, scharfe Scherben, die stachen und schnitten, sobald sie daran dachte, was alles hätte sein können.

»Sie sagte, sie habe sich noch nie in einem Menschen so getäuscht wie in mir. Doch sie sei nicht dumm, und zu glauben, dass meine Machenschaften unentdeckt bleiben könnten, sei ein Fehler gewesen.«

»Und weiter?«

»Nichts. Sie hat mir mit dem Anwalt gedroht, falls ich sie noch mal anrufe. Und dann hat sie aufgelegt.«

»Das war es?« Svenja nickte. »Du bist nicht zu Wort gekommen? Konntest sie nicht fragen, was das alles zu bedeuten hat?«

»Na ja, am Schluss habe ich sie gefragt, ob sie mir nicht wenigstens erklären könnte, was passiert ist, damit ich es verstehe. Da hat sie gelacht. Und ...«

»Svenja? Ist alles in Ordnung?«

Sie setzte sich auf. »Internet.«

»Wie bitte?«

»Mir ist gerade eingefallen, dass Danielle sagte, ›der Hinweis Internet sollte wohl ausreichen‹.«

»Internet?«

»Ja. Das habe ich ganz vergessen.« Einen Augenblick sahen sie einander an. »Lass uns nachsehen.«

Eine halbe Stunde später hatte jeder von ihnen alles ausprobiert, was ihnen eingefallen war. Sie hatten in der Suchmaschine die Straße eingegeben, die Hausnummer, Kulturprojekte. Sogar nach den Wizards hatten sie geforscht, für den Fall, dass Danielle sie mit den Gerüchten über kriminelle Machenschaften der Rocker in Verbindung brachte.

»Sackgasse«, zischte Marc, und einen Augenblick sah es aus, als würde er sein Smartphone am liebsten gegen die Wand werfen. »Lauter Sackgassen! Wir haben nichts, rein gar nichts!«

»Vielleicht hatten wir noch nicht die richtige Idee. Es muss etwas sein, worüber sich Danielle maßlos aufregt. Etwas, das sie bis ins Mark erschüttert. Das …« Svenja dachte angestrengt nach. Und plötzlich war da eine Ahnung. Langsam glitt ihr Daumen über das Display, als sie ihren eigenen Vornamen und ihre Handynummer in das Suchfeld eingab. Es dauerte eine Weile, dann kamen die Ergebnisse. Sie erstarrte. »Ich habe es«, krächzte sie mühsam und drehte das Display, damit Marc es sehen konnte. Die Welt um sie herum begann sich zu drehen, wurde schwarz und setzte sich in winzigen Bruchstücken wieder zusammen.

Da war ein Foto von ihr auf einer Seite, auf der Prostituierte ihre Dienste anboten. Der Text – »Neu in Paris! Die Deutsche macht's französisch. Ruf an, ich komme sofort, am Telefon, bei dir oder bei mir« – hob sich kaum von den anderen Texten auf der Seite ab.

Svenja wurde übel.

»Was …«

»Letzten Dienstag hatte ich einige seltsame Anrufe. Ich habe mir nichts dabei gedacht und einfach die SIM-Karte gewechselt. Das hatte ich sowieso vor wegen der Handykosten. Eben gerade …« Sie schluckte gegen das wattige Gefühl an, das ihren Kopf ausfüllte. Dann starrte sie auf das Foto von ihr, auf dem sie deutlich zu erkennen war. Woher stammte das überhaupt? Es sah aus wie ein Schnappschuss. Sie schaute nicht direkt in die Kamera, und ihr Haar wirkte unscharf, als hätte sie sich im Moment der Aufnahme bewegt. War das im Hintergrund das Haus? Stand sie vor dem Tor? Himmel, warum nur konnte sie das Foto nicht vergrößern? Und wer hatte dieses Foto gemacht? Die Erkenntnis traf sie wie ein Faustschlag. »Marc, irgendwer will mir schaden. Und wie es aussieht, ist ihm oder ihr das bereits gelungen.«

Marc ließ sich auf die Matratze fallen und sah Svenja ungläubig an. »Wer denn? Welcher hirnverbrannte Idiot könnte dir schaden wollen? Und warum? Du bist doch …« Er schüttelte fassungslos den Kopf. »Wer sollte so etwas tun? Das macht doch keinen Sinn!«

»Irgendwem bin ich offensichtlich ein Dorn im Auge.« Svenja hielt sich an ihren Knien fest. Sie zitterte jetzt so sehr, dass ihre Zähne aufeinanderschlugen.

»Du musst zur Polizei gehen und Anzeige erstatten«, sagte Marc.

»Gegen wen denn?«

Er zuckte mit den Schultern. »Gegen unbekannt oder …« Er hob hilflos die Hände und schwieg.

Svenja fuhr sich durchs Haar und stützte ihren Kopf in die Hände. Ihre Gedanken fuhren Karussell. Ein gigantisches Kettenkarussell, das sich so schnell drehte, dass die Sitze an ihren Ketten waagerecht in der Luft standen.

»Ich brauche einen klaren Kopf«, sagte sie und kaute an ihrer Unterlippe. »Einen klaren Kopf!« Plötzlich stach zwischen all den wirbelnden Gedanken ein Bild heraus – Georges' Motorrad. Sie sah auf. »Marc, fühlst du dich in der Lage, Motorrad zu fahren?«

»Jetzt?«

»Ja, jetzt.«

Er runzelte kurz die Stirn, dann nickte er. »Du hast recht, das könnte uns beiden guttun.«

57

Juliette sah aus dem Fenster. Unten war die Hofbeleuchtung angesprungen, und in ihrem Wohnzimmer war es so hell, dass sie das Licht nicht anzuschalten brauchte. Pirol schlief unter dem dunklen Tuch, das sie abends über seinen Käfig legte, damit er nicht jedes Mal aufwachte, wenn die grelle Lampe im Hof anging. Zu viel Unruhe für einen kleinen Vogel.

Sie selbst schlief wenig, manchmal nur zwei oder drei Stunden, und ihr Schlaf war leicht. Das war so, seit ihre Eltern sie auf die Musikhochschule geschickt hatten, als jüngste Schülerin in der Geschichte des Konservatoriums. Früher hatten die Ärzte ihr Medikamente gegeben – kleine Pillen, weiß, rosa oder blau. Geschluckt hatte sie nicht eine davon. Andere Schülerinnen und Schüler hatten die gleichen Pillen bekommen; gegen das Lampenfieber vor Auftritten, gegen die Nervosität vor Prüfungen und den ständigen Druck. Manche von ihnen waren danach völlig andere Menschen, Hüllen, die mit schläfrigen Seelen gefüllt waren. Sie hatte es an den Auren gesehen, die ihre Farben verloren, grau und ausgefranst waren. Das hatte sie nicht mit sich machen lassen wollen und heimlich jede einzelne Tablette im Klo hinuntergespült. Stattdessen hatte sie gelernt, mit wenig Schlaf zu leben.

Unten im Hof öffnete Marc gerade die Tür zum Lagerraum neben der Garage. Dort bewahrte André Leitern, Besen und andere Gerätschaften auf. Svenja stand ein paar Schritte abseits und sah ihm zu. Juliette hatte gehört, wie die beiden ihre Wohnungen verließen und die Treppe hinuntergingen. Hier im Haus passierte nichts, ohne dass andere davon wussten. Alle waren sie miteinander verbunden. Die Leitungen, die Wände, das Holz der Böden und Treppen verrieten oft mehr, als manchen Bewohnern lieb war. Sie waren wie Nerven und Adern, die einen riesigen Organismus mit Informationen und Nährstoffen versorgten. Nur an ihren dunklen Tagen erinnerten sie Juliette an die feinen Fäden eines gigantischen Netzes, und sie verbrachte Stunden damit, reglos auf dem Stuhl in der Ecke ihres Wohnzimmers zu kauern aus Angst, mit einer Bewegung oder einem Geräusch die Spinne anzulocken.

Unten auf dem Hof bewegte sich etwas, und sie zog den Vorhang ein Stück zur Seite, um besser sehen zu können. Marc schob gerade das Motorrad aus dem Lagerraum, in dem auch Georges seine Maschine geparkt hatte. Svenja setzte sich einen Helm auf. Was war los?

Als die beiden vor einigen Stunden nach Hause gekommen waren, schwebten sie, eingehüllt in eine Wolke aus sprühendem Glück, ihre Auren miteinander verschmolzen. Und jetzt? Die Verbundenheit der beiden war weiterhin deutlich sichtbar. Auch aus der Entfernung von ein paar Metern schienen sich ihre Auren nacheinander auszustrecken, als hätten sie Sehnsucht.

»Sie hatten also keinen Streit«, wisperte Juliette und griff sich ans Herz, weil es sie freute. Und doch hing ein dunkler Schatten über ihnen, irgendein Unglück. Das konnte sie ganz deutlich erkennen.

Sie sah zu, wie Marc das Motorrad zum Tor schob. Svenja ging dicht neben ihm her, und aus zwei Auren wurde eine. Eine, die so stark leuchtete, dass Juliette blinzeln musste.

»Ihr werdet es schaffen«, flüsterte sie. Ihr Atem schlug sich auf der Fensterscheibe nieder. »Gemeinsam werdet ihr das Problem lösen.«

Auf der Straße startete der Motor mit einem tiefen, sonoren Blubbern, das sich rasch entfernte.

Im Haus waren Schritte zu hören, eine Tür klappte zu, Leitungen rauschten. Jemand war aufgewacht vom Licht und dem startenden Motorrad. Wahrscheinlich war es Louise.

Dann war es wieder still, die Lampe im Hof erlosch.

Juliette setzte sich im Dunkeln auf ihr Sofa und griff nach ihrem Rosenkranz. Sie würden es schaffen, die beiden. Gemeinsam waren sie stark. Und doch konnte Beistand nicht schaden.

58

Kaum dass Svenja auf dem Sozius saß und Marc die Maschine gestartet hatte, beruhigten sich ihre Gedanken. Die Vibrationen des Motors drangen in jede Zelle, der Fahrtwind kühlte ihre Wangen. Es war, als käme sie an einen Ort, wo die Lösungen für alle Probleme versammelt waren und nur darauf warteten, dass sie die passende aussuchte.

Sie bogen auf die Voie Georges Pompidou ein und fuhren ein Stück an der Seine entlang. Der Asphalt schimmerte im Licht der Scheinwerfer, es roch nach dem Fluss und – als sie an einer Gruppe festlich gekleideter Männer und Frauen vorbeifuhren – nach Parfum und Rasierwasser.

Sie ließen erst Pont Neuf, dann Notre-Dame hinter sich. Am Quai Henry IV fuhr Marc rechts ran, bremste und machte die Maschine aus. Sie suchten sich eine Bank. Eng aneinandergeschmiegt saßen sie da und starrten auf das träge dahinfließende Wasser der Seine, auf dem die Lichter des gegenüberliegenden Ufers tanzten.

Svenja hatte Schwierigkeiten, sich an den Gedanken zu gewöhnen, dass es irgendwo jemanden gab, der ihr Böses wollte. Beim besten Willen konnte sie sich nicht daran erinnern, jemals einen Feind gehabt zu haben. Aber vielleicht lag es auch daran, dass sie sich bisher grundsätzlich jedem Menschen und jeder Situation angepasst hatte. Das hatte sich in Paris geändert.

Sie lehnte ihren Kopf an Marcs Schulter. Der Lederduft

seiner Jacke mischte sich mit dem Geruch der Seine. Hinter ihnen floss der nächtliche Verkehr nur unmerklich ruhiger als am Tag. Von einem hell erleuchteten Ausflugsboot erklang Tangomusik.

Wem war sie auf die Zehen getreten, wem hatte sie etwas weggenommen, wessen Pläne hatte sie durchkreuzt, sodass derjenige sich auf diese perfide Art an ihr rächen wollte? Plötzlich fiel ihr ein Name ein – Claudine. Sie dachte einen Moment darüber nach, dann stieß sie Marc sachte an.

»Sag mal, könnte Claudine hinter dieser Anzeige stecken?« Sie spürte, wie sich sein ganzer Körper anspannte.

»Wann haben die Anrufe begonnen, sagst du?«

»Letzten Dienstag.«

»Und am Sonntag …«

»Am Sonntag habt ihr euch getrennt. Sagtest du nicht mal, dass sie furchtbar eifersüchtig ist?«

Marc lachte auf. »O ja, und wie!« Er stützte die Ellbogen auf die Knie und rieb sich die Hände. »Zuzutrauen wäre es ihr.« Er schwieg und starrte auf den Fluss. »Merde!« Er schlug sich auf die Oberschenkel und stand auf. »Je länger ich darüber nachdenke …« Er reichte ihr seine Hand. »Komm.«

Svenja ließ sich von ihm auf die Füße ziehen.

»Wohin?«

»Wir fahren zu Claudine.«

»Jetzt?«

Er nickte. »Das müssen wir klären. So schnell wie möglich.«

59

Keine Viertelstunde später standen sie vor dem Haus, in dem Claudine wohnte. Marc legte den Kopf in den Nacken und sah an der Fassade empor. Es war kurz nach zwölf. Mit ein bisschen Glück … Tatsächlich, in einem der zu Claudines Wohnung gehörenden Fenster brannte noch Licht.

»Sie ist wach«, sagte er und ging zum Hauseingang. Svenja folgte ihm.

Er drückte auf den Klingelknopf. Es dauerte eine Weile, bis mit einem elektronischen Schnarren Claudines verzerrte Stimme aus dem schief an der Wand hängenden Lautsprecher ertönte.

»Ja? Wer ist da?«

»Ich bin's, Marc.«

Es gab eine Pause.

»Was willst du?«

»Ich muss etwas mit dir besprechen, Claudine. Es ist dringend. Mach auf, bitte.«

Statt einer Antwort ertönte der Summer, und die Tür sprang auf.

Im Treppenhaus roch es nach Pizza, kaltem Rauch und nassem Hund. Hinter einer der Türen, an denen sie vorbeikamen, waren die typischen Geräusche eines PC-Spiels zu hören, gefolgt von einem wütenden »Merde!« Offenbar war der Charakter des Spielers gerade abgeschossen worden.

Als sie endlich im vierten Stock ankamen, empfing sie ein

schmaler Lichtstreifen, der durch die angelehnte Tür fiel. Aus dem Inneren der Wohnung erklangen Stimmen, eine männliche tiefe Stimme, die Marc nicht verstehen konnte, und Claudines, die antwortete: »Ich habe keine Ahnung, was er will.«

Er klopfte mit dem Knöchel gegen das Türblatt.

»Komm rein!«

Marc trat in den Flur. Vor ihm stand Claudine in ihrem weißen Bademantel, der nur bis zur Mitte der Oberschenkel reichte. Und er hätte Wetten darauf abgeschlossen, dass sie darunter nichts trug.

»Oh, wie ich sehe, bist du nicht allein«, sagte sie spitz und sah über seine Schulter hinweg Svenja an.

»Wenn es sein muss, bleibe ich draußen«, entgegnete Svenja kühl. »Aber aus guten Gründen wäre ich lieber bei dem Gespräch dabei.«

»Ach«, Claudine winkte ab, »ist egal. Ich bin auch nicht allein.«

Aus der Küche tauchte ein Mann auf, der Marc vage bekannt vorkam. Irgendwo hatte er ihn schon mal gesehen oder getroffen. Offensichtlich hatte Claudine nicht viel Zeit verstreichen lassen, um sich einen neuen Liebhaber zu suchen. Einen Augenblick spürte er diesem Gedanken nach, um festzustellen, dass es ihm egal war.

»Das ist Thierry«, sagte Claudine mit einem Lächeln, das auf den ersten Blick unschuldig wirkte. »Wir haben uns beim Casting für eine neue TV-Serie kennengelernt.«

Tatsächlich, das Gesicht kannte er vom Zappen aus irgendwelchen Fernsehproduktionen.

»Freut mich für dich. Wir wollen nicht lange stören. Hast du eine Minute?«

Seine Gleichgültigkeit schien Claudine für einen Moment

aus dem Konzept zu bringen, doch sie hatte sich gleich wieder im Griff.

»Kein Problem. Thierry kann gern alles hören, wir haben keine Geheimnisse voreinander.«

»Gut, wie du willst.« Marc zog sein Smartphone aus der Tasche und rief die Internetanzeige auf. »Ist das dein Werk?«

Sie nahm das Handy, las die Anzeige, scrollte ein bisschen auf und ab und schüttelte den Kopf. »Nein«, sagte sie und reichte das Handy an Thierry. »Eigentlich müsste ich geschmeichelt sein, dass du mir so was zutraust. Es würde fantastisch zu der Rolle passen, die ich in der neuen Serie spielen werde, nicht wahr, Thierry?«

»Ja«, erwiderte er und gab Marc das Handy zurück. »Unglaublich. Tut mir echt leid für Sie. Haben Sie schon Anzeige erstattet?«

»Nein.« Marc sah Thierry zum ersten Mal genauer an. Der Schauspieler schien gar nicht so dumm zu sein. Er machte sogar einen sympathischen Eindruck. »Noch nicht.«

»Dann wünsche ich Ihnen viel Glück, dass Sie den Schweinehund finden.«

»Danke. Entschuldigt die Störung.«

»Klar.« Thierry winkte lässig ab. »Ist ein Notfall.«

»Und entschuldigen Sie, dass wir Sie in Verdacht hatten«, sagte Svenja.

»Nun«, Claudine lächelte, und seltsamerweise hatte Marc den Eindruck, dass es diesmal ein echtes Lächeln war, »ich an Ihrer Stelle hätte auch zuerst an mich gedacht. Deshalb habe ich ja auch die Rolle bekommen.« Sie wurde ernst. »Ganz ehrlich, ich war es nicht. Das da ist eine riesengroße Schweinerei, entwürdigend und gemein. Hoffentlich können Sie das bald klären.«

»Danke.« Svenja reichte Claudine die Hand. »Ich wünsche Ihnen viel Erfolg bei Ihrer Serie.«

»Das kann ich gebrauchen.«

Sie verabschiedeten sich und liefen die Treppe hinunter. Als sie am Motorrad ankamen, blieben sie eine Weile unschlüssig stehen.

»Weißt du, was? Ich bin froh, dass es nicht Claudine war.«

Marc nickte und spielte mit dem Kinnriemen seines Helms. »Ich auch. Irgendwie. Aber was jetzt?«

Svenja schüttelte den Kopf. »Ich weiß es nicht. Ich habe keine Idee.«

»Dann sollten wir Valérie fragen.« Marc setzte sich den Helm auf und schwang sich entschlossen auf den Sitz. »Steig auf. Von hier aus ist es nicht weit, höchstens zehn Minuten um diese Zeit.«

»Marc, es ist ein Uhr in der Nacht! Wir können deine Schwester jetzt nicht stören!«

»Und warum nicht? Thierry hat recht, es ist ein Notfall. Und je eher wir etwas gegen diesen Schmutz unternehmen, umso besser.« Er klopfte auf den Sozius. »Los, komm schon, Svenja. Und mach dir um meine Schwester keine Sorgen.«

60

Valérie verstand nicht viel von dem, was Marc ihr erzählte. Sie saßen in der Küche. Marc, übernächtigt, mit dunklen Ringen unter den Augen, redete wie im Fieber. Svenja neben ihm, blass und doch erstaunlich lebendig, ergänzte und half aus, wenn Marc sich in seinen eigenen Sätzen verfing. Da waren Worte gefallen wie »Kontaktanzeige«, »Internet« und »strafbar«, aber auch »Danielle Dubois« und »Notar«. Wie das alles zusammenhing, war Valérie schleierhaft. Sie zog ihren Morgenmantel enger um sich, stützte die Ellbogen auf den Küchentisch und versuchte zuerst einen Weg in die Realität zu finden. Um halb zwei in der Nacht nach nur einer Stunde Schlaf ein Ding der Unmöglichkeit.

Hinter ihr klapperten Tassen, der Kaffeeautomat brodelte und fauchte. Und dann stand schon eine Tasse Café au Lait vor ihr. Sie hob den Kopf, sah in Gerards müdes, unrasiertes Gesicht und konnte nicht anders, als diesen Mann zu lieben.

»Danke«, sagte sie und griff nach seiner Hand.

Er lächelte und widmete sich wieder der Maschine.

Valérie schloss die Augen und trank einen Schluck. Der Kaffee war genauso, wie sie ihn mochte und brauchte – stark und süß, abgerundet von der Milch. Ja, allmählich wurde sie wach.

»So, ihr beide. Ich glaube, jetzt kann ich einigermaßen klar denken. Was ist los?« Die Geschichte, die Marc ihr erzählte, war unglaublich. Da hatte sich Svenja mit Danielle Dubois getroffen und über ein Konzept für das Haus in der Rue Saint

Vincent geredet. Ein Konzept, in dem die Bar und das Hotel eine Rolle als Künstlermagnet spielten. Danielle hatte den Notartermin abgesagt. Und plötzlich hatte sie alles erneut rückgängig gemacht.

»Und warum?«

»Wegen dieser Kontaktanzeige, von der ich dir erzählt habe.« Marc schlug auf den Tisch. »Mensch, hörst du mir überhaupt zu?«

»Jetzt ja. Vorher war ich nicht in der Lage.« Valérie trank einen weiteren Schluck Kaffee. Wie gut er tat! »Was für eine Kontaktanzeige ist es denn?«

»Eine einschlägige.«

»Aha. Und was verstehe ich darunter?«

»Na, du weißt schon. Wie diese Anzeigen eben sind.«

Svenja stieß Marc an. »Zeig sie ihr.«

»Sicher?«

Svenja nickte. Sie hielt ihre Tasse, als wäre sie drei Stunden ohne Handschuhe im Schnee unterwegs gewesen. Aber ihre Wangen hatten wieder Farbe bekommen. Auch ihr schien der Kaffee gutzutun.

»Na gut.« Marc fummelte an seinem Smartphone herum, dann schob er es über den Tisch. »Da. Verstehst du jetzt?«

Die Internetseite, die Marc aufgerufen hatte, nannte sich »Der kleine Pariser«. Es war eine jener Schmuddelseiten, auf denen Frauen mit zum Teil freizügigen Fotos und frivolen oder auch einfach nur vulgären Texten für Sex warben. Und mitten zwischen den blonden, schwarzhaarigen, dunkelhäutigen und asiatischen Li Mins, Paolas und Jeannettes war ein Foto von Svenja. Es war nur das Gesicht zu sehen, aber sie war es, das war unverkennbar. Daneben stand: »Neu in Paris! Die Deutsche macht's französisch. Ruf an, ich komme sofort, am Telefon, bei dir oder bei mir.«

»Das ist ja widerlich!« Valérie stieß das Smartphone von sich, und Gerard griff danach. »Einfach ekelhaft. Und absurd. Völlig absurd! Wer soll das glauben?«

»Nun«, Svenja verzog ihr Gesicht zu einem bitteren Lächeln, »ich bekomme in der letzten Zeit sehr viele Anrufe. Und Danielle Dubois glaubt das ganz offensichtlich auch …«

Valérie schüttelte den Kopf. »Kein Mensch mit Verstand, der Sie kennt, würde das da für bare Münze nehmen. Niemand!«

»Sie kennt mich aber nicht. Sie kennt meinen Onkel, der immerhin mit einer Prostituierten zusammen war. Und außerdem …« Svenja drehte die Tasse in der Hand. »Ich kann Madame Dubois verstehen.«

»Was?«

»Madame Dubois ist eine zutiefst verletzte und verbitterte Frau, die ihr ganzes Leben unter ihrer Herkunft gelitten hat. Sie will ihre Vergangenheit, das Bordell ihrer Mutter, vergessen. Deshalb wollte sie das Haus verkaufen. Alles, was an das ehemalige Etablissement erinnert, sollte verschwinden. Unser Konzept mit den Künstlern hat sie jedoch so überzeugt, dass sie ihre Pläne geändert und sogar akzeptiert hat, dass wir die Einrichtung erhalten wollen, weil sie auf Künstler inspirierend wirkt. Und nun das da …« Svenja deutete mit dem Kinn auf das Smartphone in Gerards Hand. »Das ist für sie ein Schlag ins Gesicht. Sie muss glauben, dass ich sie die ganze Zeit über angelogen und nur eines im Sinn hatte – das Sans Regrets als das zu betreiben, was es war, als Bordell.«

Marc knetete seine Hände, als würde er sie auf einen Boxkampf vorbereiten.

»Du musst etwas tun, Valérie!«

»Natürlich werde ich etwas tun. Wir werden Strafanzeige stellen und per einstweiliger Verfügung diese Anzeige sperren lassen. In ein paar Stunden ist die Sache hoffentlich erledigt. Ob es aber gelingt, diesen Kriminellen zu fassen, ist die Frage. Was meinst du, Gerard?«

Gerard legte das Smartphone bedächtig auf den Tisch.

»Erfahrungsgemäß kommen solche Verleumdungen meist aus dem unmittelbaren Umfeld der Opfer. Ein abgewiesener Liebhaber zum Beispiel.«

Svenja schüttelte den Kopf. »Daran haben wir auch schon gedacht. Aber da ist nichts. Ganz bestimmt nicht.«

Es klang so überzeugend, dass Valérie ihr sofort glaubte.

»Und was ist mit Claudine?« Sie sah ihren Bruder an. »Könnte sie nicht der Ansicht sein, dass du sie wegen Svenja sitzengelassen hast? Sie ist eifersüchtig, und zeitlich passt es auch zusammen.«

Marc fuhr sich durchs Haar und öffnete den Mund, doch Svenja kam ihm zuvor.

»Daran haben wir als Erstes gedacht. Wir waren sogar bei ihr. Vorhin. Sie hat uns versichert, dass sie mit dieser Anzeige nichts zu tun hat.«

»Und ihr beide glaubt ihr. Einer Schauspielerin.«

»Nun …« Marc wand sich auf seinem Stuhl. »Ja, wir glauben ihr. Sie war nicht allein. Sie ist jetzt mit einem Schauspieler zusammen und hat eine Rolle in einer TV-Serie ergattert. Für sie hat sich alles zum Positiven entwickelt. Und wenn ich ehrlich bin, war's sowieso umgekehrt. Sie hat mich rausgeworfen, weil …« Er winkte ab. »Aber das ist in diesem Zusammenhang irrelevant. Claudine war es jedenfalls nicht.«

Valérie wusste nicht, ob sie weinen, lachen oder wütend sein sollte. Wann würde Marc endlich erwachsen werden? Er war in mancher Hinsicht so naiv, dass sie mitunter Angst um ihn hatte.

»Wer hat Danielle Dubois eigentlich von der Anzeige erzählt?« Gerards ruhige Stimme ließ alle aufblicken. »Ich gehe mal davon aus, dass Madame Dubois sich üblicherweise nicht auf solchen Kontaktseiten herumtreibt. Also muss ihr jemand den Tipp gegeben haben. Wer?«

In der Küche hörte man nur das Summen des Kühlschranks. Dann schaltete sich das Aggregat ab, und es war ganz still. Und mitten aus dieser Stille heraus erklang Svenjas Stimme, ruhig und sachlich.

»Yves Fabeau von La Maison.«

»Fabeau!« Valérie schlug mit der flachen Hand auf die Tischplatte, sodass die Kaffeetassen in die Höhe hüpften. »Natürlich! Wenn Madame Dubois das Haus nicht verkauft, geht ihm ein Riesengeschäft durch die Lappen. Und wer ist dafür verantwortlich? Svenja. Also muss er sie nur in Misskredit bringen, und voilà, La Maison erhält den Zuschlag.«

»Bijou, ich weiß, dass du diesen Mann nicht magst«, sagte Gerard, »aber er kann doch unmöglich schon vor einer Woche vorhergesehen haben, dass Danielle sich umentscheiden wird!«

»Das hat er auch nicht«, erklarte Svenja. Sie wirkte erstaunlich nüchtern und gefasst. »Ich habe ihm am vergangenen Samstag am Telefon gesagt, dass ich die Wohnung unter keinen Umständen verkaufen werde. Am Ende unseres Gesprächs hat er mir gedroht. Nicht wörtlich, so dumm ist er nicht. Aber als ich gesagt habe, dass ich bei meiner Entscheidung bleibe, erwiderte er: ›Wir werden sehen, Madame.‹ Und es klang alles andere als freundlich. Die Anrufe konnte ich ja noch durch Abschalten des Handys und eine neue Karte unterbinden, aber irgendwann wären garantiert auch ›Kunden‹ vor dem Haus aufgetaucht. Und dann hätte ich früher oder später das Handtuch geschmissen. Dass Fabeau die Anzeige jetzt so wunderbar nutzen konnte, um Danielle gegen mich aufzubringen, war ein Glücksfall.«

»Wenn er es wirklich gewesen ist«, gab Gerard zu bedenken, »wie soll man ihm das nachweisen?«

»Er war's, verlass dich drauf«, sagte Valérie. »Vielleicht sollten wir …«

»Ich werde mit ihm reden. Ich möchte ihm in die Augen sehen und selbst herausfinden, ob er es war oder nicht. Unter Umständen kann er uns helfen, diese Sache wieder aus der Welt zu schaffen.«

Valérie sah Svenja an, die äußerlich locker und entspannt am Küchentisch saß, beide Hände um ihre Tasse gelegt. Doch da war etwas in ihrem Blick, eine Stärke und Entschlossenheit, die sie vorher nicht bemerkt hatte. Zuerst bewegte Svenja Danielle dazu, das Haus doch nicht zu verkaufen, was ihr selbst immer unmöglich erschienen war, und jetzt wollte sie mit Fabeau reden, an etwas appellieren, was er nicht hatte – ein Gewissen.

»Gut«, sagte sie und spürte, wie ihre Achtung vor dieser Frau wuchs. »Wenn es jemand schaffen könnte, dann Sie.«

Dienstag, 15. Juli

61

Die Dame am Empfang war sehr freundlich gewesen, als Svenja um kurz vor neun bei La Maison angerufen hatte. Ja, Monsieur Fabeau sei ab zehn im Büro. Wegen einer Besprechung um elf müssten alle Mitarbeiter anwesend sein. Und natürlich könne sie vorbeikommen, Monsieur Fabeau habe vorher keine weiteren Termine.

Und deshalb stand Svenja um Punkt zehn Uhr vor dem Gebäude, in dem die Immobilienfirma residierte. Es war ein typischer Bau der Haussmann-Ära. Im Erdgeschoss waren Geschäfte, und schräg gegenüber befand sich die Pariser Oper. Auf einem Messingschild vor einer Glastür zwischen einem Juwelier und einem namhaften Lederwarengeschäft stand »La Maison – Immobilien«. Gerard, Valérie und Marc waren mitgekommen, doch Svenja bat sie, draußen zu warten. Sie war aufgeregt und nervös, aber sie hatte das Gefühl, dass sie niemals vernünftig mit Yves Fabeau würde reden können, wenn sie mit einem ganzen Pulk von Begleitern bei ihm auftauchte. Insbesondere mit Valérie, die ohnehin keine gute Meinung von dem Makler hatte.

Sie klingelte, wartete auf den Summer und betrat eine marmorgeflieste, helle Halle. Ein Fahrstuhl brachte sie in den ersten Stock, wo eine Empfangsdame – der Stimme nach war es dieselbe, mit der sie am Morgen telefoniert hatte – sie noch mal zwei Stockwerke höher schickte.

»Zimmer 315«, sagte sie mit freundlichem, aber unverbindlichem Lächeln, wobei sie sich ihre modische Brille zurechtrückte und mit einem Kugelschreiber in die Richtung wies, ein Ausdruck von Geschäftigkeit und Kompetenz. »Wenn Sie aus dem Fahrstuhl hinausgehen, rechts durch die Glastür und dann den Gang geradeaus.«

»Danke.«

Auf dem Weg zu Zimmer 315 wurde Svenja einiges klar. Yves Fabeau war ehrgeizig, er wollte Karriere machen. Als Model hatte er offenbar nicht genug Erfolg gehabt, um dabeizubleiben, und so versuchte er es jetzt als Makler. In diesem Beruf kämpfte er noch um Aufmerksamkeit und Achtung. Der dritte Stock war nicht die Chefetage. Der weiche cremefarbene Teppich des Empfangsraums war strapazierfähiger Industrieware in Steingrau gewichen, und statt der beeindruckenden Gemälde hingen Kunstdrucke an den Wänden.

Svenja ging den Flur entlang und achtete auf die Schilder neben den Türen, hinter denen sie Stimmen, leise Musik und die Geräusche eines Kopierers hören konnte. Bei Zimmer 315 blieb sie stehen und klopfte.

»Ja?«

»Bonjour, Monsieur Fabeau«, sagte sie und schloss die Tür hinter sich.

Er sah auf. »Oh, Madame Lorentz! Welch eine Überraschung!« Er sprang von seinem Drehstuhl auf, über dessen Rückenlehne sein Jackett hing, eilte zu Svenja, schüttelte ihre Hand und deutete auf den Stuhl vor seinem Schreibtisch. »Bitte, setzen Sie sich. Das ist eine unerwartete Freude.«

Wart's ab, bis du gehört hast, weshalb ich hier bin, dachte Svenja und nahm auf dem angebotenen Stuhl Platz.

Fabeau ließ sich auf seinen Stuhl fallen, drehte sich schwungvoll und rollte näher an den Schreibtisch heran.

»Kann ich Ihnen etwas anbieten?«, fragte er und streckte die Hand bereits nach dem Telefon aus. »Kaffee? Tee? Wasser?«

»Nein danke.«

»Was kann ich für Sie tun?« Er rieb sich die Hände und strahlte über das ganze Gesicht, als hätte sie ein riesengroßes Geschenkpaket mit Schleife auf dem Schoß, auf dem sein Name stand. Svenja zweifelte nicht eine Sekunde daran, dass er damit rechnete, dass sie ihm ihre Wohnung zum Verkauf anbieten wollte.

»Mir liegt da eine Frage auf dem Herzen«, sagte Svenja. »Vielleicht können Sie sie mir beantworten.«

»Gern! Ich freue mich, wenn ich behilflich sein kann. Worum geht es denn?«

Einen Augenblick betrachtete Svenja ihn, wie er auf dem Bürostuhl saß, jung, dynamisch, mit dem festen Willen, die Karriereleiter emporzuklettern, freundlich, tough. Ein echter Geschäftsmann. Oder einer, der es werden wollte. Dann zog sie ihr Smartphone aus der Tasche, tippte kurz auf das Display und erweckte es zum Leben.

»Ich wollte Sie fragen, ob Sie eine Idee haben, wie das hier ins Netz gekommen ist?« Sie reichte ihm das Gerät und beobachtete sein Gesicht.

Er hatte kaum einen Blick auf das Foto und den Text geworfen, als mit dem Lächeln auch die Farbe aus seinem Gesicht verschwand.

»Ich … was …«, stammelte er. Sein Adamsapfel hüpfte, als er schluckte. Er legte das Smartphone auf den Tisch und blickte kurz auf, ohne Svenja anzusehen. »Ich weiß nicht, was ich damit zu tun haben soll.«

»Tatsächlich?« Svenja schaltete das Smartphone aus und steckte es in die Tasche. »Die Anrufe sind mir egal. Ich habe bereits vor ein paar Tagen meine SIM-Karte gewechselt. Und

Madame Decaux hat die Sperrung der Anzeige veranlasst. Spätestens in wenigen Stunden ist sie aus dem Netz verschwunden. Das ist also bereits geklärt. Was mir aber Kopfzerbrechen bereitet, ist das Bild, das Madame Dubois aufgrund dieser Anzeige von mir bekommen hat. Sie fühlt sich von mir hintergangen, betrogen, weshalb sie nicht mehr bereit ist, ihre Zusage einzuhalten.«

»Ich verstehe immer noch nicht, was das mit mir zu tun hat. Oder mit meiner Firma.« Er zupfte an seiner Nagelhaut. »Ich meine, ich bin wirklich gern bereit …«

»Monsieur Fabeau, bitte.« Sie erreichte, dass er seinen Blick hob und sie kurz ansah. »Das ist Verleumdung. Eine Straftat. Es wäre ein Leichtes, die Spuren zum Täter im Netz zurückzuverfolgen, aber das möchte ich nicht. Ich gehe davon aus, dass derjenige, der sich diese Anzeige ausgedacht hat, dies in einem unüberlegten Moment getan hat. Dass derjenige nicht darüber nachgedacht hat, wem er damit schadet: Nicht allein den Bewohnern im Haus, die ihre Wohnungen verlieren. Madame Dubois, der die Chance genommen wird, sich mit ihrer Vergangenheit auszusöhnen. Oder La Maison, weil diese Angelegenheit auf die Firma zurückfallen und das ohnehin schon in der Öffentlichkeit angekratzte Image zusätzlich schwer schädigen wird. Sondern auch sich selbst, denn La Maison wird diese Angelegenheit nicht auf sich beruhen lassen. Die Firma wird den Schuldigen finden und zur Rechenschaft ziehen wollen.«

Fabeau wurde noch blasser, rieb sich nervös die Stirn und fuhr sich mit der Zungenspitze über die Lippen. Er wirkte jung und unsicher.

»Was erwarten Sie von mir, Madame?«

»Ich erwarte nichts«, sagte Svenja. »Ich möchte Sie lediglich darum bitten: Gehen Sie zu Madame Dubois, und erklären Sie ihr alles.«

»Sonst was? Wollen Sie mir drohen?« Kindlicher Trotz zeichnete sich auf seinem Gesicht ab.

Svenja seufzte und schüttelte den Kopf. »Das ist nicht meine Art. Allerdings bin ich nicht die alleinige Leidtragende. Madame Decaux und Monsieur Pellier vertreten die Interessen der Mieter und werden dafür sorgen, dass Strafanzeige erstattet wird. Die Konsequenzen habe ich Ihnen bereits geschildert. Ich weiß nicht, ob so etwas auch zu einer Gefängnisstrafe führt, aber Sie werden sich vor Gericht verantworten müssen. Und was Ihre Chefs dazu sagen werden, können Sie besser beurteilen als ich.« Er nickte und blickte auf seine Hände. »Ich biete Ihnen eine Lösung an, die ohne das alles auskommt, Monsieur.«

Er schnalzte mit der Zunge. »Und was soll ich meinen Chefs erzählen, wenn sie fragen, warum der Notartermin mit Madame Dubois geplatzt ist?«

»Die Wahrheit. Madame hat sich entschieden, das Haus in ein Kulturzentrum umzubauen.« Svenja lächelte, als ihr etwas einfiel. »Das wird den Wert der anderen Immobilien im Viertel doch erheblich steigern, meinen Sie nicht? Und möglicherweise entschließt sich Madame, die Verwaltung des ganzen Objekts an eine Firma zu übergeben. Vielleicht sogar La Maison? Das sind natürlich keine Riesengewinne, aber eine langfristige Geldanlage sowie ein positives Image, das La Maison bei dem Ruf als Blutsauger und Immobilienhaie in der Bevölkerung sicher gut brauchen könnte.«

Yves Fabeau dachte nach. »Und wenn ich mit Madame Dubois rede, was ist dann?«

»Dann ist es, als hätte es diese Kontaktanzeige niemals gegeben.«

»Wirklich?«

»Ja. Darauf gebe ich Ihnen mein Wort.«

Einen Moment war es still im Büro. Die Lüftung des Computers summte leise, auf der Straße vor dem Haus rauschte der Verkehr.

»Also gut«, sagte er schließlich. »Wann?«

»Wie lange dauert Ihre Besprechung?«

Er zuckte mit den Schultern. »Vielleicht bis zwei.«

»Dann treffen wir uns um drei Uhr vor dem Büro von Madame Dubois.«

»Und wenn es länger dauern sollte?«

»Sagen Sie Ihren Chefs, dass Madame Dubois Sie dringend sprechen will.« Svenja stand auf und ging zur Tür. »Dann bis nachher.«

»Ja, bis dann.«

Fabeau blieb auf seinem Stuhl sitzen und starrte aus dem Fenster. Beinahe tat er ihr leid.

Auf der Straße wurde sie von gespannten Gesichtern erwartet.

»Und?«, fragte Marc.

»Er war es«, sagte Svenja.

»Hat er es zugegeben? Hat er ein Geständnis abgelegt?«, hakte Valérie nach.

»Nicht wortwörtlich, aber …«

»Hast du seine Aussage mit deinem Smartphone aufgenommen?«

»Nein«, antwortete Svenja. »Ich habe darauf verzichtet.«

»Was?« Valérie schlug die Hände über dem Kopf zusammen. »Warum denn das? Wie sollen wir ihn jetzt anzeigen? Er wird vor Gericht alles abstreiten!« Sie zog an Gerards Ärmel. »Bitte, erklär du ihr, warum …«

»Es wird keine Gerichtsverhandlung geben«, unterbrach Svenja die aufgebrachte Valérie. »Monsieur Fabeau wird die Angelegenheit selbst bei Madame Dubois regeln.«

Valérie legte ihre Hand über die Augen und schüttelte den Kopf.

»Madame«, begann Gerard mit seiner ruhigen, bedächtigen Art, »ich fürchte, das war nicht klug. Sie haben …«

»Nicht klug? Nicht klug?«, fiel ihm Valérie ins Wort. »Sie glauben, dass Fabeau zu Madame Dubois gehen und bei ihr beichten wird?« Sie lachte auf. »Einen Teufel wird er tun. Der sitzt jetzt da oben in seinem Büro und lacht sich ins Fäustchen!« Wieder schüttelte sie den Kopf. »Wir hätten mitgehen sollen, Gerard!«

»Wir treffen Fabeau heute um drei Uhr bei Madame Dubois. Dann wird er ihr alles erzählen.«

»Und Sie meinen tatsächlich, dass dieser Kerl kommen wird?«

»Ja.«

»Und was macht Sie da so sicher?«

Svenja seufzte. Wie sollte sie das erklären?

»Er war erschüttert, zutiefst erschüttert. Und ich bin sicher, er weiß, was auf dem Spiel steht. Außerdem möchte ich Sie bitten, ein Schriftstück aufzusetzen, einen Vertrag oder so, den Fabeau unterschreiben muss und in dem er erklärt, dass er die Anzeige aus dem Netz löscht, dass er Madame Dubois den Sachverhalt erklärt und dass er dafür sorgen wird, dass La Maison das Interesse an dem Haus aufgibt. Ließe sich das machen?«

Gerard nickte. »Das ist keine große Sache. Und wenn er sich nicht an die Vereinbarungen hält?«

»Dann erstatte ich Anzeige und werde mit den Chefs von La Maison reden.«

»Das ist kein guter Plan«, warf Valérie ein. »Der Knackpunkt ist nämlich, dass …«

»Bijou, lass gut sein«, unterbrach Gerard Valérie und legte

ihr eine Hand auf die Schulter. »Warten wir doch erst einmal ab. Um drei Uhr, haben Sie gesagt?« Svenja nickte. »Wir haben noch ein paar Termine, aber um drei Uhr sind wir bei Madame Dubois. Sollen wir Sie irgendwohin mitnehmen?«

Svenja warf Marc einen Blick zu. »Nein«, sagte sie dann. »Ich glaube, ich möchte einfach nur ein bisschen spazieren gehen.«

»Gut, dann sehen wir uns nachher. Salut!«

Er griff Valérie am Ellbogen und schob sie energisch vor sich her. Trotzdem konnte Svenja noch hören, dass sie sich weiter aufregte.

»Wart's ab, Fabeau dreht uns allen eine lange Nase.«

»Bijou, es ist jetzt so. Und wer weiß, vielleicht hat Svenja sogar recht. Also …«

»Eher fällt Weihnachten in den Sommer!«

»Warum bist du so pessimistisch?«

»Weil ich den Kerl kenne. Er wird nicht kommen, verlass dich drauf.«

Svenja konnte Valérie verstehen. Sie hatte sich so lange für das Haus und seine Bewohner engagiert, und jetzt drohte das Projekt endgültig zu scheitern. Hatte sie wirklich nicht genug nachgedacht? War sie zu vertrauensselig?

»Glaubst du auch, dass es dumm war, Fabeau diesen Vorschlag zu machen?«

Marc seufzte, dann legte er Svenja eine Hand unter das Kinn und hob es sanft an. Stundenlang hätte sie sich in dem Anblick seiner braunen Augen verlieren können.

»Warum hast du es denn getan? Fragen wir mal so herum.«

Svenja überlegte. »Als ich ihm den Screenshot der Anzeige gezeigt habe, ist er sofort leichenblass geworden. Er hat nicht einmal ernsthaft versucht, irgendetwas abzustreiten. Weißt du, Marc, dieser Mann ist … Er kam mir vor wie ein Schulabgänger, der sich erst in der Welt der Erwachsenen zurechtfinden muss. Ich glaube, er hat eingesehen, dass er einen Fehler gemacht hat. Einen großen Fehler. Ihm die Möglichkeit zu geben, diesen Fehler ohne großes Aufsehen wiedergutzumachen, erschien mir fair. Und richtig. Aber jetzt …« Sie schluckte. »Deine Schwester hat vermutlich recht, ich habe mich total dämlich angestellt.«

Marc neigte seinen Kopf, und ein Lächeln breitete sich auf seinem Gesicht aus, bei dem Svenja unwillkürlich warm wurde.

»The power to turn my fate«, sagte er leise.

»Wie bitte? Ich verstehe nicht …«

»Nichts. Nur so ein Gedanke.« Er beugte sich vor und küsste sie. »Ich liebe dich.«

62

Sie fuhren mit der Metro bis Saint-Paul und bummelten durchs Marais. Marc kam sich vor wie ein Tourist. Sie schlenderten gemächlich die schmalen Straßen entlang, bewunderten die uralten Handwerkshäuser, betrachteten die Schaufenster kleiner Buchläden und Floristen und blieben vor den Geschäften der Kunsthandwerker oder jungen Designer stehen, die ihre selbstgeschneiderte Mode präsentierten. Um die Mittagszeit überlegten sie, in einem der kleinen Restaurants und Cafés einzukehren, entschieden sich dann aber für Falafel in der Rue de Rosiers und aßen sie im Gehen.

Am Place des Vosges suchten sie sich eine Bank in der Sonne. Aneinandergeschmiegt saßen sie da und genossen die Wärme. An ihnen strömten Touristen vorbei, erkennbar an den Stadtplänen und Kameras in den Händen. Kinder spielten an den Springbrunnen und bespritzten sich gegenseitig. Junge Leute lagerten auf den Rasenflächen, mal in größeren, mal in kleineren Gruppen.

Marc konnte sich nicht erinnern, jemals auf diesem Platz auf einer Bank gesessen zu haben, doch es gab schlimmere Arten, die Zeit totzuschlagen.

Sie waren beide nervös.

Marc spürte, wie angespannt Svenja war. Immer wieder presste sie die Lippen zusammen und schloss die Augen. Und gelegentlich begann sie ohne ersichtlichen Grund zu zittern.

»Marc?«

»Ja?«

»Was machen wir, wenn …« Sie stockte. »Was, wenn es dabei bleibt? Wenn das Haus verkauft wird?«

Marc fuhr sich durch das Haar und über das Gesicht. Das war die Frage, vor der er sich selbst fürchtete, die ihm die Luft abschnürte, ihm den Schweiß auf die Stirn trieb und den Magen mit einer schweren, heißen Masse ausfüllte.

»Ich meine«, fuhr Svenja leise fort, »wie geht es dann weiter?« Sie sah ihn an, ihre blauen Augen groß und dunkel vor Kummer. »Mit uns?«

Er schluckte, in seinen Augenwinkeln stach etwas schmerzhaft, seine Kehle war so eng, dass er sich unwillkürlich an den Hals griff. Seit sie in Georges' Wohnung gezogen war, hatte er immer wieder daran gedacht: Wenn das Haus verkauft wird, geht Svenja wieder nach Hamburg, und du siehst sie nie wieder. Anfangs war diese Überlegung nur gelegentlich durch sein Hirn gehuscht, ein flüchtiger Gedanke, mehr nicht. Aber er wurde umso drängender, je näher er sie kannte, je mehr er sich in sie verliebt hatte. Und seit gestern, seitdem alles endgültig verloren schien, gab es nicht eine Sekunde, in der er sich nicht die Frage stellte: Was, wenn?

Svenja seufzte und wandte den Blick ab. Eine einzelne Träne löste sich und rollte über ihre Wange. Plötzlich hatte er Angst, dass sie sein Schweigen falsch gedeutet haben könnte.

»Nein!«, sagte er heiser und drehte sie zu sich. Das durfte sie nicht denken! Nein, nein, nein! »Bitte, Svenja, glaube mir, dieser Gedanke ist so furchtbar, dass ich ihm ständig ausweiche. Ich will gar nicht daran denken. Aber wenn ich es tue, dann überlege ich …«

»Was?«

Er nahm ihr Gesicht in seine Hände und fing mit dem Zeigefinger eine Träne auf.

»Ich bin frei. Und in Hamburg gibt es auch Straßenmusiker, oder? Ich meine …« Er zuckte mit den Schultern. »Gibt es in deiner Wohnung Platz für eine Matratze?«

Einen Augenblick schwiegen sie, sahen sich nur an.

»Meine Wohnung ist groß genug für zwei.« Svenja schlang ihre Arme um ihn und lehnte ihren Kopf an seine Brust. »Ich wollte nur wissen, ob es irgendeine Perspektive gibt, ein Licht. Jetzt bin ich beruhigt.«

Marc drückte sie an sich, ganz fest. Die Idee, mit Svenja nach Hamburg zu gehen, war ihm eben erst gekommen. Aber es war, als hätte sich in einem finsteren Raum plötzlich eine Tür geöffnet, durch die ein schmaler Streifen Licht fiel. Er musste Svenja nicht gehen lassen. Es gab eine Möglichkeit.

63

Plötzlich fühlte Svenja sich deutlich leichter. Der Druck und die Dunkelheit waren fort. Es war nicht so, dass ihr das Schicksal des Hauses und seiner Bewohner gleichgültig gewesen wäre. Noch immer wünschte sie sich sehnlich, dass Fabeau Danielle Dubois von ihrer Unschuld überzeugen konnte und diese noch einmal ihre Entscheidung überdachte, damit die Bewohner des Hauses ihre Wohnungen behalten konnten, damit das Kulturzentrum Wirklichkeit werden konnte und damit sie selbst hierbleiben konnte, in Paris, mit Marc zusammen. Dass sie jetzt aber wusste, dass es in jedem Fall eine Zukunft für sie und Marc geben würde, wendete die drohende Apokalypse ab. Die liebgewonnenen acht Quadratmeter aufzugeben und Paris zu verlassen, wäre immer noch schrecklich, aber es war nicht das Ende aller Dinge. Und damit ließ es sich besser atmen.

Auch Marc schien erleichtert. Sie redeten mehr, lachten sogar, nervös, aber mit der Erleichterung jener, die schwere Zeiten vor sich hatten, jedoch wussten, dass sie überleben würden.

Sie hätte die Welt umarmen können.

Zehn Minuten vor drei kamen sie bei der Literaturagentur an. Fabeau wartete schon im Hauseingang. Er wirkte angespannt. Sein Gesicht war blass, und seine Hände bewegten sich unaufhörlich, nestelten an den Knöpfen seines Jacketts, suchten etwas in den Hosentaschen oder zupften an seinen Ärmeln herum.

Svenja ging auf ihn zu und streckte ihm ihre Hand entgegen. »Es freut mich, dass Sie gekommen sind, Monsieur«, sagte sie und sah das überraschte und erleichterte Lächeln auf seinem Gesicht. Ihr ging es so gut, da fiel es ihr leicht, freundlich zu sein.

»Madame, es … es tut mir leid. Das mit der Anzeige …« Fabeau stotterte und wich ihrem Blick aus.

»Das ist für mich sehr unangenehm«, sagte Svenja, »aber wenn Sie mit Madame Dubois sprechen und die Sache klären, ist es für mich in Ordnung. Dann ist die Angelegenheit aus der Welt.«

»Wirklich?«

»Ja. Ich …«

»Erstaunlich!«, erklang plötzlich hinter ihnen Valéries Stimme. »Sie sind gekommen, Fabeau. Ich hätte jede Wette darauf abgeschlossen, dass Sie kneifen.«

Fabeau knetete wieder seine Hände und nickte Valérie und Gerard kurz zu. »Ich …«

»Sparen Sie sich Ihre Worte für Madame Dubois«, sagte Valérie kühl. »Wir haben hier etwas ausgearbeitet.« Sie holte eine Mappe aus ihrer Tasche und reichte Fabeau ein Blatt Papier. »Das ist eine Vereinbarung. Lesen Sie sie durch, und unterschreiben Sie, wenn Sie damit einverstanden sind.«

Fabeau nickte, überflog das Schriftstück und zog dann einen Kugelschreiber aus der Innentasche seines Jacketts.

»Wo soll ich unterschreiben?«

»Dort.« Valérie deutete mit dem Zeigefinger auf eine Stelle, sah zu, wie Fabeau seinen Namen schrieb, und nahm ihm das Papier aus der Hand, als würde sie befürchten, dieser könnte eine Schwalbe daraus bauen und sie in die Seine fliegen lassen.

Gerard blickte auf seine Uhr. »Zwei Minuten vor drei. Wollen wir nach oben gehen?«

Valérie nickte. »Kommen Sie, Fabeau.«

Ein Ausdruck jäher Panik erschien auf seinem Gesicht, als er merkte, dass Svenja und Marc keine Anstalten machten, auf die Glastür zuzugehen.

»Madame Lorentz, kommen Sie etwa nicht mit?«

»Nein, Madame Lorentz wird hier warten«, sagte Valérie und lächelte spöttisch. »Sie werden schon mit mir als Begleitung vorliebnehmen müssen, Fabeau. Aber bilden Sie sich nicht ein, dass ich Händchen halte!«

Durch die kleinen Glasscheiben der Eingangstür konnte Svenja sehen, wie die drei im Treppenhaus auf den Fahrstuhl warteten, in dem sie schließlich verschwanden.

Marc stand hinter ihr, seine Hände lagen auf ihren Schultern.

»Jetzt heißt es warten«, sagte er und legte sein Kinn auf ihren Kopf.

»Ja, warten. Mal wieder.«

64

Zu sehen, wie Fabeau sich vor Danielle Dubois wand, war ein Fest. Dafür komme ich bestimmt in die Hölle, dachte Valérie. Ich bin ein niederträchtiges, schadenfrohes, rachsüchtiges Weib. Aber es tut so gut!

Sie war fest davon überzeugt, dass Fabeau niemals selbst auf die Idee gekommen wäre, sein Unrecht vor Danielle einzugestehen. Das hatten sie Svenja zu verdanken, und Gott allein mochte wissen, wie die Frau das angestellt hatte. Dennoch rechnete sie ihm hoch an, dass er überhaupt erschienen war.

Valérie und Gerard saßen in den beiden bequemen Ledersesseln und beobachteten die Szene wie ein Theaterstück.

Fabeau stand vor Madame Dubois' Schreibtisch. Niemand hatte ihm einen Platz angeboten. Von seiner üblichen Selbstsicherheit und Arroganz war nicht mehr viel übrig. Er war blass, sodass seine Solariumsbräune ein ungesundes Gelb angenommen hatte, und nestelte an den Knöpfen seines Anzugs herum.

Ein Schüler, der beichten muss, dass er bei der Abschlussprüfung geschummelt hat, dachte Valérie und genoss den Anblick.

»Tja, und deshalb habe ich Ihnen die Anzeige gezeigt«, sagte er gerade und starrte vor sich auf den Boden.

»Damit ich meine Meinung ändere und das Haus doch noch verkaufe.«

»Ja.« Er hob den Kopf, und eine Spur seines Lächelns kehrte

auf sein Gesicht zurück. In seiner Unsicherheit und Verlegenheit wirkte es sogar charmant und liebenswert. »Hätte ja auch beinahe geklappt.«

»Das ist ungeheuerlich.« Danielle schüttelte den Kopf. »Das ist … Mir fehlen die Worte, und das will etwas heißen. Sie sind ein Lügner, Fabeau.«

»Ja, Madame.« Er senkte den Blick.

»Ein Betrüger.«

»Sie haben recht, Madame.«

»Sie sind ein widerlicher, schamloser Mistkerl!«

Er blickte auf. »Aber Madame, jetzt gehen Sie zu weit. Ich wollte doch nur …«

»Sie haben diese arme Frau aufs Schlimmste verleumdet! Eigentlich gehören Sie ins Gefängnis.«

Welch reizvoller Gedanke …

Gerard stieß sie mit dem Ellbogen an. Nur leicht, seine Miene wirkte streng. »Denk an die Abmachung«, flüsterte er.

Valérie seufzte. Das war mal wieder der Beweis, dass dieser Mann Gedanken lesen konnte. Zumindest ihre.

Sie räusperte sich. »Madame Dubois? Darf ich etwas sagen?« Danielle nickte, und sie fuhr fort: »Wir müssen nicht vor Gericht ziehen, es gibt einen anderen Weg. Diese kompromittierende Anzeige muss aus dem Netz verschwinden, das ist wohl allen Anwesenden klar.« Fabeau nickte eifrig. »Außerdem muss er sich bei Madame Lorentz entschuldigen, auch das ist selbstverständlich. Der Notartermin wird storniert. Und Monsieur Fabeau muss seiner Firma erklären, dass das Haus nicht mehr zum Verkauf steht, weder jetzt noch in Zukunft. Dann könnten wir diese Angelegenheit auf sich beruhen lassen.«

»Und wenn er sich nicht an diese Vereinbarungen hält?«, erkundigte sich Danielle.

»Dann erfährt nicht nur die Chefetage von La Maison von diesen unlauteren Geschäftspraktiken, sondern auch die französische Presse. Und ich kann mir nicht vorstellen, dass der Firma diese Art von Publicity schmecken würde.« Valérie lächelte liebenswürdig. »Haben Sie noch Fragen, Monsieur Fabeau?«

Er schüttelte den Kopf.

»Wir haben ein Schriftstück aufgesetzt, das Monsieur Fabeau freundlicherweise bereits unterzeichnet hat.« Gerard erhob sich und legte ein paar bedruckte Blätter vor Danielle auf den Schreibtisch. »Es ist das Geständnis und unsere Vereinbarung. Wenn Sie es sich bitte durchlesen, Madame, damit Sie wissen, dass alles seine Richtigkeit hat.«

Danielle überflog das Schreiben, nickte und schob es an den Rand des Tisches.

»Am besten, Sie verlassen jetzt mein Büro«, sagte sie zu Fabeau. »Und ich hoffe, dass ich weder Sie noch sonst einen Mitarbeiter von La Maison je wiedersehen werde.«

Es wurde ein Abgang wie in einer Komödie. Hastig und über seine eigenen Schuhe stolpernd ergriff Fabeau die Flucht. Mühsam hielt Valérie das Lachen zurück, das aus ihr herausplatzen wollte.

»Da stürmt er dahin«, sagte Danielle, als die Tür hinter Fabeau zugefallen war. »Wer von Ihnen hat dieses Konzept ausgearbeitet?«

Valérie und Gerard warfen sich einen Blick zu.

»Das war Madame Lorentz' Idee. Wenn es nach mir gegangen wäre, wäre Fabeau vor Gericht und hoffentlich im Gefängnis gelandet.«

Danielle lachte. »Sie sind wenigstens ehrlich!« Sie sah zum Fenster, vor dem ein Bonsai stand. »Ist es nicht erschreckend, wie leichtgläubig und damit manipulierbar die Menschen sind? Ein Foto im Internet, ein kurzer Text, und schon ist das ein ›Beweis‹ für den Lebenswandel eines Menschen, von dem man gar nichts weiß. Wie lange mag Fabeau an dieser Anzeige gesessen haben?«

Valérie zuckte mit den Schultern.

»Ein paar Minuten«, antwortete Gerard an ihrer Stelle, »bestenfalls eine Stunde, wenn er sich erst einen Account der Seite zulegen musste.«

»So wenig kann das Leben eines Menschen ruinieren. Ein paar Klicks, ein paar Worte, und schon ist es geschehen.« Sie schüttelte den Kopf. »Es ist erst zwei Wochen her, da hat einer meiner Autoren eine Romanidee in dieser Richtung vorgestellt. Ich habe sie als unrealistisch abgewiesen. Ich glaube, ich werde ihn nachher anrufen. Was geschieht jetzt mit dem Haus?«

Einen Moment blieb Valéries Herz stehen. »Nun, das bleibt selbstverständlich Ihnen überlassen. Es steht Ihnen frei, das Haus zu verkaufen. Allerdings wäre es schön, wenn Sie dabei nach einem Investor suchen würden, der das Konzept des Kulturzentrums mitträgt. Dieses Modell ist sehr vielversprechend, es wäre wirklich schade, wenn es nun nicht mehr realisiert werden könnte. Außerdem ist es Madame Lorentz wichtig, dass die Mieter wohnen bleiben dürfen.«

»Ich werde darüber nachdenken. Ich bin kein Freund dieses ständigen Hin und Hers. Dass ich Madame Lorentz vor dieser unglückseligen Geschichte meine Zusage zu ihrem Kulturprojekt gegeben habe, bindet mich in gewisser Weise moralisch. Wie gesagt, ich muss darüber nachdenken.« Sie holte tief Luft. »Das alles hat viel aufgewühlt und … Ich brauche Zeit, um eine Entscheidung zu treffen.«

Valérie schluckte. »Natürlich. Das kann ich verstehen.« Sie warf Gerard einen verzweifelten Blick zu und erhob sich. »Dann wollen wir Sie jetzt nicht weiter stören.«

»Behalten Sie bitte noch Platz. Da ist noch etwas.« Danielle rieb sich mit dem Daumen die Stirn. »Ich habe Madame Lorentz zu Unrecht verdächtigt und bin im Umgang nicht besonders höflich gewesen. Das gilt es wiedergutzumachen. Allerdings weiß ich nicht, wie. Ein Blumenstrauß wird es wohl kaum hinreichend geraderücken.«

Valérie räusperte sich. Wie sollte sie Danielle sagen, dass Svenja alles vergeben und vergessen würde, wenn das Kulturzentrum entstehen durfte und die Mieter ihre Wohnungen behalten konnten?

»Madame, ich glaube, da brauchen Sie sich keine Gedanken zu machen«, sagte sie. »Madame Lorentz ist ein freundlicher, warmherziger Mensch. Wenn Sie sich persönlich bei ihr entschuldigen, wird ihr das reichen. Die größte Freude machen Sie ihr, wenn Sie – auf welche Weise auch immer – dazu beitragen, dass dieses Projekt realisiert werden kann.«

Danielle lächelte süffisant. »Sie geben wohl nie auf, Madame Decaux?«

»Oh, da haben Sie meine Partnerin missverstanden, Madame«, sagte Gerard. »Niemand hat die Absicht, Sie moralisch unter Druck zu setzen. Es ist Ihr Haus, und Sie haben das Recht, es zu verkaufen, wenn Ihnen danach ist. Aber Sie können auch entscheiden, ob Sie das Objekt an einen Förderer verkaufen oder an einen Immobilienhai à la La Maison. Das meinte Madame Decaux.«

Valérie nickte zur Bestätigung.

»Also gut. Dann danke für den Hinweis. Ich werde mir darüber Gedanken machen.«

Sie erhoben sich fast alle gleichzeitig.

»Madame Decaux, Monsieur Pellier, ich kann Ihnen nicht genug danken, dass Sie mir für Fabeaus Machenschaften die Augen geöffnet haben.« Der Händedruck war fest, fast herzlich. »Ich gebe Ihnen Bescheid, sobald ich mich entschieden habe.«

Welch ein Unterschied zu unserer letzten Begegnung!, dachte Valérie, als sie gemeinsam mit Gerard das Büro verließ.

Unten vor dem Eingang warteten Svenja und Marc. Sie konnte sie durch die Glasfenster der Eingangstür sehen, wie sie auf dem Gehweg standen, eng aneinandergeschmiegt.

Diese Frau passt zu ihm, dachte sie. Wie oft hatte sie sich in den vergangenen Jahren Sorgen um ihren jüngsten Bruder gemacht? In jede Beziehung stürzte er sich mit Leib und Seele, Herz und Verstand und war jedes Mal am Boden zerstört, wenn es vorbei war – meist nach wenigen Wochen, gelegentlich nach mehreren Monaten. Letztlich war er ein großer Junge, der an die große Liebe glaubte, an die Prinzessin, die darauf wartete, von ihm gerettet oder erlöst zu werden, an ein »Und sie lebten glücklich und zufrieden bis an ihr seliges Ende«. Tatsächlich erlag er nur allzu oft den optischen Reizen und geriet dadurch ständig an Weiber wie Claudine, die das genaue Gegenteil seiner gesuchten Prinzessin waren, oder an Püppchen, die gerade eben genug Verstand zum Shoppen hatten. Jetzt freute sie sich, dass ihr Bruder endlich mal eine Frau mit Herz und Kopf gefunden hatte. Dass es sich dabei um eine Deutsche handelte, deren Anwesenheit in Paris an eine Immobilie mit ungewisser Zukunft gekoppelt war, war tragisch. Danielle darf das Haus nicht verkaufen. Es muss einfach klappen. Diesmal würde es ihm wirklich das Herz brechen.

Donnerstag, 17. Juli

65

Die Zeit seit Dienstag dehnte sich wie Gummi. Für Svenja gab es nichts zu tun, gar nichts. Sie sollte die Entwicklung abwarten, hatten Gerard und Valérie gesagt, zwar verständnisvoll und mitfühlend, aber was nutzte ihr das? Danielles Entscheidung konnten sie nicht beeinflussen, nicht einmal beschleunigen. Niemand konnte das. Es machte sie schier wahnsinnig.

Sie fand keine Ruhe zum Fotografieren. Nur wenn sie hinter Marc auf dem Motorrad saß und sie gemeinsam in die Pariser Umgebung fuhren, konnte sie sich entspannen. Dann war ihr Kopf frei. Unglücklicherweise war das Bike angeschlagen. Die Schrauben am Auspuff hatten sich gelöst – warum auch immer –, und Marc sagte, es sei zu riskant, mit einem nur halb aufgehängten Auspuffrohr zu fahren. Das sah sie natürlich ein, keine Frage, aber es verbesserte ihre Lage nicht gerade.

Zum tausendsten Mal schaute sie nach, ob sie eine Nachricht von Valérie oder Gerard bekommen hatte, ohne es zu merken. Natürlich war da nichts. Wie hätte sie sie auch verpassen sollen? Wenn sie das Handy nicht in der Hand hielt, lag es direkt neben ihr. Sie seufzte. Wenn sie sich wenigstens beschäftigen könnte. Aber Wände und Decke waren gestrichen, der acht Quadratmeter große Raum war so sauber wie möglich. Die Tüten mit Georges' Habseligkeiten waren beim Trödelhändler und im Secondhandladen. Eigentlich wäre es jetzt an der Zeit, ans Einrichten zu denken – durch Geschäfte zu stromern, sich Möbel anzusehen, in Zeitschriften nach Ideen zu suchen. Aber wozu, wenn doch bald alles verkauft werden würde?

Sie setzte sich auf das breite Fensterbrett und zog die Beine an. Da unten im Innenhof ging das Leben seinen gewohnten Gang. Aus der Garage erklang Radiomusik, und Claires Holzpantoletten klapperten über das Pflaster. Wie lange noch?

Es klopfte, und Marc trat ein, eine Tüte mit Croissants in der Hand. Hunger hatte sie nicht, aber es lenkte für ein paar Minuten ab, Teller und Gläser auf den Boden zu stellen und eine Flasche Wasser zu öffnen.

»Was haben die in der Werkstatt gesagt?«

»Die Schrauben waren offenbar nicht richtig festgezogen. Deshalb sind zwei während der Fahrt abgefallen. Sie werden die fehlenden ersetzen und einmal alle Schrauben an der Maschine nachziehen.«

»Und wie lange wird das dauern?«

»Sie haben gerade viel zu tun. Aber da es keine große Sache ist, versuchen sie es irgendwie dazwischenzuschieben. Wenn wir das Bike abholen können, rufen sie an.« Er lächelte schief. »Noch etwas, auf das wir warten dürfen.«

»Na toll.« Svenja seufzte. Wieder ein Blick auf das Handy. Nichts. Zehn nach zwölf, und der Tag nahm kein Ende.

»Wollen wir gleich raus?«, fragte Marc, dem die elende Warterei auch den Appetit verdarb. Sein Croissant lag halb gegessen auf dem Teller. »Wenn wir schon nicht Motorrad fahren können.«

Svenja zuckte mit den Schultern. »Warum nicht. Alles ist besser, als hier herumzusitzen. Aber vergiss bloß nicht, dein Handy mitzunehmen.«

»Wir könnten auf dem Weg im Fotoladen vorbeischauen. Vielleicht ist das Foto ja fertig.«

»Das glaube ich nicht«, sagte Svenja. »Ich habe den Auftrag erst gestern gegeben. Aber du hast recht, nachfragen schadet nichts. Außerdem ist es egal, womit wir unsere Zeit totschlagen.«

Als Svenja und Marc den Fotoladen betraten, wurden sie von Monsieur de Neuvilles Anwesenheit überrascht. Die Lampe über der Dunkelkammer war ausgeschaltet, er selbst stand am Tresen und sortierte einen Stapel Fototaschen nach einem nur ihm bekannten System in die große Schublade.

»Bonjour, Madame«, sagte er mit einem breiten Lächeln. Seit ein paar Tagen hatte Svenja den Eindruck, dass sie in Monsieur de Neuvilles Gunst gestiegen war. Möglicherweise lag es daran, dass sie oft Filme kaufte und zur Entwicklung brachte. Doch so überschwenglich wie jetzt hatte er sie bisher nicht begrüßt.

»Bonjour, Monsieur. Ich komme gerade zufällig vorbei und wollte fragen, ob die Vergrößerung fertig ist.« Sie zog den Abholschein aus ihrer Tasche und legte ihn auf den Tresen, doch er winkte ab.

»Nicht nötig, an solche Aufträge erinnere ich mich immer.« Er schob seine Brille zurecht. »Ich muss gestehen, ich war neugierig und habe mich gestern sofort an die Arbeit gemacht, gleich nachdem Sie gegangen waren. Es ist fertig. Und ich verspreche Ihnen, Sie werden begeistert sein. Einen Augenblick, ich hole es.« Er verschwand durch einen Vorhang aus weißen Plastikperlen im benachbarten Raum.

Sie hörten, wie eine Schublade aufgezogen wurde, dann kehrte er mit einer schwarzen Mappe im DIN-A1-Format zurück. Er knotete die Baumwollbänder auf und klappte den Deckel auf.

»Voilà, Madame, das Foto.«

»Wahnsinn!«, stieß Marc bewundernd hervor.

»Ja, nicht wahr?« Monsieur de Neuvilles Augen glänzten. »Die Proportionen von Dach, Schornsteinen und Himmel stimmen. Dazu die Linien des Gebäudes und der Schatten – perfekt. Die auffliegenden Tauben bilden ein bewegtes Element. Und der Clou …« Er zeigte auf den roten Luftballon, der über den Himmel schwebte. »Die Farbe zu reduzieren war ein großartiger Einfall von Ihnen, Madame.«

Ja, auch Svenja gefiel das Foto. Sie hatte es an einem Nachmittag geschossen. Sie war gerade mit dem Ausräumen von Georges' Kleiderschrank fertig gewesen und hatte sich mit einer Tasse Tee auf die Fensterbank zurückgezogen. Die Schornsteine auf dem gegenüberliegenden Dach hatten scharfe Schatten geworfen, und das Licht war so ideal, dass sie nicht anders gekonnt hatte, als die Tasse abzustellen und die Nikon in die Hand zu nehmen. Ein paar Fotos hatte sie von den Schornsteinen geknipst und dabei mit unterschiedlichen Belichtungen und Blenden experimentiert, als dieser rote Luftballon vorbeigeschwebt war. Und wie auf Bestellung hatten sich auch noch die Tauben in die Luft erhoben. Es war ihr gelungen, genau diesen Moment einzufangen.

»Danke«, sagte sie und konnte sich nicht sattsehen. »Das haben Sie fantastisch hinbekommen.«

Monsieur de Neuville schüttelte den Kopf. »Ich danke Ihnen, Madame. Ich habe nicht jeden Tag die Gelegenheit, bei der Bearbeitung eines Meisterwerks zu helfen. Darf ich fragen, was Sie beruflich machen? Sind Sie Fotografin?«

»Nein, Grundschullehrerin.«

Er schüttelte den Kopf. »Welch eine Talentverschwendung! Sie sollten aus der Fotografie einen Beruf machen, Madame. Sie haben das richtige Auge.«

Svenjas Wangen begannen zu brennen.

»Was bin ich Ihnen schuldig?«

»Gar nichts!« Er lachte. »Nein, im Ernst, Madame. Ich möchte Ihnen einen Vorschlag machen. Eine Vergrößerung, halb so groß wie dieses Foto, in einer handsignierten Auflage von fünfzig Stück, Verkaufspreis hundertfünfzig Euro. Ich übernehme den Verkauf und bekomme dafür vierzig Prozent. Was halten Sie davon?«

Svenja glaubte ihren Ohren nicht zu trauen. Hatte sie richtig gehört?

Marc stieß sie mit dem Ellbogen an. »Das ist doch großartig!«

»Ja, aber ...« Sie dachte kurz nach. »Warum eigentlich nicht? Also gut, Monsieur de Neuville, ich bin einverstanden.«

»Wunderbar. Ich mache den Vertrag fertig und rufe Sie an, wenn Sie unterschreiben können.«

Noch ein Anruf, auf den ich warten darf!, dachte Svenja und unterdrückte das Lachen, das aus ihr hervorbrechen wollte. »In Ordnung«, sagte sie stattdessen. »Packen Sie mir das Foto bitte noch ein?«

De Neuville schüttelte den Kopf. »Nehmen Sie die Mappe mit und behalten Sie sie, bis Sie das Foto gerahmt haben.«

»Danke. Vielen Dank.«

Er verbeugte sich leicht. »Ich danke Ihnen. Au revoir, Madame, Monsieur.«

»Au revoir!«

Sie lehnten die Mappe in Svenjas Wohnung an die Wand. »Meisterwerk« hatte Monsieur de Neuville das Foto genannt und »Talentverschwendung«, dass sie Kinder unterrichtete, anstatt zu fotografieren. Sie erinnerte sich daran, dass sie ursprünglich Kunst hatte studieren wollen. Was hatte sie davon abgebracht? Ihre Eltern? Lehrer? Oder der Gedanke, dass es schwierig war, damit Geld zu verdienen? Letztlich war sie es wohl selbst gewesen aus Angst vor einer unsicheren Zukunft und Zweifel, genug Talent zu besitzen. Jetzt eröffneten sich ihr unerwartet ganz neue Perspektiven. Sie könnte tatsächlich als Fotografin arbeiten und sich ein willkommenes Zubrot verdienen. Wenn … Ja, wenn hier tatsächlich ein Kulturzentrum entstehen würde.

Wieder nahm sie ihr Handy zur Hand. Nichts. Keine Nachricht. Sie wandte sich an Marc. »Hast du …«

Und genau in dem Moment meldete sich sein Smartphone mit »Boom Boom« von John Lee Hooker. Hektisch zerrte er das Gerät aus seiner Hosentasche.

»Ja?«

Gespannt versuchte Svenja in seinem Gesicht zu lesen. War da Überraschung? Freude? Oder Enttäuschung? Aber sah Enttäuschung nicht anders aus? Und warum sagte er so wenig? Konnte er nicht einfach erzählen, wer am Apparat war und was derjenige gerade sagte? Irgendwann, als sie schon daran dachte, ihm das Handy aus der Hand zu reißen oder ihn wenigstens zu schütteln, damit er sein Gespräch unterbrach und ihr erzählte, was da gerade besprochen wurde, steckte er das Smartphone wieder weg.

Er sah Svenja an. Und sagte nichts.

Es war ein Gefühl, als würde ihr jemand die Kehle zudrücken. Am liebsten hätte sie um sich geschlagen. Gleichzeitig war sie wie gelähmt.

»Bitte, Marc, was …« War das ein Leuchten in seinen Augen? Oder Tränen? Herrgott, rede endlich!

»Das war Valérie.« Er atmete tief durch.

O weh. Svenja schloss die Augen. Kann man sich vor einer schlimmen Nachricht schützen? Geht das? Irgendwie? Sie schlang die Arme um ihren Oberkörper und klammerte sich an sich selbst fest, schlotternd und hilflos. Dann spürte sie Marcs Nähe, die Wärme seines Körpers, seinen Atem auf ihrer Stirn, seine Hände auf ihren Schultern – liebevoll, zärtlich, tröstend. O mein Gott, es ist vorbei, endgültig, dachte sie. Valérie hat es ihm eben gesagt. Und jetzt will er mich trösten, will mich beschützen. Unwillkürlich begann sie zu zittern. Ihre Nerven, dünn wie Spinnweben, waren bis zum Zerreißen gespannt.

»He!« Seine Hände umfassten ihr Gesicht. »Es ist alles in Ordnung. Madame Dubois wird das Haus nicht verkaufen. Im Gegenteil, sie wird das Kulturzentrum unterstützen.«

Svenja sah Marc ungläubig an. Seine Augen leuchteten, und gleichzeitig schimmerten sie feucht.

»Ist das wahr?«

Er nickte, presste die Lippen zusammen, schluckte und zog die Nase hoch. Seine Unterlippe zitterte, als er weitersprach. »Ja, es ist so. Valérie hat es mir gerade gesagt. Madame Dubois hat sie angerufen. Und sie bittet dich, dass du heute am späten Nachmittag zu Hause bist. Madame Dubois will vorbeikommen, um sich alles anzusehen.«

Sie fielen sich in die Arme, klammerten sich aneinander fest und weinten – vor Erleichterung, vor Erschöpfung, vor allem aber vor Glück.

66

Jemand sollte mich kneifen, dachte Svenja und betrachtete die Leute um sich herum – eine vergnügte Runde von Freunden, die in einem Restaurant beisammensaßen, drei Paare, die sich gut verstanden. Wenn ein Fremder vorbeigegangen und zu ihnen hereingesehen hätte, hätte er genau das denken können. Eine ganz normale Szene an einem gewöhnlichen Donnerstagabend in Paris.

Aber hier war gar nichts normal.

Da saßen neben Valérie, Gerard, Marc und ihr auch noch RiRi und Danielle Dubois am Tisch, tranken Rotwein und verstanden sich prächtig. Dies hier war kein Restaurant. Sie saßen im Sans Regrets und aßen Couscous à la Georges aus Aluschalen. Und dieser Abend war alles andere als gewöhnlich. Es war ein herausragender, in goldenen Farbtönen aus dem Alltagsgrau hervorleuchtender Abend, denn für das Haus, die Bewohner, ihre eigenen ehrgeizigen Pläne gab es eine Zukunft.

Jemand muss mich kneifen. Svenja ließ ihren Blick zum Nebentisch wandern, wo außer einem wagenradgroßen Blumenstrauß der Präsentkorb einer bekannten Konditorei aus der Rue du Faubourg Saint-Honoré stand, gefüllt mit edlen Teesorten, Konfitüre, Pralinen und köstlich aussehenden Macarons – Danielles Entschuldigung. Mehr noch als diese Geste hatte Svenja gefreut, dass Danielle persönlich vorbeigekommen war. Zeitgleich waren Valérie und Gerard eingetroffen, sodass sie und Marc die drei durch das Haus führen und ihnen vor Ort erklären konnten, wie sie sich alles vorstellten – die Zimmer für die Künstler, die Bühne, die Bar. Die Begeisterung auf den Gesichtern der anderen zu sehen war fast mehr, als Svenja fassen konnte.

Dann hatte RiRi an die Tür geklopft. Er hatte Flyer für seine Ausstellung vorbeibringen und Marc fragen wollen, ob er für einen erkrankten Sänger bei der Vernissage einspringen könne. Und da er Licht im Sans Regrets gesehen habe …

Und jetzt saß er neben Danielle am Tisch, so nahe, dass sich ihre Schultern berührten, überraschend selbstverständlich und vertraut, und erzählte eine Begebenheit von einer Motorradtour, über die alle lachen mussten. Am lautesten lachte Danielle.

Marc legte seine Hand auf Svenjas Knie. Sie sah ihn an.

»Kneif mich bitte mal«, flüsterte sie.

»So?« Lächelnd zwickte er sie in den Arm.

»Au!« Ja, genauso. Sie träumte nicht.

67

Die Rücklichter des Taxis mit Danielle auf dem Rücksitz entfernten sich, ihnen folgte RiRi mit seiner Harley.

Marc schaltete das Licht über den Tischen aus. Im Gastraum wurde es dunkel, nur noch der Tresen war beleuchtet, wo Svenja die letzten Gläser ins Regal zurückstellte.

Marc stützte sich auf der Theke ab und sah sie an. Bei ihrem Anblick konnte er nicht anders, er musste lächeln. Und gleichzeitig war er stolz, so stolz, dass er hätte platzen können.

»Glücklich?«, fragte er.

Sie wischte mit dem Geschirrtuch die Spüle trocken, dann faltete sie es sorgfältig zusammen.

»Ja.« Ihre Augen leuchteten. »Ich bin … überwältigt. Das hätte ich nie erwartet. Im Leben nicht.«

Marc nickte. Er hatte auch nicht damit gerechnet, dass dieser Tag so enden würde. Dass das Haus gerettet war. Dass Danielle sich bei dem Kultusminister, den sie persönlich kannte, für Fördergelder einsetzen wollte. Dass sie hier mit ihnen wie eine alte Freundin zusammengesessen und gegessen hatte. Noch dazu an der Seite von RiRi. Und dass Svenja hierbleiben würde, in Paris. Beim Haus, bei ihren Plänen. Bei ihm. Das war die beste Nachricht von allen.

»Und du bist sicher, dass du das wirklich willst?«, fragte er zum dritten Mal an diesem Abend.

»Ja. Ich werde mit unserem Direktor sprechen. Wenn ich mich nicht irre, kann ich zum Ende des Oktobers kündigen.

Bis dahin werde ich noch in Hamburg unterrichten müssen, aber das macht nichts. Das Geld können wir gut brauchen, und am Wochenende komme ich hierher, um dir zu helfen.«

»Du willst mir helfen?« Marc schüttelte lächelnd den Kopf. »Ist es nicht eher umgekehrt? Wenn du nicht wärst … Du bist die Initiatorin des Ganzen.« Das Herz …

»O nein! Stell dein Licht nicht unter den Scheffel«, sagte Svenja und griff über den Tresen nach seiner Hand. »Ich meine es ernst, Marc. Ohne dich … Es wäre niemals möglich gewesen.«

Er war sicher, dass sie es ernst meinte. Dass sie nicht wusste, welche Wirkung sie auf die Menschen in ihrer Umgebung hatte. Schon bei der Begrüßung, wenn sie ihr Gegenüber mit ihren blauen Augen ansah – offen, freundlich und voller Wärme, als würde sie die Begegnung als Ehre empfinden, als wäre man ein wichtiger, ein guter Mensch, vielleicht ein Friedensnobelpreisträger oder der Entwickler eines Heilmittels gegen eine tödliche Krankheit. Sie war es, die auf Andrés Gesicht ein Lächeln zauberte, die die Wizards herzlich begrüßte, als wären sie alte, hochgeschätzte Freunde. Sie war es, die mit der Darstellung ihrer Ideen alle mitgerissen hatte, die Hausbewohner, Valérie und Gerard. Zuletzt sogar Danielle, die sich an diesem Abend als humorvoller, lebhafter Mensch gezeigt hatte. Und wer hatte diese Seiten an ihr ans Licht gebracht? Svenja. Für sie war jeder wichtig und wertvoll.

Georges war ähnlich gewesen, keine Frage, da hatte RiRi recht. Doch Georges war auch unnachgiebig, hart und gelegentlich einschüchternd gewesen. Das alles war Svenja nicht. Sie schuf eine Atmosphäre der Wärme und des Verständnisses um sich, ein Leuchten, in dem jeder einen Platz zum Sonnen fand.

Und sie war sich dessen nicht einmal bewusst. Wenn er es

ihr jetzt sagen würde, würde sie ihn erschrocken ansehen, den Kopf schütteln und bestreiten, dass er recht hatte. Nicht etwa, weil sie damit kokettieren und ihn zu weiteren Komplimenten überreden wollte, sondern weil sie ihm tatsächlich nicht glaubte.

Und statt ihr das alles zu sagen und sie in Verlegenheit zu bringen, drückte er ihre Hand, küsste ihre Finger und sagte: »Gern geschehen.«

Freitag, 21. November

68

Valérie lehnte im Sans Regrets an der Wand am Durchgang zum Hotel und lächelte. Ihr war wunderbar leicht ums Herz. Ein Gefühl so tiefer Zufriedenheit, dass sie es am liebsten für einen späteren Zeitpunkt konserviert hätte. Und diesen Abend gleich mit.

Das Sans Regrets platzte förmlich aus allen Nähten. Doch von ihrem Standort aus konnte Valérie den Raum gut überblicken, ohne mitten im Gedränge zu sein. Die Tische, die Barhocker waren ohne Ausnahme besetzt. Klappstühle standen vor der Bühne, auf der ein Sekretär des Kultusministers vor wenigen Minuten eine Eröffnungsrede gehalten hatte, gefolgt von einer Ansprache von Danielle Dubois. Sie hatte nicht nur dafür gesorgt, dass das Kultusministerium das Projekt tatsächlich förderte, dank ihrer Prominenz und ihres Rufs in Frankreich hatte sie bereits ordentlich die Werbetrommel für das Kulturzentrum gerührt.

Der heutige Abend war ausschließlich geladenen Gästen vorbehalten – den Hausbewohnern, Familien und engen Freunden von Marc und Svenja, einflussreichen Personen aus Politik und Kultur. Die Presse war anwesend, zwei Fotografen huschten zwischen den Stühlen hin und her und knipsten die Redner auf der Bühne oder die Prominenten im Publikum. Morgen würde die erste »öffentliche« Veranstaltung stattfinden, eine Eröffnungsparty mit Livemusik und Büfett. Am Sonntagnachmittag las einer von Danielles

»Schützlingen« – ein französischer Bestsellerautor – aus seinem aktuellen Thriller. Beide Veranstaltungen waren ausverkauft.

Marc hatte erzählt, dass sich bereits genug Autoren gemeldet hatten, dass das Sans Regrets – zumindest für Lesungen – bis in den Januar hinein ausgebucht war.

Ich gönne es euch von Herzen, dachte Valérie, als sie endlich mal wieder einen Blick auf Svenja und Marc erhaschen konnte, die überall gleichzeitig zu sein schienen, mit Gästen und Presseleuten sprachen, am Tresen nach dem Rechten sahen, den Helfern im Vorbeigehen Anweisungen gaben oder selbst mit Tabletts herumliefen.

Es summte. Die Leute redeten miteinander, lachten und fühlten sich sichtlich wohl. Svenjas Eltern, die direkt vor der Bühne saßen, unterhielten sich angeregt mit Madame Rosier, die, gekleidet in ein roséfarbenes Kostüm, aufrecht und ganz Dame neben ihnen saß.

Auch Svenjas Schwester war mit ihrer Familie aus Hamburg angereist. Die Frau, deren Ähnlichkeit mit Svenja unverkennbar war, nippte an ihrem Wein und probierte von den angebotenen Häppchen, während ihre drei Jungs sich irgendwo zwischen Stühlen und Tischen mit den Kindern der al Fahdis vergnügten. Monsieur al Fahdi hatte ein leckeres, auch optisch ansprechendes Büfett gezaubert, lauter kleine Köstlichkeiten, die man bequem mit der Hand essen konnte.

Valérie lächelte, als sie daran dachte, wie schwierig es gewesen war, die Arbeitserlaubnis für Monsieur al Fahdi und die Genehmigung der Gesundheitsbehörde zu bekommen. Dann hatte sich einer von Danielles einflussreichen Kontakten eingeschaltet, und plötzlich hatte beides innerhalb weniger Stunden auf ihrem Schreibtisch gelegen.

Manchmal geht es.

André hätte Valérie im ersten Moment kaum erkannt. Er trug einen schwarzen Anzug mit Krawatte, war rasiert und verteilte Flyer mit einem Foto der Déesse, auf denen er Werbung für seinen neu gegründeten Limousinenservice machte. Claire Poulette trug ihr bestes Kleid. Und als Svenja sie und Madame al Fahdi auf der Bühne als die »guten Seelen« des Hotels vorstellte, errötete sie vor Freude und Stolz. Louise balancierte geschickt Tabletts mit Gläsern durch die Menschenmenge. Ihr Schauspielkurs für Kinder, in dessen Verlauf sie mit den Kleinen ein Märchen einstudieren und kurz vor Weihnachten im Sans Regrets aufführen wollte, war ausgebucht.

Ein neues Kapitel in der Geschichte des Hauses begann.

Valérie schmiegte sich an den Samtvorhang, der den Durchgang zum Hotel vom Sans Regrets abschirmte. Es war der alte Vorhang. Frisch gereinigt schimmerte er sanft in einem warmen Rot im Licht der Bar. Er duftete und fühlte sich so weich an, dass sie sich am liebsten darin eingewickelt hätte. Sie war müde und erschöpft, doch es war eine wohlige Erschöpfung. Am Ende wird alles gut. Ja, aber wie war es dazu gekommen?

»Bijou?« Gerard tauchte neben ihr auf und legte ihr einen Arm um die Schultern. »Ist alles in Ordnung?«

Sie nickte, zu voll mit Gedanken und Gefühlen, um sprechen zu können, doch Gerard verstand sie auch ohne Worte. Eine Weile genossen sie die Atmosphäre in dem kleinen Barraum, der vor Leben vibrierte. Dann blieb Valéries Blick an einer Skulptur von RiRi hängen. Sie stand auf einem etwa hüfthohen gemauerten und mit rotem Samt bezogenen Sims gleich neben dem Eingang. RiRi und seine Club-Brüder hatten ein großes Geheimnis darum gemacht, und nicht einmal Svenja oder Marc hatten gewusst, was sich unter dem weißen Laken verbarg, bis die Wizards die Skulptur an diesem Abend feierlich enthüllt hatten. Es handelte sich um ein Herz, geschaffen aus einem Motor und anderen Motorradteilen, rot und golden lackiert, in dem man bei Betrachtung aus einem bestimmten Winkel ein Gesicht erkennen konnte – Svenjas Gesicht. Der Titel der Skulptur, der auf dem Sockel angebracht war, hatte nicht nur Svenja zu Tränen gerührt. »Le Cœur du Rue Saint Vincent No 21«. Man musste kein Kunstsachverständiger sein, um zu begreifen, was RiRi damit hatte ausdrücken wollen.

»Georges hat es gewusst«, sagte Valérie und lehnte sich an Gerards Schulter an.

»Davon bin ich überzeugt.«

»Aber woher? Er hat sie doch kaum gekannt. Einmal haben die beiden sich gesehen, vor dreißig Jahren.«

Gerard küsste sie sanft auf das Haar. »Manchmal reicht das.«

Louise stand plötzlich vor ihnen, in der Hand ein Tablett mit drei gefüllten Champagnergläsern.

»Bitte, Monsieur, Madame.«

Gerard griff sich zwei Gläser und reichte eins davon Valérie. Das dritte Glas nahm Louise selbst, das leere Tablett ließ sie sinken.

»Das Leben ist zurückgekehrt, nicht nur ins Haus«, sagte sie und spielte auf die Arbeiter an, die seit zwei Wochen damit beschäftigt waren, die Fassade im Innenhof zu sanieren. »In jeden von uns.« Sie hob ihr Glas. »Auf das Leben!«

Sie stießen miteinander an.

Ja.

À la vie et au cœur.

Auf das Leben und auf das Herz.

Liebe Leserin, lieber Leser,

es freut mich, dass Sie sich für meinen Roman entschieden haben, und ich hoffe, dass Sie mit ihm ein paar schöne Stunden verbringen konnten. Falls Sie nach der Lektüre Lust bekommen haben, nach Paris zu fahren, lassen Sie sich gesagt sein: Es lohnt sich zu jeder Jahreszeit. Aber bedenken Sie bitte, dass dieses Buch kein Reiseführer ist, sondern ein Roman. Auch wenn die meisten der hier beschriebenen Orte real sind, habe ich mir die Freiheit genommen, einige zu erfinden, wie zum Beispiel die Rue Saint Vincent. Aber ich bin sicher, wenn Sie mit offenen Augen durch diese wunderbare Stadt gehen, werden Sie an zahlreichen Stellen ein Stück davon wiederfinden.

Viele Leute glauben, dass Schreiben ein einsamer Job ist. Und sie haben recht. Aber es gibt auch eine andere Seite. Natürlich sitze ich meistens allein am Schreibtisch und tippe auf der Tastatur meines Laptops herum. Aber zum Schreiben gehört mehr – mit vielen Menschen reden, zuhören, Kontakte knüpfen, Experten befragen, mit Kollegen, Freunden und der Familie über Textstellen und Ideen diskutieren. Und so möchte ich hier die Gelegenheit nutzen, Ihnen jene Menschen vorzustellen, die mir bei der Arbeit am *Kleinen Stück Paris* geholfen und mich auf vielerlei Art unterstützt haben.

Da sind meine Agentin Leonie Schöbel von der Agentur Meller und Christine Steffen-Reimann von Droemer Knaur. Diese beiden Frauen haben den Weg zur Realisierung des Romans mit viel Enthusiasmus geebnet und begleitet.

Als Nächstes gehören zu dem Kreis meiner hilfreichen Geister drei Kolleginnen, arrivierte Autorinnen, die sich viel

Zeit genommen haben, meinen Roman während seiner Entstehung zu lesen:

Susanne Lieder, die wundervolle, warmherzige Frauenromane schreibt, wie Sie beim Googeln rasch feststellen werden. Sie ist im Lauf der Jahre zu einer wichtigen Begleiterin geworden, auf die ich nicht verzichten möchte. Ich brauche sie nur anzumailen, und schon ist sie für mich da – sowohl als Kollegin als auch als Freundin. In den letzten Monaten hat sie das Manuskript so oft gelesen, dass sie es vermutlich fast so gut kennt wie ich. Und immer sind ihre Anmerkungen hilfreich und ermutigend.

Meine österreichische Kollegin Anni Bürkl, deren unkonventionellen Stil und skurrile Figuren ich aufrichtig bewundere. Sie hat nicht nur ein Händchen für das große Gefüge eines Textes, spürt auf, was fehlt, sondern versteht es grandios, mich aufzumuntern.

Als letzte Autorin im Bunde Ulrike Sosnitza. Sie bezeichnet sich selbst gern als »mäkelige Leserin«. Doch gerade ihr Sprachgefühl und ihr Auge für Details haben mich angespornt, besser, präziser zu werden. Wenn das nicht immer gelungen ist, liegt es nicht an ihr, sondern an meiner Sturheit, an manchen Formulierungen festzuhalten.

Zuletzt möchte ich Sie noch mit meiner Familie bekannt machen.

Meine beiden Kinder Marie-Madeleine und Joshua. Sie sind da, wenn ich steif gesessen zum Esstisch wanke, wenn ich mir die Haare raufe, weil eine Figur sich sperrt oder eine Szene partout nicht aufs Papier will. Sie trösten, bauen mich auf, liefern Ideen, geben Tipps, kochen Tee und bringen mich zum Lachen.

Und mein Mann Jens-Michael, der das alles und noch viel mehr für mich tut, ohne den ich nicht eine Zeile schreiben könnte. Der mich immer wieder auf den Boden zurückholt, mich anstupst und aufrichtet. Und mit mir Motorrad fährt.

Wenn Sie, liebe Leserin, lieber Leser, den Eindruck haben, dass in diesem Roman von Liebe die Rede ist, dann danken Sie ihm, denn er zeigt mir, wie es ist zu lieben. An jedem Tag des Jahres.

Herzlich,
Ihre Yvonne Jarré

Ein Roman über die Macht der Bücher, die Liebe und die Magie des südlichen Lichts

Nina George

Das Lavendelzimmer

Roman

Er weiß genau, welches Buch welche Krankheit der Seele lindert: Der Buchhändler Jean Perdu verkauft auf seinem Bücherschiff »*pharmacie littéraire*« Romane wie Medizin fürs Leben. Nur sich selbst weiß er nicht zu heilen, seit jener Nacht vor einundzwanzig Jahren, als die schöne Provenzalin Manon ging, während er schlief. Sie ließ nichts zurück außer einem Brief – den Perdu nie zu lesen wagte. Bis zu diesem Sommer. Dem Sommer, der alles verändert und Monsieur Perdu aus der kleinen Rue Montagnard auf eine Reise in die Erinnerung führt, in das Herz der Provence und zurück ins Leben.

»Dieser Geschichte wohnt ein unglaublich feiner Zauber inne.«
Christine Westermann (WDR)

KNAUR

Das Meer,
der Tod und die Liebe

Nina George

Die Mondspielerin

Roman

Schluss mit mir! Das ist Mariannes sehnlichster Wunsch, als sie sich in Paris vom Pont Neuf in die Seine stürzt. Doch das Schicksal will es anders – sie wird gerettet. Die sechzigjährige Deutsche, die kein Wort Französisch spricht, flüchtet vor ihrem lieblosen Ehemann bis in ein kleines Fischerdorf in der Bretagne. Dort will sie eigentlich ihrem Leben im Meer ein Ende setzen, doch es scheint an jedem Tag etwas dazwischenzukommen …

Eine Geschichte voller Hoffnung, Weisheit und bretonischem Zauber; eine Geschichte über das eigene Leben, für das es nie zu spät ist.

KNAUR